争先果

쟁선계 11

2013년 4월 29일 초판 1쇄 인쇄
2013년 5월 2일 초판 1쇄 발행

지은이 이재일
발행인 이종주

기획 팀 김명국
책임 편집 박미주

발행처 (주)로크미디어
출판등록 2003년 3월 24일
주소 서울시 용산구 원효로97길 46 5층
Tel (02)3273-5135 Fax (02)3273-5134
홈페이지 rokmedia.com E-mail rokmedia@empal.com

ⓒ 이재일, 2013

값 11,000원

ISBN 978-89-257-3096-7 (11권)
ISBN 978-89-257-3094-3 04810 (세트)

이 책은 (주)로크미디어가 저작권자와의 계약에 따라
발행한 것이므로 본서의 내용을 무단 복제하는 것은
저작권법에 의해 금지되어 있습니다.

작가와의 협의에 의해 인지는 생략합니다.
잘못된 책은 바꾸어 드립니다.

쟁선계 ⑪

| 이재일 장편소설 |

차례

청천晴天   7
봉형견제逢兄遣弟   59
재귀문開鬼門 (一)   85
관계關係   153
개귀문開鬼門 (二)   181
제민낙濟民落   231
사쇠도민師衰徒悶   281

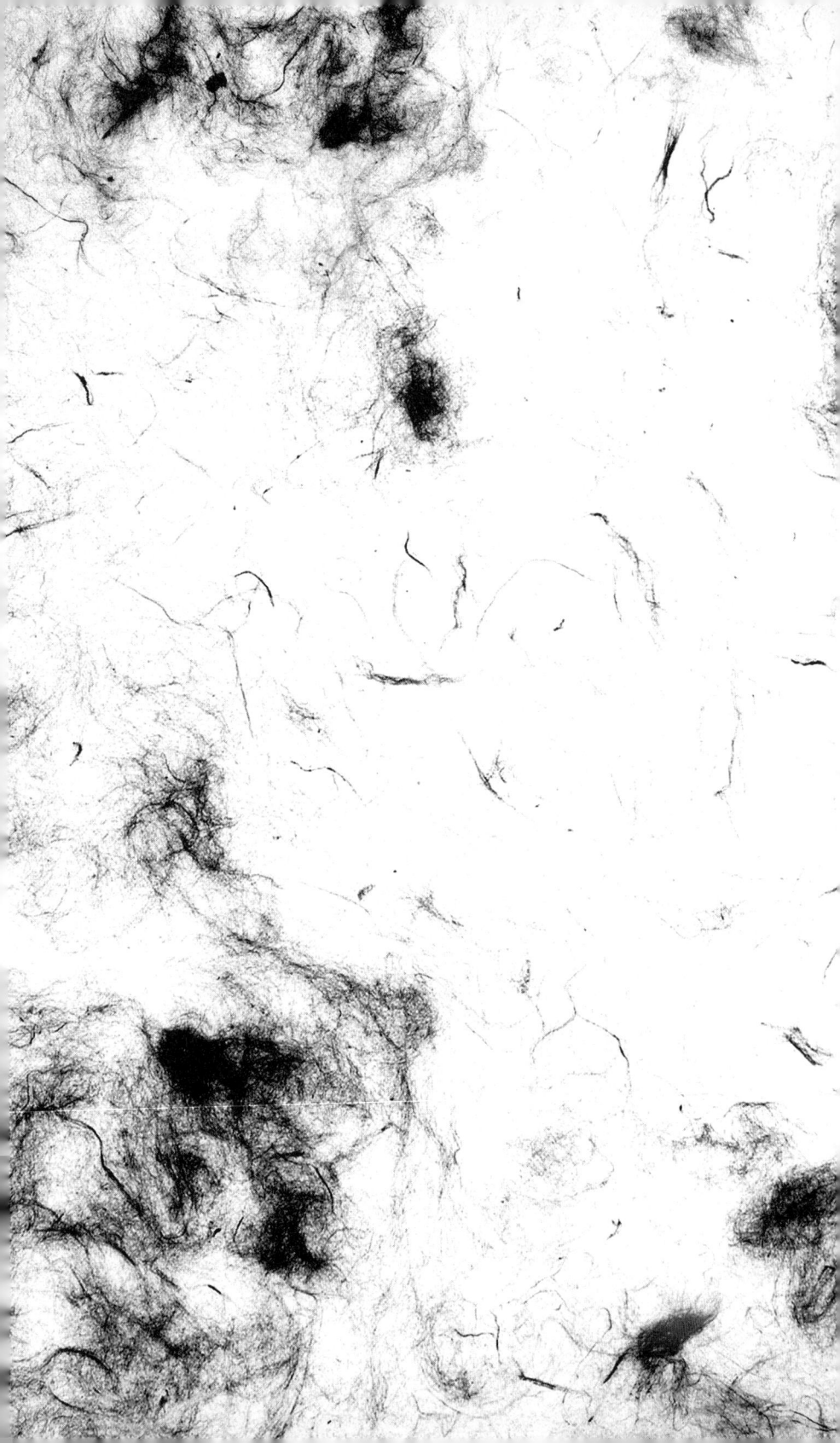

청천 晴天

(1)

흡사 커다란 탑이 무너져 오는 것 같았다. 돌아서서 주르륵 눈물을 흘리던 석대원이 꼿꼿이 선 채 앞으로 넘어왔다. 왼손에 쥐고 있던 으스러진 머리통의 잔해들이 바닥 위로 떨어졌지만 석대문의 눈에는 들어오지도 않았다.

십이 년 만에 만난 동생은 잘 자랐다는 말로는 턱없이 부족할 만큼 커다랗게 변해 있었다. 석대문 본인도 크다면 크달 수 있는 체격의 소유자인데 동생과는 비교가 되지 않을 것 같았다. 석대문은 뒷발에 힘을 주고 그 커다란 동생을 부축하다가 얼굴을 찡그렸다. 무게 때문이 아니었다. 손바닥을 누르는 동생의 몸이 너무 차가웠다. 마치 커다란 얼음덩어리를 떠받치는 기분이었다.

"허어! 살아생전에 이 고약한 물건을 직접 보게 되다니."

길바닥에 고인 피 웅덩이 속에 둥둥 떠 있는 자주색 끈 쪼가리를 장갑 낀 손으로도 꺼림칙한지 기다란 쇠 집게까지 이용해 집어 살피는 사람은 활인장주 구양정인이 이번 귀로에 딸려 보내 준 유 당사였다. 이곳까지 오는 내내 유 당사의 개인 호위이자 말몰이꾼 노릇까지 담당해 왔던 사절검의 대형 이철산이 넌지시 물어보았다.

"그 끈이 대체 뭐기에 그렇게 놀라시는 겁니까?"

"자잠고紫蠶蛊라고, 풀과 벌레의 중간쯤 되는 요상한 생물이라오. 대체로 일천 마리가량이 한 무리를 이루어 군집하는데, 좁은 데 갇혀 있을 때에는 주먹 반만 한 덩어리로 뭉쳐 죽은 듯이 웅크리고 있다가 넓은 데로 나오기만 하면 그물처럼 펼쳐지며 먹이를 단박에 둘러싸 녹여 먹는다오. 이놈들이 주둥이로 뿜어내는 독액이 어찌나 지독한지, 심지어 바위나 쇠붙이까지 녹였다는 기록이 있을 정도요. 그런 만큼……."

유 당사는 석대문에게 거구를 기댄 채 의식을 잃은 석대원을 힐끔 돌아보았다.

"저 청년 살가죽은 바위나 쇠붙이보다 단단한 게 분명하오. 자잠고로 만든 그물을 뒤집어쓰고도 저리 멀쩡한 걸 보니 말이오."

유당사의 말에 귀를 기울이던 석대문은 덜컥 걱정이 일어 부축하고 있던 동생의 전신을 급히 살펴보았다. 다행히도 의복 군데군데 구멍이 뚫리고, 드러난 살갗 위로 부스럼을 닮은 불긋불긋한 기운이 퍼져 있는 것을 제외하면 눈에 띄는 외상은 없어 보였다. 그보다 더 큰 문제는 송장처럼 떨어져 있는 체온일 것 같았다.

석대문이 막 입을 열어 도움을 청하려는데, 유 당사 쪽에서

먼저 다가와 주었다.

"어디, 진맥 좀 해 봅시다."

땅을 향해 축 늘어진 석대원의 손목을 짚고 고개를 두어 번 갸웃거리던 유 당사가 이내 밝은 표정으로 말했다.

"증상이 괴이하긴 하지만 맥박과 호흡은 그런대로 정상이라고 할 수 있소. 큰 문제는 없을 테니 동생분은 내게 맡기고 석가주는 저 못된 늙은것이나 혼내 주시구려."

잔소리쟁이 유 당사가 이렇게 고마운 적이 있었을까?

"감사합니다."

석대문은 부축하고 있던 석대원을 얼른 유 당사에게 넘겼다. 그런데 이야말로 매미 위에 고목을 쓰러트린 꼴이라, 곁에 있던 이철산이 급히 받아 주지 않았다면 한 소리 들었을 것이 분명했다.

"우 방주는 저기 자빠져 있는 조그만 영감쟁이나 어서 업어 오시오. 꼬락서니를 보아하니 제대로 고쳐 놓을 수 있을지 장담할 수는 없지만서도."

유 당사가 개방 방주를 함부로 부려 대는 소리를 뒤로한 채, 석대문은 조금 전 석대원이 서 있던 자리로 천천히 걸어 나갔다. 그의 시선이 향한 곳은 언덕 아랫길에 멈춰 있는 운두교, 그 위에 올라앉은 선풍도골의 노인이었다. 자신들의 갑작스러운 등장에 긴장한 것일까? 아니면 앞서 동생이 펼친 가공할 파괴 행위에 겁먹은 것일까? 운두교 위의 노인과 그 주위에 모여 있는 백 명 남짓한 녹포인들은 그가 똑바로 몸을 세울 때까지 아무런 행동도 보이지 않았다.

석대문은 두 주먹을 가슴 앞으로 모은 다음 당당한 목소리로 자신을 소개했다.

"강동제일가의 가주 석대문이오."

선풍도골의 노인, 군조가 못마땅한 점이라도 있는 양 새하얀 눈썹을 몇 차례 실룩거리다가 물었다.

"그 집의 가주라 하면 석안의 장자가 맞는고?"

석대문은 군조를 똑바로 바라보며 답했다.

"선친의 함자가 석 자, 안 자, 맞소이다."

대답이 나온 순간, 군조가 왼손을 운두교 아래로 홱 휘저었다. 뜰채에 건져진 잉어처럼 그 왼손에 잡혀 허공으로 딸려 올라온 것은 운두교 곁에 시종처럼 서 있던 콧수염을 짧게 기른 청의 장년인이었다. 군조는 청의 장년인의 멱살을 움켜쥔 왼손을 얼굴 앞으로 바짝 끌어당기더니 무서운 눈으로 노려보았다.

"둘째도 모자라 이제는 장자까지 기어 나왔도다. 네놈이 지껄인 말은 어찌하여 들어맞는 것이 한 가지도 없는고?"

숨통을 틀어 잡힌 청의 장년인은 뭐라 대답도 못 하고 눈을 흡뜬 채 두 발을 버둥거리기만 했다.

"버러지로다."

군조는 청의 장년인의 배와 옆구리 몇 군데를 오른손 중지로 사납게 찍은 다음 더러운 물건이라도 치우듯 관도 옆에다가 팽개쳤다. 허공을 날아간 청의 장년인은 웃자란 풀숲에 얼굴부터 거꾸로 처박혔다. 그런 그를 향해 군조가 판관처럼 엄한 목소리로 말했다.

"석안의 장자에게 징계를 내린 후 처리를 결정할 터이니 거기서 스스로의 어리석음을 반성하고 있을진저."

무슨 수법에 당한 걸까? 고꾸라져 있던 청의 장년인이 별안간 아랫배를 움켜쥐며 풀숲 위를 데굴데굴 구르기 시작했다.

"으아악! 윽! 윽! 끄아아아!"

청의 장년인으로부터 돼지 멱따는 듯한 비명이 길게 이어졌지만 군조는 더 이상 그 방향으로는 눈길조차 주지 않았다. 군조의 시선이 고정된 곳은 언덕길 위에 버티고 선 석대문의 얼굴. 석대문은 반석처럼 흔들리지 않는 눈으로 그 사이한 시선을 마주했다.

"자네의 동생이란 자가 본 좌의 제자들에게 무슨 짓을 저질렀는지 아는고?"

군조가 목소리를 높여 물었다.

석대문은 주위를 천천히 둘러보았다. 자신이 수풀을 헤치고 이 언덕길로 뛰어들기 직전 목격한 장면들이 떠올랐다. 자잠고라는 요물로 이루어진 그물에 덮인 채 수십 명의 독문도들에게 깔린 동생. 그 자리에서 갑자기 터져 나온 요악한 홍광. 그리고 그다음 장면은 지금 자신의 눈앞에 펼쳐진 구역질 나는 참경으로 남아 있었다. 핏물을 흠뻑 빨아들인 언덕길은 기름진 황토처럼 붉기만 하고, 그 위에 널린 독문도들의 잔해는 너무나도 끔찍하여 오히려 비현실적으로 보였다. 인간의 능력으로는 해낼 수 없는, 아니, 해서는 안 되는 절대적인 파괴 행위. 그 파괴 행위가 바로 자신의 동생 석대원을 통해 구현된 것이다.

"알고 있소."

석대문이 짤막하게 답하자 군조가 다시 물었다.

"그렇다면 동생이 저지른 죄에 대해 형 된 몸으로 어떻게 보상할 생각인고?"

보상이라는 말에 석대문은 실소를 금할 수 없었다. 적반하장이란 말을 배운 이래 이처럼 생생히 겪어 보기는 처음이었다. 그때 석대문의 등 뒤에서 걸걸한 목소리가 울렸다.

"그러게 내가 뭐랬어. 미친 늙은이랬잖아."

군조의 시선이 목소리가 울린 곳으로 향했다.
"방금 망령된 주둥이를 놀린 물건은 무엇인고?"
망령된 주둥이를 놀린 물건이 기다렸다는 듯이 대꾸하고 나섰다.
"미친 늙은이가 만든 망할 놈의 거북이 독 때문에 고생 좀 하신 개방 방주 우근이라고 한다. 왜?"
"개방 방주?"
군조는 콧수염을 실룩거리더니 다시 물었다.
"하면 금정화안 노화자와는 무슨 관계인고?"
상대가 개방 방주의 계보까지 들먹이고 나서자 우근이 짜증 난다는 듯 귓구멍을 후비며 석대문에게 투덜거렸다.
"정말 가관이로세. 저따위 미친 늙은이도 선배랍시고 대접해 주는 걸 보면 자네 참 비위도 좋구먼. 나라면 주먹부터 날리고 봤을걸세."
석대문은 소리 없이 웃었다. 물론 군조 같은 악랄한 노마두에게 선배 대접을 해 줄 마음 따위는 전혀 없었다. 단지 개방 방주에게 개방 방주로서의 예법이 있다면 강동제일인에게는 강동제일인으로서의 예법이 있을 뿐. 그리고 그 강동제일인으로서의 예법은 이제 막 끝나려는 참이었다.
"강호인의 보상법은 오직 한 가지."
석대문이 이제는 뜻대로 움직여 주는 오른손으로 허리에 요대처럼 감고 있던 연검의 고리를 풀었다. 그의 손에 잡혀 바닥을 향해 낭창하게 늘어지던 요대의 끝이 어느 순간 '칭!' 하는 맑은 소리를 내며 고개를 빳빳하게 치켜들었다. 강동제일인의 상징과도 같은 명검 묵정. 옻 물을 입힌 것 같은 새까만 광채가 폭 좁은 검신을 타고 뾰족한 검봉을 향해 달려내려 갔다. 검광

에 서린 서늘한 기운이 공기 중으로 암향暗香처럼 풍겨 나갔다.

"선친께서 언젠가 말씀하셨소. 당신께서 검으로 이룬 여러 업적들 중 천하인들에게 가장 도움이 되었던 것은 독중선이라는 악인으로부터 눈 하나와 손목 하나를 빼앗은 일이라고."

잠시 말을 끊은 석대문이 검광처럼 차가워진 목소리로 군조에게 물었다.

"어떻소? 과거 선친께 잃은 눈과 손목에 대한 몫까지 함께 보상받고 싶지 않소?"

군조의 탐스러운 수염이 부르르 떨렸다.

"이런 발칙한……."

"하지만!"

칼로 내리치듯 군조의 말을 자른 석대문은 묵정을 들어 군조를 똑바로 겨누었다. 협객은 악귀처럼 추괴하고 마두는 신선처럼 기품 있었다. 그러나 기품 있는 마두를 향한 추괴한 협객의 눈빛은 맑게 갠 밤하늘의 별처럼 빛나고 있었다. 협객은 그런 눈으로 마두에게 선언했다.

"악인이 강동제일가를 상대로 뭔가를 보상받는 것이 얼마나 어려운 일인지 알게 될 거요."

쾅!

운두교의 한쪽 가장자리가 군조의 주먹 밑에서 바스러졌다. 군조는 어깨를 와들와들 떨다가 노호성을 터뜨렸다.

"감히 내 앞에서 그런 망발을 지껄이느뇨! 여봐라! 누가 본좌를 대신하여 저 버릇없는 물건에게 징계를 내리겠느냐?"

운두교 주위로 모여 있던 백 명 남짓한 독문도들 중에서 뱀눈을 한 중늙은이가 앞으로 달려 나와 군조를 향해 부복했다.

"소인이 독살들을 이끌고 나가 저자를 징계하겠사옵니다. 허락하여 주시옵소서."

"독문지존 이름으로 허하노니, 백사야차는 독문의 제자들을 이끌고 나아가 본 좌의 뜻을 즉시 시행토록 하라. 단, 저 버릇없는 물건의 목숨만큼은 반드시 붙여 놓아야 할 것이니라. 본 좌가 직접 버릇을 가르칠지니."

"천명을 받들겠나이다!"

뱀눈의 중늙은이, 백사야차가 오른손을 번쩍 치켜들었다. 그러자 운두교 주위에 몰려 있던 독문도들이 앞쪽으로 우르르 몰려나왔다. 남겨진 머릿수를 얼핏 헤아리니 팔십 가까이는 나서는 것 같았다.

"도와줄까?"

뒤에서 우근이 물었다. 석대문은 우근을 돌아보며 미소를 지었다.

"고맙습니다."

"어찌 된 사람이 빈말로라도 사양할 줄을 몰라."

우근이 강동으로 데리고 온 측근 거지들에다가 개천봉 막운래가 소주 분타에서 차출해 온 제자 거지들까지 더한 이십여 명을 이끌고 걸어 나오자, 이철산을 비롯한 사절검도 성큼 따라나서며 말했다.

"잘됐구려. 돕겠다고 따라와 놓고 하는 일 없이 이리저리 돌아다니기만 해서 영 체면이 안 서던 참이었는데. 선봉은 우리 형제들이 맡겠소이다."

"쳇, 이 대협네가 앞장서면 남는 것도 없겠군."

우근은 볼멘소리로 투덜거렸고 이철산은 그저 허허 웃기만 했다. 그러자 저만치 나무 아래에서 석대원과 그 노복을 돌보던 유 당사가 종종걸음으로 달려와 우근의 뒤에 바짝 들러붙었다.

"날씨도 더운데 시원한 데서 계실 것이지 냄새나는 거지 등짝에는 왜 들러붙고 그러시오?"

우근이 메기입을 지으며 얼굴을 찡그리자, 유 당사가 그의 옆구리 밖으로 고개만 빼죽 내밀고 종알거렸다.

"재미있는 일에 나만 쏙 빼놓으려고?"

"하지만 환자들을 돌봐야 하는 분이 예서 재미나 찾으시면 되겠소?"

"명줄은 다 붙여 놓았으니 잔말 말고 앞이나 잘 막아 주시오. 이 사람이 얼마나 쓸모 있는지는 금방 알게 될 테니까."

두 사람이 나누는 수작을 들으며 석대문은 실소했다. 천하의 개방 방주마저도 꼼짝 못 하게 만드는 걸 보면 저 영감을 당할 사람이 최소한 이 일행 중에는 없는 게 분명했다.

"깡그리 죽여 버려!"

백사야차의 살기 찬 고함을 신호로 싸움이 시작되었다.

그것은 막내 석대전, 둘째 석대원에 이어 석씨 형제의 맏형 석대문이 가문을 지키기 위해 독중선 군조와 치르는 마지막 싸움이었다.

"사부는 좋겠네."

황우가 입맛을 다시며 중얼거렸다. 바로 옆자리가 아니면 듣지 못할 작은 소리였는데, 그걸 또 어떻게 주워듣고 타박하는 사람이 있었다.

"네 사부가 뭐가 그리 좋은데?"

황우는 뛸 듯이 놀라 뒤를 돌아보았다. 쉰내 풀풀 풍기는 재미없는 얼굴이 어느 틈엔가 자신의 어깨 위로 바짝 다가와 있었다. 그 얼굴의 주인은 무양문 대문 앞에 자신을 버려둔 채 어디론가 사라져 버린 손버릇 나쁜 영감쟁이, 모용풍이었다. 황우는 반사적으로 뒤통수를 가리며 고개를 꾸벅 숙였다.
"언제 오셨대요?"
"그건 알아서 뭐하게."
대답이 이 모양으로 돌아오는 걸 보면 모용풍이 확실했다.
"어른 앉으시게 엉덩이 좀 치워라."
모용풍의 엉덩이가 황우가 웅크린 바위틈을 비집고 들어왔다. 어어, 하는 사이에 자리를 빼앗긴 황우는 모용풍이 작은 항아리 하나를 성한 팔로 끌어안고 있는 것을 보았다. 돌아올 대답이 아무리 뻔해도 궁금한 점이 있으면 참지 못하는 게 황우였다.
"그 항아린 또 뭐래요?"
"알 것 없다."
예상 못 한 대답은 아니지만 시무룩해지는 것은 어쩔 수 없었다.
'대체 이 노인네 심사는 왜 이렇게 꼬였대?'
황우가 입술을 삐죽이며 옆에 자리를 잡자 모용풍이 특유의 삐딱한 말투로 물었다.
"네놈은 사부가 왔는데도 왜 안 나가 보고 여기 처박혀 있는 게냐?"
"그게……."
왜 그러냐 하면, 혼날까 봐 그렇다. 의형제의 동생을 강적들과 혼자 싸우도록 내버려 두고 제자 놈은 뒷전에 숨어서 구경만 하고 있었던 것을 안다면, 사부의 호협한 성정에 뒤통수가 온전치 않을 것 같았기 때문이다.
그러나 황우에게도 변명거리는 있었다. 그 싸움에 끼어들

었다가 적도 아닌 석대원에게 얻어맞아 눈두덩이라도 터지면 그 책임을 누가 지려고? 아까 싸우는 모습을 보니 석대원은 무지막지하게 강하기만 한 미친놈이나 다름없던데. 황우는 현실주의자인 사부를 제대로 배워 훌륭한 현실주의자가 되었고, 훌륭한 현실주의자는 타인에게 불필요한 책임을 지우지 않아야 한다고 믿었다. 그래서 끼어들지 않은 거다. 뭐, 독문의 대단한 위세에 켕기는 기분이 전혀 들지 않았다고는 말할 수 없지만 말이다.

다행히 이 장황한 대답을 모용풍에게 할 필요는 없었다. 질문을 던진 모용풍이 저 앞에서 어지럽게 돌아가는 싸움판에 곧바로 정신을 빼앗겼기 때문이다. 그만큼 굉장한 싸움이었고, 재미 면에서도 최고였다.

양측의 주장인 군조와 석대문은 아직 전면에 나서지 않고 있었다. 군조는 군조대로 원수의 장자를 죽이기 위해 기세를 새로이 가다듬는 눈치였고, 석대문은 석대문대로 언제 어떻게 전개될지 예측하기 힘든 노독물의 독공을 경계하는 눈치였다. 그런 상황에서도 그 밑의 조무래기들, 감히 사부까지 포함한 무리를 이렇게 표현해도 되는 건지 모르지만, 그 조무래기들만으로 충분한 볼거리를 만들어 내고 있었으니 굉장한 싸움이라고 할 수밖에.

그리고 재미 면을 논한다면, 저 사람의 공을 빼놓을 수 없을 것이다.

"고 대협! 환부의 느낌이 어떻소?"

"간질간질하다가 붓더니 지금은 어깨까지 아파 옵니다!"

"운남호봉雲南胡蜂(운남말벌)의 독 아니면 상자해철箱子海蜇(상자해파리)의 독일 게요! 손날 쪽 경맥이니 어깨살 아래 견정혈肩貞穴

을 반쯤 누른 상태로 '삼三' 자가 쓰인 빨간 환약을 빨리 복용하시오!"

저쪽 조무래기 하나가 휘두른 용조구龍爪鉤에 팔뚝을 긁힌 고대협이라는 이쪽 조무래기 하나가 주머니에서 빨간 환약 하나를 꺼내 얼른 먹는 모습이 보였다. 복약 지시를 내린 사람은 사부 우근의 등짝에 매미처럼 달라붙어 있는 비쩍 마른 늙은이.

무공 한 초식 알지 못하는 것처럼 보이는 그 늙은이의 활약을 구경하는 재미가 그야말로 쏠쏠했다. 늙은이를 보호하느라 사부 같은 천하 고수가 제몫을 하지 못한다는 단점이 있긴 하지만, 이쪽 누군가가 독상毒傷을 입을 때마다 바로바로 처방을 내려 주니 저쪽의 장기인 독공이 전혀 힘을 발휘하지 못하고 있는 것이다. 그만하면 단점을 만회하고도 남는 게 아닐까?

늙은이는 심지어 목청도 좋았다.

"어허, 주 대협! 그럴 땐 바람을 등져야 한다고! 아이고 답답해! 좀 더 왼쪽으로 가라니까!"

목청이 어찌나 좋은지 이쪽 조무래기들이 다 함께 왼쪽으로 움직이는 바람에 누가 주 대협인지 분간조차 할 수 없을 지경이었다. 싸움이 시작될 무렵부터 줄곧 저런 식이니 대충 일각 넘게 떠들어 댄 셈인데도 목소리가 쉬기는커녕 갈수록 커지고 있었다.

그러니 저쪽으로서는 실로 눈엣가시 같은 존재가 아닐 수 없을 터. 그래서인지 저쪽 조무래기들을 지휘하는 대머리가 수작을 부려 보기도 했다. 백사야차라는 별호에 걸맞게 대머리가 소매 속에 감춰 두었던 백사 세 마리를 늙은이에게 쏘아 보낸 것인데, 황우가 보기에 세상에 그런 바보짓도 또 없었다. 늙은이 앞에 버티고 있는 사람이 누구인지 정도는 생각하고 행동했어

야지. 온 천하 거지들이 최고 진미로 꼽는 게 바로 뱀 고기인데 거지 왕초에게 뱀을, 그것도 그 귀하다는 백사를 세 마리씩이나 진상하다니!

과연 사부는 절세의 무명장법無名掌法 중 진삭삭震索索의 수법을 발휘하여 백사 세 마리를 답삭 낚아채더니만, 독사를 다루는 정법대로 대가리 아래 삼촌혈三寸六을 눌러 기절시키고는 철포 뒤춤에 달고 다니던 자루 속으로 얼른 챙겨 버렸다. 다소 먼 거리임에도 사부의 턱수염에서 번들거리는 식탐 어린 물기를 똑똑히 목격한 황우로서는, '사부는 좋겠네.' 소리가 절로 나올 수밖에 없었다. 모용풍이 불쑥 나타난 건 그 직후고.

이후 모용풍과 옆통수를 맞대고 구경하는 동안에도 목청 좋고 의리醫理 밝은 늙은이의 활약상은 여전히 돋보였다.

"연기 색깔을 보아하니 비석砒石 태운 것에 횟가루를 섞은 눈치인데, 악독하게도 백부자白附子 냄새까지 풍기는구나! 연기가 눈에 들어가면 당장 장님이 될 터이니 모두 조심하시오!"

저쪽 조무래기 여덟 놈이 한꺼번에 달려 나와 발사한 백황색 연막탄에는 아마도 사람 눈을 멀게 만드는 독수가 감춰져 있는 모양이었다. 그런데 그 대단한 독수가 늙은이의 한마디로 무용지물이 되고 말았다. 무지에서 비롯되는 두려움으로 팔 할은 먹고 들어가는 게 바로 독일진대, 오만 가지 독수에 달통한 박사를 끼고 있으니 그 팔 할이 도무지 먹히지를 않는 것이다.

이어 황우로서는 초면인 이쪽 조무래기 넷이서 눈을 감고 연막 속으로 돌입, 연막탄을 발사한 저쪽의 여덟 놈을 수수깡처럼 베어 넘겨 버렸다. 넷이서 눈 감고 여덟 놈을 베는 재주는 실로 일품이었지만, 늙은이의 활약상에 가려 빛을 보지 못하니 다소 아쉬운 일이 아닐 수 없었다.

"염병할 늙은이! 죽여 버리겠다!"

주자는 《근사록近思錄》을 통해 '배운 바에 충성하는 자는 늙지 않는다'라고 가르쳤는데, 저 백사야차는 비록 늙어 머리는 벗겨졌을망정 배운 바에 대한 충성심만큼은 능히 성현을 감탄시킬 수 있을 것 같았다. 자부하던 독문의 온갖 술수들이 족족 수포로 돌아가자 더 이상 참지 못하고 늙은이를 향해, 정확하게는 늙은이 앞에 서 있는 사부를 향해 육탄돌격을 감행한 것이다.

"허으허으허!"

그동안 얼마나 심심했던지 사부가 양팔을 활짝 벌리고 바보처럼 웃고 있었다. 그런 사부에게 맨몸뚱이로 부딪쳐 가는 백사야차의 모습은 문자 그대로…….

"이란투석以卵投石이네요."

"문자 쓰지 마라."

딱!

황우는 버릇처럼 문자를 읊고 난 다음, 손버릇 나쁜 노인네와 함께 있음을 망각한 대가로 뒤통수에 불이 나야 했다.

"에구구."

황우가 뒤통수를 잡고 죽는 시늉을 하다가 고개를 들었을 때에는 상황이 이미 끝나 있었다. 백사야차는 사부의 발치에 납작하게 뻗었고, 사부는 그 앞에 쭈그리고 앉아 백사야차의 양 소매를 뒤적거리고 있었다. 이유는 물어보지 않아도 뻔했다.

'세 마리로는 부족한 겁니까, 사부?'

황우는 괜스레 제 얼굴이 부끄러워져서 곁에 있는 모용풍을 힐끔거렸다. 그때 모용풍이 이 가는 소리와 함께 중얼거렸다.

"암, 네놈 성질에 더는 못 기다리겠지. 다 죽고 나면 가마 멜

사람이 없을 테니까."

모용풍의 시선이 어느 쪽을 향하는지 알아차린 황우는 그 시선을 좇아 군조가 올라앉은 운두교 쪽을 바라보았다.

(2)

"독문의 제자들은 모두 본 좌에게로 돌아올지니!"

전장으로 나간 팔십여 제자들 중 문주의 지엄한 명령에 복종하지 않는 머릿수가 절반을 넘기고 있었다. 그러나 군조는 불충한 제자들에게 어떠한 징계도 내릴 수 없었다. 이미 그들은 살아 있는 그 누구로부터도 징계를 받을 수 없는 처지로 바뀌었기 때문이다. 그리고 그들 속에는 이번 행차에 데리고 나온 여섯 명의 야차들 중 유일하게 살아남았던 백사야차도 포함되어 있었다.

참패라면 분명 참패일 텐데 군조는 별다른 위기감을 느끼지 않았다. 그는 광오한 만큼 스스로의 능력을 믿었다.

"상전 된 몸으로 어찌 아랫사람들의 노고에만 기대어 대사를 이룰까? 귀감을 보여야 할 책임을 잠시간 망각하고 있었도다."

혼잣말처럼 뇌까린 군조는 앉은 자세 그대로 둥실 떠올라 운두교에서 내려왔다. 이 부공답허浮空踏虛의 대단한 경신술은 보는 이들로 하여금 찬탄을 불러일으키기에 충분했지만, 정작 군조 본인으로서는 계단 노릇을 해 주던 인주야차도 죽어 없고 신발 바닥을 청결히 해 주던 답선융단踏仙絨緞도 깔리지 않은 지금의 현실이 울적하기만 했다. 그는 깊이 탄식했다.

"고되도다. 천도를 바로세우는 길이란 이토록 험난하구나."

살아남은 제자들이 모두 후방으로 물러난 것을 확인한 군조가 살아남지 못한 제자들의 시체로 뒤덮인 언덕길을 향해 천천히 걸음을 옮겼다. 주위에 널린 수족들의 주검은 이미 그의 눈에 들어오지도 않았다. 다만 살점과 핏물 같은 온갖 오물들로 인해 자신의 신발이 더러워진다는 사실이 견디기 힘들 만큼 불쾌했을 따름이다.

"저희가 수행하겠습니다!"

두 사람이 성치 않은 몸으로도 뒤뚱뒤뚱 달려와 군조의 앞을 호위했다. 독문사천왕의 둘인 오독수 장광과 독탑철옹 후종. 군조는 눈살을 찌푸렸다. 허리 병신과 팔 병신으로 앞길을 연다는 점이 마음에 들지 않았다. 얼굴이라도 반반하면 조금 낫겠다는 생각이 들었다.

"물러가라. 동옥이와 방이로 너희를 대신할지니."

"하지만……."

퍽!

장광이 말머리만 꺼내 놓고 언덕을 데굴데굴 굴러 내려갔다. 군조가 휘두른 일 장이 그렇게 만든 것이다. 두 팔이 끊긴 주제에도 남 걱정해 줄 여유는 남았는지, 후종이 충혈된 두 눈으로 군조를 한 번 쳐다보고는 운두교 부근까지 굴러가 처박힌 장광에게로 달려갔다.

경멸감을 감추지 않은 눈길로 그 둘을 쳐다보던 군조가 문도들이 모여 있는 곳을 향해 소리를 높였다.

"동옥이와 방이는 본 좌 앞에서 길을 열라."

이 대 혈랑곡주라는 석안의 둘째에 의해 노동옥은 내상을 입었고 교방은 왼쪽 젖가슴을 잘렸다. 그러나 그 어떤 부상도 스승이자 주인인 군조보다 무섭지는 않을 것이기에 두 사람은 이를 악 물고 달려와 앞자리 장식물이 되었다.

거기서 스무 걸음쯤 더 오르자 석안의 장자에게 징계를 내릴 만한 적당한 거리가 되었다.

석안의 장자, 석대문 옆으로는 네 사람이 좌우로 둘씩 나누어 서 있었다. 인간을 장님으로 만드는 맹목운무진盲目雲霧陣 속으로 눈을 감은 채 돌입, 진을 이루던 여덟 명의 독살들을 수수깡처럼 베어 넘긴 제법 실력이 있는 검객들이었다. 스승의 이름자라도 알아볼까 생각하던 군조는 이내 마음을 고쳐먹었다. 스승의 이름은 알아서 뭐하랴, 하루살이처럼 금방 죽을 목숨인 것을.

"겉옷을."

군조가 명하자 노동옥과 교방이 재빨리 다가와 그의 학창의를 벗겨 안더니 뒤로 물러났다. 정갈한 백색 비단 경장 차림으로 바뀐 그는 오연한 시선으로 석대문과 그 양옆으로 벌려 선 하루살이들의 면면을 훑어보았다.

가장 다혈질이었을까? 아니면 가장 부실해서 긴장감을 이기지 못한 것일까? 왼쪽 끄트머리에 서 있던 호리호리한 하루살이가 군조를 향해 기세 좋게 외쳤다.

"독중선 군조! 우리 사절검은 오래전부터 그대의 악행을 증오해 온 바……."

군조는 왼손을 슬쩍 치켜들었다.

"헛!"

석대문이 짧게 부르짖으며 군조가 뻗어 낸 왼손 중지 끝과 호리호리한 하루살이의 심장을 연결하는 보이지 않는 직선 위로 뛰어들었다.

퐁! 착! 큭!

각기 다른 세 가지 소리가 한 호흡 안에서 순차적으로 울렸다. 군조가 쏘아 낸 염왕날인이 공기를 가르는 소리, 석대문이 뽑아 든 연검을 내리치는 소리, 마지막으로 호리호리한 하루살이가 어깨를 감싸고 주저앉으며 뱉어 낸 신음.

"고 대협을 어서 유 당사에게로 데려가세요."

석대문이 차갑게 가라앉은 눈빛과 새카만 연검의 검봉을 군조에게 동시에 겨누며 말했다. 그러자 세 마리 하루살이들이 부산을 떨며 바닥에 주저앉은 놈을 뒤로 끌고 갔다.

"흐으음."

군조는 염왕날인을 발출한 왼손을 자연스럽게 당겨 턱수염을 쓸어내리면서 생각했다. 심장을 녹여 버릴 작정이었는데 어깨살을 뚫는 데 그치고 말았다. 자신의 염왕날인은, 인조 손톱 아래 숨겨 놓은 오독분五毒粉을 지풍에 실어 쏘아 보내는 노동옥의 가짜 염왕날인과는 차원이 달랐다. 위력 면에서도 비교조차 할 수 없거니와 무엇보다도 심인지경心印之境, 즉 마음으로써 수발과 진로를 결정하는 극고의 경지에 올라 있었던 것이다. 그런 만큼 겨냥이 빗나갔을 리는 없을 터.

석대문을 향한 군조의 시선에 비로소 인정하는 기색이 어렸다. 이 거리에서 발출한 염왕날인을 검으로 내리쳐 튕겨 냈다면 결코 예사로운 재주는 아닌 것이다.

석대문이 굳은 얼굴로 군조에게 말했다.

"내가 아닌 엉뚱한 사람부터 공격할 줄은 예상 못 했소. 순간의 방심으로 천추의 한을 남길 뻔했구려."

"본 좌의 도력을 가벼이 여기는구나. 가만있었으면 아무것도 모른 채 죽었을 것을, 그 잘난 재주로 말미암아 네 동료가 어떤 고통을 겪다가 죽게 될 것인지 알고나 하는 얘기인고?"

말을 마친 군조는 득의양양한 미소를 지었다. 그러나 석대문의 어깨 너머로 자발머리없는 늙은 목소리가 울려오자 그 미소

는 씻은 듯이 사라지고 말았다.

"도력 같은 소리 하고 자빠졌네! 주사와 수은에 다섯 가지 독을 함께 처먹고 쌓은 독정내단毒精內丹을 용케도 실처럼 가늘게 뽑아내는 재주를 익히긴 했다만, 우리 쌍절유가雙絕劉家에서 감당 못 할 독은 아니다! 석 가주는 아무 걱정 말고 그 늙은것을 혼내는 데나 집중하시오."

"쌍절유가?"

언젠가 들어 본 적이 있는 이름이었다. 군조는 기억을 더듬어 보았다.

까마득한 옛날, 오행독문의 전대 문주이자 군조의 스승인 독군자毒君子 사공문司空聞은 제자들을 모아 놓고 이렇게 물었다.

"우리 오행독문에는 대대로 내려오는 숙적이 있다. 그들이 누구인지 아느냐?"

사공문의 첫 번째 제자이자 군조에게는 사형이 되는 정포丁抱가 즉시 대답했다.

"활인구양가活人歐陽家입니다."

사공문은 고개를 끄덕였다.

"맞다. 독문과 의가는 양립할 수 없는 관계. 독문의 최고봉인 이 오행독문에 들어온 자라면 천하제일의天下第一醫를 자처하는 악양의 구양씨들을 반드시 뿌리 뽑아야 한다."

그러자 어린 군조가 흥분하여 소리쳤다.

"그 구양씨들을 포함한 천하 모든 의원들의 씨를 제가 말릴 거예요!"

사공문은 가장 어여삐 여기는 둘째 제자에게 웃음을 보여 준 뒤 다시 물었다.

"그렇다면 우리 오행독문이 가장 주의를 기울여야 할 천적은 누구인지 아느냐?"

그 시절 코흘리개에 불과하던 장광과 후종은 물론이거니와 이미 약관을 넘긴 정포조차 이 질문에는 대답하지 못했다. 그러자 사공문이 말했다.

"그들은 독문과 의가의 중간 성격을 띤 자들이다. 독술을 통해 약리를 연구하고 약리를 이용해 독술을 계발하지. 때문에 독문과 의가 양쪽 모두로부터 배척당하게 되었고, 급기야 아무도 모르는 음지로 숨어들어 버렸다. 그러나 만일 그들이 세상에 다시 모습을 드러내게 된다면, 독문의 길을 걷는 자들에게는 가장 주의를 기울여야 할 천적이 되어 있을 것이다."

그러고는 어린 제자들의 기억에 깊이 각인시키려는 듯 사공문은 또박또박 힘주어 말했다.

"약독쌍절藥毒雙絕 유씨劉氏들, 이것이 바로 그들의 이름이다. 또한 그들은 천하 모든 독공에 상극으로 작용하는 금화용뇌金花龍腦의 주인이기도 하다."

반추에서 깨어난 군조가 석대문의 뒷전 저만치 떨어진 곳에 있는 늙은이를 향해 물었다.

"자네가 쌍절유가에서 나온 사람이라고?"

염왕날인에 당한 호리호리한 하루살이의 어깨에 얼굴을 박고 조치를 취하던 늙은이가 고개를 발딱 치켜들고 이죽거렸다.

"왜? 켕기는 게 있나 보지?"

켕기냐고? 그런 건 아니었다. 그저 찜찜할 뿐이었다. 푹신한 베개 아래 완두콩 한 알이 깔려 있음을 알았을 때 느낄 법한, 머리로는 무시하고 싶지만 마음으로는 무시하기 힘든 찜찜함.

군조는 머리보다는 마음을 중시하기로 했다. 완두콩을 집어내 뭉개 버리기로 작정한 것이다.

"조심하시오!"

대라신수에서 쏟아져 나온 자금망이 허공으로 솟구친 순간 석대문이 경호성을 터뜨렸다. 그러나 이번만큼은 앞서 호리호리한 하루살이를 구원할 때처럼 군조의 의도를 훼방 놓지는 못할 터였다. 왜냐하면…….

와다다다당!

오지삼장五指三掌. 무려 다섯 대의 염왕날인과 세 대의 독룡승천장毒龍昇天掌이 폭풍우처럼 석대문을 덮쳐 갔기 때문이다.

한 덩어리로 움직이는 독룡기를 강제로 갈라 자금망과 독공을 함께 시전하는 것은 제아무리 독문지존을 자처하는 군조라 해도 간단한 일이 아니었다. 시전 직후 단전이 일시적으로 텅 비어 버리는 진기의 공백기가 찾아올 위험이 있기 때문이다.

그런 위험을 무릅쓰면서까지 군조가 무리한 공격을 펼친 데에는 나름 합당한 이유가 있었다. 촌음寸陰에 생사가 갈리는 검수에게 있어 가장 중요한 것은 집중력이었다. 집중력이 흐트러진 검수가 지닌바 실력을 모두 발휘하지 못하는 것은 당연한 이치. 머리 위로 날아가는 자금망에 당황한 석대문은 자신에게 몰아닥친 드센 독공에 정신을 집중하지 못할 터였다. 그러므로 군조의 이번 공격은 석대문과 쌍절유가의 늙은이, 이 두 마리 새를 동시에 떨어뜨리는 일석이조의 노림을 품었다고 할 수 있었다.

하지만 군조의 노림은 보기 좋게 빗나갔다.

우선 첫 번째 새.

석대문은 머리 위로 날아가는 자금망을 보고서도 전혀 흔들리지 않았다. 그는 바람 한 점 스며들지 못할 철벽같은 일 보를 내디디며 손가락들이 녹아 붙은 흉측한 오른손을 부드럽게 움직였다. 연검의 검봉이 떨리고, 그의 전방 허공에 먹물 한 방울을 붙들어 매단 듯한 작고 까만 점 하나가 찍혔다. 다음 순간.

촤촤촤촤!

군조는 작고 까만 점 하나가 시커먼 번갯불들을 줄기줄기 토해 내는 믿기 어려운 광경을 목격하게 되었다. 그 번갯불들에는, 더욱 믿기 어렵게도, 삼라만상이 담겨 있었다.

'이, 이것은…….'

군조는 눈을 부릅떴다. 거대한 만다라도曼茶羅圖로 바뀐 번갯불이 그의 회심이 담긴 오지삼장을 흔적도 없이 삼켜 버리더니, 곧바로 그가 서 있는 자리를 덮쳐 온 것이다.

'혼류만다라混流曼茶羅로구나!'

군조는 저 검초를 똑똑히 기억하고 있었다. 과거 강동삼수의 둘째 석안이 바로 저 검초를 펼쳐 그에게서 왼쪽 눈과 오른쪽 손을 앗아 갔던 것이다. 당시 겪었던 공포와 좌절감이 악몽처럼 되살아났다. 아비에 이어 그 자식에게까지 똑같은 방식으로 당하기는 싫었다.

"으아아악!"

군조는 비명처럼 처절한 기합을 내질렀다. 공허로 침잠하려던 독룡기가 주인의 의지에 끌려 강제로 솟구쳤다. 단전이 찢어지는 듯한 고통을 참으면서 앞으로 뻗어 낸 대라신수의 장심이 활짝 열리고, 그 안에 숨어 있던 마지막 일천 아귀들이 자줏빛 아우성에 휩싸인 채 세상 밖으로 뛰쳐나왔다.

군조의 발악 같은 저항은 거기서 그치지 않았다. 그의 왼쪽 눈에서 묵광에 가까운 짙은 청광이 폭출되었다. 왼쪽 눈알이 있

던 자리에 박혀 있던 오행신동주五行神瞳珠가 혼류만다라가 그려 낸 거대한 만다라도의 한복판을 향해 빛살 같은 속도로 쏘아 나 갔다.

대라신수와 오행신동주, 석안에게 패퇴한 뒤 누만금의 비용 과 절치부심의 노력 끝에 신체와 일치시키는 데 성공한 이 두 가지 독문지보毒門至寶가 한꺼번에 모습을 드러낸 것이다.

바로 그때, 눈앞을 가득 메우던 거대한 만다라도가 씻은 듯 이 사라졌다. 마치 신선이 그려 낸 어떤 그림이 어느 순간 그 붓끝으로 되돌아갔다는 전설 속의 한 장면처럼, 검초를 이루던 모든 변화들이 연검의 검봉 속으로 찰나지간에 빨려들어 간 것 이다. 다음 순간.

화아악!

연검의 검봉에 압축된 검기가 맹렬한 기세로 폭발했다. 이어 서 군조의 눈앞에 펼쳐진 그림 한 폭!

앞선 것이 만다라도였다면 이번 것은 화조도花鳥圖였다. 하지 만 화조도 특유의 여성스러운 맛은 전혀 찾아볼 수 없었다. 가 을 벌판에서 수천수만 마리의 참새 떼가 일시에 날아오르는 듯 한 그 호쾌하고도 장대한 검기의 비상 앞에, 일천 아귀들로 이 루어진 자금망은 썩은 새끼줄에 지나지 않았고 오독五毒의 정화 로 뭉쳐진 오행신동주는 개 눈깔처럼 하찮기만 했다.

오행신동주가 가루로 변해 흩어졌다. 그다음 가닥가닥 끊긴 마지막 자금망의 파편들이 검기의 꼬리에 매달려 하늘로 솟구 쳤다. 흡사 두 사람 사이에서 자줏빛 분수가 솟구치는 것 같은 광경이었다.

슥-.

오싹하지만 고통은 배제된 반쪽짜리 상실감이 군조를 엄습했다. 퍼뜩 정신을 차리고 내려다보니 곤오철昆吾鐵에 교금사膠金絲를 섞어 제작해 웬만한 병기로는 흠집조차 낼 수 없다는 대라신수가 흙바닥 위를 맥없이 구르고 있었다. 대체 언제 몸통으로부터 잘라 낸 것일까? 당한 군조마저도 알아차리지 못한 쾌속 무쌍한 수법이었다.

그리고 군조는 자신의 내부로부터 울려 나온 구슬픈 울음소리를 들을 수 있었다.

그어어어엉!

단전에 웅크린 독룡기가 울부짖고 있었다. 순리를 어기고 연달아 강제한 부작용에 더하여 심령에 가해진 심대한 타격까지. 그러한 요인들이 군조의 전부나 다름없는 독룡기를 밑바닥부터 붕괴시키기 시작한 것이다. 신외지물身外之物인 의안과 의수를 잃은 것과는 비교할 수 없는 심각한 일이 지금 그의 내부에서 벌어지려 하고 있었다.

'큰일 났구나!'

군조는 덜컥 겁이 났다. 독문의 길을 걷는 자에게 있어서 독정내단의 붕괴가 무엇을 의미하는지 그보다 잘 알고 있는 사람이 있을까? 아랫배에서부터 서서히 녹아들어 종래에는 죽음에 이르는 고통스럽고도 처참한 파멸이 저 앞에서 손짓하고 있는 것 같았다.

'그것만은 안 돼.'

군조는 재빨리 머리를 굴렸다. 이 위기를 벗어나기 위해서는 비상수단을 동원할 필요가 있었다. 그리고 그 비상수단을 성사시키기 위해서는 두 가지 조건이 필요했다.

첫 번째 조건은 눈앞에 있는 석대문의 성정. 다행히 석대문은 검군자라 불리던 아비 석안을 닮아 정파인으로서의 명분을

아는 대인군자처럼 보였다. 그렇다면 남은 것은 두 번째 조건인데…….

군조는 급히 시선을 돌려 누군가를 찾았다. 두 번째 조건을 충족시키기 위해서는 그자가 가지고 있는 어떤 물건이 반드시 필요했기 때문이다.

'제발…… 오오!'

군조는 내심 환호했다. 하늘은 그를 버리지 않았다. 그가 자금망을 발출하여 죽이려 했던 두 번째 새, 쌍절유가의 늙은이는 지금도 여전히 무사했다. 만일 자신의 시도가 성공해 그 늙은이가 자금망 속에서 녹아 죽어 버렸다면 이 위기를 벗어날 비상수단도 함께 사라졌을 터. 이런 걸 두고 새옹지마라 하던가?

지금 쌍절유가의 늙은이 앞에는 개방 방주 우근이 우뚝 서 있었다. 군조가 쏘아 보낸 자금망은 우근의 발치에 떨어진 채 본래의 자줏빛을 조금씩 잃어 가고 있었다. 활짝 펼친 좌우 손바닥으로 하늘과 땅을 각각 가리키고 있는 우근의 넙데데한 얼굴이 이렇게 예뻐 보일 줄이야!

석대문이 군조에게 다가왔다. 화상으로 반쪽이 일그러진 흉측한 얼굴이지만, 계곡물처럼 시린 안광과 반석처럼 안정된 호흡은 그가 조금 전 일전에서 아무런 손해도 입지 않았음을 보여 주고 있었다.

꿀꺽!

자신도 모르게 마른침을 삼킨 군조는 석대문이 쥐고 있는 새까만 연검을 쳐다보았다. 그러자 혼류만다라의 변화무쌍한 검초가 한순간에 저 작은 검봉으로 되돌아가던, 직접 보고서도 믿기지 않는 놀라운 광경이 떠올랐다. 크고 작음, 좁고 넓음에 구애받지 않는 실로 천의무봉한 검법이라 할 수 있었다.

그 놀라운 검법의 주인공이 군조를 향해 근엄한 목소리로 선언했다.

"군조 선배, 당신이 졌소."

그렇다. 자신이 졌다. 하지만 이기고 지는 것은 이미 군조에게 있어서 중요한 문제가 아니었다. 시간이 없었다. 전력을 다해 저지하고 있기는 하지만 독룡기는 빠른 속도로 붕괴되고 있었다. 늦어도 일각 안에 단전을 봉인하지 못한다면 모든 것이 끝장나고 마는 것이다.

군조는 석대문을 향해 말했다.

"패배를 인정하지요. 항복하겠습니다."

(3)

노동옥은 일곱 살에 고아가 되었다.

오랜 가뭄에 말라붙은 대지는 수많은 유민들을 만들어 냈고, 굶주림에 지쳐 천하를 떠돌던 부모는 모래바람 드센 감숙의 변방에 이르러 마침내 제 자식을 잡아먹는 천인공노할 만행을 저지르기에 이르렀다. 아귀로 변한 가족들 틈바구니에 끼어 앉아 다섯 살배기 여동생의 살코기를 뜯어먹으며 노동옥은 생각했다. 다음번은 내 차례라고.

그날 밤 가족들이 오랜만의 포만감에 취해 잠든 사이 노동옥은 죽을힘을 다해 달아났다. 가족과 헤어진다는 것은 더 이상 두려움의 요인이 아니었다. 살 수만 있다면 고아가 되어도 상관없었다. 아니, 굶주림에서 벗어나기 위해 피붙이를 잡아먹는 게 가족이라면, 제발 고아가 되고 싶었다. 그래서 그는 배 속에 있는 여동생에게 기원했다.

'제발 내가 더 빨리 뛸 수 있도록 힘을 보태 주렴!'

그러나 여동생은 자신을 먹는 데 동참한 막내 오라비를 용서해 주지 않았다. 해 뜰 무렵, 눈이 뒤집혀 쫓아온 가족들에게 붙잡혀 손발이 꽁꽁 묶인 채 걸치고 있던 넝마 쪼가리까지 홀랑 벗겨진 노동옥은 잠시 후 자신에게 닥칠 끔찍한 비극을 외면하려 눈을 질끈 감고 말았다.

어둠 속에서 몇 가닥 비명들이 들렸다. 그다음에는 믿을 수 없을 만큼 잠잠해졌다. 노동옥은 감고 있던 눈을 살그머니 떠 보았다. 그의 앞에는 소원대로 그를 고아로 만들어 준 은인이 아침 햇살을 등진 채 신선처럼 서 있었다.

-아이야, 너는 방금 속세의 업에서 벗어났도다. 더 이상 두려워하지 않아도 될지니.

노동옥은 그날부로 신선을 닮은 그 은인의 집에서 살게 되었다. 은인은 얼마 후 그의 주인이 되었고, 사부가 되었다.

어느 밤 이부자리를 봐 드리고 돌아서는 노동옥을 사부가 불러 세웠다. 다음 날 새벽 노동옥은 잠든 사부의 품에 안긴 채 눈물을 흘렸다. 그는 처음 만난 날부터 사부를 사랑했다. 남색질로 인해 엉덩이에서 느껴지는 고통 따위는 사랑을 쟁취한 희열에 비하면 아무것도 아니었다.

사부를 향한 노동옥의 사랑은 날이 갈수록 깊어졌다. 사부 또한 늘그막에 얻은 막내제자이자 잠자리 시자를 각별히 아껴 주었다. 최소한 교방이란 계집이 나타나 막내제자 자리와 잠자리 시자 자리를 동시에 뺏기기 전까지는 그랬다.

노동옥은 눈을 부릅뜬 채 전신을 와들와들 떨었다. 신선 같은 은인이, 경외하는 주인이, 그리고 사랑하는 사부가 그로서는 단 한 번도 상상해 보지 못한 말을 방금 내뱉은 것이다.

항복하겠습니다? 항복하겠습니다라니!

석대원이란 자로 인해 입은 내상 때문에 자신의 귀가 잘못된 게 분명했다. 사부는 어떤 상황에서도 저런 비루한 말을 입에 담을 사람이 아니었다. 그러나 이어진 사부의 말은 노동옥으로 하여금 자신의 귀가 결코 잘못되지 않았음을 깨닫게 해 주었다.

"패배를 인정하고 항복한 가련한 늙은이입니다. 정파의 대협을 자처하는 분들께서 모질게 다루시지는 않겠지요?"

새카만 회초리처럼 보이는 연검을 쥐고 사부 앞에 서 있는 석안의 장자, 석대문 또한 이런 말들이 몹시도 의외인 게 분명했다. 차가운 눈으로 한동안 사부를 노려보던 석대문이 물었다.

"진심으로 하는 말이오?"

사부는 팔꿈치 아래가 사라져 버린 오른팔을 들어 보였다.

"진심이고말고요. 이런 몸으로 무슨 저항을 할 수 있겠습니까. 항복할 수밖에요."

제자인 노동옥조차 믿기 힘든 사부의 돌변한 모습에 석대문은 적잖이 당황한 눈치였다.

그때 멀찍이 있던 개방 방주 우근이란 놈이 어슬렁거리는 걸음으로 두 사람에게 다가왔다. 그의 등 뒤에는 독문이 전개한 모든 수단들을 주둥이 하나만 가지고 족족 깨트려 버린 얄미운 늙은이가 갯바위 위의 따개비처럼 달라붙어 있었다.

"개가 웃을 일이군. 세상에 저 하나밖에 모르는 광오한 늙은이가 항복을 하겠다고?"

우근이 콧방귀를 뀌었다. 그러나 사부는 그를 상대하려 하지 않았다. 사부는 대라신수가 잘려 나간 오른팔을 그대로 올린 채

석대문을 향해 처량한 목소리로 말했다.

"믿지 않는 분이 나오실 줄 알았습니다. 그러나 선친을 닮아 대인의 풍모를 지니신 석 가주께서는 이 늙은이의 진심을 알아주시리라 믿습니다."

"허, 허어허."

기가 차서 못 견디겠다는 듯한 우근의 헛웃음을 들으면서 노동옥은 자신 또한 저렇게 웃고 있음을 깨달았다. 하지만 그의 웃음은 우근의 것과 근본적으로 달랐다. 통곡보다 더 구슬픈 웃음. 딛고 있는 땅이 천천히 출렁거리는 기분이었다. 그러나 흔들리는 것은 땅이 아니었다. 보호해 주던 우리를 한순간에 잃어버린 사육된 동물의 갈 곳 없는 영혼이었다.

석대문이 그제야 생각난 듯 우근의 등에 달라붙은 얄미운 늙은이에게 물었다.

"고 대협의 상세는 어떻습니까?"

얄미운 늙은이는 헛기침부터 늘어놓으며 우쭐거렸다.

"어험! 이 사람이 걱정 말라고 했으면 그런 줄 알 것이지 뭘 묻고 그러시오."

"다행이군요. 감사드립니다."

"감사는 환자의 의형들에게서 톡톡히 받아 낼 생각이니, 석 가주는 딴생각 말고 저 늙은것의 처리나 신경 쓰시오."

"아우, 입 피곤하게 길게 얘기할 것 없네. 자네가 손에 피 붙이기 싫다면 내가 하도록 하지."

개방 방주 우근이 팔소매를 둘둘 걷어붙이며 앞으로 나섰다. 병기 따위는 쓸 것도 없이 그냥 맨주먹으로 때려죽일 작정인 모양인데, 충분히 가능한 얘기였다. 그는 독문지보라는 자금망의 포박을 한 쌍의 육장만으로 간단히 파훼한 절정의 고수였기 때문이다.

석대문은 잠시 고민하다가 우근을 만류했다.

"그의 목숨을 형님의 손에 맡길 수는 없습니다."

어깨를 을근대며 나서던 우근이 걸음을 멈추고 뜨악한 눈길로 석대문을 돌아보았다.

"그건 또 무슨 섭섭한 소린가?"

"제 말을 오해하지 마시기 바랍니다. 이번 사태는 어디까지나 저 군조 선배가 과거의 원한을 풀기 위해 사자검문과 석가장을 공격한 데에서 비롯된 일입니다. 형님의 도움을 받을 수는 있지만 마지막 해결까지 형님의 손에 맡긴다면, 이후 강동의 두 문파가 강호의 동도들 앞에서 어찌 얼굴을 들고 다닐 수 있겠습니까."

"허! 그렇게 안 봤는데 이제 보니 자네도 체면이나 따지는 답답한 사람이었군. 그까짓 체면이 무슨 대수라고!"

우근은 못마땅한 기색이 역력했지만 더 이상 자신의 뜻을 고집하지 않았다. 이 점만 보아도 그가 석대문의 의견을 얼마나 존중해 주는지 알 것 같았다.

우근 대신 앞으로 나선 것은 얄미운 늙은이였다.

"두 분은 저 늙은것의 처리를 놓고 고민할 필요 없소. 이 사람에게 기막힌 묘책이 있으니까."

석대문과 우근이 동시에 반색을 띠며 얄미운 늙은이를 쳐다보았다. 얄미운 늙은이는 한껏 거들먹거리더니 상체에 둘둘 감은 가죽 복대의 가장 안쪽 주머니에서 향초 한 자루가 들어갈 만한 크기의 길쭉한 목갑 하나를 꺼냈다. 손때가 반들반들한 호두나무 재질에다 사개에 거멀장부재가 떨어지지 않도록 감아쥐는 금속 장식을 댄 그 목갑이 노동옥의 눈에는 지독히도 불길해

보이기만 했다.

"요놈아, 이 물건이 무엇인지 아느냐?"

얄미운 늙은이가 사부의 눈앞에다 목갑을 흔들며 물었다. 목갑을 쳐다보던 사부가 갑자기 어깨를 부르르 떨었다.

"서, 설마!"

"으헤헤헤! 설마가 원래 사람 잡는 법이지. 너희 독문이란 작자들이 꿈속에서라도 만날까 두려워하는 물건이 뭔지 내가 잘 안다, 요놈아."

사부가 떨리는 목소리로 물었다.

"정말로 그, 금화용뇌란 말입니까?"

"그렇다. 이 물건이 바로 금화용뇌다."

금화용뇌?

노동옥으로서는 금시초문이지만 사부는 그 이름을 무척이나 두려워하는 것 같았다. 어깨를 떠는 것으로도 모자라 주춤주춤 뒷걸음질까지 치는 것을 보면 사부가 금화용뇌라는 물건을 얼마나 두려워하는지 충분히 짐작할 수 있었다. 하지만 석대문은 그런 사부를 용납하지 않았다.

"허튼짓 마시오."

단지 연검을 쥔 오른손을 슬쩍 치켜들었을 뿐인데, 사부의 주위를 옥죄어 들어가는 가시덩굴처럼 삼엄한 검기는 대여섯 발짝 떨어진 곳에 있던 노동옥까지도 떨리게 만들 정도였다. 사부는 뒷걸음질을 멈추고 수염을 부들거리기만 했다.

"그 금화용뇌란 게 대체 어디에 쓰는 물건이오?"

우근이 눈을 끔뻑이며 물었다. 얄미운 늙은이는 뭐가 그리 고소한지 자발머리없는 웃음을 멈추지 않으며 대답했다.

"헤헤, 독문 놈들을 잡는 데는 그만인 물건이라오. 특히 저 늙은 것처럼 몸뚱이 속에 독정내단을 쌓은 놈들에게는 아주 직방이지. 일단 배 속으로 들어가기만 하면 수십 년 공들여 쌓아 놓은 독정내단이 순식간에 돌덩이처럼 굳어 버리거든. 으헤헤!"

사부가 갑자기 고개를 마구 흔들며 애처롭게 부르짖었다.

"안 되오! 금화용뇌만은 절대로 안 되오!"

직접 살수를 쓰는 일에는 계집처럼 주저하던 석대문이 별안간 사람이 바뀐 듯 단호하게 나왔다.

"먹으시오."

"석 가주! 한 번만 봐주십시오. 저것을 먹는 날에는 이 늙은이가 평생 이룬 독룡기가 한순간에……!"

슥.

새카만 줄이 두 사람 사이에서 길쭉 늘어났다. 손을 움직이는 것을 보지도 못했건만 석대문의 연검은 어느새 사부의 목젖에 닿아 있었다.

"안 먹으면 지금 죽을 것이오."

석대문은 사부를 겁박하고 있었다. 그리고 사부는 그 겁박을 이기지 못하고 얄미운 늙은이가 내민 금화용뇌라는 악랄한 마약 쪽으로 주저주저 손을 뻗고 있었다.

노동옥은 용납할 수 없었다! 신선 같은 은인이자 경외하는 주인이자 사랑하는 사부가 비루한 개처럼 스스로 개장 속으로 기어들어 가는 꼴을 도저히 참고 볼 수 없었다! 그래서 그는 몸을 날렸다. 지금은 얼굴조차 떠오르지 않는 그 옛날 여동생에게 간절히 기원하면서.

제발 내가 더 빨리 뛸 수 있도록 힘을 보태 주렴!

그것은 실로 눈 깜짝할 사이에 벌어진 일이었다.

군조의 뒤쪽 다섯 걸음쯤 떨어진 곳에 망연한 얼굴로 서 있던 금의 청년이 어느 순간 석대문조차 깜짝 놀랄 만한 번개 같은 몸놀림으로 유 당사를 향해 달려든 것이다. 중인의 신경이 군조와 금화용뇌에 집중된 상황이라 모든 이들이 허를 찔릴 수밖에 없었다.

"옷!"

석대문은 군조의 목을 겨누던 묵정을 반사적으로 되돌려 유 당사의 앞을 차단했다. 지금으로서는 유 당사를 보호하는 것이 무엇보다도 중요했기 때문이다.

싹.

묵정의 예리한 검날에 스친 금의 청년의 등판이 한 자 가까이 갈라지며 붉은 화살 같은 핏물이 꼬리를 물고 튀어 올랐다. 그러나 석대문의 출수는 약간 늦은 감이 있었다.

"아이쿠!"

유 당사가 왼쪽 손목을 부여잡으며 비명을 질렀다. 꺾인 모양새로 봐서 손목이 부러진 것 같았다.

"이놈!"

노성과 함께 우근이 뒤늦게 때려 낸 강맹한 양강장력이 현장을 벗어나는 금의 청년의 옆구리에 정통으로 틀어박혔다. 우두둑! 금의 청년의 몸뚱이가 옆으로 접히며 갈비뼈들이 부러지는 소리가 섬뜩하게 울려 나왔다.

등판이 갈라지고 갈비뼈가 부러진 채 허공을 훌훌 날아간 금의 청년이 땅바닥에 떨어져 데굴데굴 굴렀다. 그러나 그는 두 손으로 꽉 움켜쥔 물건을 끝까지 놓치지 않았다.

"아뿔싸!"

그 물건을 알아본 석대문이 낮게 부르짖었다. 금의 청년이

유 당사의 손목을 꺾고 뺏어 낸 물건은 바로 금화용뇌가 담겨 있는 목갑이었던 것이다.

땅바닥에 엎어진 채 두 손에 힘을 주어 목갑을 으스러트린 금의 청년은 그 안에서 나온 자기병을 잡아 근처에 보이는 돌멩이 위에다 힘껏 내리찍었다.

파삭!

얇은 자기병은 맥없이 깨지고, 병 안에 담겨 있던 금빛 액체가 땅바닥 위로 흘러내렸다. 금의 청년은 거기서 멈추지 않고 양손 바닥으로 금빛 액체가 고인 땅바닥을 마구 문지르기 시작했다.

"안 돼!"

제자의 돌발적인 기습 앞에 넋 빠진 사람처럼 우두커니 서 있기만 하던 군조가 갑자기 고함을 지르며 금의 청년이 엎어져 있는 곳으로 달려갔다.

"저리 비켜!"

금의 청년을 어깨로 들이받다시피 밀쳐낸 군조가 하나뿐인 손을 국자처럼 휘둘러 금빛 용액이 스민 흙덩이를 입속으로 퍼 넣기 시작했다.

"문주님!"

대경한 금의 청년이 양손으로 군조의 팔소매를 붙들고 늘어졌다.

"그러지 마세요, 문주님! 으흐흑!"

"놔라! 놔라, 이 미친놈아!"

팔이 하나뿐인 군조는 눈물과 흙먼지로 범벅이 된 금의 청년의 얼굴을 오른발 발바닥으로 마구 짓이기기 시작했다.

한 번, 두 번, 세 번······.

코피가 터지고 입술이 찢어져도 금의 청년이 팔소매에서 떨어지려 하지 않자, 군조는 발길질을 포기하고 땅바닥에 고개를 처박더니 주둥이를 개처럼 길게 뽑아 흙을 빨아 먹기 시작했다.
쩝. 후읍. 끄접, 끄접.
"문주님…… 사부님…… 허엉, 허어엉. 사, 사부…….”
땅바닥에 한 덩어리로 뒤엉킨 채 사부는 땅강아지처럼 흙을 주워 먹고 제자는 오열하다가 혼절한다. 천하에 이처럼 기괴한 광경이 또 있을까?
부근에 있던 모든 사람들은, 심지어 언덕길 아래에서 슬금슬금 뒷걸음질을 치던 독문의 졸개들까지도 요술에 홀린 듯 손가락 하나 까딱 못 하는 상태로 그 기괴한 광경을 지켜보았다.
한참 뒤 군조가 부스스 몸을 일으키더니 석대문이 있는 쪽으로 걸어왔다. 조금 전까지만 해도 그림 속 신선의 것처럼 탐스럽던 백염이 지금은 침과 흙먼지로 더럽혀져 수세미처럼 변해 있었다. 그런 얼굴로도 군조는 넉살 좋게 웃었다.
"제자 놈이 갑자기 미치는 바람에 석 가주의 대자대비하신 호의를 망쳐 놓을 뻔했습니다그려.”
석대문은 물론이거니와 나서기 좋아하는 우근과 유 당사마저도 대꾸할 말을 잃을 만큼 뻔뻔한 기색이었다.
사람들의 반응에는 아랑곳하지 않는 양, 원래 있던 자리로 태연히 걸어 돌아온 군조가 석대문을 향해 공손히 무릎을 꿇었다.
"먹으라 하신 금화용뇌는 먹을 만큼 먹은 것 같군요. 의심스러우시다면 쌍절유가에서 오신 저 의원분께 이 늙은이를 진맥토록 시키셔도 무방합니다."
그런 군조를 잠시 내려다보던 석대문은 말없이 유 당사를 돌아보았다. 유 당사가 부러진 손목을 붙잡고 군조 앞으로 걸어 나왔다.

"철저히 확인해 거짓임이 밝혀지면 당장 네놈의 멱을 따 버리라고 할 게다."

"의당 그러셔야지요. 이 사람은 꼼짝 않고 있을 테니 의원께서는 철저히 확인해 보십시오."

군조는 절간에 간 색시처럼 얌전히 눈을 내리깐 다음 유 당사를 향해 왼손을 들어 올렸다. 성한 손을 내밀어 군조의 손목 맥을 짚고 입술을 오물거리던 유 당사는 이어 군조의 단전 어림을 손가락으로 쿡쿡 찔러 보았다.

잠시 후 군조에게서 고개를 든 유 당사가 석대문을 돌아보며 퉁명스레 말했다.

"금화용뇌를 먹었다는 말은 사실 같구려."

"확실합니까?"

"대맥이 모두 막히고 단전의 독정내단은 돌멩이처럼 딴딴히 굳어 버렸소. 막힌 게 뚫리고 굳은 게 풀리는 데만 십 년은 족히 걸릴 게요. 원래의 상태를 회복하는 데는 그 곱절은 필요하겠지. 어쨌거나 난 할 만큼 했으니까, 남은 일은 석 가주가 알아서 처리하시오."

유 당사는 부러진 손목을 붙잡고 제자리로 돌아갔다. 그가 안전한 거리로 물러날 때까지 눈을 내리깐 채 꼼짝 않고 앉아 있던 군조가 비로소 왼손을 내리고 석대문을 올려다보았다.

"들으신 대로 저는 이제 모든 무공을 잃고 말았습니다. 이끌고 온 제자들의 대부분도 죽거나 병신이 되었지요. 이제 이 가련한 늙은이가 고향으로 돌아가 과거에 지은 죄업을 뉘우치면서 여생을 보낼 수 있도록 허락해 주시겠습니까?"

석대문은 허공을 올려다보았다. 독공의 존재 여부를 떠나 군조는 그를 포함한 석씨들에게 너무도 위험한 존재였다. 십 년, 혹은 그 곱절의 시간 동안 독공이 봉인된다 해도 군조가 위험하다는 사실만큼은 달라지지 않을 것 같았다.

그러나 항자불살降者不殺을 미덕처럼 떠받드는 정파인의 굴레가 미래의 위험을 감수하도록 강요하고 있었다. 군조 같은 위험 인물을 대상으로 한 미봉책이란 불안할 수밖에 없지만, 어쩔 수 없었다. 정파는 이래서 약하고, 또 이래서 강한 것이다. 석대문은 허공에 주었던 시선을 천천히 군조에게로 내렸다.

"나는 오늘 당신을 죽이지 않겠소."

묵정의 검봉을 천천히 거두며 석대문이 무겁게 말했다. 군조의 외눈에 득의한 빛이 떠오르고 우근은 '끙!' 소리를 내며 고개를 돌렸지만, 일은 이미 끝난 뒤였다. 석대문은 그렇게 결론을 내렸다.

그러나 그 결론이 지나치게 빠른 것이었음을 석대문은 곧바로 알게 되었다.

"나는 오늘 네놈을 반드시 죽여야겠다!"

(4)

살았다!

제자 놈이 말도 안 되는 미친 짓을 하는 바람에 체면을 구기기는 했지만, 그래도 쌍절유가의 금화용뇌는 복용할 수 있었다.

금화용뇌는 중원에서 남쪽으로 수만 리 떨어진 말라카국(지금의 말레이시아)에서만 자란다는 금화용뇌수의 정화였다. 일반적인 용뇌수로부터 추출되는 용뇌와는 달리 액체 상태를 지녔고, 독성을 품은 모든 물질들을 응고시키는 특이한 성질을 가진 탓에 독공을 수련한 자들, 특히 군조와 같이 독정내단을 축적한 자들에게는 절대 금기시되는 기물로 알려져 있었다. 그러나 그 독정내단을 제어할 수 없게 된 경우라면 얘기가 전혀 달랐다. 독룡기가 미친 말처럼 날뛰기 시작한 지금의 군조에게는 목숨을 건질 수 있는 유일한 구명줄이 바로 금화용뇌인 것이다.
　흙가루에 섞인 금화용뇌가 체내로 흘러들자 속절없이 붕괴되어 가던 독룡기가 순식간에 돌덩이처럼 굳어 버렸다. 단전이 무거워지고 기맥이 답답해지는 괴로움은 피할 수 없지만, 몸뚱이가 내부로부터 녹아들어 죽는 것보다는 백배 나았다. 설욕도 복수도 목숨을 건진 다음에야 가능한 일이 아니겠는가.
　쌍절유가의 늙은이는 자신이 회복되는 데 십 년, 혹은 그 곱절의 시간이 걸릴 거라고 예측했지만, 그건 만천하 독문인들이 보감寶鑑처럼 떠받드는 독룡비전을 우습게보고 하는 소리였다. 독룡비전의 후반부에는 소녀채환小女彩幻이라는 비법이 실려 있는데, 이는 방중술이 지닌 음양상생陰陽相生의 묘리를 통해 내단을 활성화시키는 도가의 상승 공부였다. 일찍이 강동삼수에 패퇴하여 사경을 헤매던 군조가 모든 이들의 예측을 깨고 다시금 강건해질 수 있었던 까닭도 바로 소녀채환에 있었으니, 그 비법을 잘 활용하면 금화용뇌의 봉인을 풀고 독룡기를 복구하는 데 오 년으로 충분했던 것이다. 다만 그러기 위해서는 반드시 필요한 존재가 있었다.
　군조는 막내제자인 교방을 슬쩍 돌아보았다. 한쪽 젖가슴이 날아간 계집을 오 년 내내 품어야 한다고 생각하니 기분이 썩 좋지는 않지만, 그래도 어쩌겠는가. 저만한 순음지체純陰之體는

흔히 만날 수 없는 귀물인 것을.
어쨌거나 이제 석안의 장자로부터 자신을 죽이지 않겠다는 약속을 끌어내는 데에도 성공했다. 군자 흉내 내기 좋아하는 정파라는 작자들이 한번 입에 담은 말을 얼마나 소중히 여기는지 잘 아는 군조이기에, 이제 남은 과제는 교방을 데리고 이 지긋지긋한 강동 땅을 한시바삐 벗어나는 일뿐이라고 믿었다.
군조는 그렇게 믿었다.

군조는 믿을 수 없었다.
"나는 오늘 네놈을 반드시 죽여야겠다!"
카랑카랑한 목소리로 외치며 허공을 훌훌 날아 자신의 앞에 내려선 사람은 단지 이름을 떠올리는 것만으로도 짜증부터 솟구치는 불결하기 짝이 없는 인간 쥐, 모용풍이었다. 군조는 환장할 것 같은 기분이 되었다. 저 물건이 어떻게 이 자리에 나타날 수 있단 말인가!
모용풍은 하나뿐인 팔로 껴안고 있던 작은 항아리를 발치에 내려놓고는 흰자가 번들거리는 눈으로 군조를 잡아먹을 듯이 노려보았다.
"네놈의 가증스러운 연기, 잘 구경했다. 항주의 유명한 배우들도 울고 갈 훌륭한 연기를 보여 주더구나."
연기라는 모용풍의 말에 군조는 등줄기로 식은땀이 배어 나오는 것을 느꼈다. 방령의 사자검문을 도모하던 이틀 전, 사자강 뒷산 꼭대기에 서 있던 모용풍의 모습을 얼핏 보았던 기억이 그제야 떠올랐다. 그는 자신도 모르게 언덕 아래쪽 풀숲을 힐끔 돌아보았다. 탈장출토脫腸出吐의 징계를 내린 다음 그곳에 던져 둔 조명무라는 버러지에 대한 증오심이 새삼스레 솟구쳤기 때문이다. 석안의 둘째에, 석안의 장자에, 이제는 모용풍까지. 버러지의 무능함이 모든 것을 망친 것이다.

군조가 내심 안절부절못하고 있을 때, 석대문이 한 걸음 나서며 모용풍에게 물었다.

"실례지만 명호가 어찌 되시는지요?"

대답은 우근에게서 돌아왔다.

"내가 소개하지. 이 어른은 강호오괴의 한 분이신 모용풍, 모용 대협이시네."

"아! 대명은 익히 들었습니다. 소생은 석가장을 이끌고 있는 석대문이라고 합니다."

석대문이 급히 예를 올렸다. 그런 석대문의 위아래를 못마땅한 눈길로 훑어보던 모용풍이 흔한 인사조차 생략하고 불쑥 물었다.

"석씨 형제들은 어찌 모두 그 모양이신가?"

"예?"

"천하제일을 다툴 만한 높은 무공을 지녔음에도 어찌 그리 도리에 어두워 대사를 그르치느냐 이 말이오."

군조의 판단대로 석대문에게는 과연 대인의 풍모가 있었다. 초면의 늙은이에게 영문 모를 질책을 당했음에도 불쾌한 기색을 전혀 드러내지 않는 것을 보면 알 수 있었다.

"하교해 주시면 허물을 고치도록 하겠습니다."

석대문이 고개를 숙여 가르침을 청하자, 모용풍이 자세를 바로 하고는 카랑카랑한 목소리를 뽑아 올렸다.

"석 가주의 동생 되는 위인 얘기는 언급하고 싶지 않으니, 석 가주 본인의 경우만 말하기로 하겠소. '유인자능오인唯仁者能惡人'이라고, 오직 어진 자만이 사람을 미워할 수 있다는 성현의

가르침은 들어 보았으리라 믿소. 일반 사람이 범하는 과실에 대한 호오好惡도 그러할진대, 하물며 천하에 둘도 없는 고약한 악물을 제거하는 일에 있어 어찌 가주 개인과 가문의 체면부터 따진다는 말이오! 그 체면으로 말미암아 천하인들에게 닥칠 해악은 어찌 돌아보지 않는 것이오? 판검대인判劍大人이라는 석 가주의 별호가 부끄럽지도 않소? 검군자劍君子라는 선친의 별호가 부끄럽지도 않소?"

"옳거니!"

우근이 맞장구를 치다가 모용풍의 매서운 눈길을 받고 자라목이 되어 버렸다. 잘 걸렸다 싶었는지 모용풍이 시비의 화살을 우근에게로 돌렸다.

"소아귀야, 너희 개방은 왜 또 그 모양이냐?"

우근이 얼굴을 붉혔다.

"또 소아귑니까? 저번에 만났을 때 분명히 어른 대접을 해 주겠다고 말씀하시더니만……."

"어른 대접이 받고 싶으면 어른 대접 받을 만한 일을 해야지! 저 노독물이 사자검문에서 무슨 짓을 저질렀는지 정말로 모르고 있는 겐가?"

"사자검문에서요?"

우근이 난처한 기색으로 뒤통수를 긁적이다가 대답했다.

"저희가 도착했을 때는 이미 관에서 사자강으로의 진입을 통제한 뒤라서……. 사상자가 많이 나왔다는 소식은 소주 분타의 제자들을 통해 들었습니다. 그래도 사자검문주와 석 가주의 동생을 포함한 요인들은 무사히 몸을 피했다고 하더군요. 그들의 종적을 찾아 이틀을 헤매다 밤을 도와 석가장으로 향하고 있는 얘기를 듣고 급히 달려온 참이었습니다."

"어이구, 이 딱한 위인아."

모용풍이 답답한 듯 가슴을 탕탕 두드리더니 석대문에게 고개를 돌렸다.

"막내아우 되는 분이 사자강에서 무사히 벗어난 것은 맞소. 그러나 방령 대협의 자제분은 그러지 못했소."

석대문이 깜짝 놀라 물었다.

"그게 무슨 말씀이십니까? 사자검문주 또한 사자강을 벗어났다고 분명히 들었는데, 하면 개방에서 수집한 정보가 잘못됐다는 말씀입니까?"

우근이 얼굴을 와락 구기며 뒷전에 서 있는 거지들을 돌아보았다.

"내 이것들을!"

당장 발작이라도 터뜨릴 것 같은 그 서슬에 청죽봉을 든 장년 거지가 어깨를 움찔거렸다.

"아니, 아니. 사자검문주는 사자강을 분명히 벗어났지. 하지만 그 문주가 방령 대협의 자제분은 아니었다 이 뜻이다, 이 먹는 것만 밝힐 줄 아는 소아귀야."

우근을 한바탕 윽박지른 모용풍이 석대문에게 말했다.

"아마도 방령 대협의 자제분이 싸움을 전후하여 문주 자리를 다른 사람에게 넘긴 모양이오. 관룡봉이라고, 아마 석 가주도 아는 사람일 게요. 그 사실을 알지 못했으니, 도주 중이라는 사자검문주가 방령 대협의 자제분이라고 오판할 수밖에."

석대문이 급히 물었다.

"하면 방 아우는 어찌 되었습니까?"

"사자검문에 남은 이들 중 생존자는 하나도 없다 하니 필시 저 노독물 손에 죽었을 게요."

모용풍이 군조를 가리키며 말했다. 처지가 워낙 궁한지라 숨을 납작하니 죽인 채 저들의 대화를 듣기만 하던 군조가 이 말에 놀라 크게 부르짖었다.
"아닙니다! 난 방령 대협의 자제분을 죽인 적이 없습니다!"
그러자 모용풍이 군조를 향해 싸늘히 웃었다.
"오냐, 믿어 주마. 네놈은 부지불식간에도 능히 살인을 저지르는 악종 중의 악종이니까. 하지만 사자검문 뒷산에서 상취거사 화비정을 죽인 일까지는 부정하지 못하겠지?"
화비정이란 이름이 모용풍의 입에서 나오자 군조는 크게 동요하는 기색을 감추지 못했고, 석대문 또한 얼굴을 딱딱하게 굳혔다.
"폐가의 화 노인이 사자강에 있었다는 말씀입니까?"
모용풍이 뜻밖이라는 듯 석대문을 돌아보았다.
"그가 화비정인 줄 알고 있었소?"
"그렇습니다."
석대문이 어두운 눈빛으로 고개를 끄덕였다.
"어디까지 아는지 모르지만, 화비정은 석 가주의 막내아우 되는 분을 진심으로 아꼈소. 그래서 막내아우분이 사지로부터 무사히 벗어나도록 돕기 위해 단신으로 사자검문 뒷산에 올라 저 노독물의 추격을 끊으려 한 것이오. 그러다가 그만……."
모용풍은 말을 잇지 못하고 하나뿐인 주먹을 와들와들 떨었다. 분위기가 점점 안 좋은 방향으로 흘러가는 것을 느낀 군조는 석대문을 향해 부르짖듯 항변했다.
"석 가주! 저, 저는 상취거사 화 대협을 죽이지 않았습니다. 그는 스스로 폭약을 터뜨려……."
"그래, 그는 어리석게도 자폭을 택했다. 하지만 네놈이 죽인 것이나 마찬가지지. 네놈은 알지 못하겠지만 나는 그때 사자강에서 벌어진 일들을 전부 목격했다. 십수 년 만에 어렵사리 만난 친구가 네놈의 발길을 막기 위해 스스로 목숨을 던지는 것을 똑똑히 보았단 말이다!"

추상같은 호통으로 군조의 항변을 찍어 누른 모용풍이 다시 석대문에게 말했다.

"그리고 저 노독물이 이제껏 보인 가증스러운 행동들이 모두 연기에 불과하다는 것을 가주께서는 똑똑히 아셔야 할 게요."

"자꾸 연기라고 하시는데, 대체 그가 무슨 연기를 했단 말씀이십니까?"

우근이 묻자 모용풍은 차갑게 콧방귀를 뀌었다.

"흥! 노독물의 성정을 몰라서 묻는 겐가? 저 광오한 놈이 온갖 비루한 언행을 마다않으며 모든 독공의 상극이라는 금화용뇌를 스스로 처먹은 이유는 체내의 독정내단에 뭔가 심각한 문제가 생겼기 때문이야. 그래서 땅강아지처럼 흙바닥을 핥아 먹는 짓까지 마다하지 않은 게지. 내 말이 사실인지 아닌지는 진맥을 한 의원 양반께서 확인해 줄 걸세."

사람들의 시선이 쌍절유가의 늙은이에게 모였다. 늙은이는 뭔가를 떠올리는 시늉을 하다가 '아!' 하고 눈을 빛내며 말했다.

"그러고 보니 이상한 점이 있구려. 본래 독정내단이 금화용뇌에 의해 봉인되면 근육이 뒤틀리고 뼈마디가 어긋나는 고통이 따르기 마련인데, 저 늙은것에게는 그런 증상이 전혀 보이지 않았소. 이는 저 늙은것의 독정내단이 이미 제 기능을 발휘하지 못하는 상황이었음을 보여 주는 증거라 할 수 있소."

모용풍이 얼씨구나 하는 얼굴로 쌍절유가의 늙은이에게 물

었다.

"독정내단이 제 기능을 발휘하지 못하는 경우 어떤 일이 벌어지는지 말씀해 주시겠소?"

"정도에 따라 차이는 있겠지만, 심할 경우 독정이 역류해 단전에서부터 녹아 죽는 꼴을 당할 수도 있소."

"바로 그거요. 그래서 그 요망을 떤 게지. 어떻소? 그래도 저 노독물을 살려 두시겠소?"

모용풍의 물음에 석대문은 아무 말 없이 군조를 돌아보았다. 군조는 등덜미를 축축이 적시던 식은땀이 이제 이마에까지 맺히는 것을 느꼈다.

"그리고 석 가주가 기어이 저 노독물을 살려 두신대도 나는 절대로 그럴 수 없소. 왜냐하면……."

말을 멈춘 모용풍이 발치에 내려놓은 항아리의 뚜껑을 열었다. 그런 다음 하나뿐인 손을 항아리 속에 집어넣어 뭔가를 한 움큼 꺼내 들었다. 모용풍은 움켜쥔 손을 군조의 눈앞에 들이밀며 카랑카랑한 목소리로 외쳤다.

"똑똑히 보아라! 거기서 죽은 화비정이 네놈의 최후를 지켜보기 위해 이곳까지 왔다!"

그것은 새카맣게 그을린 정체불명의 검댕들이 군데군데 섞인 흙덩이였다. 모용풍은 눈물이 그렁그렁 맺힌 눈으로 손에 쥔 흙덩이를 내려다보았다.

"이 불쌍한 친구야, 자네의 원한을 지금 풀어 줄 터이니 부디 저세상에서라도 편히 눈을 감으시게나."

"서, 석 가주……!"

군조는 간절한 눈으로 석대문을 올려다보았다. 지금 이 순간 그가 기댈 곳은 석대문의 자비심밖에 없었다. 그러나 석대문으로부터 돌아온 것은 얼음처럼 차가운 눈빛뿐. 그 눈빛에서는 한 점의 자비심도 찾아볼 수 없었다. 그의 전신에 소름이 쫙 돋았다.

"안 돼!"

군조는 자리에서 벌떡 일어섰다. 그러고는 몸을 돌려 달리기 시작했다.

모용풍이란 놈은 지금 완전히 미쳤다. 미쳐서 아무 잘못도 없는 자신을 죽이는 데에만 혈안이 되어 있었다. 그리고 석안의 장자 놈도 따라서 미쳤다. 미친놈의 말을 듣고 덩달아 미친놈이 되어 버린 것이다. 달아나야 했다. 저 미친놈들은 너무 위험했다.

그러나 군조는 몇 발짝 달리지 못하고 땅바닥에 코를 박고 말았다. 정신없이 달아나다가 바닥에 엎어져 혼절해 있는 제자 노동옥의 몸뚱이에 발이 걸려 넘어진 것이다.

"끝까지 추한 꼴을 보이는구나."

모용풍이 군조에게로 걸어왔다. 군조는 하나 남은 팔로 땅바닥을 필사적으로 밀어내며 모용풍으로부터 멀어지기 위해 노력했다. 하지만 그러한 노력은 너무도 간단히 무산되고 말았다.

기어서 달아나던 외팔이가 걸어서 쫓아온 외팔이에 의해 훌렁 뒤집혔다. 뒤집힌 바퀴벌레처럼 팔다리를 버둥거리던 군조의 가슴팍을 모용풍의 왼쪽 무르팍이 모질게 찍어 눌렀다. 독룡기가 응고되어 일반인과 별다를 바 없어진 군조는 폐부를 짓눌러 오는 압력에 숨을 꺽꺽거렸다. 모용풍은 그런 군조의 얼굴을 내려다보며 나직하게 말했다.

"그 옛날 네놈에 의해 무너진 황서계의 계주로서 약속하마."

모용풍이 음산하게 웃으며 오른손을 치켜 올렸다.

"조만간 천하인들 모두가 네놈의 추한 최후를 비웃게 될 것이다."

그 말이 끝난 순간 모용풍의 오른손에 들린 시퍼런 비수가 군조의 목을 향해 떨어져 내렸다.

독한 노인넬세.

군조의 목을 주저 없이 잘라 내는 모용풍을 보며 황우는 생각했다.

무양문까지 동행하는 동안 모용풍과는 제법 많은 대화를 나눈 황우였다. 그중에는 모용풍의 과거에 대한 이야기도 제법 포함되어 있었고, 덕분에 모용풍과 군조의 악연에 대해서는 어느 정도 알게 되었다.

모용풍은 군조로 인해 십 년도 훨씬 넘는 긴 세월을 도망자 신세로 살아야 했다. 상대가 군조 같은 개세마두라면 원한 따월랑은 접어 둔 채 생존에만 전념할 법도 한데, 절치부심하고 권토중래하여 마침내 오늘 군조의 목을 자르는 데 성공한 것이다. 이만하면 원수 초평왕楚平王의 시체에 무쇠 채찍을 삼백 번이나 휘둘렀다는 그 옛날의 오자서伍子胥와 동급이라고 봐도 좋을 터. 그러니 어찌 독하다 아니하겠는가.

"어라, 그러고 보니 어느새 끝나 버렸네."

군조가 죽었다. 독문사천왕의 대부분은 병신이 되었고, 살아남은 독문의 조무래기들도 베 바지에 방귀 새듯 슬금슬금 달아나 지금은 한 놈도 찾아볼 수 없었다. 그것으로 상황 종료였다.

청천晴天.

이곳 강동 일대를 뒤덮은 짙은 암운이 불과 한 시진 만에 깨끗이 걷힌 것이다.

그 굉장한 사건이 벌어진 무대가 저기 보이는 저 언덕길을 벗어나지 않는다는 점이 몹시도 얄궂게 생각되었다. 군조와 그가 이끄는 독문의 무리는 어린아이조차도 콧노래를 부르며 넘어갈 완만한 언덕 하나를 넘지 못하고 괴멸당하고 만 것이다.

"참말로 무서운 형들이네."

셋째를 때렸더니만 둘째와 첫째가 몰려와 박살을 내 버렸다. 이 어찌 무서운 형제가 아니겠는가!

황우는 나무 그늘에 누운 채 아직 의식을 찾지 못한 석대원과 언덕길 복판에 우뚝 서서 전후戰後 처리에 들어간 석대문을 두려움이 담긴 눈길로 쳐다보았다. 만일 저들 형제가 한데 뭉친다면, 석가장은 강동제일가를 넘어 천하제일가 소리를 들을 것이 분명했다. 강호를 양분하는 북악남패의 신무전, 무양문이라 해도 저들 형제를 가벼이 여길 수는 없을 것 같았다.

상황은 종료되었지만 처리할 사안들은 아직 몇 가지 남아 있었다.

첫 번째 사안은 병신이 된 독문사천왕.

모용풍은 독한 노인네답게 그들 모두를 죽여 없애야 한다고 고집했다.

"작은 곰팡이 하나가 냄비 안의 음식 전체를 못쓰게 만드는 법. 악의 씨앗을 남겨둔다는 건 있을 수 없는 일이오."

석대문은 난감한 기색을 드러냈다. 주장이자 핵심인 군조가 죽은 마당에 병신이 된 수하들까지 죽여 없애는 것은 지나치게 가혹한 처사라고 여기는 눈치였다.

석대문의 난감함을 해결해 준 것은 우습게도 당사자인 병신들이었다.

"강호인이 되어 동문 사형을 죽인 원한을 어찌 잊겠소. 이 시

간부로 우리 형제는 이 자리에 있는 모든 사람들을 불구대천不
俱戴天의 원수로 삼겠소."
 서로를 부축하며 언덕길을 비척비척 올라온 허리 병신과 팔
병신이 말했다. 모용풍이 쾌재를 부르고 나섰다.
 "내가 뭐랬소? 근본부터가 악종들이라고 했소, 안 했소?"
 그러나 두 병신은 모용풍을 상대해 주지 않았다. 그들 중 덩
치가 작은 허리 병신이 석대문에게 말했다.
 "그러므로 석 가주는 우리 두 사람을 죽이는 데 전혀 망설일
필요 없소. 우리도 지금부터 석 가주를 죽이기 위해 전력을 다
할 테니까."
 덩치가 큰 팔 병신이 허리 병신의 말을 이어받았다.
 "다만 저기 있는 두 젊은이들만큼은 온전히 보내 주기를 부
탁드리겠소. 저들은 우리 오행독문의 마지막 희망이오. 한 번의
승리로 상대의 씨앗까지 완전히 짓밟아 버린다면, 당신들이 그
토록 손가락질하는 우리 같은 사파들과 무슨 차이가 있겠소?"
 황우는 진심으로 감탄했다. 용감한 장수 밑에 약한 병사
없다는 얘기는 들었어도 졸렬한 장수 밑에 용감한 병사 있다는
얘기는 못 들었건만, 미치광이로 평생을 살다가 개처럼 비루하
게 죽어 버린 문주 밑에 대장부의 기개를 갖춘 수하들이 있었던
것이다.
 "그대들의 뜻을 받아들이겠소."
 대장부의 기개를 갖춘 독문의 수하들과 군자의 풍모를 갖춘
강동제일인 사이에 벌어진 이 대 일 싸움은 굳이 묘사할 필요도
없었다. 실력 차이라든지 한쪽이 불구라는 것 따위는 아무 문제
도 되지 않았다. 명분의 합치. 반드시 죽으려는 자들과 고통 없
이 죽이려는 자는 가장 빠른 시간 안에 각자의 뜻을 이루었다.

잠시 후 가슴팍이 피투성이로 변한 홍의 소녀가 넋이 나간 얼굴로 축 늘어진 금의 청년을 업은 채 언덕을 내려갔다. 동문 존장들의 희생으로 목숨을 구한 그들은 흡사 살아 있는 송장처럼 처량해 보였다. 독문에 관해서만큼은 어느 누구보다 표독스럽게 굴던 모용풍마저도 그들의 처량한 발걸음을 막으려 하지 않았다.

 처리해야 할 두 번째 사안은 군조의 독수에 당한 채 언덕 아래 풀숲에 방치되어 있던 청의 장년인.

 청의 장년인 앞에 선 모용풍이 우근을 돌아보며 말했다.

 "이자가 비각의 강북총탐 조명무라네."

 "아, 저번에 숙부님을 짐짝처럼 실어 보낸 바로 그놈이군요."

 "창피한 얘기는 왜 꺼내는가? 어쨌거나, 꼴을 보아하니 벌써 명줄을 놓은 모양이구먼."

 군조의 독수에 당한 채 반 시진 가까이 방치된 결과는 실로 참혹했다. 바닥에 모로 쓰러진 조명무의 입에서는 핏물로 번들거리는 황갈색 창자들이 한 소쿠리 가까이 삐져나와 있었다. 허옇게 까뒤집은 눈동자와 스스로 물어뜯어 너덜너덜해진 입술은 죽음에 이르기까지 그가 겪은 고통이 얼마나 극심했는지를 잘 보여 주고 있었다.

 '더러운 저울을 제 맘대로 휘두르는 못된 호랑이'란 뜻의 취칭악호臭稱惡虎가 저 조명무에게 붙은 별호라는데…….

 ―저울 눈금 속여 판 놈 오장육부 뽑혀지네.

 황우는 개방 거지들이 구걸할 때 부르는 노래, 매화락梅花落의 한 구절을 떠올리며 응보의 빈틈없음을 새삼 되새겼다. 자고

로 저울이란 함부로 휘두르는 물건이 아님을 만천하 장사치들에게 알려 주고 싶었다.

그리고 마지막으로 처리해야 할 세 번째 사안은…….

바로 황우 본인이었다.

"사부니이임! 제자가 이제야 왔네요!"

황우는 양팔을 활짝 벌리고 우근을 향해 달려 나갔다. 열심히 달리던 중 모용풍이 우근의 귓가에 대고 뭐라 뭐라 속살거리는 모습이 보였다. 황우를 향한 우근의 얼굴이 별안간 험악해졌다. 다음 순서는 보지 않아도 알 수 있었다.

황우는 벌리고 있던 양팔을 뒤통수 위로 슬그머니 가져가며 구시렁거렸다.

"정말로 독한 노인넬세."

딱!

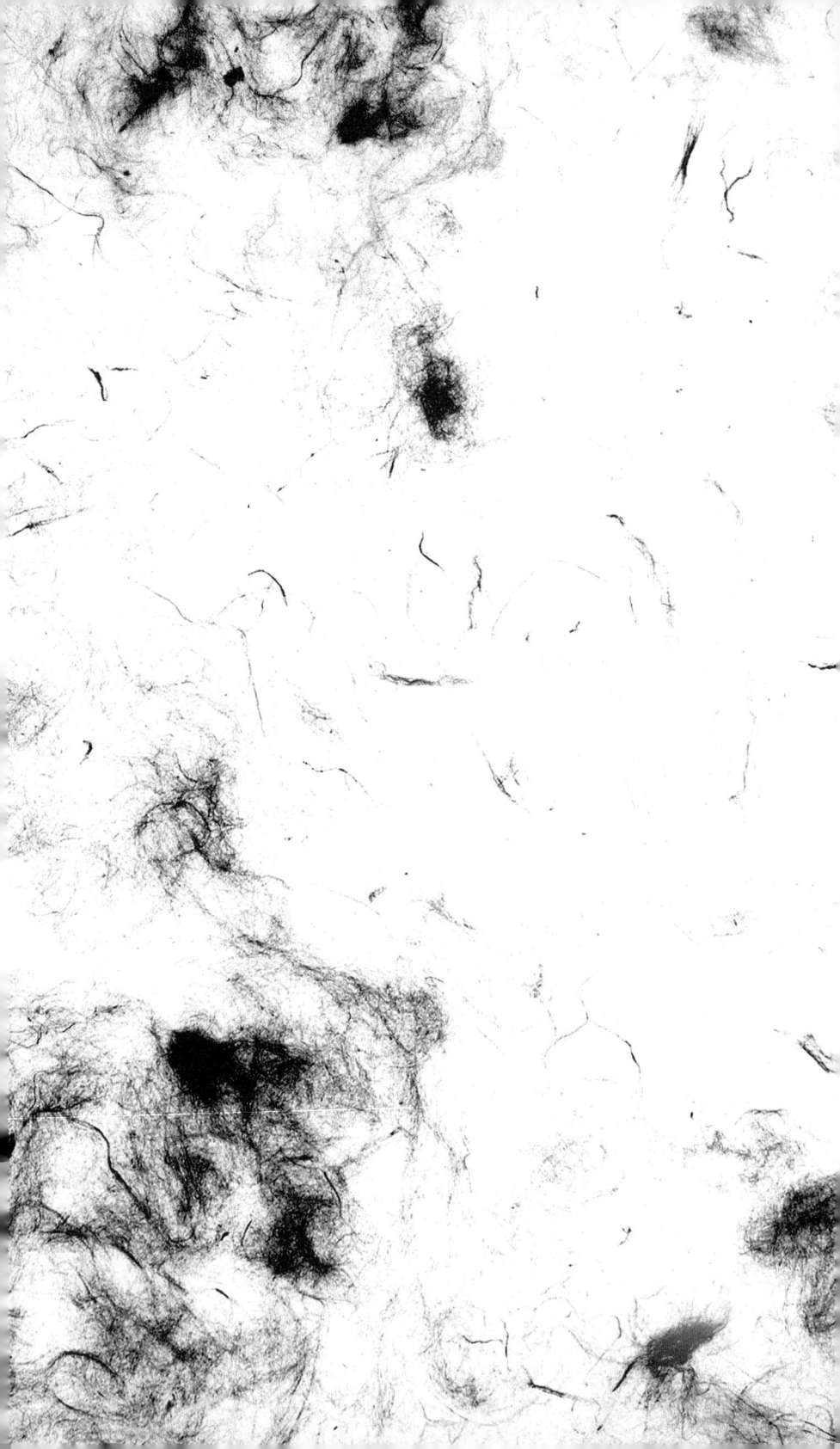

봉형견제 逢兄遣弟

(1)

 군조의 목을 잘라다가 화비정의 유골—그러나 누가 보기에도 그냥 불에 그슬린 흙덩이 같았다—이 담긴 항아리 앞에 놓고 약식으로나마 위령제를 올린 모용풍은 머뭇거리지 않고 곧바로 자리를 떠났다. 석대문이 이대로 보낼 수 없다며 석가장에 들러 줄 것을 간곡히 권했지만, 늙은 당나귀의 것처럼 억센 고집을 꺾기에는 부족함이 많았다.
 "얼굴 마주하면 불편해질 사람이 있으니 붙잡지 마시오."
 "숙부님, 대체 어디로 가시려고요?"
 "그건 알아서 뭐하게."
 모용풍은 행선지를 묻는 우근의 말에도 제대로 된 대답을 주지 않은 채 유골 항아리를 보듬어 안고 언덕길을 터벅터벅 내려갔다. 어디선가 불어온 바람에 그의 텅 빈 소맷자락이 맥없이 흔들렸다. 숙원처럼 여기던 복수를 이룬 사람이라고 하기엔 참으로 쓸쓸하면서도 허탈해 보이는 모습이었다.

모용풍과 얼굴 마주하면 불편해질 사람으로 추정되는 석대원은 긴 여름해가 산허리에 걸릴 무렵에야 의식이 돌아왔다. 맥박과 호흡 모두 정상이라는 유 당사의 장담이 머쓱해질 만큼 오랫동안 혼절해 있었던 셈인데, 혹여 동생에게 무슨 문제라도 생길까 염려해 업고 이동하지도 못한 석대문으로서는 두 시진이 넘는 시간 동안 뭐라 타박도 못 하고 마음만 졸여야 했다.

의식이 돌아온 석대원은 걱정이 담긴 눈길로 자신을 내려다보는 형을 보고서도 별말을 하지 않았다. 다만 상체를 일으켜 세운 뒤 머리를 깊이 숙여 보이는 것으로써 신지에는 이상이 없다는 것을 확인시켜 주었을 따름이다. 하지만 석대문은 그 한 가지만으로도 충분히 안도할 수 있었다. 만일 동생이 모든 것을 파괴할 것만 같던 그 붉은 마귀로 깨어났다면…….

……석대문은 더 이상 생각하지 않기로 했다. 벌어지지 않은 일까지 염려하기엔 벌어진 일이 너무 많은 하루였다.

"몸은 어떠냐?"

"괜찮습니다. 심려를 끼쳐 드려 죄송합니다."

석대원은 석대문의 눈길을 피하며 대답했다. 형을 대하는 것치고는 지나치게 공손한 행동이요 말투였다. 이복인 데다 나이 차도 열 살에 가까우니 그럴 만도 한 일이지만, 십이 년 전까지는 격의 없이 지냈던 기억이 생생한 탓에 석대문의 마음은 편할 수 없었다. 세월이란 모든 상처를 치유하는 묘약은 될 수 있을망정 남겨진 흉터까지 말끔히 없애 주지는 못하는 모양이었다.

"아, 그러니까 단지 잠들어 있었던 것뿐이라는데도 자꾸 이상한 눈으로 쳐다보고 그러네. 의심나면 직접 물어보라고. 요사

이 잠이나 제대로 자고 살았는지."

누가 어떻게 쳐다봤다고 그러는지 유 당사가 괜스레 짜증을 부렸다.

"손목은 좀 어떻습니까?"

누군가 던진 물음에 유 당사는 나뭇가지 두 개로 임시 부목을 댄 왼쪽 손목을 내려다보며 픽 웃었다.

"오늘 하루 죽어 나간 목숨이 몇인데 이깟 손목 부러진 게 무슨 대수라고."

석대문은 틀리지 않는 말이라고 생각했다. 떼거리로 죽어 나간 적들은 접어 두더라도 우근이 이끌고 온 개방 제자들 가운데에도 사상자가 여럿 나왔으니까.

날붙이에 당해 죽은 사람이야 어쩔 수 없는 일이라 쳐도, 독문을 상대한 것치고 독상의 피해가 경미한 것은 오로지 유 당사 한 사람의 공이라고 할 수 있었다. 그런 의미로 볼 때 이번 승리의 일등공신은 물론 석씨 형제들이 분명하지만, 그 승리를 완승으로 만들어 준 것은 오로지 유 당사 한 사람의 공이라고 봐도 무방했다.

각설하고, 이번 싸움으로 인해 발생한 부상자는 유 당사 말고도 대여섯 명이 더 있었는데—뒤통수에 큼직한 혹이 생긴 황우는 제외하고라도— 그중에서도 가장 위중한 사람은 아직까지도 의식을 되찾지 못한 석대원의 노복과 몸 반쪽이 퉁퉁 부어오른 사절검의 막내 수리검 고곤이었다. 그중에서도 군조의 염왕날인에 오른쪽 어깨를 관통당한 고곤의 상태는 무척 심각했다. 유 당사의 재빠른 응급조치 덕에 목숨을 잃는 횡액은 면할 수 있었지만, 검객에게 있어 생명처럼 소중한 오른팔을 더 이상 사용하지 못하는 신세가 되어 버린 것이다.

"이삼 년 꾸준히 치료를 받으면 젓가락질 정도는 가능하게 될지도 모르오."

환자에 대한 배려심이라고는 찾아볼 수 없는 유 당사의 직설적인 진단에 모든 사람들의 안색이 어두워졌고, 석대문의 경우에는 특히 그러했다. 사절검이 비록 정파로 분류되기는 하나 딱히 오지랖이 넓은 축에는 들지 않았다. 그런 그들이 군조와는 아무런 원한이 없음에도 이번 싸움에 나선 것은 오직 석대문을 돕고자 하는 순수한 우의 때문인데, 그들 중 하나가 그만 폐인이 되고 만 것이다. 그 미안함을 어찌 말로 표현할 수 있을까.

그러나 당사자인 고곤은 납빛으로 변한 딱한 얼굴로도 호기를 잃지 않았다.

"왼팔이 멀쩡한데 뭔 걱정이오? 두고 보시오. 몇 년 내에 강호 제일의 좌수검객이 되어 보일 테니."

사실 호기라기보다는 허풍에 가까운 말이 아닐 수 없었다. 오른손잡이로 삼십 년 넘게 살아온 사람이 몇 년 내에 강호 제일의 좌수검객 자리에 오른다면, 당금 강호에서 활약하는 천생 왼손잡이 좌수검객들은 모두 접시 물에 코를 박고 죽어도 할 말이 없을 터였다.

석대문은 뭉클해지는 마음을 지그시 누르며 고곤을 향해 나아가 정중히 고개를 숙였다.

"고 대협께서 보여 주신 우의, 폐장의 모든 가원들을 대표하여 진심으로 감사드립니다. 오늘 이후 폐가에서는 사절검 네 분 대협들을 형제처럼 여길 것이며, 기쁨과 즐거움, 슬픔과 환란을 세세토록 함께 나눌 것임을 천지신명 앞에 맹세합니다."

친동기처럼 지내온 의제가 병신이 되었다는데 어찌 속이 좋겠냐마는, 사절검의 대형인 이철산은 짐짓 환하게 웃었다.

"팔 하나로 강동제일가를 얻은 셈인가? 막내야, 그만한 수완이면 우리 형제가 장사를 시작해도 금방 갑부가 되겠구나."

우근도 벙긋이 웃으며 끼어들었다.

"이 아름다운 교분에 우리 개방이 빠질 수는 없지. 이 대협, 그 장사 말아먹으면 곧바로 개방으로 오시오. 네 분 깔고 앉을 거적때기는 특별히 두툼한 놈으로 맞춰 드리리다."

"흥하면 갑부고 망해도 개방이라. 내일 당장 시작해야겠소, 그 장사. 하하하!"

이철산이 대소를 터뜨렸다. 사절검의 둘째와 셋째인 주일범과 전장목이 대형을 따라 웃고, 나무 밑동에 기대앉은 고곤도 식은땀을 뻘뻘 흘리면서 함께 웃었다. 그러나 석대문은 웃을 수 없었다. 저 웃음이 자신의 마음을 편하게 해 주기 위한 것임을 잘 알고 있었기 때문이다. 싸움은 이겼으되 어깨는 더욱 무거워진 기분이었다. 살아가는 동안 갚아야 할 빚이 늘어난 것이다.

결전을 치른 언덕에서 석가장까지는 한나절이 넘는 거리였다. 일행 중에 운신이 힘든 부상자들이 끼어 있는 점을 고려, 석대문은 밤을 도와 세가로 돌아가는 대신 노중에 나오는 연수삼거리의 객잔에서 하룻밤 묵어가기로 마음먹었다. 여기에는 동생 석대원을 위한 배려도 일정 부분 포함되어 있었다.

십이 년이란 충분히 긴 세월이었다. 십이 년 전에 벌어진 비극을 빌미 삼아 석대원의 귀가에 반대할 가원은, 적어도 석대문이 가주로서 판단하기에는 나오지 않을 것 같았다. 석대원 얘기만 나오면 펄쩍 뛰는 석대전이 어찌 나올지 걱정하는 이들도 있겠지만 그건 석대전의 본심을 모르고 하는 소리였다. 석대원에 대한 석대전의 격렬한 부정은, 말하자면 석대원을 잃는 과정에서 만들어진 자기방어의 방편이라고도 볼 수 있었다. 석대원을 누구보다도 사랑했기에 그토록 필사적으로 외면하고 달아나야 했던 것이다.

정작 문제는 석대원 본인이었다. 십이 년 만에 만난 동생은 천하의 강동제일인마저도 장담할 수 없을 만큼 극강한 무인으로 성장했지만 마음까지 강해지지는 않은 것 같았다. 고향집을 구하기 위해 단신으로 군조와 싸웠다는 점을 귀가의 정당성으로 내세울 만큼만 당당해 주기를 바랐지만, 동생은 과거의 죄의식에서 여전히 벗어나지 못한 것처럼 보였다.

'자신이 지은 죄도 아니건만…….'

그럼에도 선대로부터 물려받은 보이지 않는 질곡에 완강히 구속당해 있는 동생이 석대문으로서는 안타까울 수밖에 없었다.

석대문이 연수 삼거리에서 하룻밤을 보내는 것이 어떠냐고 의견을 묻자 황우가 반색을 하고 나섰다.

"아하! 거기라면 제가 잘 아네요. 마음씨 좋은 떡집 주인도 알아 두었네요."

"떡집?"

"맛도 기똥차네요."

어김없이 미끼를 문 식탐 많은 사부를 향해 황우가 엄지손가락을 치켜세워 보였다.

전후 정리는 석대원이 깨어나기를 기다리던 오후 시간 중에 이미 끝낸 뒤였다. 언덕길 곳곳에 널려 있던 독문도들의 시신은 사람 눈에 안 띄는 숲 속 깊숙한 곳에 묻었고, 사상한 개방 제자들은 따로 수습하여 개천봉 막운래의 인솔하에 소주 분타로 보냈다. 가장 처치 곤란한 것은 목이 잘린 군조의 시신이었다. 금화용뇌로 인해 응고된 독정내단이 만에 하나라도 풀어질 경

우, 이 일대에 무서운 재앙이 벌어질 거라는 유 당사의 경고 때문이었다.
"방법은 하나뿐이오. 깡그리 태워 버리는 것."
"아이고, 그 힘한 일을 누구에게 맡기시려고요? 연기라도 들이마시는 날에는 무슨 탈이 날지 모르는데."
유 당사는 남들 다 가만히 있는데 눈치 없이 대거리하고 나선 우근을 빤히 쳐다보며 말했다.
"아무렴. 내외공 모두 웬만큼 강건하지 않고선 감히 나서지 못할 일이지."
우근은 동의한다는 듯 고개를 주억거리다가 어느 순간 눈을 동그랗게 뜨고 손가락으로 자신의 얼굴을 가리켰다. 유 당사가 강퍅한 눈초리를 둥글게 접으며 히죽 웃었다.
어둑한 땅거미 위로 군조를 태운 연기가 올라갔다. 그 모습을 지켜보던 황우가 조그만 목소리로 중얼거렸다.
"마침내 우화등선羽化登仙했네요."
평생 신선 되기를 바란 악인의 다비식. 그러나 노을 속으로 퍼지는 시커먼 연기는 그리 아름다워 보이지 않았다.
이제 남은 일행은 석씨 형제와 사절검, 개방 방주 사제, 유 당사를 포함한 열두 명이 전부였다. 그들은 황우를 길잡이 삼아 이동을 시작했다. 행선지는 오늘 밤 숙소로 잡은 연수 삼거리.
오늘 하루 전장이 되어 이래저래 몸살을 앓았던 그 언덕을 거의 넘을 즈음, 우근이 앞서 걷는 석대원에게 말을 걸었다.
"아직 몸도 성치 않을 텐데, 내가 대신 업어도 되겠는가?"
석대문과 형님 아우로 지내는 사이니만큼 석대문의 아우 되는 석대원에게 하대를 하는 것은 당연한 일인데, 그 하대가 웬만한 존대보다 조심스러웠다. 석대원으로부터 풍겨 나오는 기운이 그만큼 무겁고 어두웠던 것이다.

"제가 업어야 하는 분입니다."

석대원이 억양 없는 목소리로 대답했다. 발목에 모래주머니를 매단 듯 터덜터덜 걸어가는 그의 커다란 등에는 의식을 잃은 노복이 물먹은 솜처럼 축 늘어져 있었다.

"그런 분인 줄 미처 몰랐군. 미안하네."

우근은 말하고 나서야 이게 사과까지 해야 하는 일인가 후회하는 눈치였지만 석대원은 묵묵히 걸음을 옮겨 놓기만 할 뿐이었다. 지금의 그는 강호에 이름 높은 개방 방주를 포함, 그 무엇에도 신경 쓰지 않는 사람처럼 보였다.

석대문은 앞서 가는 동생을 쳐다보았다. 그 공허한 뒷모습 위로 자신을 향해 돌아서서 눈물을 주르륵 흘리던 붉은 마귀의 모습이 떠올랐다. 옛날 서방의 어느 나라에서 통용되던 주화의 양면에는 신과 악마의 모습이 새겨져 있다고 한다. 신성과 마성의 양면. 선과 악의 양면. 그러나 그 양면 모두 동생이었다. 석대문의 마음은 한층 더 무거워졌다.

(2)

삐이익.

객방 문의 돌쩌귀가 작은 소음을 내며 열렸다.

의자에 구부정하니 앉아 한로가 누운 침대 머리맡을 지키고 있던 석대원은 문 쪽으로 고개를 돌렸다. 문가에는 한 사람이 서 있었다. 객방 탁자 위에 올라 있는 등잔의 부실한 불빛이 십이 년 만에 만난 형을 비추고 있었다. 화상으로 추괴한 얼굴, 그러나 자신을 향한 눈빛만큼은 가을볕처럼 따사로웠다.

"차도는 있으신 게냐?"

형의 물음에 석대원은 고개를 저었다. 하지만 차도가 없다는 뜻인지 아니면 잘 모르겠다는 뜻인지, 석대원 본인조차 구분하기 힘들었다.

"얘기 좀 하자. 아래층이 비었더구나. 주인에게 말해 두었으니 내려오너라."

형이 몸을 돌려 문가를 떠났다. 석대원은 죽은 듯이 누워 있는 한로의 얼굴을 내려다보았다. 내외상 모두 가벼워 보이지는 않지만 잠시 자리를 비운다고 해서 별다른 일이 일어날 것 같지는 않았다. 그는 천천히 자리에서 일어섰다. 오랜 시간 엉덩이 밑에 눌려 있던 나무 의자가 해방감을 즐기듯 삐걱거리는 소리를 울렸다.

제법 넓은 아래층 식당에는 형을 제외하고 아무도 없었다. 주방으로 난 여닫이문을 중심으로 양쪽으로 나누어 배치된 열 개의 식탁들 중 하나에는 술병 한 개와 술잔 두 개 그리고 돼지고기와 청경채를 기름에 볶아 만든 안주 한 접시로 이루어진 단출한 술상이 마련되어 있었다. 조명은 따로 없었다. 열린 나무창으로 흘러드는 자야子夜의 달빛이 전부인 소박한 술자리. 미리 내려와 자리를 잡고 있던 형이 맞은편 자리를 가리키며 말했다.

"앉아라."

석대원은 착한 아이처럼 형의 말에 따랐다. 형의 눈길이 그의 얼굴에 얹혔다. 딴딴하게 응어리진 마음이 천천히 녹아들어 가는 기분이었다.

"얼굴이 무척 안돼 보이는구나."

형의 말에 석대원은 형의 얼굴을 쳐다보다가 픽 웃었다.

"아무려면 형님보다 더하려고요."
"그런가?"

형은 화상 자국으로 우툴두툴한 얼굴 반쪽을 손바닥으로 슬쩍 어루만지더니 빙그레 웃었다.

"우선 한 잔 하자꾸나. 너와는 처음인 것 같구나."

형이 내미는 술병을 바라보며 석대원은 동생을 떠올렸다. 형과는 처음이지만 동생 아전과는 술잔을 나눈 적이 있었던 것이다. 그 일을 떠올리자 자신도 모르게 입가에 미소가 맺혔.

문지기 화 노인이 화원에 묻어 둔 술 단지를 몰래 파낸 것은 자신이었다. 코흘리개 꼬맹이 아전을 끌어들인 것은 오로지 공범이 필요했기 때문이고.

—너도 한번 마셔 봐. 화 할아버지가 애지중지하는 술이야.
—우엑, 이렇게 쓴 걸 어떻게 마셔.
—바보. 남자 되긴 글렀구나.
—뭐?
—아전이는 여자래요.
—하지 마!
—아전이는 여자래요. 소란이랑 여자래요.
—으아앙!

결국 둘은 얼굴이 빨개지도록 술을 마셨고, 겁도 없이 주정까지 부려 대며 집 안 곳곳을 쑤석거리고 다니다가 어머니에게 잡혀 종아리에 불이 나도록 회초리질을 당했다. 형도 그 일을 기억할 것이다. 세가가 발칵 뒤집힐 만큼 유명한 일이었으니까.

석대원은 술잔을 들어 올렸다. 고롱 고롱 고롱, 잔이 채워지

고 술병이 넘어왔다. 석대원은 묵묵히 형의 잔을 채웠다. 이어 가벼운 부딪침으로 두 개의 술잔이 비워졌다. 얼마 만에 마시는 술인지 기억조차 나질 않았다. 다만 그녀를 보낸 뒤 처음 마시는 술인 것만은 확실했다. 술맛은…… 싸구려 술 같지는 않지만 몹시도 썼다. 입맛이 쓴 것인지 마음이 쓴 것인지 알 수는 없지만. 형은 어떨까?

석대원은 잔을 내리며 형을 쳐다보았다. 하지만 마찬가지로 빈 술잔을 식탁에 내려놓는 형의 표정은 덤덤하기만 했다.

"어찌 살았는지는 묻지 않겠다. 그 이야기를 듣기에는 이 밤이 너무 짧을 테니까."

하기야 지난 십이 년간 어찌 살았는지 이야기를 시작한다면 몇 날 밤을 새워도 부족할 것이다. 석대원은 고개를 끄덕였다.

"동감입니다."

"몇 가지 알고 싶은 것이 있구나. 곤란하더라도 대답해 주었으면 한다."

석대원은 잠시 망설이다가 다시 한 번 고개를 끄덕였다. 형에게는 뭐든 말해도 괜찮을 것 같았다. 아니, 어쩌면 자신의 응어리진 마음을 밖으로 끄집어내 줄 누군가를 간절히 바라고 있었는지도 모른다. 만일 그 마음이란 것이 조금이라도 남아 있다면 말이다.

"고맙다."

형은 석대원의 잔을 채운 뒤 자신의 잔에도 술을 따랐다. 그런 다음 물었다.

"가정은 꾸렸느냐?"

석대원으로선 전혀 예상치 못한 질문이었다.

"아닙니다."

"올해로 스물여섯인데도 가정을 꾸리지 않았다니, 둘째라고 조상님들에 대한 의무를 너무 등한시하는 것 아니냐?"

 형이 엄한 목소리로 석대원을 나무랐다. 석대원은 사과할 수밖에 없었다.

 "면목 없습니다."

 "면목 없는 줄은 아는구나."

 술잔을 비운 형이 다음 질문을 던졌다.

 "마음에 둔 처자는 있느냐?"

 역시 예상치 못한 질문이었다. 하지만 그렇기 때문에 대답을 못 한 것은 아니었다. 석대원이 고개를 숙인 채 묵묵히 앉아 있자 형이 고개를 끄덕였다.

 "눈치를 보니 없지는 않은 모양이구나. 다행이다. 네 형수가 들으면 무척 좋아할 게다."

 형수라는 말에 석대원이 고개를 들었다.

 "결혼하셨다는 얘기는 들었습니다."

 형은 반쪽이 일그러진 얼굴로도 자랑하듯 씩 웃었다.

 "큰애가 벌써 세 살이다. 사촌끼리도 터울이 너무 지면 곤란하니 분발해야 할 게다."

 석대원은 대답할 말을 찾지 못했다. 머릿속으로 어떤 장면들이 뜀뛰듯 지나갔다. 그녀. 그녀와 가정을 이룬다. 그리고 아이를 낳는다. 그 아이가 형네 아이와 함께 뛰논다. 이쪽은 서너 살. 저쪽은 그보다 대여섯 살 연상. 귀엽다, 예뻐, 형, 누나, 같이 가, 으앙, 바보.

 ……행복한 상상이었다. 너무 행복해 자신에게는 허용되지 않는 상상. 석대원은 다시 고개를 숙였다.

 형이 세 번째 질문을 던졌다.

"어머니께서 묻히신 곳은 아느냐?"
 석대원이 고개를 번쩍 치켜들었다. 그들 형제에게는 어머니가 두 분 계셨다. 형이 방금 말한 어머니는, 말할 것도 없이 자신을 낳아 준 어머니였다. 악몽 같은 연상이 그의 머릿속에서 습관처럼 펼쳐졌다. 대롱거리는 신발. 대롱거리는 다리. 그리고……. 고맙게도 형은 그 악몽 같은 연상을 끊어 주었다.
 "모르는 게 당연하겠지. 당신께서 가장 좋아하시던 장소가 어디인지는 기억하느냐?"
 연상으로부터 달아나기 위해서라도 그 장소가 어디인지를 기억해 내려고 애썼다. 그러자 믿기지 않을 만큼 쉽게 그 장소를 떠올릴 수 있었다. 지난 십이 년 동안 단 한 번도 들춰 보지 않았던 기억이건만.
 당신께서는 석가장에서 그리 멀지 않은 남경南京이 고향이셨다. 그래서인지 석가장 서북쪽, 고향을 향한 야트막한 동산에 즐겨 오르셨다. 봄마다 매화꽃으로 뒤덮이는 그 동산 북쪽 언덕에 우뚝 서 있는, 당신께서 늘 '어릴 적 헤어진 오라비처럼 굳세 보이네.'라고 말씀하시던 소나무를 찾아가시곤 했다. 그 소나무 옆에 서 계신 어머니는 어린 석대원의 눈에도 어딘지 모르게 슬퍼 보였다.
 아마도 몽롱한 눈빛을 짓고 있을 석대원의 두 눈을 빤히 쳐다보던 형이 말했다.
 "그 나무 아래 묻어 드렸다. 묘비에 네 이름 자리를 비워 두었으니 한번 찾아뵙거라."
 형은 그 세 가지 외에는 묻고 싶은 것이 없어 보였다. 하지만 그럴까?
 정말로 그럴까?

"다른 궁금하신 점은 없습니까?"

석대원이 물었다. 자신의 빈 술잔을 채워 가던 형이 석대원을 바라보았다.

"있다."

그러나 그것으로 그만이었다. 형은 술잔을 비운 뒤 석대원의 앞에 놓인 빈 잔을 채워 주었다.

석대원은 형이 채워 준 술잔을 비우다 자신의 눈가가 뜨끈하게 달아올라 있는 것을 깨달았다. 하지만 눈물은 흐르지 않았다. 흐를 듯 흐를 듯 당장이라도 흘러내릴 것 같은 눈물을 형이 붙들어 주고 있었다.

형은 그런 사람이었다.

형이란 그런 존재였다.

그날 밤 석대원은 십이 년 만에 형을 만날 수 있었다.

(3)

이름도 없이 단지 한로라 불리는 석대원의 노복은 동 틀 무렵에 의식을 되찾았다. 찢기고 갈라진 외상은 접어 두고라도 갈비뼈 넉 대가 부러지고 장기에 울혈이 맺힌 것이 결코 가볍다 할 수는 없을 터였다. 하지만 아무리 그렇기로서니 어제 낮부터 오늘 새벽까지 아홉 시진 가까이 혼절할 정도는 아닌 것 같았다. 혹시 다른 문제는 있는 게 아닌가 염려하는 석대문에게, 유 당사는 대수롭지 않다는 투로 어제 석대원 때와 비슷한 말을 늘어놓았다.

"이 노인네도 그동안 어지간히 잠을 설친 모양이오. 젊은 주인과 늙은 종이 작당해서 야밤에 보쌈질이라도 다닌 건지, 원."

잠이 부족해 그렇게들 죽은 듯이 혼절해 있었다는 말은 누구의 귀에도 이상하게 들릴 테지만 당사자인 석대원과 한로가 반박하지 않는 이상 믿어 줄 수밖에 없었다.

연수 삼거리의 객잔에서 석가장까지는 보통 걸음으로도 반나절이면 충분했다. 새벽녘에 한줄기 뿌리고 지나간 고마운 소나기 덕분에 아침 공기는 몹시도 상쾌했다. 객잔 주인을 채근해 일찌감치 아침밥을 챙겨 먹은 일행은 어제보다 한결 여유로운 걸음걸이로 석가장을 향해 출발할 수 있었다.

수레바퀴 자국을 따라 군데군데 물웅덩이가 고인 길을 두 시진쯤 걸었을까?

"가주님!"

전방으로 이십여 장 떨어진 길모퉁이를 막 돌아 나오던 사람들 중 하나가 천둥처럼 외치며 일행을 향해 달려왔다. 흙탕에 신발과 바짓단이 더러워지는 것도 의식하지 못한 듯 정신없이 달려와 석대문의 면전에 이른 그 사람은 직접 보고서도 믿지 못하겠다는 양 두 눈을 비볐다.

"정말 가주님이군요!"

금방 눈물이라도 쏟을 듯한 얼굴로 석대문을 우러러보는 사람은 석가장에서 집법당을 맡고 있는 벽력권 역화였다. 나이로 따지면 역화 쪽이 두어 살 위지만 어린 시절부터 소가주로 받들어 온 까닭에 석대문을 대하는 그의 태도는 격의 없는 가운데에도 지극히 공근했다.

"오랜만일세, 역 당주."

역화와 동행하던 몇 사람도 부리나케 달려와 석대문 앞에 머리를 숙였다.

"가주님을 뵙습니다!"

모두 아는 얼굴, 집법당에 속한 가원들이었다. 석대문이 밝은 표정으로 그들의 인사에 답하는데, 역화가 예의 우렁찬 목소리로 물었다.

"한데 가주님이 여긴 웬일이십니까?"

이 물음이 괴이하게 들려 석대문은 픽 웃었다.

"내가 자리를 비운 사이에 누가 세가를 집어삼키기라도 했는가?"

"예? 그게 무슨 말도 안 되는 말씀이십니까?"

"그게 아니고서야 내 집에 내가 가는 일을 두고서 역 당주가 이리 난리 칠 일이 없지 않은가."

역화는 몇 번 눈알을 굴린 다음에야 석대문의 말이 농담임을 알아차렸다.

"아이고, 지금이 어느 때라고 그런 팔자 좋은 농담이나 하시는 겁니까?"

"지금이 어느 땐데?"

"독중선 군조라고 아시죠?"

"알지."

"그 군조가 지금 강동으로 쳐들어왔습니다. 사자검문은 사흘 전에 이미 무너졌고, 이제 우리 석가장이 놈의 목표가 되었지요. 본래 어젯밤쯤에 당도했어야 정상인데, 그러지 않은 것으로 보아 연수에서 하룻밤 머문 모양입니다. 아마 곧 이리로 올 겁니다."

하지만 어젯밤쯤에 당도했어야 정상인데 연수에서 하룻밤 묵은 이들은 따로 있었다. 석대문은 뒤를 돌아보았다. 표정 자체를 잃어버린 것 같은 석대원과 한로를 제외한 모든 일행이 피식피식 웃고 있었다. 그중에서도 우근은 입이 근질거려서 견디기

힘들어하는 것처럼 보였다. 석대문이 역화를 다시 보며 물었다.

"이가주와 사자검문 사람들은 무사히 세가로 들어갔는가?"

"예, 어제 해 질 녘에 무사히 귀가……. 어? 가주께서 그 일을 어찌 아시는 겁니까?"

더 이상 길바닥에 서 있고 싶지 않아진 석대문이 짧게 말했다.

"군조는 죽었네."

"예, 그러니까 그 군조가 지금…… 예에엣?"

"군조가 언제쯤 오나 정탐 나온 모양인데, 이미 죽었으니까 더는 갈 필요 없게 되었네."

"구, 군조가 왜 죽었습니까?"

"왜 죽긴, 누가 죽였으니 죽었겠지."

석대문은 역화의 대꾸를 기다리지 않고 걸음을 옮기기 시작했다. 역화는 일행이 다 지나가도록 넋 빠진 얼굴로 우두커니 서 있다가 어느 순간 정신을 차리고 부리나케 달려와 석대문의 옆구리에 달라붙었다.

"독중선 군조가 죽은 게 정말 맞습니까?"

"맞네."

"가주님께서 죽이신 겁니까?"

놔두면 한도 끝도 없이 대답해 줘야 할 판국이라 석대문은 이쯤에서 역화를 치우기로 마음먹었다.

"내가 죽인 것은 아니지만 내게 패하여 죽은 것은 맞네. 자세한 얘기는 세가에 들어가서 해 줄 테니 자네는 앞질러 가서 정총관에게 손님 맞을 채비를 하라 이르게."

"하지만……."

"손님맞이에 허술함이 없도록 서두르게. 고마우신 분들이 많이 찾아갈 테니까."

역화는 뭐가 그리 아쉬운지 몇 번이고 뒤를 돌아보면서도 가주의 지시를 거역하지 못하고 석가장을 향해 출발했다. 사람을 보내놓고 곧바로 뒤따르는 것도 뭣한 일이라 일행의 걸음은 더욱 여유로워지게 되었다.

그렇게 한 시진쯤 더 걷자 세가 정문이 내려다보이는 둔덕에 이르렀다. 터덜터덜 이어지던 석대원의 발길이 멎은 것도 그 부근이었다.

"형님."

석대원의 부름에 석대문이 고개를 돌렸다. 석대원은 더 이상 말을 잇지 않고 저 멀리 서 있는 세가의 정문을 쳐다보기만 했다. 석대문은 동생의 눈가가 가늘게 떨리고 있는 것을 발견했다. 그러자 무슨 말을 하려는지도 짐작할 수 있을 것 같았다.

"그냥 가려느냐?"

"……예."

"아전이 알면 서운해할 게다."

석대원은 잠시 주저하다가 말했다.

"그 반대일지도 모르지요."

"으음."

석대문은 무거운 신음을 토해 냈다. 동생이 세가를 얼마나 그리워하는지는 묻지 않아도 알 수 있었다. 그게 아니면 단신으로 군조의 행렬을 막아서는 위험천만한 행동을 할 까닭이 없었다. 그러나 세가의 누구에게도 알리지 않은 채 단신으로 나섰다는 바로 그 점이 마음에 걸렸다. 동생은 스스로 세가의 구성원이 아니라고 생각하고 있었던 것이다.

"정히 그래야겠느냐?"
석대원은 대답하지 않았다. 석대문은 그런 동생을 잠시 바라보다가 고개를 끄덕였다.
"가거라."
동생은 돌아온 것이 아니었다. 단지 지키고 싶었던 것이다. 과거를. 그 위에 새겨진 추억을. 그리고 그 추억 안에 살아 있는, 자신을 가족으로 받아 줄지조차 알 수 없는 그립고도 두려운 얼굴들을. 그리고 그 뜻을 이루었으니 다시금 원래의 자리로 돌아가고자 하는 것이다.
석대문은 잠시 생각해 보았지만 결국 자신이 동생을 붙잡지 못할 것임을 깨달았다. 십이 년 전 세가에서 쫓겨나다시피 떠나던 동생을 붙잡지 못한 것처럼.
"건강하십시오."
석대원은 마치 자식이 아버지에게 올리듯 석대문을 향해 큰절을 올렸다. 석대문은 동생의 넓은 등을 보며 가슴이 아려 오는 것을 느꼈다. 그의 형제들에게는 많은 사연이 숨어 있었다. 알려진 사연, 알려지지 않은 사연, 거기에 알려져서는 안 되는 사연까지도. 형제들이 한자리에 모여 그 모든 사연들을 허심탄회하게 털어놓으며 술잔을 나눌 수 있는 기회가 과연 찾아올까?
'어렵겠지.'
바라기 힘들다는 생각이 들었다. 석대문은 한숨을 쉬며 고개를 작게 흔들었다. 그러나 우울한 얼굴로 동생을 배웅할 수는 없는 노릇이었다. 그는 짐짓 밝은 목소리로 동생에게 말했다.
"다시 올 땐 제수씨와 함께이길 바란다."
절을 마치고 일어선 석대원이 열없는 미소로 대답을 대신

했다.

 그때 두 형제가 하는 양을 잠자코 구경만 하던 우근이 얼굴을 굳히며 몸을 돌렸다. 그로부터 풍기는 기세가 잠깐 사이에 무서운 속도로 상승하는 것을 느낀 석대문은 그의 시선이 향하는 곳을 돌아보았다.

 대체 언제부터 그곳에 서 있었던 것일까? 이마와 왼쪽 눈썹 위에 커다란 상처를 매단 탑삭부리 중년인이 길옆 나무들 사이에 우뚝 선 채 그들 형제를 지켜보고 있었다.

 그 중년인을 본 순간, 석대문은 반사적으로 움직이려고 하는 오른손을 멈추기 위해 주먹을 꽉 움켜쥐어야만 했다.

 현재 석대문의 검법은 지난해 철군도에서 부상을 입기 전보다 오히려 발전된 상태였다. 하후봉도의 효과 좋은 고약, 구양정인의 신묘한 의술, 사절검을 통해 쌓은 실전 같은 대련, 거기에 어떤 역경이라도 반드시 이겨 내겠다는 검객의 굳센 의지가 더해지자, 그의 검로劍路를 가로막고 있던 커다란 장벽 하나가 거짓말처럼 사라져 버린 것이다.

 그 증거가 어제 펼친 군조와의 일전. 군조는 두말할 필요 없는 강적이었다. 부상당하기 이전의 석대문이라면 승리를 장담하기 힘들었을 터. 그러나 그런 강적을 상대로 석대문은 비교적 손쉬운 승리를 얻어 냈다. 이유는 간단했다. 석대문 쪽이 더 강했던 것이다.

 그런데 그러한 강함이 저 중년인을 상대로는 별다른 효과를 발휘하지 못하고 있었다. 석대문은 주먹 쥔 자신의 오른손을 내려다보았다. 모닥불에 빨려들어 가는 부나방처럼 중년인을 향해 발검을 하려고 했던 오른손. 하물며 중년인은 양팔을 자연스럽게 늘어뜨린 채 아무런 행동도 취하지 않고 있는데도 말이다.

중년인의 경지가 최소한 자신의 아래가 아님을 느낀 그는 광막천하다인사廣漠天下多人士라는 일곱 자를 새삼 되새기게 되었다.
우근이 중년인에게 말했다.
"오랜만에 얼굴을 보는군."
중년인이 답했다.
"그렇군."
"안 보는 사이 꽤나 유명해졌어. 고검이라니, 자네에게는 잘 어울리는 명호라고 생각했네."
"고맙네. 하지만 자네가 두른 그 금포는 자네 직업과 그리 어울리지 않는 것 같군그래."
두 사람의 대화로부터 석대문은 중년인의 정체를 알 수 있었다.
고검 제갈휘.
용과 범이 우글거린다는 무양문 호교십군의 수좌이자 검왕 연벽제와 더불어 검도의 양대 산맥을 이루는 최강의 검객.
석대문에게 있어 고검 제갈휘는 검왕 연벽제와는 전혀 다른 이유에서 꼭 한번 싸워 보고 싶은 존재였다. 어떠한 은원이나 이해관계도 개입되지 않은, 오로지 더 높은 검로를 추구하고 싶은 검객으로서의 순수한 열망이 지금 이 순간 석대문의 투지를 맹렬히 자극하고 있었다.
그 열망에 반응한 것인지 제갈휘의 시선이 석대문에게 옮아왔다. 석대문은 자신을 향한 진중하면서도 부드러운 기운이 한층 더 풍부해진 것을 느낄 수 있었다. 석대문도 마음을 일으켰다. 어쩌면 저절로 일어난 것인지도 모른다.
마음과 마음, 기세와 기세가 한 덩이로 어울렸다. 주위에 있던 사람들 중 우근과 석대원만이 짤막한 신음을 흘리며 한 발짝

씩 뒤로 물러섰다.

　석대문의 기세가 비 온 다음 날 충천하는 대나무 같다면, 저 제갈휘의 기세는 가을 산을 타고 내려오는 단풍 같았다. 두 가지 기세가 심상의 세계 속에서 어우러졌다. 싱싱한 대나무가 청아한 울림으로 노래하고 흐드러진 단풍이 넉넉한 춤사위로 휘돌았다.

　단 일 합.

　용오름처럼 솟구친 절정의 검기들이 연기처럼 흩어졌다. 석대문은 길게 숨을 내쉬었다. 검을 뽑기는커녕 손가락 하나 까딱하지 않았건만 이토록 인상적인 대결은 난생처음인 것 같았다. 희열이 밀려왔다. 꽃봉오리가 터지는 순간을 본 듯한 기분이었다.

　이윽고 제갈휘가 두 주먹을 모아 석대문을 향해 올려 보였다.

　"강동제일인의 명성에 한 점의 과함도 없음을 알았소. 무양문의 제갈휘라 하오."

　검기만큼이나 진중하고 부드러운 제갈휘의 목소리를 들으며 석대문은 자신의 결례를 깨달았다. 강호의 선배이자 존경하는 검객의 입에서 먼저 인사말이 나오도록 하다니. 그는 제갈휘를 향해 얼른 주먹을 모아 보였다.

　"가르침에 감사드립니다. 석가장을 이끌고 있는 석대문이라고 합니다."

　제갈휘는 석대문의 앞에 서 있는 석대원을 일별한 뒤 말했다.

　"분에 넘치게도 가주의 동생분과는 호형호제하고 지내는 사이라오."

"감사한 일입니다. 여러모로 부족한 아이니 마음에 차지 않으시더라도 잘 돌봐 주시기 바랍니다."

"그가 부족하다니? 허허, 가주는 참 욕심도 많으시오."

당치 않다는 듯 실소를 흘린 제갈휘가 석대원을 돌아보았다.

"일은 잘 끝냈는가?"

석대원은 묵묵히 고개를 끄덕였다. 그러자 제갈휘가 김빠진다는 표정으로 말했다.

"하긴 강동제일인과 혈랑곡주의 전인이 함께하는데 독중선 따위가 무엇을 할 수 있을까. 이 앞을 청소하다가 혹시 몰라 한 놈을 붙잡아 놨는데, 소용없게 되었군."

말을 멈춘 제갈휘가 길옆 나무들이 우거진 곳을 향해 턱짓을 한 번 보냈다. 그러자 나무들 안쪽에서 끅, 하는 짤막한 비명이 울려 나왔다. 만일 저것이 누군가의 단말마라면 잠깐 사이에 살인이 자행된 것이다. 석대문 일행이 모두 놀라 제갈휘를 쳐다보았지만, 그는 마치 '뭐가 어때서? 너희들이 말하는 마귀가 바로 우리 무양문이잖아.'라고 말하듯 어깨만 으쓱해 보일 따름이었다.

잠시 후 수풀 헤치는 소리가 버석버석 울리더니 다섯 명의 사내들이 모습을 드러냈다. 안정된 걸음걸이와 차갑게 가라앉은 눈빛만 보더라도 고검이 데리고 다닐 만한 인물들임을 짐작할 수 있었다. 그들은 마치 석대문 일행을 상대로 시위라도 펼치듯 제갈휘의 뒷전에 일렬로 쭉 늘어섰다.

"형님께서 제 고향집을 지키기 위해 수고해 주셨군요. 감사합니다."

석대원이 제갈휘를 향해 고개를 숙였다. 제갈휘는 씩 웃더니 다섯 사내들을 돌아보며 말했다.

"사례는 이 친구들에게 하게. 난 고양이 한 마리와 술래잡기를 한 공밖에 없으니까."

그러자 제갈휘의 뒷전에 늘어선 사내들 중 용형대도를 등에 멘 호목의 장년인이 무뚝뚝하게 말했다.

"순찰통령의 사례는 필요 없소. 군장님의 명령이 아니었다면 절대로 하지 않았을 일이니까."

오가는 대화들을 들어 보니, 요 며칠 고검과 그 일행이 혹시 모를 군조의 마수로부터 석가장을 지켜 주었다는 사실을 알 수 있었다. 석가장이 군조라는 커다란 위기에서 벗어나는 데에는 실로 많은 사람들의 도움이 있었다는 생각이 들었다. 가주로서 책무를 다하지 못한 것에 대한 부끄러움보다는 고마움이 먼저 들었다. 석대문은 타인으로부터 받은 호의를 담백하게 고마워할 줄 아는 사람이었다.

제갈휘가 석대원에게 말했다.

"어젯밤에 순찰당에서 보낸 전령이 도착했네. 문주께서 광명령을 발동하셨다는군."

광명령이란 세 글자에 담긴 무게를 아는 사람이라면 누구라도 귀가 쫑긋해지지 않고는 못 배길 얘기였다. 곁에 있는 우근은 아예 대놓고서 제갈휘 쪽으로 고개를 기울이고 있었다.

"자네가 복건을 떠난 직후 관아의 신상에 문제가 발생한 모양이야."

제갈휘의 이 말에 석대원의 표정이 변했다.

"관아는 어떻게 되었습니까?"

제갈휘는 석대문과 우근이 있는 쪽을 슬쩍 쳐다본 뒤 말했다.

"자세한 얘기를 나눌 상황은 아닌 것 같군. 어쨌거나 광명령

의 권위로써 본 문의 모든 문도들에게 총동원령이 내려진 것만은 사실이네."

남패 무양문의 지존 서문숭이 총동원령을 내렸다!

이 일이 강호 전체에 미칠 여파는 가볍지 않을 것이 분명했다. 이에 우근이 제자인 황우에게 슬쩍 눈짓을 보냈다. 황우는 천하태평이던 표정을 고치고 어디론가 급히 달려갔다. 아마도 가까운 소주 분타로 달려가 무양문의 동태를 파악하라는 방주의 명령을 모든 방도들에게 급전할 생각인 것 같았다.

제갈휘는 그들이 그러거나 말거나 개의치 않는 눈치였다.

"비록 객원이란 말이 붙어 있기는 하지만 자네도 본 문의 문도라 할 수 있으니, 나와 함께 복귀하도록 하세."

"알겠습니다."

석대원이 순순히 응낙하자 제갈휘가 한시름 던 얼굴로 석대문을 돌아보았다.

"문파에 급한 일이 생겨 첫 만남부터 결례를 범하게 되는구려. 넓은 도량으로 헤아려 주시기 바라오."

"그렇게 말씀하시니 다음 만남에는 붙들고 늘어질 만한 명분이 생겼습니다."

석대문의 대꾸에 제갈휘가 유쾌하게 웃었다.

"넉살 좋기로는 두 형제분이 정말 난형난제 같소. 그럼 후일을 기약하고 나는 이만 가리다."

떠나기 직전, 석대원은 석대문을 향해 말없이 고개를 숙여 보였다. 그런 동생을 보며 석대문은 생각에 잠겼다.

아직은 궁금한 점투성이였다. 무양문에 무슨 사건이 벌어졌는지, 관아라는 사람과 동생은 무슨 관계인지, 그리고 서문숭이 내린 총동원령의 목적은 무엇인지 등등. 그럼에도 불구하고 동생의 행선지를 알게 된 것만큼은 다행스러운 일이었다. 더욱이 그 곁에 고검 같은 사람이 있어 준다면야. 그러나…….
 자꾸 안 좋은 예감이 들었다. 그것은 말로는 표현하기 어려운, 마치 꿈속에서 목격한 미래의 불길한 일면이 현실로 나타나지 않을까 두려워하는, 그런 종류의 예감이었다.
 무양문 사람들에게 둘러싸인 채 시야에서 멀어져 가는 동생을 두 번 다시 볼 수 없을 것만 같은 예감에 석대문은 자신도 모르게 어깨를 떨고 말았다.

개귀문開鬼門 (一)

(1)

―글쎄 오는 귀월鬼月에는 무조건 동북방을 조심해야 한다니까요. 그 스님이 이 부적을 주며 분명히 그랬어요. 당신 사주에 올해 천중살天中煞이 하나 끼어 있는데 귀월에 동북방만 조심하면 액을 피할 수 있다고요. 귀월 동북방! 알았죠?

미신이란 잘못된 믿음이다. 그런데 잘못된 줄 알면서도 여러 번 반복해 듣다 보면 '정말 그런가?' 미혹되는 것이 또한 미신이기도 하다. 미신을 팔아 먹고사는 사이비 도사들이며 요승들이 세상에 만연한 것도 모두 인간의 마음속에 도사리고 있는 그러한 미혹 때문이다. 그러므로 중요한 것은 귀신의 존재 여부가 아니다. 귀신을 믿는 마음의 존재 여부다.

유월 그믐날 밤.

양진삼은 북경의 어느 뒷골목에 몸을 숨긴 채 칠야의 어둠만이 지배하는 맹하孟夏의 밤거리를 지켜보고 있었다. 그러면서도 가슴 옷섶에 넣은 왼손으로 만지작거리는 것은 손바닥만 한 종이 한 장인데, 붉은 주사로 그림도 아니고 글자도 아닌 요상한 뭔가를 휘갈겨 놓은 그 종이는 올 초 그의 아내가 북경 인근 암자에 틀어 앉은 어떤 사이비 요승에게 비싼 돈을 주고 받아 온 종규참귀척사신부鐘馗斬鬼斥邪神符라는 긴 이름의 부적들 중 한 장이었다.

종규라면 악귀를 잡아먹고 잡귀를 다스리는 신이니, 풀이하면 '귀신을 베고 사기를 쫓는 종규의 부적'쯤 되려나. 서툰 바느질로도 그 부적들을 의복 안감마다 일일이 꿰매 주며 아내는 양진삼에게 당부, 또 당부했다. 귀월 동북방을 조심, 또 조심하라고.

사실 귀월 동북방이라고 하면 양진삼으로서도 전혀 모르는 얘기는 아니었다.

귀월은 칠월의 다른 이름이다. 민간 설화에 따르면, 귀월이 되면 귀문鬼門이 열리고 그 안에 갇혀 있던 온갖 귀신들이 세상에 쏟아져 나온다고 한다. 그 귀문이 있는 산이 도삭산度朔山, 桃朔山. 방위로 따지면 동북방. 그러므로 귀월에 동북방을 조심하라는 소리는, 유월하고도 달이 홀쭉해지는 하순께에는 세상 사람들 전부가 한 번쯤은 듣게 되는 있으나마나 한 경구인 것이다.

양진삼은 옷섶에서 손을 빼며 고소를 머금었다. 있으나 마나 한 경구를 듣는 데 칠십 냥이나 들였으니 아내 씀씀이도 보통은 아니었다. 하기야 좋은 집안의 금지옥엽으로 태어나 무엇 하나 아쉬울 것 없이 살다가 마찬가지로 집안 좋은 자신에게 시집와

곧바로 안살림을 맡았으니, 씀씀이에 거침이 없는 것도 이해하지 못할 일은 아니었다.
'가만있자, 여기서 동북방이면 향소香素가 있는 화운루花雲樓라는 얘긴가?'
양진삼은 고개를 슬그머니 빼어 화운루가 있는 동북방 쪽을 바라보았다. 화운루는 북경성 내에서 세 손가락 안에 꼽힐 만큼 규모가 큰 기루의 이름인데, 그 화운루에서도 제일 잘나가는 기녀가 향소였다. 나이는 조금 많아 스물셋. 하지만 시서에 밝고 가무에 능하며 무엇보다도 남자의 애간장을 태우는 애교를 지녀, 방년을 뽐내는 뭇 꽃봉오리들을 물리치고 가장 높은 화대를 차지한 희대의 요화였다.
하지만 다른 기녀들과 확연히 변별되는 향소의 장점을 꼽으라면 뭐니 뭐니 해도…….
양진삼은 자신의 바지 앞자락을 내려다보았다. 향소와 함께 한 몇 번의 화끈한 잠자리를 떠올리자 아랫도리로 자연스레 피가 쏠리는 것이 느껴졌다. 향소라는 요화가 온몸으로 자아내는 방중술이란 자그마치 이 정도였다. 단지 머릿속으로 떠올리는 것만으로도 사십 다 된 유부남을 스무 살 먹은 숫보기 총각처럼 흥분시키고 마는 것이다. 그러므로 귀월에, 사실은 귀월이든 아니든, 동북방을 조심하라는 소리인즉…….
'복상사 조심하란 소리다, 요놈아.'
양진삼은 묵직해진 아랫도리를 손바닥으로 툭 두드린 뒤 웅크리고 있던 몸을 천천히 펴 올렸다. '성욕과 식욕은 같은 가지에서 갈라 나온 두 열매'라는 말을 입증하듯 갑자기 배 속이 출출해졌기 때문이다.
아직 문 닫지 않은 식당을 찾아 국수나 한 그릇 먹고 와야겠다고 생각할 무렵, 밤거리 너머로 보이는 사합원四合院(중국 화북 지방의 전통가옥 양식)의 대문 지붕 위로 호리호리한 인영 하나가 밤새처럼 내려앉는 것이 양진삼의 눈에 들어왔다.

'왔구나!'

양진삼은 반쯤 펼친 무릎을 재빨리 구부렸다. 향소를 떠올릴 때의 그는 한량이었고 지금의 그는 맹수였다. 한량과 맹수는 하나로 융화되기 힘든 특질을 가졌음에도 그는 그 두 가지를 훌륭히 소화할 수 있는 사람이었다. 한량 같은 맹수이자 맹수 같은 한량. 양진삼은 바로 그런 사람이었다.

구름 낀 칠야는 검은 장막을 펼쳐 놓은 것처럼 어두웠지만 그래도 건물과 밤하늘이 맞닿은 경계선은 비교적 눈에 잘 띄었다. 잠시 움직임을 멈추고 주위의 동정을 살피던 호리호리한 인영은 고양이처럼 가벼운 몸놀림으로 기와지붕 위를 미끄러지더니 안쪽으로 홀쩍 뛰어내렸다.

"흐음."

그 모습을 지켜보던 양진삼이 고개를 끄덕거렸다. 신법이라면 어느 누구에게도 뒤지지 않는다고 자부해 온 자신이 아니던가. 무양문주 서문숭이 붙여 준 쾌찬快燦이라는 별호가 그 점을 입증해 주고 있었다.

"저만하면 이급은 줄 수 있겠어."

상대의 신법을 짤막하게 품평한 양진삼은 마침내 웅크리고 있던 뒷골목을 벗어났다. 그의 기준으로 평가할 때 특급의 신법을 발휘하여.

한쪽 벽면에 커다란 서가가 놓인 방이었다. 서가를 가득 채운 책들이며 죽간들은 각각의 크기별로 깔끔히 정돈되어 있어

방 주인의 성정이 어떠한지를 잘 보여 주고 있었다.

벽에 걸린 두 개의 유등과 서탁 위에 따로 마련된 커다란 옥등玉燈이 부드러운 빛을 뿌려 내는 그 방 안에는 지금 뚱뚱한 체구를 가진 사십 대 남자 한 사람이 초조한 기색으로 배회하고 있었다. 여름용이라고 하기에 조금 두꺼워 보이는 연녹색 침의寢衣 탓인지 겉으로 드러난 남자의 살갗에는 진득한 땀이 배어 나와 있었다. 좁은 미간과 올 적은 염소수염은 그가 드러내는 초조한 기색을 더욱 부채질하는 듯했다.

덜컥, 덜컥, 덜컥.

닫힌 창문이 창틀에 부딪치는 소리가 세 번 울렸다. 뚱뚱한 남자가 재빨리 창가로 다가가 걸쇠를 열었다. 열린 창문 밖에는 얼굴에 검은 복면을 쓴 야행복 차림의 호리호리한 인영이 서 있었다. 뚱뚱한 남자가 주위를 둘러보더니 손짓을 했다. 복면인은 체구에 걸맞은 날렵한 몸짓으로 열린 창문을 통해 방 안으로 들어섰다.

"해시亥時(오후 9시~11시) 정각까지 오라고 했는데 왜 이리 늦은 거요?"

창문을 닫은 것으로도 안심되지 않는지 걸쇠까지 내려 건 뚱뚱한 남자가 복면인을 돌아보며 신경질적인 목소리로 타박부터 늘어놓았다. 그러나 복면인은 아무런 대꾸도 없이 감정이 실리지 않은 눈으로 뚱뚱한 남자를 바라보기만 할 뿐이었다. 그 무신경한 태도가 못마땅한 듯 뚱뚱한 남자는 얼굴을 찌푸렸지만, 이내 표정을 고치고 서탁 서랍에서 봉투 하나를 꺼내 복면인에게 건넸다. 봉투를 받은 복면인이 그제야 말문을 열었다.

"먼저 연락하지 말라는 지시를 어긴 이유가 바로 이 물건 때문인가요?"

비록 공손하긴 하지만 복면 구멍 속 눈동자만큼이나 감정을 엿보기 힘든 건조한 목소리였다. 하지만 그 건조한 목소리마저도 반갑기만 한 듯 뚱뚱한 남자가 얼른 대답했다.
"그 봉투 안에는 당신들이 분명히 기뻐할 만한 정보가 들어 있소."
"판단은 상부에서 할 겁니다."
짤막하게 대꾸한 복면인이 봉투를 품속에 갈무리한 뒤 뚱뚱한 남자에게 물었다.
"이제 용무가 끝났나요?"
그렇다고 대답하면 당장이라도 창문을 향해 몸을 돌릴 기색이었다. 뚱뚱한 남자가 복면인을 붙들기라도 할 거처럼 오른손을 내밀며 말했다.
"아, 아니오. 그 봉투 문제도 있지만, 개인적으로 궁금한 점도 있어 상례를 깨고 연락을 취한 거요."
복면인은 그런 뚱뚱한 남자를 잠시 쳐다보다가 말했다.
"당신에게 궁금해할 권리 같은 것은 없습니다."
"가, 감히 그런 소리를!"
뚱뚱한 남자가 눈을 부릅뜨고 노기를 드러냈지만 복면인에게는 씨알도 먹히지 않는 눈치였다. 이것만 보아도 두 사람의 관계를 충분히 짐작할 수 있었다. 누구의 말투가 더 공손한가는 전혀 문제가 되지 않았다. 문제는 칼자루를 쥔 게 누구냐는 점. 칼자루를 쥐지 못한 뚱뚱한 남자는 결국 노기를 풀 수밖에 없었다.
"그동안 내가 애쓴 것을 생각해서라도 이번 한 번만은 좀 봐주시구려."
뚱뚱한 남자가 사정조로 나오자 복면인은 어쩔 수 없다는 듯

어깨를 으쓱거렸다.
"좋습니다. 무엇이 궁금한지 얘기해 보십시오."
"요사이 내 주위에서 이상한 일들이 벌어지고 있소."
이 말에 대한 반응을 보려는 듯 뚱뚱한 남자가 말을 멈추고 힐끔거렸지만 복면인의 태도에는 어떠한 변화도 없었다. 뚱뚱한 남자는 실망한 기색으로 이야기를 이어 나갔다.
"가령 이 서재에 누군가 출입한 흔적을 발견했는데 사라진 물건은 없었다든지, 혹은 바깥출입을 할 때마다 자꾸 누군가 뒤따라오는 것 같은 기분이 든다든지……. 아! 대문 앞을 어슬렁거리는 낯선 자들이 갑자기 늘어난 점도 그중 하나요. 아시다시피 이 앞의 거리는 교통의 요충지도 아니요, 그렇다고 특별히 번화한 곳도 아니어서 잡인들의 왕래가 뜸한 편이었소. 한데 언제부턴가……."
어느 순간부터 스스로가 하는 이야기에 몰입되어 호들갑을 떨어 대는 뚱뚱한 남자와는 달리 복면인은 시종일관 차분한 신색을 흩트리지 않았다. 그로부터 한참이 지나 뚱뚱한 남자가 장광설을 모두 마치자 복면인이 비로소 말문을 열었다.
"언제부터 그런 일들이 벌어졌는지 기억하십니까?"
뚱뚱한 남자는 잠시 생각하는 시늉을 하다가 대답했다.
"보름쯤 전부터인 것 같소."
"보름 전이라……."
복면인이 나직이 뇌까렸다. 뚱뚱한 남자가 다급한 목소리로 물었다.
"대체 내 주위에서 무슨 일이 벌어지고 있는 것인지 알려 주시오. 요즘은 불안해서 잠도 제대로 못 자고 있소."
복면인은 뚱뚱한 남자를 잠시 쳐다보다가 말했다.

"약속했으니 알려 드리지요. 아무래도 금의위 쪽에서 무슨 냄새를 맡은 것 같군요."

뚱뚱한 남자가 눈을 홉뜨며 소리쳤다.

"그, 금의위? 그렇다면 내가 이제까지 한 일이 금의위에게 발각되었다는……!"

"쉿."

복면인이 손가락 하나를 복면의 입 부분에 붙이며 낮은 목소리로 경고했다.

"이럴 때일수록 자중하셔야지요."

"자중이라니! 그 소리는 이대로 가만히 앉아서 포승줄에 묶일 날만 기다리라는…… 흡!"

여전히 높은 목청으로 심중의 불안감을 토로하던 뚱뚱한 남자가 헛바람을 들이켜며 뒷말을 삼켰다. 복면인이 뒤춤에서 뽑아 낸 비수가 어느새 목젖을 누르고 있었기 때문이다.

"금의위에 앞서 우리부터 두려워해야 한다는 점을 잊지 말아야 합니다, 참의參議 영감."

뚱뚱한 남자는 얼굴이 홍시처럼 달아오른 채 눈알만 뒤룩뒤룩 굴렸다. 그가 진정되는 기미를 보이자 복면인이 비수를 천천히 거두었다.

"당분간 모든 연락을 끊겠습니다. 상황을 파악한 뒤 우리 쪽에서 접촉할 때까지 부디 신중히 처신하십시오. 그리고……."

툭.

서탁 위에 뭔가가 떨어졌다. 크기며 빛깔 모두 얼핏 보아서는 돼지 염통으로 여기기에 딱 좋은 붉은색 비단 주머니였다. 뚱뚱한 남자가 떨리는 시선으로 그 비단 주머니를 쳐다보았다.

"당분간 구할 수 없을 테니 분량을 잘 조절하여 사용하셔야

할 겁니다. 그럼."
 이 말을 끝으로 복면인은 들어올 때와 마찬가지로 창문을 통해 방을 빠져나갔다. 방 안에 홀로 남은 뚱뚱한 남자는 창문을 닫는 것도 잊은 채 망연자실한 얼굴로 서 있다가 부근에 있는 의자에 비대한 육신을 털썩 실었다. 그의 앞쪽 서탁 위에는 복면인이 던져 놓고 간 붉은색 비단 주머니가 놓여 있었다. 비단 주머니를 내려다보던 그가 머리를 감싸 쥐며 크게 탄식했다.
 "아아! 애당초 저들의 제안을 받아들이지 말았어야 했거늘."
 지금까지 방 안에서 벌어진 모든 일들을 낱낱이 지켜본 양진삼이 은폐물로 삼았던 대들보 위를 벗어난 것은 그 무렵의 일이었다.

(2)

 입추를 앞둔 북경의 밤거리는 농번기 대장간처럼 후텁지근한 공기에 짓눌려 있었다. 그 맹하의 밤거리를 화살처럼 가르고 달려가는 양진삼은 세찬 맞바람에도 불구하고 겨드랑이 사이로 눅눅한 땀이 차는 것을 느꼈다. 이른바 열대야. 자정 언저리 시각에도 이 정도 기온이면 더위에 잠 못 이루는 이들도 많을 터인데, 저 멀리 산동 바닷가의 시원한 안가에서 머물고 있는 '전하'는 아무리 생각해도 그 범주에 포함되지 않을 것 같았다.
 인간이라는 게 이렇듯 불공평한 것일까. 누구는 팔자 좋게 상쾌한 바닷바람 쐬며 꿈나라에 가 있는데 누구는 사타구니 사이로 방울 소리 딸랑거리며 육즙이나 질질 흘리고 있다니. 이따위 야밤 뜀박질일랑 당장 때려치우고 시원한 우물로 목물이나 한 다음 잠이나 퍼자고 싶다 생각하다가도, 국록을 받는 관리가 되어 이런 불경한 마음을 떠올리면 안 되지라고 반성하며 고개를 흔들었다.

 반 시진 가까이 달리는 와중에 이렇듯 매 순간 잡념에 흔들리는 것도 따지고 보면 다 지긋지긋한 더위 탓이었다. 아니, 엄밀히 말하면 더위 탓 반에다가 저 앞에서 잘도 달려가고 있는 복면인 탓이 반이었다. 그나저나…… 저치는 참 잘도 달리는군.

 "내 평가가 조금 박했나."

 실처럼 가늘게 접힌 눈을 복면인의 뒷모습에 붙박아 두던 양진삼이 의외라는 표정으로 입술을 슬쩍 비틀었다. 반 시진 전 사합원 대문 지붕에서 움직이는 모습을 보고 이급이라 판단했는데, 지금 어둠을 뚫고 달려가는 뒷모습을 보고 있노라니 일급을 주어도 충분하다는 생각이 들었다.

 그럴 만도 한 게, 지난 반 시진을 미행하는 동안 양진삼의 입에서는 '호오!'라거나 '흠!' 하는 감탄사가 쉼 없이 흘러나온 것이다. 좁은 골목을 휘돌 때는 고양이처럼 매끄럽고 높은 담장을 뛰어넘을 때는 솔개처럼 가볍다. 도약은 균형 잡히고 착지는 안정감 있다. 단순히 물건이나 수발하는 전령이라고 보기에는 확실히 기특한 면이 있는 자였다. 게다가 아까 뚱뚱한 남자를 상대하는 과정에서 보여 준 능소능대한 장악력은, 악명 높은 금의위에서 십수 년을 보내며 온갖 군상에 온갖 사건을 겪어 온 양진삼으로서도 감탄하지 않을 수 없을 만큼 노련한 것이었다. 오죽하면 특차로 뽑아다 쓰고 싶다는 마음까지 일었을까.

 생각이 거기에 미치자 문득 저 복면인의 손바닥 위에서 쩔쩔매던 뚱뚱한 남자가 떠올랐다. 당연한 얘기지만, 양진삼은 그 뚱뚱한 남자의 신상 정보를 상세히 파악하고 있었다. 표적의 인적 사항을 숙지하는 것은 감시의 기본이기 때문이다.

이름 : 고사추高史秋

　나이 : 사십일 세

　직책 : 통정원通政院(중앙 부서의 문서를 관리하고 상소와 칙명에 관련된 업무를 총괄하는 관청) 정오품 참의

　이력 : 과거를 통해 정식으로 급제한 것이 아닌, 이부상서吏部尙書(지금의 내무부장관)인 부친 고정천高靖川의 후광으로 통정원에 입관, 계제를 파하는 빠른 승진으로 참의 자리까지 오름

　건강 상태 : 잦은 음주로 약간의 황달기가 있으며, 몇 해 전에 생긴 음위증陰痿症(발기 불능)으로 말미암아 부부 관계에 문제가 있음

　가족 관계 : 입관과 더불어 본가에서 독립하였고, 정실에게서 딸 둘, 후실에게서 아들 하나를 둠

　금의위에서 무슨 냄새를 맡은 것 같다는 복면인의 말은 절반은 맞고 절반은 틀렸다. 왜 그런가 하면, 동창東廠에 정기적으로 보고되는 문서상에는 고사추가 금의위의 감찰 대상에 포함되어 있지 않지만, 금의위에서도 극소수라 할 만한 최고 수뇌부만큼은 몇 개월 전부터 고사추를 암암리에 주목해 오고 있었기 때문이다. 부영반이라는 높은 직책을 가진 양진삼이 요직이라고 하기도 뭣한 통정원 참의의 집 앞 골목에서 며칠째 밤이슬을 맞은 까닭도 바로 거기에 있었다.

　일 잘하기로 소문난 십대사령들에게조차 섣불리 맡기기 어려운 중요하고도 비밀스러운 사안.

　그것은 지금쯤 북경에서 멀리 떨어진 산동의 한 안가에서 팔자 좋게 잠들어 있을 어떤 청년과 밀접하게 관련되어 있었다. 당금 황제의 한 살 연하 이복동생인 성왕郕王 주기옥朱祁鈺이 바

로 그 청년이었다.

　공식적으로 성왕은 현재 산동에 머물지 않는 것으로 되어 있었다. 성왕의 올여름 피서지는 산동보다 훨씬 남쪽에 위치한 남창南昌 인근의 황족 전용 별장으로 발표되었고, 행차가 산동의 성왕부를 출발하는 순간까지도 성왕의 남창행을 의심하는 사람은 아무도 없었다.

　그러나 황제의 동생을 위해 제작된 멋들어진 사두마차에 앉아 남행길에 오른 사람은 성왕이 아니었다. 이런 경우를 대비해 비밀리에 마련해 둔 가짜가 성왕을 대신해 남창으로 내려간 것이다. 그리고 가짜를 실은 시끌벅적한 행차가 성省 경계를 완전히 벗어난 것을 확인한 후, 성왕은 북경에서 급파된 양진삼과 행차를 따라가지 않은 성왕부 소속 고수들의 호위하에 같은 산동 땅 안에 있는 안가로 이동했다.

　역모를 꾸미는 것도 아니면서 금의위의 최고 수뇌부가 이처럼 비밀스럽게 움직인 데에는 그럴 만한 이유가 있었다. 올봄에 입수한, 대내의 모 조직이 성왕 주기진의 목숨을 노리고 있다는 첩보. 그 첩보는 성왕의 안위에 신경을 곤두세우던 몇몇 사람들을 긴장시키기에 충분했다. 금의위 대영반 하도지, 부영반 공손대복과 양진삼 그리고 하도지와 막역한 사이이자 요 몇 년 사이 군부의 실력자로 떠오른 병부시랑兵部侍郎 우겸이 바로 그들이었다.

　매화꽃이 저무는 어느 봄날 그들은 비밀 회동을 가졌다. 장소는 금의위의 최고 수뇌부들이 우겸과 만날 때 주로 사용하는 북경 왕부정대가 내 정鄭 노야라는 가공인물의 저택. 회동의 시작과 더불어 우겸은 칙령이라도 선포하듯 단호한 목소리로 말했다.

"전하께서 해를 입으시면 절대로 안 되네."
우겸이 황제의 이복동생을 왜 그렇게 중요하게 여기는지는 누구라도 쉽게 짐작할 수 있었다. 올해로 열아홉 살이 된 황제에게는 아직 후사가 없었다. 심지어 요 몇 년간은 토번에서 진상되어 온 탄비라는 요녀에게 흠뻑 빠져 있어, 가련한 황후는 독수공방 속 한숨으로 하루하루를 보내는 실정이었다. 정상적인 후사를 기대할 수 없는 이런 상황에 황제의 이복동생인 성왕은 그 문제를 해결해 줄 수 있는 유일한 대용품이었던 것이다.
"성왕부에는 각별히 주의하라고 일러 두었습니다."
"이게 주의한다고 해결될 문제인가?"
"성왕부에는 믿을 만한 고수들이 여럿 있습니다. 전하께서 성왕부를 벗어나지 않는 이상, 그들이 전하를 호위하는 데에는 별 어려움이 없을 겁니다."
'믿을 만한 고수'라는 대목에 특히 힘을 준 양진삼의 말에 우겸은 안도하는 표정을 지었다. 그러자 양진삼과 함께 금의위 부영반을 맡고 있는 공손대복이 침중한 낯빛으로 입을 열었다.
"그보다 더 큰 문제는 전하를 노리는 조직이 어디인지 아직 밝혀내지 못했다는 점입니다."
"그렇습니다. 어둠 속 화살을 언제까지나 막아 낼 수는 없는 법이니까요."
양진삼이 맞장구를 치자 우겸이 어금니를 뿌드득 갈더니 노성을 터뜨렸다.
"그 고자 놈이 아니고서야 어떤 놈이 감히 그런 참람한 마음을 품겠는가!"
그 고자 놈이 누구인지는 굳이 물어볼 필요도 없었다. 용좌에 앉은 어린 황제의 뒷자리에 서서 제국의 대소사를 쥐락펴락

하고 있는 환관들의 우두머리, 사례태감 왕진이 바로 그 고자 놈이었다.

환관 정치의 폐단은 비단 내치의 문란에만 그치는 것이 아니었다. 국초부터 굳건히 이어 오던 반反몽골 정책이 왕진 한 사람으로 인해 송두리째 흔들리는 실정이었으니, 장성 너머에서 묵묵히 힘을 키워 온 오이라트의 젊은 효웅 에센은 제국의 심장부에 들러붙은 이 성기 없는 거머리를 어떻게 활용해야 하는지 잘 알고 있었다.

에센이 때마다 보내는 서역의 진귀한 보물들이 왕진의 사택 비밀 창고에 쌓여 갈 때마다 오이라트의 기세는 더욱 강성해지고, 제국은 영락제 시절 수차례 친정親征으로 다진 패기를 모두 잃은 채 급기야 국경선마저 염려해야 하는 처지에 이르게 되었다. 이런 마당이니 골수까지 중화주의에 물든 군부 강경파의 대표 주자 우겸이 어찌 왕진을 증오하지 않을 수 있겠는가.

양진삼은 우겸의 위인 됨을 잘 알고 있었다. 충성스러운 면 하나는 금석에 아로새겨 후대에 남길 만하지만 아쉽게도 낱낱을 헤아릴 줄 아는 분별력은 부족했다. 고도의 정치력을 기대하기엔 천성부터가 너무 직선적이랄까. 하지만 지금은 사려가 필요한 때였다. 충신 간신을 가르기에 앞서 구체적인 혐의를 따져 볼 필요가 있는 것이다. 그런 면에서 볼 때 우겸이 증오해 마지않는 그 고자 놈에게는…….

"왕 태감에게는 힘은 있지만 동기가 없습니다."

왕진은 저 악명 높은 동창을 거느리고 있었다. 금의위가 비록 대내의 시위侍衛, 집포緝捕, 형옥刑獄을 관장하는 막강한 권력을 행사한다지만, 그런 금의위마저도 마음대로 동원할 수 있을 만큼 초법적인 조직이 바로 동창이었다.

금의위에 찍히면 죽을 고생을 하지만 동창에 찍히면 그날로 끝이다!

그러므로 이 말은 조정 내 모든 대소신료들이 입관할 무렵부터 머릿속 깊이 새겨 놓고 사는 생존을 위한 필수 경구인 것이다.

그런 동창을 수족처럼 부리는 만큼, 왕진이 아직 여물지도 않은 어린 황족 하나를 암살하기란 그리 어렵지 않은 일이었다. 문제는, 양진삼의 말대로, 동기였다. 왕진에게는 성왕을 제거할 만한 동기가 없었다.

왕진은 권신이나 호족이 아니라 환관이다. 이는 그가 작금에 누리는 모든 권력이 황제로부터 나온다는 것을 의미한다. 만일 성왕이 황권을 위협하는 존재라면, 그는 누명을 씌우든 암살을 꾀하든 무슨 수단을 부려서라도 성왕을 제거하려 나섰을 것이다. 그러나 성왕은, 적어도 아직까지는, 황제에게 어떠한 해도 끼치지 않는 얌전한 아우였고, 조정 안팎에 추종하는 세력도 변변히 확보하지 못한 상태였다. 황제가 토번에서 온 탄비로부터 후사라도 보았다면 황위 계승권을 일원화시키는 차원에서 성왕을 제거할 필요성이 생길지도 모르지만, 탄비는 올 초 원소절에 나랏돈으로 대대적인 회임 기원 불사를 올려야 할 만큼 자궁이 부실했다.

그런 만큼 유사시 황제의 대용품으로 자신의 꼭두각시가 되어 줄 성왕의 존재는 왕진의 입장에서도 오히려 도움이 된다고 볼 수 있었다.

"……때문에 왕 태감에게는 황족 살해라는 위험을 무릅쓰면서까지 성왕 전하를 제거할 필연성이 없습니다."

"끄으음!"

우겸은 네모난 얼굴을 잔뜩 찌푸리더니 못마땅한 마음이 그대로 묻어 나오는 기다란 침음을 흘렸다. 그러나 그 또한 유능하다면 유능한 신료, 양진삼의 답변이 지극히 논리적이라는 사실을 부정하지는 않았다.

"역시 비각인가?"

가끔씩 허연 수염을 쓰다듬으며 좌중의 이야기를 경청만 하던 하도지가 비로소 한마디를 던졌다. 질문의 형식을 띠고 있지만 담긴 의미는 오히려 답변에 가까운 말이었다. 양진삼은 고개를 크게 끄덕임으로써 직속상관의 말에 힘을 실어 주었다.

"지금으로서는 비각이 가장 유력합니다."

우겸의 굵은 눈썹이 가을철 털벌레처럼 꿈틀거렸다.

"비각! 또 비각이로군. 비각이 가장 유력하다는 판단의 근거는 무엇인가?"

"전하께 변고가 생겼다고 가정할 때 가장 이익을 얻을 곳이 바로 비각이기 때문입니다."

"전하의 변고가 왜 비각의 이익이 되는가?"

우겸은 마치 양진삼이 비각의 수괴라도 되는 양 사납게 노려보며 재우쳐 물었다.

"그 문제에 대한 해답을 얻기 위해서는 우선 비각의 노각주인 이악의 출신을 살펴야 합니다. 비록 국조國祖(주원장)께서 '이'라는 성씨를 하사하시긴 했지만, 그의 부친은 서장 밀종과 밀접한 관련이 있는 몽골인입니다. 아, 엄밀히 말하면 거란계 몽골인이라고 볼 수 있겠지요. 어쨌거나, 그런 부친의 영향을 받아서인지 이악은 서장 밀종의 대대적인 중원 진출을 평생의 숙원 사업으로 삼고 있는 것 같습니다. 서장 밀종이라고 하니 일견 종교적인 방면에만 국한되는 듯하지만, 실상은 그렇지 않지요.

종교는 어떤 사상보다 백성들을 강고하게 결집시킵니다. 과거 국조께서 백련교를 적절히 활용하시어 건국의 기틀을 마련하신 일을 상기해 주시기 바랍니다."

양진삼은 자신의 논리를 설파하기 위한 예로써 백련교를 언급하면서도 조금도 거리낌이 없었다. 비록 무양문에 적을 두고 있긴 하지만 그는 백련교도가 아니었다. 특이하게도 호교십군의 팔군장인 동시에 금의위의 부영반이기도 한 그는, 이를테면 백련교와 조정으로부터 함께 용인받은 공개적인 간자間者(간첩)라고나 할까. 양측의 상황을 양측에 적절히 알려 줌으로써 국초에 벌어진 여산혈사廬山血事와 같은 파국을 방지하는 것이 그에게 부여된 중대한 임무인 것이다.

제국 측에서 이를 허락한 이는 전대 황제이자 양진삼에게는 큰 매형이 되는 선덕제宣德帝였다. 평화의 가치를 역대 어느 황제보다 높이 평가한 이 성군은 양진삼이라는 특이한 존재를 통해 제국에 대한 백련교의 적개심을 누그러뜨리려 노력할 만큼 기략에 능하기도 했다.

"하면 이악이 반심을 품었다는 뜻인가?"

우겸의 질문에 양진삼은 고소를 지었다. 명쾌한 것을 좋아하는 사람답게 질문도 단도직입적이었다. 그러나 작금의 정세는 한 자루 짧은 칼로 돌입하여 잘라 내기에는 너무 복잡했다. 비유하자면, 여러 종류의 색실들이 얽히고설켜 그중 하나만을 따로 떼어 놓고 판단할 수 없는 형국이라고나 할까.

"그렇게 단정 지을 수는 없습니다. 제 판단으로, 이악은 제국과 오이라트가 적절한 균형을 이루는 형국을 모색하고 있는 것 같습니다. 그리고 그의 바람은, 물론 현 단계에 국한된 얘기입니다만, 오이라트의 부왕部王 에센의 바람과 궤를 같이합니다.

에센은 단지 용맹만을 고집하는 오랑캐 왕이 아닙니다. 궁극적으로는 과거 몽골족이 그랬던 것처럼 중토 전체를 지배하기를 원하겠지만, 그럴 만한 힘을 갖추지 못한 현 단계에서는 그 일이 불가능하다는 사실을 잘 알고 있을 겁니다."

"에센에게 있어 초미의 관심사는 내몽골에 웅크리고 있는 타타르를 복속시키는 일이겠지."

하도지가 슬그머니 거들고 나섰다. 오이라트와 타타르는 몽골 초원의 패자 자리를 놓고 경쟁하는 관계였다. 에센의 부친인 드곤에 의해 내몽골로 쫓겨 간 뒤 호시탐탐 설욕의 기회를 엿보고 있는 타타르는, 에센의 입장에서 본다면 턱밑을 위협하는 비수와도 같은 존재였다.

하도지에게 사례하듯 가볍게 고개를 끄덕여 보인 양진삼이 설명을 이어 나갔다.

"따라서 현 단계에서 이악과 에센이 노리는 것은 제국의 갑작스러운 몰락이 아닌 점감적인 쇠퇴입니다. 그에 부합하는 사건이 황실에서 벌어진다면 그들로서는 무척 기뻐할 일이겠지요. 가령 유사시 황권을 이어받을 성왕 전하의 신상에 변고가 일어난다거나 하는 식의, 정국에 직접적인 영향은 끼치지 않더라도 장래에 잠재적인 혼란을 불러올 수 있는 그런 종류의 사건 말입니다."

"그것이 바로 반심일세!"

우겸은 단정했지만 양진삼은 반심과는 약간 다르다고 생각하고 있었다. 이악과 에센은, 적어도 현 단계에서는 같은 방향을 바라보고 있는 것이 분명했다. 그러나 앞서도 말했다시피, 궁극적으로 중토를 집어삼키고자 하는 에센과는 달리 이악은 제국과 오이라트의 적절한 균형을 꾀하고 있었다.

토끼가 죽으면 사냥개는 솥 속에서 삶기는 신세가 된다. 옛날 회음후 한신은 역학적인 균형을 외면하고 한왕 유방에게 힘을 실어 준 죄과로 허리가 잘리는 요참腰斬의 극형을 당해야만 했다. 그런 의미로 볼 때 이약은 한신보다 훨씬 현명하다고 할 수 있었다. 이 어지러운 정세 속에서도 어느 한쪽에 치우치지 않는 균형을 모색하고 있으니 말이다.
"당장이라도 그 늙은것을 반역죄로 잡아넣어야 하오."
우겸의 말에 하도지가 고개를 저었다.
"우리에겐 아무런 증거도 없네. 모든 것은 그저 심증에 불과할 뿐."
누구도 반발 못 할 확증만 잡을 수 있다면 비각과 우호적인 관계를 유지하는 왕진이라도 금의위의 행사에 제동을 걸지는 못할 것이다. 아무리 환관천하라지만 빈틈을 노려 왕진을 거꾸러뜨리고자 하는 세력이 아주 없는 것은 아니니까. 그러나 확증은커녕 흔한 문서 한 장 확보하지 못한 것이 현실이었다. 하도지의 맥 빠진 말이 끝나기 무섭게 우겸이 오만상을 찌푸리며 짜증을 부렸다.
"심증! 심증! 그놈의 비각만 나오면 언제나 심증밖에 나오지 않는구려. 대체 놈들의 독사 같은 흉심을 백일하에 드러내게 만들 확실한 물증은 언제쯤에나 찾을 수 있단 말이오!"
"그 독사가 여간 조심스러운 게 아니라서요."
양진삼은 말을 맺으며 의미심장하게 웃었다.
풀숲에 숨은 독사를 잡기란 어렵다. 독사를 잡으려거든 먼저 독사 스스로 풀숲을 벗어나도록 만들어야 한다. 과연 무엇으로 독사를 유인해 낼 것인가.
양진삼의 영민한 머리는 이때 이미 두 달 후로 예정된 성왕의 여름 피서를 주목하고 있었다.

복면인을 미행하던 양진삼이 발길을 멈춘 곳은 양쪽 기둥에 붉은 칠을 한 높다란 패루牌樓 앞이었다.
패루 위에 걸린 현판을 올려다본 양진삼은 자신도 모르게 미간을 찌푸렸다. 좋은 소나무로 만든 그 현판에는 달빛 한 점 없는 그믐의 칠야에도 어렵지 않게 알아볼 수 있는 큼직한 금박 글자 세 개가 양각되어 있었다.

국자감國子監

'국자'란 지체 높은 집안의 자제들이다. '감'이란 관서官署의 총칭이다. 그러므로 '국자감'은 지체 높은 집안의 자제들의 교육을 관할하는 관서, 쉽게 말해 제국의 최고 교육기관인 셈이다.
양진삼 본인만 해도 홍안 시절 이 국자감에서 수학한 바 있었다. 말이 좋아 수학이지, 교육기관으로서 본래의 기능은 간데없고 부귀공자들의 느끼한 사교장으로 전락한 지 오래인지라 아비 벼슬자리를 제가 이뤄 놓은 양 거들먹거리는 못난 선배 몇 놈을 늘씬하게 밟아 주고 제 발로 뛰쳐나온 쓸쓸한 추억이 깃든 곳이기도 했다. 입감 두 달 만에 그 사단을 내고 돌아온 아들에게 엄친께서는 무산巫山의 외딴 암자에 들어가 정신 수양이나 쌓으라는 벌을 내렸는데, 거기서 우연히 만난 전대 기인들에게 배운 무공이 오늘의 양진삼을 만든 초석이 되었다. 이만하면 화가 복으로 바뀐 셈이라고 해야 되나?
그러나 반드시 그런 것만도 아니었다. 무산삼은巫山三隱이라

불리는 그 전대 기인들이 사실은 남패지존 서문승을 키워 낸 여산백련교의 거물급 세 노마老魔의 은퇴 후 화신이었다는 점으로 말미암아 양진삼 본인의 의사와는 무관하게, 심지어 죽어도 백련교도가 될 생각이 없다는 종교적 신념까지 깡그리 묵살당하며 무양문에 적을 올리게 되었으니, 대체 무엇이 복이고 무엇이 화인지 지금 생각해도 판단이 서질 않는다.

이 굴곡진 새옹지마의 시발점이기도 한 국자감 현판을 올려다보노라니 양진삼은 까닭 모를 불쾌감이 스멀스멀 일어나는 것을 느꼈다. 게다가…….

양진삼은 가슴 옷섶 안자락으로 손을 넣어 종규참귀척사신부라는 긴 이름을 가진 부적을 만지작거렸다. 감시하던 고사추의 거처에서부터 한 시진 가까이 열심히 미행해 온 복면인이 스며들어간 저 국자감이 하필이면 북경의 동북방에 자리 잡고 있었던 것이다. 부적을 달아 주던 아내의 당부가 귓전을 울리는 듯했다.

―귀월 동북방! 알았죠?

양진삼은 하늘을 올려다보았다. 구름 낀 밤하늘에는 별자리도 보이지 않건만 단련된 무인의 체내시계는 조금 전 자정이 넘어갔음을 알려 주고 있었다. 복면인을 미행하며 북경의 밤거리를 달려오는 사이 어느덧 날이 바뀐 것이다.

바야흐로 칠월 초하루!

동북방 도삭산의 귀문이 열리는 바로 이날을 사람들은 개귀문開鬼門이라 부르며 두루 경계함을 게을리하지 않았다.

"그런데도 난 그 개귀문 날 동북방에 와 있다 이거지?"

까아아악.

난데없는 까마귀 울음소리가 여름밤 속으로 을씨년스럽게 내리깔렸다. 저도 모르게 흠칫 어깨를 움츠린 양진삼은 원망 섞인 눈길로 그 울음소리의 궤적을 좇았다.

"네놈까지 나서지 않아도 된다. 안 그래도 켕겨 죽겠으니까."

그러나 양진삼은 장부였다. 미신에 홀려 임무를 소홀히 한다면 결코 장부라 자부하지 못할 것이다.

"귀신이든 인간이든 얼마든지 나오라지. 종규가 되어 몽땅 잡아먹어 버릴 테니까."

국자감 패루 아래 서 있던 양진삼의 모습이 어느 순간 훅 꺼져 버렸다.

(3)

최고의 교육기관인 국자감이 자리하고 있다고는 하나 그것은 나라의 혜택을 입을 만큼 부귀한 이들이 아니면 관심 없는 일일 테고, 그래서 그 거리는 성현가聖賢街, 혹은 대성가大成街라는 이름으로 알려져 있었다. 큰길 하나를 가운데 두고 국자감과 마주한 곳에 딱히 부귀하지 않은 이들에게라도 얼마든지 혜택을 내려 주시는 대성현의 사당이 자리하고 있다는 것이 그 거리에 그런 이름이 붙은 이유였다.

사당의 건립 연도는 마주한 국자감의 그것과 비슷한 원나라 때(1306년)라고 한다. 당시에도 이곳 북경 일대를 대도大都라는 이름의 수도로 삼았으니, 교육 시설과 관련한 국가적 사업을 한 구역 내에서 추진한 당위성은 굳이 설명하지 않아도 짐작할 수 있다.

결과적으로 그 사업은 성공적이었다. 오죽하면 황조가 바뀌고 한 갑자가 지나도록 성현가의 모습이 계속 유지되었겠는가. 따지고 보면 수도를 북경으로 이전하는 번잡한 상황에서도 그 거리를 보존하기 위해 애쓴 영락제의 공이 크다 할 수 있다. 교육을 백년지계百年之計라 일컫는 위정자는 고래로 많으나 이를 실천하는 이는 드문 것이 현실임에야.
　각설하고, 국자감에서 수학하여 입신하기 위해서는 많은 조건이 따라야 하지만, 큰길 하나를 사이에 둔 그 사당에서는 어떠한 조건도 따지지 않았다. 민간의 특권이랄까, 그저 진실로 소망하는 마음으로 지전 몇 장 사르고 향불 몇 대 올리면 왠지 그 사당에 모신 대성현께서 감동하시어 도움을 주실 것만 같은 기대감을 맛볼 수 있는 것이다.
　양명揚名을 꿈꾸는 모든 백성들의 바람을 아무 조건도 따지지 않고 너그러이 들어주시는 그 대성현의 본명은 공구孔丘, 중국의 정신이라 부를 만한 유교의 시조로 추앙받는 공자가 바로 그 사람이었다.

　칠월하고도 초사흘.
　북경 동북부 외곽 성현가에 위치한 공묘孔廟는 찌는 듯한 무더위에도 불구하고 구름 같은 인파로 북적이고 있었다. 공묘 중에서도 본당이라 할 수 있는 대성전大成殿 앞뜰에는 실로 송곳 하나 찌를 여지도 없다는 표현이 딱 들어맞을 만큼 많은 사람들이 줄지어 있는데, 운 좋게 돌길을 따라 늘어선 아름드리 향나무 그늘 아래라도 들어간 이들은 비교적 사람 닮은 얼굴을 하고 있는 데 반해 그러지 못해 땡볕에 고스란히 노출된 이들은 당장이라도 혀를 빼물고 죽을 것 같은 고통스러운 얼굴을 하고 있었다. 실제로 더위를 먹어 쓰러지는 이들도 속속 나오는 탓에, 대성전 정문 앞에는 허리띠마다 정체불명의 약 주머니들을 주렁주렁 매단 돌팔이 의원들로 성시를 이루고 있었다.

 죽은 지 이천 년 가까이 되는 공자가 설마하니 오늘 저 대성전 안에 현신한다는 소문이 돈 것도 아닐진대, 집 안에 틀어박혀 있어도 숨통이 막힐 것 같은 이 무더위에 저토록 많은 인파가 공묘 안뜰에 몰려든 까닭은 대체 무엇일까?

 "거인擧人이 된다고 팔자가 하루아침에 바뀌는 것도 아닌데 뭐하는 짓들인지."

 인간의 장벽에 완전히 포위된 대성전을 바라보며 투덜거린 사람은 이십 대 후반쯤으로 보이는 청년이었다.

 그 청년은 대성전 안뜰의 아비규환과 비교하면 천당처럼 평화롭다고 할 만한 바깥담 부근의 정원석에 엉덩이를 걸치고 앉아 있었다. 연청색 얇고 푼한 비단옷 차림으로 앉아 있는데도 별반 여유로운 느낌이 풍기지 않는 까닭은 유달리 뾰족한 턱 선과 성마르게 솟구친 눈초리 때문일지도 모른다.

 "거인이면 그래도 회시에 응시할 자격이 생기지 않습니까. 그만하면 팔자 고쳤다고도 할 수 있지요."

 뾰족 턱 청년의 혼잣말 같은 투덜거림에 대꾸한 사람은 그보다 두어 살 연하로 보이는 체격 좋은 청년이었다. 부리부리한 눈에 귀밑으로는 구레나룻이 덥수룩해 얼핏 사나워 보일 수도 있는 생김새를 하고 있지만, 아래로 조금 처진 눈초리와 웃음기를 매단 입새 같은 것들이 전체적인 인상을 넉넉하게 만들어 주고 있었다. 차림새는 뾰족 턱 청년과 마찬가지로 연청색 비단옷. 하지만 구릿빛으로 튀튀하게 그을린 살갗이며 두툼한 어깨살이 드러나도록 걷어붙인 소매를 보노라면 번화한 도성과는

어울리지 않는 산골 마을 농부 같은 질박한 분위기를 풍기고 있었다.

뾰족 턱 청년은 등 뒤에서 갑자기 날아온 대꾸에도 그리 놀라는 기색이 아니었다. 앉은 자세 그대로 뒤를 슬쩍 돌아본 청년이 심드렁한 목소리로 물었다.

"회시에 응시해 뭐하게?"

농부를 닮은 청년이 당연하다는 듯이 대답했다.

"공인貢人이 되지요."

"공인이 된 다음에는?"

"물론 전시를 치러 진사進士가 돼야죠. 장원壯元이나 방안榜眼, 탐화探花도 다 전시에서 나오는 거 아닙니까."

뾰족 턱 청년이 코웃음을 쳤다.

"설마 장원, 방안, 탐화가 저 안에서 나올 거라고 믿는 건 아니겠지?"

명나라 과거제도는 단계별로 향시鄕試, 회시會試, 전시殿試, 세 가지로 구분되는데, 팔월에 치르는 관계로 추위秋闈, 가을 시험라 부르는 향시에 합격하면 거인, 이월에 치르는 관계로 춘위春闈, 봄 시험라 부르는 회시에 합격하면 공인, 그리고 황제가 지켜보는 가운데 어전에서 치르는 전시에 합격하면 진사가 된다.

세칭 과거라 하면 위의 세 가지 시험 중 가장 높은 단계인 전시를 가리키는데, 전시를 통해 선출되는 진사의 수는 매회 열 명. 그중에서도 일, 이, 삼 등을 한 사람을 각각 장원, 방안, 탐화라 부른다. 가문을 빛낼 수 있는 '통과通科'니 '급제及第'니 하는 소리를 들으려면 최소한 삼 등인 탐화 반열에는 올라야 하는 것이다.

뾰족 턱 청년의 냉소 섞인 물음에 농부를 닮은 청년이 인파로 뒤덮인 대성전 앞뜰로 시선을 돌렸다.
"물론 번쩍거리는 자리에 앉을 사람이야 향시를 치르기 전부터 이미 결정되었겠지요. 하지만 윗물이 혼탁하다고 해서 아랫물까지 모두 더러운 것은 아니잖습니까. 자식 키우는 부모들의 저런 순박한 바람이 세상을 맑게 만들어 나가는 원동력이 아닐까, 저는 가끔 그런 생각이 듭니다."
농부를 닮은 청년의 말마따나, 저 구름 같은 인파는 다음 달에 치러질 향시에서 자식이 합격하기를 기원하는 부모들로 이루어져 있었다.
이곳 북경 공묘는 공자의 고향에 자리 잡은 산동 공묘 다음으로 큰 규모를 자랑한다. 게다가 큰길 하나를 가운데 두고 이웃한 국자감이 북경 공묘의 신통력에 무슨 공신력 비슷한 것까지 얹어 주는 모양인지, 향시를 앞둔 이맘때가 되면 이 일대에 사는 응시생의 가족뿐 아니라 산서나 호광, 심지어는 원조 공묘를 가진 산동 사람들까지 몰려와 저렇듯 야단법석을 연출하는 것이다.
오늘따라 유난히 정도가 심한 것은 향시 날까지 딱 삼십삼 일이 남은 까닭이라고 하는데, 대체 삼십삼이라는 숫자에 무슨 의미가 있는지도 알지 못한 채 무턱대고 찾아와 대성전 공자 위패 앞에 줄지어 머리를 조아리고 있으니, 자식 잘되기를 바라는 부모 마음이란 참으로 맹목적이라 아니할 수 없었다.
"저들이 순박하다고?"
뾰족 턱 청년은 또 한 번 코웃음을 쳤다.
"뼛가루도 안 남은 공자에게 설령 무슨 영험한 능력이 있다 한들, 내 자식 붙으면 남의 자식 떨어지는 게 정해진 규칙인 바에 어떤 부모 바람은 들어주고 어떤 부모 바람은 외면할 수 있

을까. 그리고 그렇게 이기적인 바람을 등에 업고 시험에 붙은 자식이 어찌 세상을 맑게 만들 수 있을까. 표운表運, 자네는 아직 인간 구석구석에 끼어 있는 때가 얼마나 두꺼운지 잘 몰라."

역시나 냉소적인 소감을 남긴 뾰족 턱 청년이 정원석에 붙이고 있던 엉덩이를 툭툭 털며 일어섰다. 하지만 그 정도 핀잔에는 이력이 난 듯, 표운이라 불린 농부 닮은 청년은 넉살 좋게 웃으며 다가오더니 기름종이로 싼 큼직한 꾸러미 하나를 내미는 것이었다.

"시장하시죠? 요 앞 좌판에서 샀습니다."

그러면서 꾸러미를 푸는데, 그 안에서 나온 것은 어린아이 손바닥만 한 월병 세 개였다. 무엇으로 눌렀는지 월병 위에 찍어 놓은 '장원'이라는 두 글자가 뾰족 턱 청년의 눈에는 한심할 만큼 어설퍼 보였다. 그러거나 말거나, 아침 댓바람부터 돌아다닌 탓에 시장한 것은 사실이어서 월병 세 개가 뾰족 턱 청년의 배 속으로 사라진 것은 순식간이었다.

뾰족 턱 청년은 표운에게서 건네받은 대나무 물통으로 입가심까지 마친 다음 화제를 돌렸다.

"표식은 확인했나?"

공묘에 모습을 드러낸 이래로 줄곧 싱글벙글하던 표운의 얼굴도 그 순간 진지해졌다.

"예, 오전에 확인한 여섯 개가 전부였습니다."

"하면 국자감 패루에 남겨진 것이 마지막이 맞다는 얘기군."

"그렇습니다."

뾰족 턱 청년, 금의위 소속 십대사령 중 한 사람인 장과두莊科斗는 틀림없다는 양 고개를 크게 끄덕이는 이급 사령 표운을 보며 미간을 좁혔다.

금의위 직제상 능력을 인정받은 열 명의 일급 사령에게는 다섯 명의 이급 사령을 지휘할 수 있는 권한이 주어진다. 그러므로 이번처럼 넓은 지역에 대한 수색 및 확인이 필요한 사안에는 다수의 사령을 동원하는 것이 일반적이었다. 하지만 그럴 수 없는 경우도 있었다. 작전의 효율보다는 작전 자체의 보안이 더욱 요구되는 경우. 다시 말해 비밀을 지켜야 하는 경우가 바로 그랬다. 얼마나 철저히 지켜야 하느냐 하면…….

　"대체 그 비표秘標들을 남긴 사람이 누굽니까? 비표에 대해 아주 자세히 알고 있는 것 같던데, 정말로 우리 금의위 사람이 맞습니까?"

　표운이 장과두의 귓가에 얼굴을 바짝 가져다대고 속삭이듯 물었다. 그러나 장과두는 인상을 찌푸릴 뿐 대답하지 않았다. 잠시 기다리다 멀어진 표운의 얼굴에는 원망하는 기색이 떠올라 있었다.

　"선배님, 작전에 투입된 저한테까지 말씀해 주시지 않는 것은 너무한 일 아닙니까?"

　장과두와 표운은 절친한 사이였다. 고향도 같거니와 도찰원都察院(중앙감찰기관)에 근무하던 표운을 금의위로 발탁한 사람이 장과두인 만큼, 둘 사이에는 일반적인 선후배 이상의 신뢰 관계가 있다고도 볼 수 있었다. 그럼에도 장과두는 표운의 질문에 제대로 된 대답을 내놓을 수 없었다.

　─우리 사령들에게도 비밀로 하란 말씀이십니까?

　오늘 아침 호출되어 들어간 금의위 총령실總令室에서 장과두는 작전 지시를 마친 금의위 영반 하도지에게 이렇게 물었다.

그때 하도지는 단호한 얼굴로 대답했다.

―양 부영반이 실종되었다는 사실은 누구에게도 알려선 안 되네. 거기에는 자네가 부릴 사령들도 포함되네. 성왕 전하의 안위와 직결될 수도 있는 문제이니 사감을 개입시켜 일을 그르치는 일이 없도록 유의하게.

까드득. 까드득.
장과두는 자신도 모르는 사이 왼손 안에서 메추리알만 한 쇠구슬 두 개를 굴리고 있다는 사실을 깨달았다. 뭔가 마음에 들지 않거나 석연치 않다 여길 때마다 나오는 버릇이었다.
"비표를 모두 찾았으니 다음은 무엇을 해야 합니까?"
표운이 쇠구슬 두 개를 굴리는 장과두의 왼손을 잠시 바라보다가 문득 생각난 듯이 물었다. 장과두는 하늘을 올려다보았다. 구름 한 점 없는 하늘에는 맹하의 태양이 맹위를 떨치고 있었다.
"어디 그늘진 곳이라도 찾아가서 한숨 자야지."
"예?"
"아무리 귀한 집 공자님들 놀이터로 전락한 국자감이라지만 그래도 훤한 대낮에 월장할 수는 없는 노릇이잖아."
인파가 꾸역꾸역 밀려들어 오는 대성전 정문을 향해 걸음을 옮기는 동안, 장과두는 잠깐의 말뚝잠이나마 자고 난 뒤에는 이 지긋지긋한 무더위가 조금이라도 가셔 있기를 바라고 있었다.

저녁나절이 되자 무더위를 잠시나마 가져가 줄 고마운 손님이 찾아왔다. 노을 비낀 서쪽 하늘 끝에서 짙은 먹구름이 뭉클

뭉클 올라오는가 싶더니 어느 순간 묵직한 천둥소리와 더불어 드센 빗발을 뿌리기 시작한 것이다.
　그간 가문 날씨를 보상해 주기라도 하려는 듯 대지를 두드리는 빗방울은 잘 여문 진주알만큼이나 큼직했다. 오랜만에 만나는 습기가 못내 반가운지, 맨발로 골목길을 철벅거리며 뛰어다니는 개구쟁이들은 물론이거니와 저녁상 차리다 말고 달려 나와 마당에 널어 둔 빨래를 걷는 아낙의 얼굴에서마저도 짜증 대신 미소가 맺혔다.
　"좋은 비는 때를 아니 금관성엔 꽃이 만발하겠네."
　장대 두 개로 비스듬히 버텨 놓은 싸리발 차양을 타고 폭포처럼 떨어지는 물줄기를 쳐다보던 표운이 질박한 생김새와는 어울리지 않는 고상한 풍월을 읊었다. '호우지시절好雨知時節'의 명구로 유명한 두보杜甫의 ≪춘야희우春夜喜雨≫. 다만 아쉬운 점은 중간 부분 몽땅 생략한 채 머리와 꼬리만 붙여 읊었다는 점, 그리고 지금은 시인이 노래한 계절과는 거리가 먼 맹하라는 점. 하지만 장과두가 정작 아쉬워한 점은 따로 있었다.
　"시원해서 좋긴 좋은데, 해야 할 일을 생각하면 그리 좋은 비가 아니야."
　표운이 장과두가 앉아 있는 식당 안쪽으로 고개를 돌리며 이상하다는 표정을 지었다.
　"일기가 나쁠수록 우리에겐 좋지 않나요?"
　어째 밤일 앞둔 양상군자들 간의 대화 같다는 생각을 하며 장과두가 반문했다.
　"일기가 나쁠 거라고 어떻게 장담하나?"
　우르릉.
　때마침 그리 멀지 않은 곳에서 천둥이 울렸다. 표운은 위를

향해 턱짓을 하며 '이래도요?'라는 표정을 지었다.
 장과두는 쥐고 있던 빈 찻잔을 식탁에 내려놓고 자리에서 일어서 표운이 있는 창가로 다가갔다. 고개를 길게 뽑아 싸리발 차양 위쪽 하늘을 올려다보니, 유시酉時(오후 5시~7시)도 아직 끝나지 않았건만 빗줄기를 쏟아붓는 저녁 하늘은 오밤중처럼 어둑했다. 하지만······.
 "딱 봐도 소나기잖아. 이렇게 퍼부은 다음에는 대기가 먼지 하나 없이 깨끗해질 거라고."
 잠깐 심각한 표정을 짓던 표운이 히죽 웃었다.
 "너무 심각하게 생각하시는 것 아닙니까? 우리가 들어가는 곳이 무슨 살벌한 군영도 아니고, 기껏해야 귀한 집 공자님들 놀이터에 지나지 않는데 대기가 깨끗하면 어떻고 뿌여면 어떻습니까."
 "틀렸어."
 "예?"
 "자네의 말은 틀렸다고."
 "아니, 그러면 국자감에 정말로 무슨 비밀이라도······."
 "쉿."
 장과두가 검지를 입술에 붙이며 주위를 둘러보았다. 갑작스레 쏟아진 빗줄기에 손님들의 발길이 끊긴 탓인지 한산하기만 한 식당 안에서 딱히 주의를 기울일 만한 귀는 없어 보였다. 그러나 벽에도 귀가 있다는 경구가 워낙에 몸에 밴 그인지라 듣는 귀가 있든 없든 후배의 경솔한 언행이 못마땅할 수밖에 없었다.
 그래도 눈치란 것은 있는지 표운이 얼른 고개를 숙였다.
 "죄송합니다."
 그 뒤통수를 내려다보는 동안 장과두는 표운을 동향 동생이라는 이유만으로 도찰원에서 차출해 온 것이 과연 잘한 일이었는지 다시 한 번 고민하게 되었다. 금의위, 그중에서도 사령급이라면 빛보다는 어둠에 가까운 직업이었다. 비밀스럽고 음사하고 거기에 위험하기까지 한 직업. 어릴 적부터 속없어 보일 만큼 낙천적이던 표운에게는 어울리지 않을 공산이 컸다.

표운이 숙인 고개를 치켜들며 조심스럽게 물었다.

"저, 그런데 제가 뭘 틀렸는지 가르쳐 주시겠습니까?"

장과두는 늙은이처럼 혀를 찼다. 궁금한 점이 있으면 마음에 담아 두지 못하는 저런 성격도 금물. 금의위 사령에게 있어서 정작 중요한 기관은 질문을 하는 입이 아니기 때문이다. 다음번 정례 인사에 표운을 도찰원으로 복귀시키는 것에 대해 진지하게 생각해 봐야겠다는 생각을 하며, 장과두가 대답했다.

"그 장소에 비밀이 있는지 없는지는 아직 모르지. 다만 '우리'가 들어간다는 말이 틀렸다는 거야."

대답의 의미를 얼른 파악하기 힘든지 표운이 바보처럼 두 눈을 끔벅거렸다. 저것 또한 금의위 사령에게 있어서 입보다 중요한 기관, 즉 명령이나 지시를 받는 귀가 부실하다는 증거가 아닐까 하는 생각이 들었다. 장과두는 짧게 한숨을 쉰 뒤 오후 내내 고민한 끝에 내린 결론을 조용히 말했다.

"이 길로 본부로 복귀하도록."

표운을 복귀시킨 것은 이런 종류의 작전에 적합하지 않은 성정 탓만이 아니었다.

일각쯤 전에 장과두가 잠입한 이 국자감이 표운의 말대로 귀한 집 애송이들의 놀이터에 불과하다면, 절친한 사이에 면박까지 주어 가면서 돌려보낼 필요는 없을 터였다. 이는 장과두가

받은 느낌이 그만큼 좋지 않다는 뜻.

　사흘 전 실종된 양진삼이 남긴 비표가 국자감 표문에서 끊어졌다는 점은 오늘 오전 장과두 본인의 눈으로 똑똑히 확인한 바, 이는 양진삼의 신상에 모종의 변고가 발생했으며 그 무대가 이 국자감일 가능성이 상당히 높다는 것을 의미했다.
　솔직히 말해 장과두는 양진삼을 썩 좋아하지 않았다. 직제상 상관이라서 싫은 것은 절대로 아니고, 굳이 이유를 대라면 질투 때문이 아닐까 싶다. 그래, 맞다. 질투. 하지만 그 질투가 장과두 개인의 편협함에서 비롯된 것은 아니다. 세상에는 유발시킨 쪽의 책임이 더욱 큰 질투도 있는 법이니까.
　물론 궁벽한 농가에서 태어나 그리 아름답지 못한 유년과 청춘을 악으로 헤쳐 내고 금의위 사령 자리까지 오른 장과두였다. 자연 더 가진 자, 더 잘난 자를 보는 시선이 고울 수는 없었다. 하지만 장과두가 그런 삶을 살지 않았더라도, 가령 유복한 집안에서 태어나 순탄한 과정을 거쳐 이 자리에 올랐다 하더라도, 양진삼을 만난 이상 질투를 느끼지 않고는 못 배겼을 게 분명했다.
　실제로 장과두의 눈에 비친 양진삼은 세상의 모든 은총을 한 몸에 받고 살아온 희대의 행운아였다. 제국을 통틀어 다섯 손가락 안에 꼽히는 쟁쟁한 집안 출신인 데다 같은 남자가 봐도 인정하지 않을 수 없는 늠름한 외모를 갖췄고 거기에 더해 문무겸전은 물론 온갖 잡기에까지 두루 달통한 어처구니없는 인간이 바로 양진삼인 것이다. 아, 한 가지 더. 심지어 사람 됨됨이마저 좋은 것 같다는 평가가 지배적이었다. 위로부터든 아래로부터든 가리지 않고 말이다. 세상에 이런 빌어먹을 천재가 또 있을까?

장과두 본인과 비교할 때 딱 하나 모자란 게 있다면 석 잔도 못 버티고 나가떨어지고 마는 빈약한 주량 정도일 텐데, 주렁주렁 달고 다니는 찬란한 장점들을 감안하면 차마 약점이라 부르기도 민망하리라.
 한데 그 양진삼이 실종됐다. 그것도 서류상에는 존재하지도 않는 극비 작전을 수행하던 중에 말이다. 잘코사니라고 여기기에 앞서 뭔가가 어긋나는 느낌부터 드는 것은 어쩔 수 없었다. 양진삼이라는 인간은 그만큼이나 실종이란 단어와 어울리지 않는, 비유하자면 여름날 해바라기처럼 화사한 존재였던 것이다. 게다가 실종 장소로 유력시되는 곳이 하필이면 국자감이라니! 생각해 보라. 나라에서 관리한다는 공통점만 제외하면, 금의위와 가장 동떨어져 있을 것 같은 기관이 바로 국자감 아니겠는가.
 대체 양진삼, 그 빌어먹을 천재는 이 고리타분한 배움의 전당에 무슨 볼일이 있었던 것일까?
 찌릇.
 곁가지에서 울린 작은 소리가 장과두의 상념을 흐트러뜨렸다. 시선을 돌리니 구릿빛 작고 동그란 눈동자 두 개가 자신을 응시하고 있는 것이 보였다. 다람쥐였다. 놈은 야심한 시각에 허락도 없이 제 나무에 오른 불청객을 광물 닮은 눈으로 노려보는 중이었다. 아, 이 나무에 몸을 숨긴 뒤 한 식경 가까이 꼼짝도 않고 동정만 살피고 있었던 만큼, 사람이라는 생각은 하지 못한 채 대체 저 물건이 뭘까 궁금해하는 중인지도 모른다. 장과두가 굳은 허리를 슬쩍 펴 올리자 화들짝 놀라며 달아나는 품이 영락없이 그런 눈치였다.
 다람쥐가 떠난 나뭇가지를 잠시 쳐다보던 장과두는 시선을 위쪽으로 돌렸다. 울창한 잎사귀들 너머로 펼쳐진 밤하늘에는

배부른 양의 눈처럼 가늘게 휘어진 초사흘 초승달이 황백색 교태를 뽐내고 있었다. 저녁나절 뿌리고 지나간 소나기 탓에 대기가 짜증스러울 만큼 맑았다. 게다가 별빛은 또 얼마나 휘황한지. 야공을 가로지른 은하수가 손에 잡힐 듯 선명했다.
"호우 좋아하네. 이만하면 악우惡雨다, 악우."
입속말로 투덜거린 장과두는 몸을 감추고 있던 회화나무를 벗어났다. 인간적으로 좋아하든 싫어하든, 또 밤하늘이 맑든 흐리든, 작전은 이미 시작된 뒤였다.

국자감 표문을 들어서서 돌길을 따라 걷다 보면 팔십여 장 간격을 두고 두 개의 대문을 순차대로 만날 수 있다. 첫 번째 대문의 이름은 집현문集賢門이고 두 번째 대문의 이름은 태학문太學門이다.
장과두가 부실한 어둠이나마 어렵사리 빌려 가며 태학문 앞까지 이동하는 데에는 별다른 난관이 없었다. 있다면 숙사에 머물며 향시를 준비하던 생도들이 소피를 보러 나온 것 정도. 공부가 안 된다느니 기루 가고 싶다느니 저희들끼리 떠드는 데 정신이 팔렸으니, 잠입술과 은신술을 다년간 훈련받은 장과두의 입장에서 그들의 이목을 피하기란 식은 죽 먹기. 저런 머저리들이 모인 곳에 자그마치 '집현'이라는 현판을 걸어 놓았으니, 죽은 성현이 알면 무덤에서 벌떡 일어날 일이 아닐 수 없었다.
정작 난관이라 부를 수 있는 일은 태학문에서부터 시작되었다.
일단 입구부터가 달랐다. 아무도 지키지 않던 집현문과 달리 건장한 남자 둘이 문 양쪽을 지키고 있었던 것이다.
자정을 훌쩍 지나 축시丑時(오전 1시~3시)로 접어드는 시각. 야간 번초의 보편적 기준인 이 교대를 적용하면 슬슬 긴장이 풀릴 법도 할 텐데 주위를 살피는 두 남자의 눈빛은 밤하늘의 별을 옮겨 놓은 것처럼 초롱초롱 빛나고 있었다.

 삼십여 보 떨어진 수풀 속에서 두 남자의 동태를 살피던 장과두는 이내 그들이 국자감에서 일하는 평범한 비복이 아니라는 결론을 내렸다. 무기를 지니지는 않았지만 한눈에 보기에도 무공을 익힌 자들. 그것도 웬만한 권문세가에 고용된 보표보다 윗길로 짐작되었다. 그들의 눈을 피해 태학문을 통과하기란 결코 녹록하지 않은 일 같았다.

 그러나 장과두는 난관을 만나 오히려 미소를 지었다. 이 국자감에서 지켜야 할 것이라고는 향시 날짜 잡아 놓고도 공부에 집중하지 못하는 머저리들밖에 없었다. 그런 머저리들을 지키기 위해 저만한 위인들이 경계를 서고 있다는 점은 분명 수상쩍은 일. 염탐에 나선 금의위 사령에게 있어 수상쩍은 일이란 곧 반가운 일이었다. 양진삼의 실종이 이 국자감에서 벌어졌을 가능성은 이제 칠 할을 웃돌고 있었다.

 사실 저 안으로 들어가기 위해 굳이 대문을 이용할 필요도 없었다. 하물며 오늘 밤만큼은 철저히 양상군자 흉내를 내기로 작정한 장과두가 아니던가. 그는 숨어 있던 수풀에서 소리 없이 벗어나 태학문에 연한 담장을 따라 걸음을 옮기기 시작했다.

 담장 그늘 아래로 얼마쯤 이동하자 가지 하나가 담 안쪽으로 길게 뻗은 회화나무 한 그루가 나타났다. 국자감 안팎에 회화나무가 유독 많은 것은 옛 주나라의 제도에서 연유한다고 한다. 주제周制에 따르면, 회화나무는 고관을 상징하며 학당 경내에 회화나무를 많이 심는 것은 학도 중에 고관이 많이 나오기를 바라는 뜻이라나 뭐라나.

"어쨌거나 나로서는 고마운 일이지."

장과두는 회화나무 밑동을 가볍게 쓰다듬으며 중얼거렸다. 아홉 자 담장을 훌쩍 뛰어넘을 재주 정도는 신참 시절부터 갖추고 있던 그이지만, 내부의 상황이 어떤지도 알지 못하는 상태에서 무작정 월담하는 것은 현명한 일이 아니었다.

금의위 사령에게 있어서 나무 타기란 기본 중의 기본. 장과두가 받은 훈련 중에는 땅바닥에 발을 대지 않은 채로 한 마장 가까운 숲을 통과하는 종목도 있을 정도였다. 손바닥에 침을 한 번 뱉은 뒤 원숭이처럼 민첩하게 나무를 타고 오른 그는 목표한 가지에 도달하자 몸을 지탱할 공간을 확보하기 위해 주위를 두리번거렸다.

그러던 어느 순간, 장과두의 길쭉한 눈이 실처럼 가늘게 접혔다. 잠시 걸터앉기에 적당하다 싶은 가지의 아랫동에서 금의위 소속이라면 절대로 지나칠 수 없는 어떤 표식 하나를 발견한 것이다.

'십자비표十字秘標다!'

사각의 테두리 안에 들어 있는 열 '십十' 자. 얼핏 밭 '전田' 자처럼 보이지만 십자가 맞다. 왜냐하면 그 표식을 고안한 사람이 금의위의 초대 영반인 무명십자검無名十字劍이기 때문이다. 무명십자검은 작전 중에 사용하는 금의위 전용 비표를 다수 고안했는데 그중 대표적인 것이 자신의 상징과도 같은 십자를 활용한 십자비표, 바로 저 표식이었다.

장과두는 가랑이 사이에 가지를 끼우고 조심스레 신체를 고정시킨 다음 십자비표를 찬찬히 살펴보았다. 십자로 구획되는 네 개의 칸에는 각각 표주標主 신분, 작성 날짜, 사건 번호, 보고 사항 등이 금의위 특유의 흑화黑話(암호)로 기재되는데, 내용이 채워진 위 칸과는 달리 아래 칸의 사건 번호와 보고 사항은 공란으로 남겨져 있었다.

표주 신분은 물론 양진삼, 작성 날짜는 사흘 전인 칠월 초하루로 되어 있었다. 딱 들어맞는다. 칠 할의 가능성이 십 할로 올라가는 순간이었다.

장과두의 두뇌가 빠르게 회전했다.

'낮에 찾아낸 여섯 개의 비표들은 하나같이 급시急時에 사용하는 널표蘖標(쐐기 모양의 표식)였다. 그런데 여기서 표식을 바꾼 이유는 뭘까?'

답은 금방 나왔다.

'이 나무 위에서 십자비표를 남길 수 있을 만큼 충분히 머물렀기 때문이겠지.'

사건 번호가 공란인 이유도 짐작할 수 있었다. 서류상 존재하지 않는 사건인 만큼 번호 같은 것이 달릴 리 없었다. 하지만 보고 사항까지도 공란인 이유는 도무지 짐작이 가지 않았다. 보고할 게 없어서? 말도 안 된다. 보고할 게 없다면 간편한 널표를 놔두고 무슨 까닭으로 번거로운 십자비표를 남겼단 말인가? 십자비표는 어디까지나 보고용이다. 그러므로 마지막 칸이 공란인 십자비표란 존재해서는 안 되는 것이다.

장과두는 네 번째 공란을 뚫어져라 노려보다가 자신이 오랫동안 호흡을 멈추고 있었다는 점을 떠올리고는 폐에 찬 숨을 천천히 내뱉었다.

'생각하자. 생각하자.'

이 십자비표를 남길 당시 양진삼의 상황은 현재 자신의 상황과 크게 다르지 않았을 것 같았다. 경신 공부에 유달리 강점이 있는 위인인 만큼 태학문까지는 여유 있게 침투할 수 있었겠지

만 이후 대문을 지키는 보초들을 보고는 보다 신중할 필요를 떠올리고는 담장을 따라 돌았겠지. 그러다 담장 안으로 가지를 뻗친 이 회화나무를 발견하고 옳다구나 싶어 올라왔을 것이다. 그다음에는 지금 자신이 하고 있는 것처럼 담장 안쪽의 상황을 살폈을 테고. 그러다가 문득 생각이 미쳐 십자비표를 남기게 되었다……. 여기까지는 보지 않고서도 충분히 유추할 수 있었다.

장과두는 시선을 다시 십자비표 위에 얹었다. 그의 시선이 비표 위를 따라 천천히 움직이기 시작했다.

표주 신분, 양진삼.

작성 날짜, 칠월 초하루.

사건 번호, 공란.

마지막으로 보고 사항…….

장과두는 순간적으로 오싹한 기분을 느꼈다. 만일 양진삼에게 비표를 바꾸면서까지 남겨야 할 보고 사항이 있었다면? 하지만 그럼에도 불구하고 이처럼 공란으로 남겨 놓을 수밖에 없는 '긴급한' 상황이 발생했다면?

후웅!

방금 느낀 기분처럼 순간적으로 엄습해 온 오싹한 파공성에 장과두는 고개를 번쩍 치켜들었다. 그의 정수리를 노리고 떨어지는 둔중한 장병기는 중원에서는 좀처럼 찾아보기 힘든 이역의 것이었다.

이 순간 장과두가 할 수 있는 유일한 구명책은 죽을힘을 다해서 허리를 트는 것뿐이었다.

콰직!

(4)

　─머리통에 피가 몰려 눈깔이 터질 것 같지? 평생 토끼눈으로 살고 싶지 않거든 지식법止息法을 빨리 터득하는 게 좋을 게다. 끄흐흐흐.

　무산에서 만난 세 사부는 하나같이 괴짜였다. 함께 지낸 지가 반백년이 넘는다고 입버릇처럼 말하는 위인들이건만 심지어 사이도 그리 좋지 않아 보였다. 그래서일까. 어느 한 사부에게 몇 날 며칠을 들볶이며 무공 한 가지를 익힌 뒤 고단한 몸을 이끌고 암자로 돌아온 양진삼에게는 다른 두 사부의 심연처럼 깊은 질투가 기다리고 있었다.
　늘그막에 얻은 똘똘한 제자에게 자신이 가장 훌륭한 사부임을 증명해 보이기라도 하려는지 세 사부는 경쟁적으로 가르침을 베풀려 들었고, 그 똘똘한 제자는 왜 배워야 하는지, 배워서 어디다 써야 하는지도 모르는 채 우박처럼 쏟아지는 무공들을 무조건적으로 익혀야만 했다. 관계가 그런 만큼 세 사부의 교육법은 난폭할 수밖에 없었다. 농땡이를 펴 보기도 했고 달아나 보기도 했지만 결과로 돌아온 것은 늘씬한 몽둥이찜질뿐. 돌이켜 보건대, 사십 줄에 이른 지금까지도 악몽으로 찾아올 만큼 끔찍한 나날의 연속이었다.
　……양진삼은 잠에서 깼다.
　깨기 직전에 들은 것은 홍벽紅壁 사부의 웃음소리인 것 같았다. 그러자 그 웃음소리를 듣던 꿈속의 한 장면이 머릿속에 서서히 떠올랐다. 온몸이 꽁꽁 묶인 채 까마득한 절벽에 거꾸로 매달린 자신을 저 아래에서 뒷짐을 진 채 올려다보며 웃고 있는

홍벽 사부, 쇠 맷돌을 갈아 대듯 듣기 거북한 웃음소리와는 전혀 어울리지 않는 선비풍의 그 고고한 모습이.

'그렇게 거꾸로 매달려서 뭘 배웠더라?'

답은 금방 떠올랐다. 귀둔요식술龜遁療息術. 거북이처럼 스스로를 숨긴 채 실낱처럼 가느다란 호흡만으로 신체에 입은 내외상을 회복시키는 신기한 재주였다. 왜국의 자객술에 뿌리를 둔 그 재주에 힘입어 홍벽 사부는 무산에 은거하기 전까지 강호 최고의 살수로 악명을 날렸다고 했다. 그림자 속에도 몸을 감출 수 있다 하여 당시 얻은 별호가 장영귀藏影鬼라던가. 추적술도 어찌나 뛰어난지, 틈만 나면 탈주를 시도하던 양진삼으로 하여금 장장 사 년이란 세월을 무산의 궁벽한 암자에서 발이 묶여 살아가도록 만든 일등 공신이기도 했다. 다만 살수 일을 은퇴하며 손에 피 묻히는 일만은 피하기로 작심했는지, 그렇게 잡혀 온 양진삼에게 몽둥이찜질을 퍼붓는 일만큼은 자죽紫竹 사부나 소소풍蕭蕭風 사부에게 양보했다.

여기까지 생각하자 새로운 의문이 생겨났다.

'그런데 왜 홍벽 사부가 꿈에 나온 거지? 자죽 사부나 소소풍 사부에 비교하면 그래도 홍벽 사부는 보살이나 다름없는 양반인데.'

이제껏 양진삼의 잠자리를 불편하게 만들어 온 악몽의 단골 주연은 제자를 못 잡아먹어서 안달이 난 자죽 사부와 소소풍 사부였던 것이다.

이번 의문에 대한 답을 떠올리는 데에는 시간이 조금 필요했다. 연상의 낚싯줄에 걸려 사고의 수면 위로 줄줄이 딸려 나오는 장면들이 있었기 때문이다. 그것들은 무산에서 고생하던 이십 년 전의 것들과 비교하면 훨씬 근자에 겪었다 할 수 있는,

보다 정확히 말하면 망할 놈의 국자감에 잠입한 칠월 초하루 첫머리에 겪은 장면들이었다.

국자감 내의 두 개의 대문 중 두 번째에 해당하는 태학문 앞에는 범상치 않아 보이는 보초들이 지키고 있었다. 태학문에 보초라니! 짧은 기간이나마 국자감 밥을 먹어 본 경험이 있는 양진삼으로서는 도무지 납득이 가지 않는 일이 아닐 수 없었다.

물론 태학문 안에도 중요한 건물들이 있기는 했다. 황제가 한 달에 세 번 찾아와서 강연을 듣는 옹관雍館(후에는 辟雍이라는 이름으로 중건됨)도 있었고, 학당의 총책임자인 종삼품 국자제주國子祭酒가 각 과목의 박사들을 거느리고 업무를 보는 이륜당彝倫堂도 있었다. 하지만 초하루는 오 일, 십오 일, 이십오 일에 열리는 어전 강연 날과는 거리가 멀고, 매일 저녁 자택으로 귀가하는 국자제주의 빈 집무실을 지키기 위해 경비를 세운다는 것 또한 말이 되지 않았다.

그래서 양진삼은 월담을 결심했다. 담장 안에 숨은 의혹이 무엇이든 직접 들어가 눈으로 확인하면 해결될 일. 통정원 참의의 집에서부터 추적해 온 야행인의 정체를 밝혀내기 위해서라도 월담은 필수적이었다.

담장 그늘을 따라 돌던 양진삼은 가지 하나를 담장 안쪽으로 뻗고 있는 회화나무를 발견했다. 얼씨구나 싶어 얼른 타고 올라간 양진삼은 오랜만에 엉덩이를 붙인 김에 비표를 작성하기로 마음먹었다. 야행인을 추적하는 과정에서 급히 남긴 쐐기 모양의 널표들과는 달리 이번에는 십자비표를 남겨서 제대로 된 보고 내용을 써 넣을 작정이었다.

바로 그때 놈들의 공격이 시작되었다.

까무잡잡한 피부, 움푹 꺼진 눈두덩, 일신에는 번쩍거리는

금란 가사를 입고 머리에는 높은 보관을 쓴 두 명의 이승異僧들. 한데 생김새가 어째 낯이 익었다. 연초 오이라트에서 보낸 사절단에 섞여 북경으로 들어온 서장 밀교의 여덟 법왕들 중 일부인 것 같았다.

각설하고, 양진삼은 고수였다. 어떤 고수인가 하면, 철중쟁쟁鐵中錚錚만 모아 놓았다는 무양문 호교십군 중에서도 일군장 제갈휘와 이군장 좌응을 제외하면 누구에게도 윗자리를 양보하고 싶은 마음이 없을 정도로 고수였다.

하지만 두 명의 이승들이 펼쳐 내는 난생처음 보는 괴공이초들은 그런 양진삼을 순식간에 궁지에 몰아넣었다. 적진 한복판에서 시작된 싸움인 탓에 가진바 능력을 십분 발휘하기 어렵다는 점을 십분 감안한다 해도, 양진삼 정도 되는 고수가 속수무책으로 궁지에 몰렸다는 사실은 두 이승의 능력이 얼마나 대단한지를 보여 주는 증거라 할 것이다.

그나마 다행인 것은 그 대단한 능력에 경신술은 포함되어 있지 않다는 점. 반면에 양진삼으로 말할 것 같으면 일신에 익힌 오만 가지 재주들 중에서 경신술을 으뜸으로 삼는 뜀박질의 대가가 아니던가.

이십여 합의 일방적인 수세 끝에 가까스로 전장을 벗어난 양진삼은 귀신도 울고 갈 놀라운 경신술을 펼쳐 두 이승의 추적을 따돌리는 데 성공했다. 그러나 그 짧은 수합手合을 나누는 사이에 몸뚱이는 이미 만신창이가 된 뒤. 터진 살갗과 부어오른 근육은 제쳐 두고라도 경신술을 펼치는 동안 억눌러 놓았던 내상은 당장 피를 토하고 고꾸라져도 이상할 게 없을 지경이었다.

멀리서 일렁거리는 수색대의 횃불들을 바라보며 양진삼은 생각했다. 이런 몸으로 적들의 포위망을 뚫고 무사히 복귀하기란 쉽지 않은 일일 것 같았다. 아니, 일신의 안위를 논하기에 앞서 자신의 안방이라고도 할 수 있는 이곳 북경성 한복판에서 근본도 모르는 이역의 낙타 대가리들에게 실컷 얻어터지고 달아나야 한다는 점이 몹시도 자존심 상했다.

내가 이대로 돌아갈까 보냐!

그리하여 양진삼은 적의 수색도 피할 겸 몸에 입은 내상도 치료할 겸 적당한 장소를 찾아 몸을 숨긴 다음 홍벽 사부에게서 배운 귀둔요식술을 펼친 것이다.

'그랬군. 지금 귀둔요식술에 들어 있는 중이라 홍벽 사부가 꿈에 나온 거야. 내가 고맙다는 말을 했던가요, 사부? 하지만 다음에 내 꿈에 나올 땐 제발 웃지 마시구려. 그 웃음소리만 들으면 불쌍한 제자는 며칠 동안 밥맛을 잃고 만다오.'

그런 생각을 하고 있을 즈음, 오감 중에서 유일하게 열어 놓은 청각 속으로 두런거리는 남녀의 말소리가 들려오기 시작했다.

"여전히 그런 상태로 있소?"

"예. 사흘 전과 마찬가지예요."

말소리는 양진삼이 있는 곳을 향해 점차 가까워지고 있었다. 수색대일까? 시간이 꽤나 흘렀을 텐데 아직까지도 수색 작업을 포기하지 않았다면 어지간히 질긴 놈들임에 분명했다.

'하지만 쉽진 않을 게다.'

현재 양진삼은 주위의 경물들과 완벽하게 동화된 상태. 스스로 돌아봐도 살아 있는 인간이라는 느낌이 들지 않을 정도였다.

양진삼은 귀둔요식술 중 귀둔의 요체를 한층 더 운용함으로써 자칫 잠에서 깨어나는 바람에 활성화되었을지도 모르는 신체 기능을 더욱 깊숙이 침잠시켰다. 그러기 위해 굳이 눈을 감

을 필요도 없었다. 귀둔요식술을 펼친 이후부터는 한 번도 눈을 뜬 적이 없었으니까. 잠에서 깼는데도 어떻게 눈은 뜨지 않느냐고? 그것이 귀둔요식술의 오묘한 부분이었다. 눈까풀이나 목젖과 같은 불수의不隨意한 기관의 움직임까지도 제어할 수 있다. 눈을 뜬 채로 잠들 수도 있고 눈을 감은 채로 깨어날 수도 있는 것이다.

잠시 후 목재끼리 마찰하는 듯한 소리가 들렸다. 그 매끄러운 울림이 마치…… 나무문 여닫는 소리 같았다.

'나무문이라고?'

이상하다는 생각이 덜컥 들었다. 주위에 나무문 같은 게 있는 곳이 아니었는데?

"발각되는 것은 시간문제예요. 이곳에 계속 두기에는 너무 위험해요."

여자의 목소리가 한층 가까이에서 들렸다. 정확한 관화官話(북경 표준말). 여성 특유의 짜랑짜랑한 울림이 낮은 것으로 미루어 처자 소리를 들을 나이는 넘긴 것 같았다.

"그래도 어쩔 수 없잖소. 지금으로서는 이자의 쓰임새가 작지 않으니까. 어떻게든 버텨 보는 수밖에."

이어진 것은 남자의 목소리였다. 남부 지방 특유의 혀를 굴리는 듯한 억양이 간간이 섞여 나오고 있었다. 그런데 목감기라도 걸렸는지 목소리가 잔뜩 쉬고 갈라져서 나이를 가늠하는 데에 어려움이 있었다.

그건 그렇다 치고, 남자의 말속에 등장하는 '이자'란 누구를 가리키는 걸까?

'설마 나는 아니겠지.'

이 생각을 비웃기라도 하듯 눈까풀 바깥쪽이 확 밝아졌다.

누군가 근처에서 등불을 켠 것 같았다. 양진삼은 점점 더 의아해졌다. 나무문 소리에다가 등불까지. 그렇다면 지금 내가 방 안에 있단 말인가?

그럴 리가 없었다. 양진삼은 자신이 귀둔요식술을 펼친 장소를 똑똑히 기억하고 있었다. 국자감에서 북쪽으로 반 마장쯤 떨어진 한적한 숲 속, 토끼나 너구리 따위의 작은 들짐승들이나 좋아할 만한 바위틈이 바로 그 장소였다. 그곳은 대낮에도 좀처럼 눈에 띄지 않을 만큼 으슥했고, 혹시 부근에 남긴 흔적이 있는지도 꼼꼼하게 확인했다. 다만 마음에 걸리는 것은 귀둔요식술에 든 동안 의식을 계속 유지하지 못했다는 점. 내상이 워낙 심했던지라 반 각도 채 버티지 못하고 까무룩 혼절해 버리고 만 것이다.

그러고 나서 다시 깨어난 것이 조금 전이니 그사이 무슨 일이 벌어졌는지에 관해서는 한밤중처럼 깜깜할 수밖에 없었다. 목숨이 붙은 채 깨어난 것으로 미루어 그사이 적들에게 발각되어 모가지가 날아가지는 않았다는 것 정도만 짐작할 따름이다.

'가만, 지금 내가 그 자리에 그대로 있는 게 맞긴 한 건가?'

바위틈에 납작 웅크린 채 뻣뻣하게 굳어 있어야 할 몸이 희한하게도 편안하다는 사실을 뒤늦게 알아차린 양진삼은 급히 자신의 상태를 확인해 보았다. 놀랍게도 그는 지금 반듯하게 누워 있는 상태였다. 등과 엉덩이에 닿은 바닥면은 방금 깨어난 사람마저도 도로 잠들게 만들 만큼 푹신했다.

'얼씨구? 침대 위잖아.'

새삼스럽게 알아차린 사실은 비단 그뿐만이 아니었다. 후각을 조심스레 열자 박하 향을 닮은 맵싸한 향수 냄새가 콧속으로 흘러들어 온 것이다.

'젠장, 이래서 곤란하다니까.'

귀둔요식술의 맹점은 바로 여기에 있었다. 일단 펼친 다음에는 신체의 모든 기관이 거북이 등딱지처럼 무감각해지는 탓에 애써 의식하지 않으면 주변의 변화를 파악하기 힘든 것이다.

몸뚱이를 덮고 있던—한심하게도 뭔가에 덮여 있었다는 점도 지금에야 알아차렸다— 얇은 천 자락이 휙 젖혀지는 것이 느껴졌다. 딱 천 자락의 무게만큼 허전해진 몸뚱이 위로 다소 어처구니없어하는 남자의 헛웃음이 실렸다.

"허어, 아직도 벌거숭이 꼴로 놔둔 게요?"

'뭐? 벌거숭이?'

홍벽 사부가 자랑하던 귀둔요식술이 그 한마디에 유리그릇처럼 깨졌다. 양진삼은 더 이상 참지 못하고 두 눈을 번쩍 뜨고 말았다.

오랜 시간 눈까풀에 덮여 있던 눈이 빛에 익숙해지는 약간의 시간이 지난 다음, 양진삼은 자신을 빤히 내려다보고 있는 얼굴 두 개를 발견할 수 있었다. 두 얼굴의 차이점은 머리카락의 길이였다. 하나는 민머리였고 하나는 머리카락이 치렁했다. 그리고 두 얼굴의 공통점은…… 귀면鬼面이었다! 두 얼굴 모두 사람에게 달린 것이라고는 믿기 힘들 만큼 추악한 형상을 하고 있었다!

지난달부터 귀에 못이 박히도록 들어 온 아내의 당부가 자연스레 떠올랐다.

─귀월 동북방! 알았죠?

칠월 초하루 개귀문을 맞아 도삭산에 있다는 귀문이 정말로 열린 걸까? 그래서 그 안에 있던 귀신들이 인간 세상에 쏟아져 나온 걸까? 목젖에서 꿀꺽 소리가 나도록 마른침을 삼킨 양진삼이 두 귀면을 향해 물었다.

"사람이오, 귀신이오?"

다짜고짜 던진 이 질문이 의외였는지 두 귀면이 멀뚱한 눈길로 서로를 마주 보았다. 잠시 후 민머리를 한 귀면이 양진삼을 내려다보며 말했다.

"명문으로 소문난 양씨 집안의 후손이라면 목숨을 구해 준 은인에게 감사부터 표해야 옳지 않을까?"

목소리로 미루어 이쪽이 남자였다. 그렇다면 머리카락 치렁한 쪽이 여자라는 얘긴데, 그쪽 귀면을 힐끔 쳐다본 양진삼은 곧바로 눈을 찡그리고 말았다. 여자라고 생각하니 더욱 봐주기 어려웠던 것이다. 그 속내를 알아챈 듯 여자의 눈빛이 차가워졌다.

"그런대로 괜찮아 보이긴 하지만 확인을 위해 묻겠네. 몸은 좀 어떤가?"

민머리 남자가 양진삼에게 물었다. 얼굴도 엉망이고 목소리도 엉망인데 말투만큼은 무척이나 점잖았다.

'이런, 가장 중요한 걸 잊고 있었네.'

양진삼은 스스로의 느긋함을 질책했다. 의식을 되찾은 지가 언젠데 몸 상태를 점검하는 일조차 하지 않고 있었다니. 귀둔요식술에 들어갈 당시의 긴박하던 상황을 고려하면 가장 먼저 시행했어야 할 일이었다. 그는 단전에서 한 줌의 진기를 일으켜 전신 기맥에 회전시켜 보았다.

'어라? 멀쩡해졌잖아.'

특별한 내상약을 복용한 기억도 없건만 막히는 곳 하나 없이

시원스레 통기通氣하고 있었다. 귀둔요식술이 신기한 재주라는 점은 아는 바이나 피를 토하기 직전의 내상까지 말끔히 치유할 만큼 뛰어난 줄은 미처 알지 못했다.

그런데 이어진 민머리 남자의 말을 들어 보니 그게 아닌 모양이었다.

"움직일 만해졌다면 여기 있는 화華 누이에게 감사하게. 자네를 치료하기 위해 아끼던 약 단지를 탈탈 턴 모양이니까."

그러자 말없이 양진삼을 노려보기만 하던 여자가 비로소 입을 열었다.

"건달바乾達婆의 심향인尋香印에 당하면 반나절 안에 심장의 피가 굳어 죽게 되죠. 오직 천축의 보심고補心膏만이 그 횡액을 방지할 수 있어요."

건달바는 불법을 수호하는 여덟 명의 신장, 천룡팔부중天龍八部衆의 하나다. 술과 고기는 일절 먹지 않고 오직 천상의 향수香水만 먹고 산다는 얘기는 들었지만, 사람의 피를 굳혀 죽음에 이르도록 만드는 독수毒手를 품고 있다는 얘기는 금시초문이었다.

뭐, 건달바의 신통력이 어떻든 간에 양진삼은 명문의 후예로서 예의를 아는 사람이었다.

"목숨을 구해 주신 점, 감사드리…… 이런 제기랄."

침대에 누운 채로 사례를 하는 것은 물론 예의에 어긋난다. 하여 상체를 일으켜 고개를 숙인 양진삼은 말을 끝맺지 못하고 욕설을 내뱉고 말았다. 아까 남자가 한 말대로 진짜 벌거숭이가 되어 있었던 것이다. 실오라기 한 올 걸치지 않은 적나라한 벌거숭이. 이런 마당에 예의는 무슨 예의!

"당신이 날 이 꼴로 만들었소?"

손으로 아랫도리를 황급히 가리며 따져 묻는 양진삼에게 여자가 피식 코웃음을 흘리더니 민머리 남자의 손에서 천 자락을 건네받아 던져 주었다.
"누나뻘 되는 사람이니 그렇게 부끄러워할 것 없어요."
하지만 천 자락을 치마처럼 허리에 두르는 양진삼의 얼굴은 숯불에 구운 것처럼 벌겋게 달아올라 있었다. 여인 앞에서 아랫도리를 내보인 것이 한두 번은 아니었지만, 지금은 평소 그가 즐기는 풍류와는 전혀 다른 상황이었다. 누나뻘이든 할머니뻘이든 부끄러운 것은 부끄러운 것이다.
"내 옷을 주시오."
이 요구는 무척이나 정당한 것인데도 여자는 고개를 살래살래 흔들었다.
"이미 태워 버렸어요."
하도 어이가 없어서 화도 나지 않았다. 옷자락에 티끌 한 점만 묻어도 참지 못하는 사람이 바로 양진삼이었다. 그 천성은 작전 중이라고 해도 달라지지 않아서, 금의위에서 지급하는 투박한 무복 대신에 북경에서 제일 잘나가는 재단사에게 특별 주문 제작한 멋진 옷만을 고집하고 살아왔다. 그런데 그 옷을 태워 버렸다고? 누구 맘대로!
"그게 한 벌에 얼마짜린 줄이나……."
"그렇게 하지 않았다면 우리 모두 위험해졌을 거예요."
여자가 차분한 목소리로 양진삼의 항의를 잘랐다. 민머리 남자가 그녀의 말을 거들었다.
"건달바가 비록 신화에서 전하는 것처럼 천상의 향수만 먹고 사는 존재는 아니지만, 그의 심향인에 당하면 장미향과 같은 독특한 향기가 남게 되네."
양진삼은 손목에 코를 대고 킁킁 냄새를 맡아 보았다. 그러

나 아까 맡은 박하 향을 닮은 맵싸한 향수 냄새 외에는 아무 냄새도 맡을 수 없었다. 그가 하는 양을 지켜보던 민머리 남자가 말했다.

"심향인의 향기가 아직까지 남아 있다면 자네가 지금껏 속 편히 누워 있지는 못했겠지. 이곳에서는 다른 개들보다 후각이 훨씬 발달된 서장견西藏犬들을 여러 마리 키우고 있으니까."

양진삼이 손목에 대고 있던 고개를 들고 민머리 남자에게 물었다.

"그 향기를 어떻게 없앴소?"

대답은 여자에게서 돌아왔다.

"아까 말했다시피 옷은 당신을 찾아낸 장소에서 곧바로 태워 버렸어요."

"내가 태웠네. 수색에 나선 이들 중에서 내가 가장 먼저 자네를 발견한 것을 행운으로 알게."

남자가 말했다.

"그렇다면 이 몸뚱이에 남은 향기는?"

"화 누이가 고생 좀 했지. 내 숙소에는 욕조가 없거든."

"욕조?"

민머리 남자가 여자 쪽을 돌아보았다. 그러자 여자가 차분한 목소리로 설명해 주었다.

"보심고의 주요한 성분 중 하나가 박하예요. 그래서 생각해 보았죠. 보심고가 심향인의 공력을 해소할 수 있다면 박하 향 또한 심향인의 향기를 중화시키지는 않을까 하고요. 실험해 본 결과 박하 향을 푼 물에 반 시진쯤 몸을 담그면 심향인의 향기가 사라진다는 사실을 발견하게 되었어요. 그러기 위해 필요한 물건이 바로 욕조죠."

여자의 설명을 듣던 양진삼이 어느 순간 '앗!' 하고 짤막한 비명을 내질렀다. 그 비명의 의미를 알아차린 걸까? 여자가 일그러진 입가에 미소 비슷한 것을 만들며 덧붙였다.

"뭐, 생각처럼 고생스럽지는 않았어요. 당신처럼 잘생긴 남자를 목욕시켜 보는 것도 좀처럼 만나기 힘든 경험일 테니까."

양진삼은 저도 모르게 부르르 진저리를 치고 말았다. 의식을 잃은 채 욕조 안에 축 늘어진 자신의 나신을 저 귀신 얼굴을 한 여자가 멋대로 주물럭거리는 광경을 떠올린 것이다.

"좋소, 어쨌든 몸에 걸칠 것이라도 좀 주시오."

"취향에 안 맞을지도 모르는데……."

놀리는 데 재미라도 붙였는지 느릿느릿 대꾸하며 고개를 갸웃거리는 여자에게 양진삼이 버럭 짜증을 부렸다.

"아무려면 벌거숭이보다 못하겠소!"

잠시 후 양진삼은 벌거숭이보다 과연 나은지 판단하기 힘든 망측한 의복을 걸친 채 귀신을 닮은 남녀와 마주하게 되었다.

그 의복을 걸친 기분은 뭐랄까, 걸친 것 같기도 하고 안 걸친 것 같기도 하달까. 위로는 모름지기 어깨를 덮어 줘야 하는데 왼쪽 어깨는 덮이고 오른쪽 어깨는 드러나니 뭔가를 걸치다 만 기분이었고, 아래로는 모름지기 사타구니를 막아 줘야 하는데 골반 위에 홑껍데기 천 조각만 둘렀으니 엉덩이 깐 채로 측간에 앉은 기분이었다. 그런 차림을 하고서 등나무로 짠 의자에 앉아 있으려니 부랄 밑이 꺼끌꺼끌해서 도무지 정신을 집중하기 힘들었다.

"꼭 골난 처녀 같은 표정이군. 불쾌히 생각하지 말게. 여기서는 모든 남자들이 그런 차림으로 지내니까."

민머리 남자의 위로에도 양진삼은 내민 입술을 집어넣으려

하지 않았다.
 "하지만 당신은 이 차림이 아니잖소."
 양진삼의 말대로, 작은 등나무 원탁을 가운데 두고 마주 앉은 민머리 남자는 양진삼이 걸친 것과 비교하면 훨씬 제대로 된 복식을 갖추고 있었다. 더욱 눈에 거슬리는 점은 자신을 공격하던 이역의 낙타 대가리들이 입고 있던 복식과 유사하다는 것. 민머리 남자 또한 서장 밀교식 법복을 입고 있었던 것이다. 이는 양진삼으로 하여금 이렇듯 마주 앉은 상태로도 여전히 마음 놓지 못하게 만드는 이유이기도 했다.
 민머리 남자는 자신이 걸친 법복을 슬쩍 내려다보고는 허허롭게 말했다.
 "보다시피 나는 승려라네. 그 옷을 입을 은총이 허락되지 않는 몸이지."
 "쳇, 이깟 넝마 쪼가리를 입는 게 무슨 은총이라고."
 "그 넝마 쪼가리를 입어야만 미녀들의 헌신적인 시중을 받을 수 있다고 해도 그렇게 말할 수 있을까?"
 '미녀'와 '시중'만으로도 회가 동하는데 거기에 '헌신'까지 더해지다니, 넝마 쪼가리 아니라 거적때기를 걸친다 해도 양진삼 같은 부류에게는 은총이 분명했다. 하지만 민머리 남자와 나란히 앉은 여자를 보면 전적으로 믿어 주기에도 어려운 말이 아닐 수 없었다.
 양진삼이 의심 어린 눈초리로 자신 쪽을 힐끔거리자 여자가 우툴두툴한 콧등에 주름을 잡으며 쌀쌀하게 말했다.
 "나 같은 추물은 그 미녀들에 포함되지 않으니 안심해요."
 민머리 남자가 낮게 혀를 찼다.
 "실망인걸. 겉모습만으로 여인의 매력을 판단하고서야 어찌 진정한 풍류남아라 하겠나."

하지만 그 겉모습에도 정도란 게 있지, 잘못 빚은 밀가루 반죽 같은 얼굴을 상쇄해 줄 만한 강렬한 매력은 좀처럼 찾기 힘들 거라는 생각이 들었다. 어쨌거나 한 여자가 약점으로 여기는 부분을 자꾸 화제로 삼는 것은 풍류남아의 도리가 아니었다. 양진삼은 앞에 놓인 찻잔을 비운 뒤 민머리 남자를 똑바로 쳐다보았다.

"몇 가지 묻고 싶은 게 있는데 대답해 줄 수 있겠소?"
"얼마든지."

민머리 남자는 흉측한 얼굴에 어울리지 않는 넉넉한 미소를 지었다. 그리고 보면 남자다운 얼굴형이며 큼직한 이목구비로 미루어 밑바탕만큼은 괜찮은 얼굴이었다. 쉬고 갈라진 목소리의 바닥에도 좋은 울림이 깃들어 있으니, 만일 얼굴과 성대가 훼손되지만 않았다면 호남 소리를 듣고 살기에 충분할 것 같았다.

"오늘이 며칠이오?"
"칠월 초나흘이네. 새벽녘이지."
"초나흘 새벽?"

양진삼은 눈썹을 이마로 밀어 올렸다.

"그렇다면 내가 만으로 삼 일이나 이곳에 있었단 말이오?"
"그 점은 우리도 의아하게 생각하네. 보심고가 내상을 치료하는 데 탁월하긴 하지만 자네 정도 되는 사람을 사흘이나 죽은 듯이 자게 만들 만큼 독한 약은 아니어서 말일세."

아마도 보심고의 약효 위에다 무의식 속에서 스스로를 치유하는 귀둔요식술의 묘용이 더해지면서 나타난 현상이 아닐까 짐작되었다. 덕분에 엉망이던 몸 상태가 말끔히 나았으니 시간

이 오래 걸렸다 하여 불평할 수만은 없었다.
"이곳은 어디요?"
"이곳 사람들은 이곳을 비원秘苑이라고 부른다네."
"비원? 국자감이 아니고?"
"국자감과는 작은 개울 하나를 사이에 두고 이웃해 있지. 법제상으로는 이 일대까지도 국자감 경내에 포함되니 국자감 안이라고 봐도 무방할 걸세."
 말인즉, 국자감 내에 비원이란 곳이 있다는 뜻이었다. 물론 양진삼에게는 금시초문인 일이요, 실제 국자감에 머무는 박사나 생도 중에도 그런 사실을 제대로 아는 이는 없을 것 같았다.
 '그저 들어가서는 안 되는 장소 정도로만 알려져 있을 테지.'
 황제가 정기적으로 방문하는 장소들 중에는 실제로 그런 금역을 가진 데가 많았다. 자금성 남쪽에 있는 천단天壇이 대표적인 예였다.
"좋소, 비원이 대체 뭐 하는 곳이오?"
 양진삼의 이어진 질문에 민머리 남자가 천천히 팔짱을 끼었다.
"설명하자면 조금 복잡하네. 음, 그러려면 우선 신응소新鷹巢에 관한 이야기부터 해야겠군. 아, 자네가 속한 금의위에서도 신응소의 존재에 대해서는 알고 있겠지?"
 양진삼은 대답 대신 가늘게 접은 눈으로 민머리 남자를 한동안 노려보았다. 자신은 저쪽에 관해 아무것도 아는 것이 없는 반면 저쪽에서는 자신에 관해 속속들이 알고 있다는 사실이 몹시도 불쾌했다. 금의위에 근무하는 동안 마주한 일반적인 상황, 상대는 나에 대해 아무것도 모르는데 나는 상대를 훤히 꿰뚫어 보는 상황과는 정반대였던 것이다. 하지만 감정을 앞세울

때가 아니었다. 중요한 것은 필요한 정보를 알아내는 일이
었다.
"신응소가 비각에서 비밀리에 운영하는 자객 집단의 이름이
라면, 알고 있소."
"비각의 비밀 자객 집단, 명쾌하군."
마음에 든다는 듯 민머리 남자가 고개를 끄덕거린 뒤 물
었다.
"하면 신응소의 원래 이름이 응소鷹巢였다는 사실도 아는가?"
양진삼은 고개를 저었다. 그러자 민머리 남자가 설명을 시작
했다.
"응소, 이역의 언어로는 '알라무트'라고 한다네. 풀이하면 '독
수리의 둥지'라는 뜻이지. 하지만 그 둥지에서는 하늘을 나는
독수리 대신 사람을 죽이는 자객을 키워 낸다네. 과거에는 둥지
의 주인인 산로山老를 위해, 그리고 지금은 그 산로가 섬기는 비
각을 위해 사람을 죽이는 자객을 말일세."
산중노인이라고도 불리는 산로가 키워 낸 자객 집단에 얽힌
기이하고도 으스스한 전설은 천산남북로를 오가는 대상들의 입
을 통해 머나먼 동방 땅에도 제법 알려져 있었다.

땅 가운데 바다를 품은 서역 땅 어딘가에는 산로라는 마인이
세운 난공불락의 요새가 있는데, 그 요새에서는 갈 곳 없는 청
년들을 모집하여 혹독한 훈련을 시킨 뒤 자객으로 쓴다고 한다.
그런데 자객이 되기 위한 마지막 과정이 무척 흥미롭다. 혹독한
훈련을 모두 마친 청년에게 우선 신지를 흐리게 만드는 마약을
먹여 잠재운다. 깨어나는 장소는 요새 깊숙한 곳에 꾸며 놓은
신비한 정원인데, 청년은 그 정원에 일정 기간 머물며 일상에서

는 맛볼 수 없는 미주가효와 함께 선녀 같은 미녀들로부터 헌신적인 봉사를 받는다. 물론 그 봉사에는 육체적인 교합도 포함된다. 기간이 끝나면 다시 마약을 먹여 재운 뒤 정원에서 추방시킨다. 정신을 차린 청년 앞에 모습을 드러낸 산로는 이렇게 말한다.

"나는 신의 대리인으로서 너에게 천당을 보여 주었다. 너는 이제 신탁을 받아 어떤 한 사람을 죽여야 한다. 그 일에 성공하면 너는 짧게나마 천당에 다시 들어가 공을 보상받게 될 것이요, 만일 실패하여 목숨을 잃는다 하더라도 너의 영혼은 천당에 머물며 영원한 환락을 누리게 될 터이니, 어서 나아가 죽음을 두려워 말고 신탁을 시행토록 하라."

마약과 미주가효, 거기에 여체가 가져다준 열락으로 인해 정상적인 판단을 하기 힘들어진 청년은 자신이 머문 정원을 산로가 약속한 천당이라고 철석같이 믿고 산로의 지시를 이행하기 위해 목숨을 바친다. 이것이 산로가 키워 낸 무시무시한 자객 집단, '아사신Assassin'의 전설이다.

"응소를 창건한 초대 산로가 백골로 변한 지는 이미 삼백 년이 다 되었지만, 산로의 지위는 다음 세대로 꾸준히 계승되어 왔다네. 그러다 백 수십 년 전 서역 정벌에 나선 몽고군에 의해 응소가 토벌되었고(1296년), 당대의 산로는 그 과정에서 목숨을 잃었지만 종족을 배신하고 몽고군에게 협력한 계파는 살아남아 비각의 전신인 비영사에 흡수되었지. 비영사의 비호하에 중원에 정착한 그 계파가 만든 것이 '어린 독수리의 둥지', 바로 신응소라네. 물론 그 이후로 산로의 지위는 그 계파의 수장들에게 돌아갔고."

긴 설명을 마친 민머리 남자가 앞에 놓인 찻잔을 들어 입을 축였다. 양진삼 몫으로 나온 찻잔은 이미 빈 뒤였다. 그 찻잔은 어느 순간부턴가 양진삼의 손가락 위에서 뱅글뱅글 맴돌고 있었다. 그 찻잔이 허공에 그려 내는 위태로운 문양을 물끄러미 쳐다보던 양진삼이 입을 열었다.
"하면 비원이란 곳이 그 산로라는 자에 의해 조작된 천당이란 말이구려."
"조작된 천당? 자네는 직관적인 것을 좋아하는 사람 같군. 하긴 인간이 입에 담는 천당들 모두가 그들에 의해 조작되었다고 할 수 있겠지. 자네의 말에 동의하도록 하지."
양진삼은 손목을 가볍게 뒤집어 손가락 위로 돌리던 찻잔을 낚아챈 뒤, 가장 궁금해하던 것을 물었다.
"신응소와 국자감은 무슨 관계요?"
핵심에 가까운 질문이라서 그랬을 것이다. 민머리 남자는 선뜻 대답하지 않고 원탁 위에 깍지를 낀 자신의 양손을 내려다보았다. 자연스레 그 손으로 눈길을 준 양진삼은 저렇게 생긴 손을 어디선가 본 듯한 기분이 들었다. 억세면서도 섬세한 느낌을 주는 길쭉한 손가락. 추괴한 얼굴과는 어울리지 않게 깔끔히 정돈된 손톱.
검객의 손이다.
무양문에서 유일하게 마음을 트고 지내던 의형 제갈휘의 손도 바로 저렇게 생겼던 것이다. 문득 머릿속으로 터무니없는 생각 하나가 떠올랐다. 혹시 밀교의 법복을 입고 앉아 있는 저 민머리 남자 또한 제갈휘와 비슷한 수준의 절대 검호는 아닐까?
이윽고 민머리 남자가 입을 열었다.
"국자감이 이곳에 지어진 것은 서역의 응소가 토벌된 직후라

네. 공사 기간에는 정확히 십 년이 걸려 원나라 대덕大德 십 년 (1306년)에 완공되었지. 어떤가, 시기적으로 공교롭다는 생각이 들지 않는가?"

확실히 공교로운 면이 있었다. 양진삼이 고개를 끄덕이자 민머리 남자가 설명을 이어 갔다.

"당시 비영사의 사주는 신응소를 황제가 있는 대도大都(원나라의 수도, 지금의 북경)에 두길 원했네. 자객을 활용하여 대내외의 정적들을 효과적으로 제거하기 위해서는 아무래도 그럴 필요가 있었겠지. 게다가 지금과는 달리 원나라 시절의 국자감에는 이방의 문물을 받아들이기 위한 과목이 따로 마련되어 있었다네. 한족과 생김새가 다른 서역인들을 장기간 머물도록 하기에 그보다 좋은 장소는 없었을 걸세."

"하면 원나라 시절부터 국자감이 자객 집단의 본거지로 운영되고 있었다는 거요?"

민머리 남자가 씩 웃으며 덧붙였다.

"재미있지 않나, 최고 학부로 추앙받는 국자감이 실제로는 백오십 년 가까이 자객 양성소로 운영되어 왔다는 사실이. 집현문 안에서 공자왈 맹자왈 열심히 읊어 대는 헛똑똑이들이 알면 바지에 오줌을 지릴 일이겠지."

양진삼의 입장에서는 재미있기는커녕 오싹한 일이다. 민머리 남자의 말대로라면, 신응소가 이곳 북경에서 암약한 기간은 금의위의 그것보다 훨씬 오래되었다는 것. 그런데도 금의위에서는 비교적 최근에야, 그것도 비이목의 간자를 추적하는 과정에서 우연히 파악하게 되었으니…….

잠자코 두 사람의 문답을 경청하던 여자가 목이 기다란 서역풍의 찻주전자를 들어 양진삼의 빈 찻잔을 채우려 했다. 양진삼은 찻잔을 손바닥으로 덮어 사양의 뜻을 표했다. 내유奶油(버터) 맛이 강한 서역의 차는 입에 맞지 않았다. 여자는 아무 말 없이 찻주전자를 당겨 민머리 남자와 자신의 찻잔을 채웠다. 방 안에는 잠시 침묵이 흘렀다.

"설마하니 신응소의 자객들이 아직까지도 비원을 천당으로 믿고 있는 것은 아니겠지요?"

그러고도 한참이 지난 뒤에야 흘러나온 양진삼의 질문에 민머리 남자가 고개를 갸웃거렸다.

"그러면 안 되는 이유라도 있나?"

"신응소가 응소로 활동하던 그 옛날이라면 모를까, 지금이 어떤 시댄데 그런 얼토당토않은 말에 현혹된단 말이오?"

"지금이 어떤 시대냐고? 민초는 무지하고 권력자는 교활한 시대지. 옛날과 하나도 달라지지 않았어."

"하지만……."

민머리 남자가 손바닥을 들어 양진삼의 말을 막았다.

"알고 싶은 점이 그런 것은 아닐 텐데? 자네의 입장에서 볼 때 이곳은 적진 한가운데나 마찬가지 아닌가. 나 또한 이 비원에 있는 것이 눈에 띄면 곤란한 처지라네. 엉뚱한 이야기로 시간을 낭비하는 일은 피차 삼가도록 하세."

양진삼은 민머리 남자의 말에 동의했다. 이곳이 비원이고 비원이 국자감 경내에 있는 게 맞다면, 자신은 적진 한복판에 숨어 있는 셈이었다. 뜬구름 잡는 식의 이야기로 시간을 낭비하는 것은 현명하지 못했다.

"나와 싸운 낙타 대가리들은 신응소와 무슨 관련이 있소?"

민머리 남자가 우그러진 입가를 실룩거렸다. 그 모습이 마치 웃음을 참는 것 같았다.

"낙타 대가리라니, 자존자대한 그들이 들으면 참 좋아할 소리겠군. 올 초 북경에 들어온 천룡팔부중은 비각주 잠룡야가 안배한 몇 군데 장소에 분산되어 머물고 있다네. 그중 자네와 싸운 건달바와 긴나라緊那羅가 머무는 곳이 국자감의 내원, 즉 신응소지. 그들과 신응소의 관련성은 단지 그 정도뿐일세. 그러므로 자네가 그들에게 들켜 쫓기게 된 것은 무척 불운한 일이었다고 해야 할 것이네."

"불운?"

"하는 일 없이 밥만 축내며 허송세월한다고 산로가 그들을 얼마나 못마땅하게 보는 줄 아는가. 하필이면 그런 밥벌레 같은 자들에게 들켜 그 사단을 일으켰으니 불운하달 수밖에."

양진삼의 얼굴이 일그러졌다. 왠지 놀림을 당하는 듯한 기분이 들었기 때문이다. 어쨌거나 건달바와 긴나라, 그 이름들은 반드시 기억해 두겠노라 다짐했다. 상대가 불법을 수호하는 신장이건 국자감에서 빈둥대는 밥벌레건 빚을 진 이상 갚아야 하는 게 장부였다. 그런 양진삼의 얼굴을 재미있다는 듯한 눈길로 쳐다보던 민머리 남자가 주의를 환기하듯 한결 가벼운 투로 말했다.

"자, 이제 자네의 궁금증은 그런대로 해소된 것 같군. 이번에는 내 쪽에서 묻고 싶은 것이 두 가지 있는데, 대답해 줄 수 있겠나?"

이는 공정에 관한 문제였다. 주는 것이 있어야 받는 것도 있는 법. 천하삼위天下三危라고, 공 없이 녹만 바라면 맹자님이 염려하신다.

"좋소, 성심껏 대답해 드리다."

"첫 번째 질문일세. 지난달 고사추 쪽에 흘린 성왕의 귀환로에 관한 정보는 금의위에서 기획한 함정이었나?"

성심껏 대답하겠다고 말하긴 했지만 시작부터 저렇게 곤란한 질문을 던져 대는 것은 곤란하지 않나 싶었다.

"그건 어찌 아셨소?"

"추론하기는 그리 어렵지 않았네. 누군가 국자감에 잠입했다는 소식을 들었을 때, 나는 그 직전에 국자감을 찾아온 사람과 만나는 중이었거든. 그 사람이 그날 밤 다녀온 곳이 바로 통정원 참의 고사추의 집이었지. 만일 잠입자가 그 사람을 미행하다가 국자감에 들어온 것이라면, 고사추에게 무슨 문제가 생겼다는 증거로 그보다 더 확실한 것은 없지 않겠나."

양진삼은 논리성과는 어울리지 않는 민머리 남자의 추괴한 얼굴을 빤히 쳐다보았다. 비각의 끄나풀로 의심되는 고사추에게 미끼를 던짐으로써 비각에서 성왕의 암살을 기도하고 있다는 사실을 밝히겠다는 계략은 본래 그의 머리에서 나온 것이다. 그 계략을 저리 간단히 간파당했으니 생각 같아서는 살인멸구라도 하고 싶은 심정이었다.

그런 심정이 눈빛에 드러나기라도 했는지 민머리 남자가 가볍게 손사래를 쳤다.

"그렇게 무서운 눈으로 쳐다보지는 말라고. 이 생각을 입 밖에 꺼낸 것은 지금이 처음이니까."

양진삼은 한숨을 쉬었다.

"당신이 비각에서 그리 중요한 역할을 맡고 있지 않으면 좋겠다는 생각이 드는구려."

"뭔가를 오해하고 있는 모양이군. 나는 잠룡야의 지시를 받는 사람이 아니네."

양진삼으로서는 의외로운 대답이 아닐 수 없었다.

"그렇다면 누구의 지시를 받고 있소?"

양진삼이 추궁하는 눈길을 보내자 민머리 남자가 두 손을 다시금 천천히 깍지 끼며 곤란하다는 투로 대답했다.

"나에 관해서는 그 이상 얘기해 주지 못하는 것을 이해해 주기 바라네."

"신비한 척하는 것을 무척 좋아하는 모양이오."

양진삼의 투덜거림에 민머리 남자는 뜻밖에도 우울한 표정을 지었다.

"나는 신비한 척하는 것을 좋아하지 않네. 오히려 그렇게 할 수밖에 없는 처지를 비통해하고 있지. 그 점은 여기 있는 화 누이가 증명해 줄 걸세."

덩달아 우울하게 변한 여자의 얼굴로 미루어 민머리 남자의 말이 거짓이 아님을 알 수 있었다.

"이제 두 번째 질문을 해야겠군."

민머리 남자가 헐렁한 법복 소매에서 뭔가를 꺼내어 원탁 위에 올려놓았다.

"이 물건의 주인을 아는가?"

그 물건을 내려다본 양진삼이 눈살을 찌푸렸다.

"이 물건을 왜 당신이 가지고 있는 거요?"

"아는 모양이군."

"내 질문에 먼저 대답하시오. 이 물건을 왜 당신이 가지고 있는 거요?"

그것은 메추리알보다 조금 큰 쇠구슬 두 알이었다. 손때가 반질반질한 저 쇠구슬이 누구의 것인지 양진삼은 잘 알고 있었다. 금의위 십대사령 중 하나인 장과두. 개인적으로 친하지는 않지만 그래도 여러 번의 작전을 통해 손을 맞춰 본 경험이 있는 수하였다. 민머리 남자를 향한 양진삼의 말소리가 딱딱하게 맺혀 나오는 것은 당연한 일이었다.

"금의위의 부영반 나리께서는 너무 쉽게 흥분하는 경향이 있군. 하지만 질문에는 대답해 주겠네. 두 시진쯤 전 국자감에 누군가 잠입했네. 사흘 전 자네가 들어온 곳과 같은 경로였지. 그런데 그 친구도 자네만큼이나 운이 나빴던 모양이야. 공교롭게도 밤 산책을 하던 긴나라에게 발각되고 말았으니까."

양진삼은 입술을 깨물었다. 장과두가 국자감에 잠입한 이유는 직접 물어보지 않아도 충분히 짐작할 수 있었다. 자신이 사흘씩이나 복귀하지 않자 상부에서 조사를 지시했을 테고, 그 지시를 받은 장과두는 자신이 미행 중에 남긴 비표들을 추적한 끝에 이 국자감으로 잠입한 것이리라.

"이 쇠구슬들은 내 수하가 무기로 쓰는 물건이오. 그는 지금 어떻게 되었소?"

"긴나라는 야차만큼이나 난폭하지. 때마침 그 장소에 건달바가 나타나지 않았다면 머리통이 으스러졌을 걸세. 그래도 건달바에게는 불제자로서의 면모가 조금은 남아 있거든."

양진삼은 사흘 전에 싸운 두 명의 낙타 대가리들을 떠올렸다. 민머리 남자에게 들은 이야기로 미루어 맨손으로 괴이한 장력을 뿜어 대는 쪽이 건달바고 굵직한 금강저를 휘두르던 쪽이 긴나라 같은데, 불제자로서의 면모는 어느 쪽이든 찾아보기 힘들 것 같았다. 그런 회상을 하는 동안 민머리 남자의 말이 이어졌다.

"하지만 목숨을 건진 것이 과연 다행이라고 해야 할지 모르겠군. 이 신응소 안에는 고문의 필요성을 인정하는 자들이 꽤나 많이 있으니까."

"고문······."

양진삼이 무겁게 뇌까렸다. 밀정이란 눈사람과 같은 존재다. 햇볕에 노출되면 소멸되어 버리는 것이다. 소멸 과정이 고통스럽지 않기를 바라는 것은 모든 밀정들의 공통된 마음이지만 그 바람은 좀처럼 이루어지지 않는다. 밀정에게 가해지는 고통의 세기와 밀정으로부터 흘러나오는 정보의 양은 비례하기 때문이다. 그래서 많은 밀정들은 고통스럽지 않은 소멸을 위해 자결용 도구를 품고 다닌다. 그 점은 금의위의 사령들도 마찬가지다. 그러나 장과두에게는 그 도구를 사용할 기회조차 주어지지 않은 듯. 상대가 금강저를 휘두르며 난폭하게 날뛰던 그 긴 나라라면 장과두의 실수라고만은 할 수 없는 일이었다.

"그는 지금 어디 있소?"

한동안 침묵하던 양진삼이 물었다.

"뇌옥에 갇혀 있네."

"국자감 내에 뇌옥이 있단 말이오?"

"순진한 질문이군. 뇌옥은 국자감이 건설된 백오십 년 전부터 존재해 왔네. 황제가 강연을 듣는 옹관의 지하에 있지."

"옹관의 지하?"

양진삼의 눈이 반짝였다.

"옹관의 지하."

민머리 남자가 의미심장한 말투로 다시 한 번 확인해 주었다. 잠시 생각하던 양진삼이 다시 물었다.

"설마하니 심문을 벌써 끝낸 것은 아니겠지요?"

"심문은 아직 시작하지 않았네. 때마침 산로가 자리를 비웠거든. 이틀이 지난 뒤에야 돌아올 예정이니 심문은 일러도 초엿새쯤에나 진행되지 않을까 싶네."

"초엿새라."

고개를 숙이고 뭔가를 궁리하던 양진삼이 자리에서 일어섰다.

"이곳에 오래 머물면 피차 이로울 것이 없을 것 같소. 나는 이만 가 보도록 하겠소."

양진삼은 두 사람을 향해 포권을 해 보였다. 민머리 남자는 마치 그만 놀고 집으로 돌아가겠다는 이웃 친구를 배웅하듯 가볍게 고개를 끄덕였다.

"나로서도 화 누이의 방에 외간 남자가 오래 머무는 것은 달가운 일이 아니니 더 있으라고 붙잡지는 않겠네. 아, 그리고……."

민머리 남자가 법복의 소매 속에서 뭔가를 한 움큼 꺼내 양진삼에게 내밀었다.

"자네 물건일세. 하마터면 옷과 함께 태워 버릴 뻔했지. 천하에 이름 높은 쾌찬이 수태를 바라는 아녀자처럼 안감에 이런 것을 꿰매고 다니는 줄은 몰랐네."

민머리 남자가 내민 물건은 금의위 부영반의 신분을 나타내는 동패 하나와 누런 종이 쪼가리 위에 붉은 주사로 그린 부적이었다. 양진삼은 쓴웃음을 지으며 동패와 부적을 받았다. 귀월 동북방에 낀 천중살을 막아 준다는, 그 이름도 대단한 종규참귀척사신부. 천중살인지 뭔지는 몰라도 이만하면 대충 넘겼다고 할 수 있으니 아내가 부적을 만드는 데 들인 거금이 헛돈만은 아니라는 생각도 들었다.

동패와 부적을 아무렇게나 움켜쥔 채 창문 쪽으로 걸어가던 양진삼이 창문을 열기 직전 고개를 돌려 민머리 남자를 쳐다보았다.

"은인의 이름도 알지 못한 채 떠날 뻔했구려. 다음에 만날 땐

뭐라고 부르면 되오?"
"바르라고 부르게. 그렇게 불린 지 제법 되니까."
민머리 남자가 손을 흔들며 대답했다.

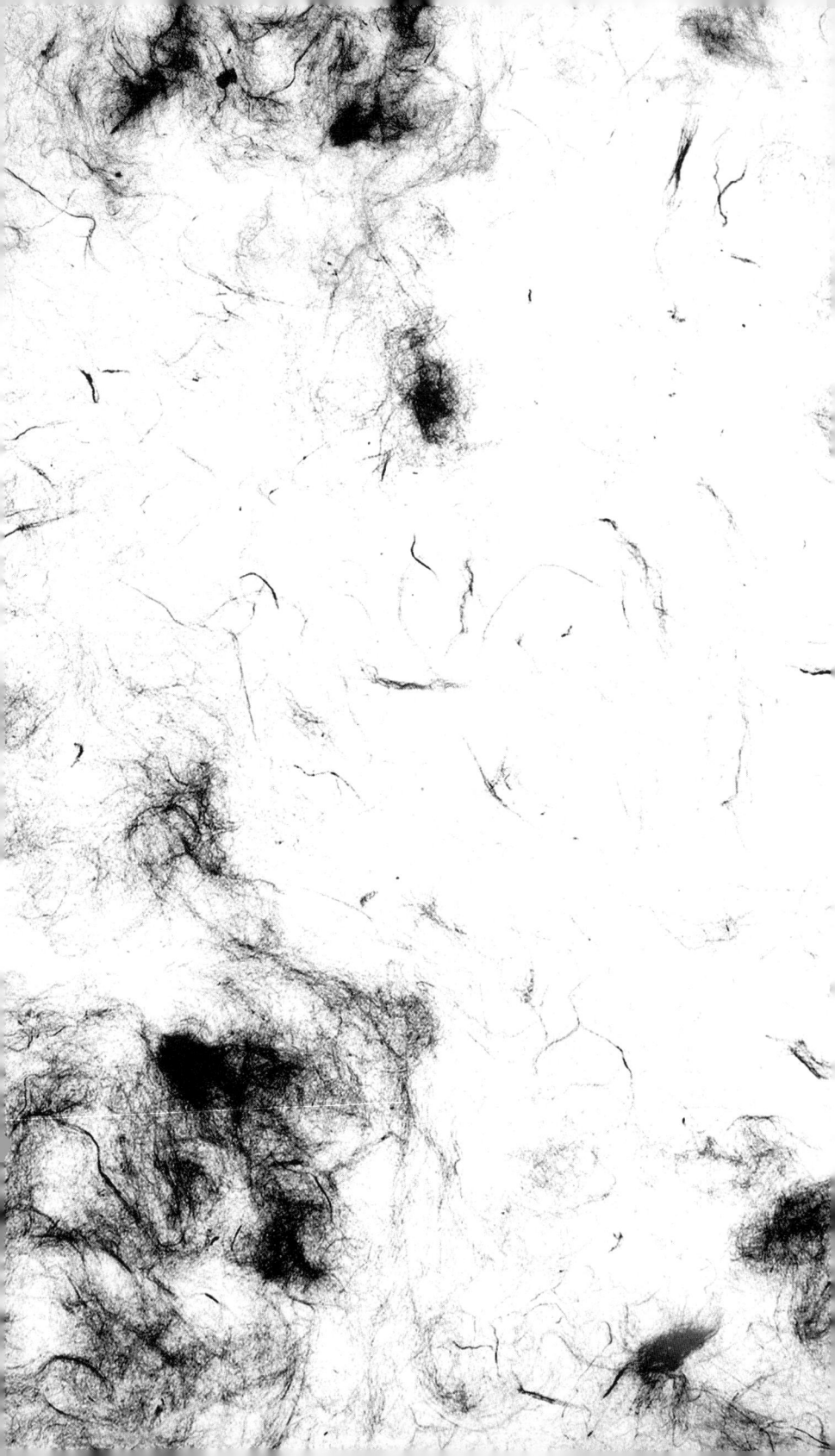

관계 關係

(1)

"대인께서는 지금 처소를 비우셨습니다."

말투만 놓고 보면 비교적 공손하다 할 수 있었다. 하지만 빳빳하게 세운 목과 허리, 활짝 편 가슴은 윗사람을 대하는 태도라고 보기 힘들었다. 게다가 그런 태도로 서 있는 위치가 하필이면 건물의 입구를 정면으로 가로막는 곳이었으니, 비록 말투는 공손해도 저 안쪽으로는 절대로 들여놓지 않겠다는 뜻을 의식적으로 드러내고 있는 셈이었다.

이명은 자신의 앞에 버티고 선 사내를 물끄러미 쳐다보았다. 나이는 삼십 대 중반쯤이나 되었을까. 정수리에서 묶은 몽치 상투며 얇게 빠진 얼굴선, 거기에 아래위 청일색으로 통일한 깔끔한 의관 등이 무인보다는 선비의 분위기를 풍기고 있었다. 하지만 저 사내는 무인이었다. 그것도 홍안의 시절부터 조공爪功으로 명성을 날린 고수급 무인. 그러므로 지금 사내가 왼손에 받쳐 든 물건은 사내의 외양만큼이나 사내와는 어울리지 않는다 할 것이다.

이명은 시선을 천천히 위로 올렸다. 청의 사내의 몽치 상투 너머, 나뭇결무늬를 잘 살린 송판 위에 엄숙한 필획으로 '인검원忍劍院'이라는 세 글자를 새겨 넣은 금장 현액이 시선에 들어왔다.

인검. 인내하는 검.

그 검은 대체 무엇을 인내하는 것일까? 처음 저 현액을 보았을 때부터 궁금히 여기던 점이지만 그 검의 주인에게서는 아무런 대답도 들을 수 없었다. 스스로 대답하기를 원치 않으면 천하의 누구도 그에게서 대답을 들을 수 없었다. 그 검의 주인은 그만큼이나 독보적인 사람이었다.

"안에서 기다리면 안 되겠는가?"

인검원 문 앞에 서서 잠시 고민하던 이명이 혹시나 하는 심정으로 청의 사내에게 물었다. 하지만 청의 사내는 낯빛 하나 바꾸지 않고 대답했다.

"올해 초 대인께서는 당신께서 비우신 처소에 다른 사람을 들이지 말라는 지시를 내리셨습니다."

하는 말만 다를 뿐 앞서와 똑같은 공손한 말투요, 완강한 태도였다. 그때 이명의 등 뒤에서 카랑카랑한 고함 소리가 터져 나왔다.

"무엄하다! 이분이 뉘신 줄 몰라서 하는 소린가! 자네가 모시는 저 집의 주인이 상관으로 섬기는 분이시다!"

이명은 눈썹을 찡그리며 뒤를 돌아보았다. 그곳에는 노기로 붉게 물든 초로인의 성마른 얼굴이 자리하고 있었다.

귀문도鬼紋刀 우낙禹洛.

몰락한 화산파의 반도로 한때 산서 방면에서는 알아주던 마두였다. 그런 우낙을 이명이 비복처럼 부리기 시작한 것은 일 년쯤 전의 일. 하지만 이명의 뜻과는 무관했다. 임무에 실패한 데 대한 징계를 받아 비영 직위를 박탈당한 우낙 스스로가 원하여 시작한 일이었으니까. 잃어버린 권력에 대한 인간의 집착이란 이만큼이나 절박했다. 한 사람의 당당한 강호인을 잠깐 사이에 천한 비복으로 자락시키고 마는 것이다.

우낙의 호가호위식 질타에도 청의 사내는 꿈쩍하지 않았다.

"대인께서는 누구를 섬기는 분이 아니오."

이명은 작게 고개를 끄덕였다. 맞는 말이라는 생각이 들었기 때문이다. 사십구비영 중에서도 상위의 열 명은 비각주조차 부린다고 표현할 수 없을 만큼 특별한 존재들이었고, 그중에서도 가장 독보적인 존재는 일비영인 자신도 아니요 이비영인 문강도 아닌, 저 청의 사내가 상전으로 모시는 삼비영, 강호에 이름 높은 검왕 연벽제인 것이 사실이니까.

하지만 이어진 청의 사내의 말은 이명이 듣기에도 도발을 목적으로 한 것이 분명했다.

"누구를 섬기는 사람으로서 충고 하나 하리다. 주인의 위세를 빌려 앞으로 나서기를 좋아한다면 아마도 착한 종 소리는 듣기 어려울 것이오."

"네가 감히!"

아니나 다를까, 우낙이 당장 발끈했다. 이명은 오른손을 슬며시 뒤로 내저어, 허리춤의 칼자루를 잡아 가던 우낙을 만류했다. 답답한 마음이나 풀어 볼까 하는 생각에 찾아온 길이 아니던가. 스스로 비루해진 자의 얄팍한 자존심으로 인해 남의 집

문전에서 소란을 일으키고 싶지는 않았다.
"두전, 자네와 내가 처음 보는 사이도 아닌데 너무 야박하다는 생각이 드는군."
은근한 눈길 한 번으로 우낙의 경망함을 질책한 이명이 다시 청의 사내를 돌아보며 말했다. 그러자 청의 사내, 두전이 허리를 정중히 구부렸다.
"심기를 어지럽혔다면 사과드리겠습니다."
"그만두세. 사과할 일까지는 아니니."
가볍게 손을 내저은 이명은 두전이 허리를 펼 때까지 기다렸다가 다시 물었다.
"처소를 비웠다면 그는 지금 어디에 있는가?"
"대인께서는 연무장에 계십니다. 잠시 후면 연무를 마치실 테니 원하시면 제가 안내해 드리겠습니다."
이명은 두전이 왼손에 들고 있는, 두전과는 어울리지 않는다 여긴 물건에 다시금 눈길을 주었다. 요리 두 가지가 올라갈 만한 크기의 은쟁반. 그 위에는 목이 기다란 사기병 하나와 잘 개킨 수건 한 장이 올려 있었다. 사기병 표면에 송알송알 맺힌 물방울들로 미루어 그 안에는 더위를 씻어 줄 시원한 물이 들어 있을 것 같았다. 여기서 빙고氷庫까지는 가까운 거리가 아닐 텐데, 하는 생각이 문득 떠올랐다.
"자네에게 그런 수고까지 시키고 싶지는 않구먼. 안으로 들어가지 않고 여기서 기다리고 있을 테니 다녀오도록 하게."
만일 두전이 이 말을 믿지 않고 계속 문 앞을 지키고 서 있다면 그 또한 민망한 일일 터. 다행히 두전은 이명의 말을 믿어 주는 눈치였다.
"그럼 다녀오겠습니다."

두전이 다시 허리를 숙였다. 그 뒤통수를 내려다보노라니 자신의 말을 믿어 준 데 대한 보답이 필요할 것 같았다. 이명은 우낙을 돌아보며 말했다.
"우 노인은 이만 돌아가도록 하시오."
우낙의 얼굴이 일그러졌지만 이명은 개의치 않고 고개를 돌렸다. 탐탁지 않은 얼굴을 치워 주는 것 정도면 보답이 되겠지.

우낙을 돌려보내고 일각쯤이나 지났을까.
"이 형을 바깥에서 기다리게 만들다니 결례가 이만저만이 아니외다."
두전을 꼬리처럼 달고 나타나 털털한 말투로 인사를 건네는 삼비영 연벽제에게선 열기 섞인 짙은 땀 냄새가 풍겨 왔다. 그 냄새를 맡으며 이명은 스스로 저렇듯 땀을 흘려 본 적이 언제였더라 기억을 더듬어 보았다. 그가 이곳 태원에서의 사업을 본격적으로 주관하기 시작한 것은 부친이 북경 국림장菊林莊에 완전히 터를 잡은 칠 년 전의 일. 그 후로 흥이 올라 몇 차례 장을 날리고 칼을 휘두른 적은 있지만 탁마하는 자세로 연무에 매진한 기억은 떠오르지 않았다.
그런 생각을 하다가 이명은 픽 실소하고 말았다. 태원에서의 사업이란 것도 따지고 보면 이비영을 맡고 있는 문강이 도맡아 처리해 왔다고 할 수 있으니, 나란 놈은 문무 양면에서 별로 해 놓은 일도 없이 그저 불한당不汗黨처럼 허송세월만 했구나 싶은 자조감이 든 것이다.
"때를 못 맞춘 내 잘못인데 누구를 탓하겠소."
이명의 열없는 대꾸에 연벽제는 목덜미에 걸고 있던 수건을 잡아 땀으로 번들거리는 얼굴을 슥슥 훔친 다음 뒷전에 서 있는 두전에게 내밀며 말했다.

"아시다시피 이 친구가 좀 벽창호 같은 기질이 있소. 따지고 보면 이 인검원도 이 형 집으로부터 빌려 쓰는 것이나 마찬가진데, 집주인 어려운 줄 모르고 출입을 가로막다니, 원."

"빌려 쓰다니 감당키 힘든 말씀이오. 천하의 검왕이 머물겠다면 제집 안방이라도 내놓겠다는 사람이 줄 섰을 것이오."

"하하, 문간에 서서 서로 보비위나 맞추고 있다니, 이거 우리가 꼭 늙은이라도 된 기분이오. 일단 들어갑시다. 두전, 자네는 주방에다 주안상을 봐 달라고 일러 주게나."

지시를 받고 고개를 숙이는 두전에게 이명이 말했다.

"아니, 술은 됐고, 차나 한잔 내주게나."

두전이 연벽제를 돌아보자 이명이 덧붙였다.

"연 형이 오래전에 술을 끊었다는 얘기는 기억하고 있소. 주인을 앞두고 홀로 술잔을 기울일 만큼 호방하지 못한 이 사람을 이해해 주시오."

연벽제의 눈가가 슬쩍 경직되었다가 풀렸다.

"별걸 다 기억하고 계셨구려. 뭐, 독작은 확실히 재미없긴 하지. 두전, 다과로 준비해 주게."

"알겠습니다."

수건과 자기병을 은쟁반에 받쳐 든 두전이 문 안으로 총총히 들어갔다.

"자, 안으로."

연벽제가 빙긋 웃으며 손바닥을 뻗어 열린 문 안을 가리켰다. 이명은 고개를 끄덕인 뒤 천천히 발을 떼어 참으로 넘기 힘든 인검원 문지방을 넘어섰다.

"한인閑人의 누추한 처소에 발걸음하신 까닭이 무엇인지 몹시 궁금하오."

인검원 내에 마련된 아담한 빈실.

주인의 성정을 빼닮은 듯 모든 집기들이 검박했다. 은행나무 밑동을 통으로 다듬어 만든 둥근 탁자를 가운데 두고 연벽제와 마주 앉은 이명은 실내를 둘러보던 시선을 연벽제에게로 느릿하게 고정시켰다.

"딱히 용무랄 것은 없소. 그저 마음이 울적해 연 형의 얼굴이나 한번 보고 싶었을 뿐."

연벽제가 눈썹 끝을 쫑긋거렸다.

"허, 이 사람은 부자도 아니고 미인은 더더욱 아닌데, 가난뱅이의 수염 난 얼굴을 가지고 울적한 마음을 어떻게 달래시겠다는 거요?"

"그러게 말이오. 갑자기 그런 생각이 드는 걸 보니 나도 늙은 모양이오."

이 말은 진심이었다. 이명은 지난 보름을 보내는 동안 자신이 폭삭 늙어 버린 것 같은 기분에 종종 사로잡혔던 것이다.

"물론 오십을 두고 젊다 할 수는 없겠지요. 하지만 이 형 같은 분이 그리 말씀하시면 동의하지 않을 사람이 많을 게요. 게다가 우리는 동갑내기 아니오. 자랑 같지만 이 연 모는 아직 늙었다고 생각해 본 적이 한 번도 없소이다."

말을 마친 연벽제가 찻잔을 들었다. 하지만 그 안에 든 것은 찻물이 아닌 맹물이었다. 끊은 것이 비단 술만이 아니었던가 싶은 의문이 들었지만, 중요한 문제는 아니었다. 함께 찻잔을 들어 입을 축인 이명이 작게 한숨을 내쉬고는 말했다.

"아마도 연 형이 자식을 키워 보지 않아서 그럴 거요."

찻잔을 내려놓던 연벽제의 손길이 뚝 멎었다.

"사비영에게 무슨 문제라도 생겼소?"

사비영 이군영은 이명의 독자였다. 잘생기고 똑똑하고 심지 또한 굳센, 그래서 단점을 집어내기 힘든 훌륭한 청년이었다. 이것은 아비의 눈으로 바라본 평가가 아닌, 이군영을 아는 모든 이들의 의견이었다. 보름 전까지는 최소한 그랬다.

"군영이는 지금 역천뢰逆天牢에 있소."

연벽제가 고개를 갸웃거렸다.

"역천뢰라면 바로 사비영이 관장하는 곳 아니오. 자신이 관장하는 곳에 가 있는 것이 무슨 문제라고 그러시는 거요?"

"업무를 보기 위해 역천뢰에 있는 것이 아니라 역천뢰의 옥방 안에 갇혀 있다는 말이오."

잠시 어이없다는 표정이 되었던 연벽제가 다시 물었다.

"그것참 우습구려. 역천뢰의 책임자를 역천뢰에 가둔 대단한 사람이 대체 누구요? 이비영이오? 아니면…… 설마 노각주께서?"

이비영 문강이나 노각주인 부친께서 그랬다면 별로 우스운 일은 아닐 것이다. 이명은 씁쓸히 대답했다.

"정말 우습지요. 다른 사람이 아닌 군영이 본인이니까."

연벽제가 이번에는 눈을 크게 뜨고 황당하다는 표정을 지었다. 맞다. 그것은 우습고도 황당한 일이었다.

"금부도에 파견되었던 팔비영이 보름 전에 각으로 돌아온 것은 연 형께서도 아시리라 믿소."

비영 서열 팔 위, 팔비영은 초혼귀매를 별호로 쓰는 진금영이었다. 십영회의에 참가할 자격이 있는 상위 열 명의 비영들 중 홍일점이기도 했다.

"팔비영은 벌을 자청했소. 주장 된 몸으로 작전에 나서서 강호육사의 한 곳인 낭숙을 포함, 함께 간 동료들까지 모두 잃고 혼자 살아 돌아온 죄를 감당하겠노라 했소. 한데…… 그 벌을 내리는 주체가 바로…….''

이명이 쉽사리 말을 잇지 못하자 연벽제가 팔짱을 끼며 무거운 콧숨 소리를 냈다.

"흐음, 각의 형옥을 관장하는 것은 역천뢰를 담당하는 사비영이지. 사비영이 곤란한 입장이 되었구려. 그가 팔비영에게 호감 이상의 감정을 품고 있다는 것은 알 만한 사람은 다 아는 얘기니까."

상담해 주는 쪽에서 저렇게 앞질러 말해 주니 이명 입장에서는 오히려 홀가분했다.

"말씀대로요."

빈 찻잔을 만지작거리던 이명이 이야기를 이어 갔다.

"이비영인 문 아우는 팔비영에게 합당한 벌을 내려야 한다고 주장했지만, 군영이는 그의 의견에 동의하지 않았소. 남패 무양문과 석대…… 음, 그 혈랑곡주의 후인이 금부도 건에 개입한 이상 팔비영으로서는 불가항력이었다는 것이 군영이가 펼친 변론이었소."

도중에 잠시 머뭇거린 것은 이 대 혈랑곡주인 석대원과 연벽제의 관계를 떠올린 때문이었다. 하지만 연벽제의 표정에서는 어떠한 동요의 기미도 드러나지 않았다. 저럴 때는 정말 강철 기둥처럼 보인다는 생각을 하며, 이명이 말을 이어 갔다.

"작전에 대한 평가를 내리는 문 아우와 각의 형옥을 관장하는 군영이의 의견이 갈린 이상 최종적인 결정은 일비영의 자리에 앉은 내 몫으로 돌아오게 되었소. 그리고 나는…… 연 형도 아시겠지만 불편부당한 판관은 못 되는 못난 사람이라오."

연벽제는 팔짱을 풀며 빙긋 웃었다.

"바로 그런 인간적인 점이 이비영과는 구별되는 이 형 특유의 매력이겠지요."

칭찬으로 한 말이겠지만 이명은 부끄러움을 느꼈다. 사십구 비영의 수좌인 일비영의 입장에서는 칭찬으로 들을 소리만은 아니었기 때문이다.

"팔비영은, 그 인연을 세세히 설명할 길이 없어서 연 형은 이해하기 힘들 것이라 생각하지만, 금영이는 내게 있어서 자식과도 같은 아이라오."

지이이익.

매끄럽고 단단한 물체의 표면이 깎여 나가는 듯한 소리가 작게 울렸다. 이명은 만지작거리던 찻잔에서 손가락을 떼어 냈다. 옛 인연을 떠올린 순간 무의식적으로 손가락 끝에 힘이 들어간 모양이었다. 그리고 그는 또 한 번 자조했다. 밀종密宗 오백 년 적공이 담긴 절세의 옴다라니진력唵多羅尼眞力으로 찻잔 표면이나 긁고 있는 것을 안다면 이를 전수해 주신 부친께서는 결코 달가워하지 않을 터였다.

연벽제는 짐짓 아무것도 못 본 체 맹물이 담긴 찻잔을 입가로 가져갔다. 이명이 찻잔을 슬그머니 밀어내며 말을 이었다.

"결국 나는 처소에서 근신하는 선에서 금영이에 대한 징계를 마무리 지었소. 솔직히 그 아이를 금부도로 보낸 것에는 내 입김도 작지 않게 작용했으니, 그 아이 탓만 할 수도 없는 노릇이었소. 내가 내린 결정에 대해 문 아우는 내심 불만스러워하는 눈치였지만 내 체면을 고려해 그 정도는 눈감아 주리라 믿었소. 뭐, 실제로도 그랬고."

"그 정도라고요? 후후, 이비영의 성정으로 미루어 이 형에게 대단한 양보를 해 준 것 같소만."

연벽제의 말에는 약간의 풍자가 섞여 있었다.

사실 삼비영 연벽제와 이비영 문강의 관계는 그리 우호적이지 않았다. 그렇다고 해서 대놓고 반목한 일 또한 한 번도 없으니 나쁜 관계라고 보기도 어렵고, 뭐랄까, 세상의 낮과 밤을 각기 지배하는 태양과 달의 관계 같다고나 할까, 양측 모두 지나치게 강렬한 개성을 가지고 있는 탓에 본질적으로 섞이지 못하는 불가양립不可兩立의 관계가 되어 버린 것 같았다. 그들과 비교할 때 이명 본인의 개성은 지극히 평범하다고 할 수 있었다. 덕분에 그들로부터 상급자로 인정받을 수 있는지도 모른다는 생각을 하며, 이명이 말했다.

"정작 문제는 금영이 그 아이였소. 그 아이는 내 처분을 받아들이려 하지 않았소. 소복으로 갈아입고 스스로 역천뢰 문 앞으로 나아가더니 머리 풀고 무릎 꿇고 엎드려 뇌옥 안에 갇히기를 청하였소. 군영이가 대체 왜 이러는 거냐며 눈물로 호소했지만 하루가 지나고 이틀이 지나도록 그렇게 엎드려 식음을 전폐한 채 꼼짝도 하지 않으니……. 결국 사흘째가 되자 보다 못한 군영이는 그 아이를 뇌옥에 가둘 수밖에 없었소. 뇌옥 밖에서 송장이 되는 꼴은 보고 싶지 않았을 테니 그럴 수밖에 없었을 게요. 그러고는 군영이 자신도……."

"팔비영을 따라 뇌옥 안으로 스스로 걸어 들어갔다 이 말이로구려."

연벽제의 말에 이명은 고개를 끄덕였다.

"옆 옥방에 들어 있더구려. 간수에게는 금영이의 옥방에 들어가는 것과 똑같은 음식을 넣어 달라고 했다던가. 어릴 적부터

금영이를 친누이처럼 살갑게 아끼고 자란 아이인 줄은 알지만, 마음을 준 정도가 이렇듯 지극할 줄은 몰랐소."

그래서 황당하다는 거다. 이군영의 주장인즉, 심신의 상태가 온전치 않은 팔비영에게 금부도행을 권한 사람이 자신인 만큼 그 벌을 나눠 받아야 한다는 것인데, 죄목의 사실 여부는 접어 두고라도 형옥을 관장하는 자가 스스로를 고발하고 스스로를 재판한 후 스스로를 대상으로 집행까지 마쳐 버리니 주위에서 끼어들 여지는 전혀 없었던 것이다.

연벽제가 콧수염을 만지작거리다가 불쑥 물었다.

"이 형께서는 이 연 모가 무엇을 해 주기를 바라시오?"

이명은 한동안 주저하다가 입을 열었다.

"그놈이 연 형을 사부처럼 여기고 있다는 것을 알고 있소. 연 형에게는 천하의 모든 청년 무인들에게 우상으로 추앙받을 만한 자격이 있다는 점, 솔직히 인정하는 바요. 바라건대 연 형이 그놈을 설득해 주시오. 일비영이랍시고 앉아 있는 이 아비가 못난 것도 모자라 형옥을 관장하는 자식까지도 저렇게 못난 짓을 저지르고 있으니, 이러다간 조직의 규율이 엉망이 되지 않을까 걱정되오."

이명은 연벽제와 처음 만난 십이 년 전의 그날 이후로 줄곧 질투심 비슷한 감정을 느끼고 있었다. 그의 눈에 비친 연벽제는, 비유하자면 절대로 깨지지 않는 강철 기둥 같은 남자였다.

연벽제는 강하고 올곧고 현명했다. 어떤 어려운 임무에도 실패하지 않았고 마주치는 모든 싸움에서 굳건히 승리했다. 범부—이명은 스스로를 그렇게 규정했다—의 입장에서 동갑내기인 절대 강자를 지근에서 지켜봐야 하는 심정은 실로 복잡할 수밖에 없었다. 그런 마당에 하물며 윗자리까지 차지하고 있으려

니, 그 질투심이 자괴감의 다른 발로는 아닌지 의심스러울 지경이었다. 그런 연벽제에게 뭔가를 부탁한다는 것은 참으로 어려운 일이 아닐 수 없으련만, 부모 된 죄란 게 뭔지 일단 입 밖에 꺼내자 의외로 술술 흘러나왔다.

"남의 자식 패 죽여 달라는 부탁이면 생각을 좀 해 봐야겠지만, 찾아가서 입품이나 팔아 달라는 얘긴데 힘든 게 무에 있겠소? 역천뢰 구경을 할 기회가 흔한 것도 아니니 오늘 중에 들르도록 하리다."

연벽제가 대수롭지 않다는 양 어깨를 으쓱거리며 승낙했다.

"고맙소, 연 형."

이명은 진심을 담아 고개를 정중히 숙였다. 이 인검원에 올 때 품은 울적한 마음이 연벽제와 대화를 나누는 사이 많이 풀린 것을 알 수 있었다. 근심은 나눌수록 줄어든다는 말도 이래서 나온 모양이었다.

(2)

회칠을 한 나무살창 사이로 은고리 같은 초승달이 말간 빛을 뿌리고 있었다.

실내는 희뿌연 수증기로 가득했다. 그 가운데 놓인 측백나무 욕조 수면 위에는 지난겨울 국립장에서 보내온 잘 말린 국화 꽃잎들이 황갈색 문양을 그리며 떠다니고 있었다.

국화 향에 실린 여름밤의 정취가 잔물결처럼 일렁이는 욕실.

이군영은 더러워진 물을 다섯 번이나 갈아 가며 정성 들여 몸을 씻었다. 결벽증에 가까울 정도로 깔끔한 것을 좋아하는 그에게 있어서 지난 열흘간의 수감 생활은 참으로 견디기 힘든 고역이 아닐 수 없었다. 곰팡이와 거미줄로 지은 것 같은 석벽과 정체불명의 오물들로 더럽혀진 바닥은 그러려니 하는 마음으로 견뎠다. 혐오스러운 소음을 내며 어둠 속을 기어 다니는 쥐와 벌레 들까지도 어찌어찌 참아 낼 수 있었다. 하지만 의식하지 않으려고 아무리 노력해도 뇌막 속까지 저절로 흘러드는 것 같은 지독한 인분 냄새만큼은 정말이지……. 코를 잘라 버리고 싶은 충동마저 불러일으킬 정도였다. 그 지옥 속에서 토하지 않고 버틴 것이 스스로 생각해도 대견했다. 만일 그랬다면 수하로 부리는 간수들 보기에 여간 부끄러운 일이 아닐 테니까.

"부끄럽기보다는 곤란한 일일까."

이군영은 자조가 실린 혼잣말을 중얼거렸다. 형옥을 관장하는 자가 짧은 옥방 경험에 이리 진저리를 친다는 것은 확실히 곤란한 일이었다. 하지만 처녀처럼 깔끔 떠는 이놈의 천성이 쉬 바뀌지도 않을 테고……. 그는 욕조 가장자리에 괴고 있던 목덜미에서 힘을 빼며 뜨거운 물속으로 머리통 전체를 담갔다. 좁쌀처럼 자잘한 물거품들이 수염이 덥수룩이 돋아난 두 뺨을 간질이며 수면을 향해 보글보글 올라갔다.

……나중에 문 숙부를 뵈면 사비영 자리에서 물러나겠다고 말씀드려야겠군.

권세 높은 조부와 부친을 둔 자의 오만이라고 해도 좋았다. 덕분에 비영 서열 따위, 애초부터 별 관심이 없었으니까. 누가 좋을까? 맞아. 칠비영 패륵이라면 역천뢰의 새 옥사장으로 적임일 것이다. 생긴 것부터가 염라국 귀졸鬼卒 상이니까.

"소야少爺, 목욕물을 한 번 더 갈아 올릴까요?"

욕실 문 밖에서 늙은 시녀의 목소리가 들려왔다. 물 밖으로 고개를 내밀고 어떻게 할까 망설이던 이군영은 이내 마음을 정

했다. 뜨거운 물에 이만큼 몸을 담갔으니 냄새는 충분히 빠진 것 같았다. 남은 일은 열흘 동안 멋대로 자란 수염을 깎는 것 정도.

"목욕물은 이제 됐네. 곧 욕실에서 나갈 테니 입을 것이나 준비해 주게."

"어떤 옷으로 준비할까요?"

평소 이맘때면 당연히 얇은 여름용 침의를 입는다. 하지만 오늘은 특별히 부른 사람이 있었다. 나이가 어려도 여자는 여자. 늦은 시간에 그런 차림으로 마주하면 피차 민망해질 것 같았다. 그것은 이군영이 원치 않는 바.

"평상복으로 준비해 주게. 단, 건巾과 옥대玉帶는 준비하지 않아도 되네."

"알겠습니다. 침소에 마련해 놓지요."

시녀의 발소리가 자박자박 멀어져 갔다. 이군영은 숨을 길게 내뱉은 뒤 욕조에서 몸을 일으켰다. 수면에 떠 있던 국화 꽃잎들이 어지러운 흔들림을 보이며 욕조 가장자리로 몰려 붙었다. 구슬처럼 부서진 물방울들이 며칠 햇볕을 쬐지 못해 푸석해진 살갗을 따라 굴러떨어졌.

이군영은 물기에 젖은 자신의 나신을 천천히 내려다보았다. 그래도 욕실에 들어오기 전보다는 마음 상태가 한결 느긋해진 것을 느낄 수 있었다. 사비영 직을 그만두기 전에 역천뢰의 수인들에게도 목욕 한번 시켜 줘야겠다는 자비심마저 생겨날 만큼.

벌거벗은 채 침소로 들어온 이군영을 기다린 것은 보송보송한 의복만이 아니었다. 사려 깊은 늙은 시녀는 지난 열흘간의 부실한 섭생으로 쪼그라든 주인의 위장을 위해 고소한 향기를 풍기는 지마죽芝麻粥(참깨죽) 한 그릇을 탁자 위에 가져다 놓았던 것이다. 잘 불린 쌀에 곱게 간 참깨를 넣어 정성들여 쑨 지마죽 위에는 담백한 채유茶油로 볶아 낸 목이버섯 채가 고명으로 올려 있었다.

"이 또한 고마운 일 아닌가."

반가움을 혼잣말로 표현한 이군영은 의자를 당겨 앉았다. 죽 그릇 옆에 놓인 자기로 만든 죽시粥匙(죽을 떠먹는 숟가락)가 터무니없이 작아 보일 만큼 식욕이 요동치고 있었다.

그런데 죽시를 쥐는 순간 갑자기 그녀의 얼굴이 떠올랐다.

열나흘 전 믿을 수 없을 만큼 초췌해진 얼굴로 태원에 돌아온 그녀.

역천뢰 입구 앞에 소복 차림으로 머리를 풀어헤치고 엎드려 청죄하던 그녀에게선 산 사람의 기운이라고 할 만한 것이 전혀 느껴지지 않았다. 삶에 대해 그 정도로 체념할 수 있는 것은 오직 무생물밖에 없을 것 같았다.

─누님! 정말 왜 이러는 겁니까! 소제가 화병으로 죽는 꼴을 보고 싶은 겁니까!

피를 토하듯 부르짖는 이군영을 그녀가 고개를 들어 올려다보았다. 하지만 그녀의 눈은 역천뢰 바닥에 뻥 뚫린 지하 갱도처럼 공허하기만 했다. 자신을 향해 잔잔히 웃어 주던 고운 눈은 더 이상 세상에 존재하지 않을지도 모른다는 두려움이 그의 마음을 싸늘하게 만들었다.

이군영은 고소한 향기를 풍기는 죽 그릇을 멍하니 내려다보았다. 옥방에서 나온 것이 반나절은 되었을 텐데, 지금쯤이면

그녀도 뭔가를 먹었을까? 오직 물 하나만으로 열흘을 버티던 그녀였는데. 야속하다는 생각이 다시금 고개를 치켜들었다. 자신도 똑같은 음식을 먹겠다는 뜻을 간수를 통해 넌지시 알렸음에도 하루 반 되의 물을 제외한 어떤 먹을거리도 옥방 안에 들이려 하지 않던 그녀였으니까.
"……독하구나."
독한 여자였다. 그러나 예전에는 그렇지 않았다. 예전의 그녀는 이군영에게 있어서 친절한 누나였고 다정한 엄마였다.

─군영 공자, 그렇게 음식을 가리면 나중에 키가 안 커요.
─오늘은 이 누나가 솜씨 좀 부려 봤어요. 어서 이리 와서 누나가 만든 오향장육五香醬肉 좀 먹어 봐요.

그렇게 친절하고 다정하던 그녀는 어느 순간부턴가 이군영에게 있어서 결코 대체할 존재를 찾을 수 없는…… '여자'로 자리매김했다. 그녀는 그의 마음 저 높은 고원에 피어 있는 절대적인 극락화極樂花였다.
이군영은 눈을 깜빡였다. 강렬하던 식욕이 거짓말처럼 꺼져 있었다. 지마죽의 고소한 향이 옥방에서 맡은 인분 냄새처럼 거북하게만 느껴졌다. 그는 쥐고 있던 죽시를 신경질적으로 팽개쳤다.
땡강.
맑은 소리가 식탁 건너 바닥 위에서 울리더니 가느다란 잔향으로 꺼졌다. 더 이상 존재하지 않는 소리의 결이 이군영의 귓속에서 이명처럼 맴돌았다.
결.

―모든 검로劍路에 결이 있듯이 모든 관계에도 결이 있다는 것을 아는가?

오늘 오후 옥방으로 찾아온 연벽제, 연 숙부는 다짜고짜 그런 말부터 꺼내 놓았다.

―그 결이 관계를 결정하네. 일단 결을 잘못 타면 관계가 상호 작용하지 못하고 일방적으로 흘러가 버린다네. 그러면 필경에는 어느 한쪽이 상처 받고 말게 되지. 결이란 그렇게 위험한 놈이라네. 부디 그 결을 파악하여 자네든 그녀든 상처 받는 일이 벌어지지 않도록 현명히 처신하도록 하게. 불빛에 이끌려 날아드는 부나방처럼 관계의 피상만을 맹목적으로 좇아 이 어둡고 갑갑한 옥방에 스스로를 가두는 것은 좋은 결을 만드는 데 별다른 도움이 되지 않는다는 점을 명심하게. 이 말을 해 주기 위해 왔다네.

그때 이군영은 아무런 대꾸도 하지 않았다. 뜬구름 잡는 소리처럼 들리기도 했거니와 심신이 피로하여 누구와도 말을 섞고 싶은 마음이 일지 않았기 때문이다.

연 숙부는 담백한 어른답게 구질구질 뒷말을 끌지 않았다. 검왕이라는 호칭에 어울리는 묵직한 미소를 지어 보이고는 옥방을 나갔다.

하지만 이군영이 옥방을 나온 것은 연 숙부의 조언 때문은 아니었다. 연 숙부가 다녀가고 얼마쯤 지난 뒤 황급히 달려온 한 간수에게서 그녀가 출옥을 희망한다는 전언을 들었을 때 그는 자신의 귀를 의심했다. 놀랍고 기쁜 마음에 그녀를 즉시 출옥시

키라는 지시를 내린 뒤, 혹시 자신의 얼굴이 눈에 띄면 그녀가 면목 없어 할까 봐 옥방 안에서 발만 동동 구르다가 그녀가 역천뢰를 떠났다는 보고까지 접한 연후에야 비로소 스스로를 해방시킨 것이다.

그러고는 반나절이 지났다. 한데 연 숙부가 남기고 간 선어禪語 같은 몇 마디가 이군영의 머릿속에서 잔불처럼 자꾸만 되살아나고 있었다.

결.

지금 나와 그녀 사이에 걸쳐 있는 '관계의 결'은 어떤 모양을 하고 있을까?

"소야, 산산珊珊을 데려왔습니다."

문 밖에서 울린 목소리가 이군영의 상념을 깨트렸다. 이군영은 작은 콧숨으로 머릿속을 정리한 뒤 의자에서 몸을 일으켰다. 벽장으로 걸어가 위쪽 서랍에서 마음에 정해 둔 물건을 꺼낸 그가 몸을 돌리며 말했다.

"들여보내게."

문이 열리고 늙고 어린 두 여자가 침소 안으로 들어왔다.

늙은 여자는 기억이 새겨지던 시점부터 이군영의 곁을 지켜 온 시녀였다. 시녀는 탁자 위에 그대로 놓인 죽 그릇과 바닥에 떨어진 죽시를 보고는 실망하는 기색을 떠올렸지만, 아무 소리도 하지 않고 그것들을 정리하기 시작했다. 시녀와 그녀의 다른 점은 바로 여기에 있었다. 가깝지만 간섭하려 들지 않는 시녀와 멀지만 간섭하려 애쓰던 그녀. 아니, 이제 그녀는 멀면서도 간섭하려 들지 않는 관계가 됐다. 또한 간섭받으려 하지 않는 관계가 됐다. 시녀보다 더 차가운 관계가 되어 버린 것이다.

이군영은 어린 여자에게로 시선을 돌렸다. 조그만 얼굴에 조그만 키, 그 아담한 크기에 잘 어울리는 연분홍빛 치마. 그녀를 모시는 시녀 산산이었다. 방년이란 나이는 막 벌어지기 시작한 꽃봉오리처럼 어느 공간에서도 싱싱한 아름다움을 뽐내련만 아쉽게도 지금의 이군영에게는 그것을 감상할 만한 마음의 여유가 없었다.

"이런 시간에 불러서 미안하구나."

산산이 황급히 고개를 숙였다.

"아, 아니옵니다. 소야께서 부르시면 언제든 달려와야 마땅하지요."

그러고는 다시 쳐든 커다란 눈망울에는 이군영의 신색을 관찰하려는 조심스러운 의지가 깃들어 있었다. 이윽고 그 눈망울 위로 순수한 안쓰러움이 성에처럼 서리기 시작했다. 착한 아이였다. 또한 자신을 좋아하는 아이였다. 제 주인을 따라 옥살이를 한 자신을 안쓰럽게 생각할 만큼. 고마웠다. 그러나 그 이상의 감정은 일지 않았다.

"산산과 할 얘기가 있으니 자네는 나가 보게."

이군영이 늙은 시녀 쪽을 돌아보며 말했다. 젊은 주인이 늦은 시각에 어린 시녀를 침소로 불러들였다면 섬기는 자의 입장에서 천박한 호기심을 품을 법도 한데, 늙은 시녀는 그런 기색 일절 없이 죽 그릇과 죽시를 챙겨 물러갔다.

"앉아라."

문이 닫히자 이군영은 산산에게 자리를 권했다.

"천비가 어찌 감히…… 그냥 여기 서 있을 테니 소야께서는 편히 말씀하십시오."

이군영은 픽 웃고는 손을 뻗어 산산의 팔뚝을 잡았다. 얇은 비단옷 아래로 작은 동물 특유의 가녀린 떨림이 느껴졌지만, 다

행히 그는 이런 상황에서 춘정을 일으킬 만큼 호색하지 않았다.
"윗사람이 두 번 말하게 하는 것도 아랫사람의 도리는 아닐 게다. 앉아라."
그러면서 잡은 팔뚝을 지그시 당기니 산산이 마지못한 몸짓으로 의자에 엉덩이를 얹고 큰 죄라도 지은 사람처럼 고개를 푹 숙였다. 이군영은 부끄러움으로 달아오른 산산의 동그란 귓바퀴를 쳐다보다가 부드러운 목소리로 말문을 열었다.
"아씨께서 옥에 계시는 동안 네가 고생을 많이 했다는 얘기, 흑돈黑豚에게서 들었다."
검은 돼지, 흑돈은 역천뢰의 입구를 지키는 무사의 별명이었다. 성정이 난폭한 데다 어린 여자를 유난히 밝히는 자라 지난 열흘간 그녀의 처소와 역천뢰를 쉴 새 없이 오간 산산에게 허튼 짓거리를 하지 못하도록 특별히 주의를 주기도 했다.
"아씨와 소야께서 겪으셨을 고초를 생각하면 천비가 한 그깟 일은 아무것도 아닙니다."
산산이 고개를 숙인 채 기어들어 가는 목소리로 대답했다. 이군영은 벽장 서랍에서 꺼내 온 물건을 탁자 위에 올려놓았다.
"그간의 고생에 대한 작은 보상이다."
그것은 백금과 홍옥으로 세공한 원앙새 모양의 비녀였다. 저 비녀를 꺼낸 서랍 안에는 그밖에도 여자들이 좋아할 만한 많은 장신구들이 들어 있었다. 각의 사업을 위해 바깥을 다녀올 때마다 하나둘씩 구입한 물건들인데, 남우세스러운 마음에 정작 주기로 마음먹은 그녀에게는 보여 주지도 못한 채 빛도 안 드는 서랍 속에서 잠자고 있었다.
비녀를 향한 산산의 눈이 반짝 빛났다. 하지만 굴종에 익숙해진 조그만 입술은 눈빛과 전혀 다른 말을 꺼내고 있었다.

"천비가 어찌 이런 귀물을……. 황송하오니 거두어 주세요."
"사양 말고 받아라. 네게는 그럴 자격이 있다."
이군영이 부드러운 목소리로 한 번 더 권유하자 그제야 주저주저하며 비녀 쪽으로 손길을 뻗었다. 조심히 비녀를 집어 요리조리 살피는 산산의 얼굴 위로 소녀 특유의 솔직한 기쁨이 꽃물처럼 번져 나갔다. 선물이란 받는 이의 마음가짐에 따라 가치가 결정되는 법. 이군영도 덩달아 기분이 좋아졌다.
"좋아하는 모습을 보니 다음에도 그런 물건이 눈에 띄면 종종 사다 주어야겠구나."
"그, 그런……. 소야의 은혜에 감사드리옵니다."
소녀의 기쁨을 잠시 즐기던 이군영이 본론으로 들어갔다.
"늦은 시간에 부른 것은 그 비녀를 주기 위함만이 아니다."
"하면……?"
"네게 한 가지 묻고 싶은 것이 있구나."
산산이 표정을 굳히며 얼른 고개를 숙였다.
"천비가 아는 것이라면 무엇이든 솔직히 고하겠습니다."
"곤란한 질문은 아닐 테니 그리 긴장할 것 없다."
조금 뜸을 들인 이군영이 옥방에서 나온 이후로 줄곧 궁금해하던 얘기를 꺼냈다.
"오늘 오후에 네가 아씨의 옥방으로 누군가를 데려왔다는 얘기를 들었다."
산산은 곧바로 대답했다.
"동문로東門路의 약선생藥先生을 모시고 갔어요."
약선생은 산서에서 세 손가락 안에 꼽히는 명의였다. 의술만 깊은 것이 아니라 인품 또한 훌륭하여 태원 일대에 사는 사람들이라면 귀천을 가리지 않고 존경해 마지않는 유지다운 유지라

할 수 있었다.

"그래, 그렇게 들었다. 그래서 묻는 말인데, 혹시 아씨에게 무슨 병이라도 생긴 것이냐?"

산산은 반달처럼 굽은 눈썹을 삐딱하게 만들더니 조심스럽게 대답했다.

"송구하오나 그 점에 관해서는 천비도 아는 것이 거의 없어요. 안색이 무척 안 좋으시고 목소리에 기운이 없으신 것은 사실이지만, 그건 외유에서 돌아오실 때부터 그랬고……. 어제 옥방으로 찾아뵈었을 때 아씨께서 내일 약선생을 모셔 오라고 이르셔서 분부대로 따랐을 뿐이에요."

"약선생으로부터 따로 들은 말은 없고?"

"역천뢰를 나서며 하신 말씀이 있었어요. 천비더러 아씨께서 곧 옥방에서 나오실 것이니 너는 어서 아씨의 처소로 돌아가 목욕물을 데우고 몸을 보할 음식들을 장만하라 이르셨지요."

목욕물과 음식은 이군영 또한 받은 바 있는 만큼 특별하다고 할 수는 없었다.

"그게 다냐?"

"아, 그리고 아씨께서 드실 약을 처방해 놓을 테니 내일 동문로 의방으로 찾아오라는 말씀도 남기셨어요."

약이라는 말을 듣자 걱정이 한층 더해졌다. 이군영은 무거운 얼굴로 재차 물었다.

"아씨는? 아씨로부터 들은 얘기는 없느냐?"

산산은 고개를 도리도리 흔들었다.

"천비도 아씨의 상태가 걱정돼 수차례 여쭤 보았는데 그저 힘없는 미소만 지으실 뿐 아무런 말씀도 하시지 않으시더라고요."

이군영은 길게 한숨을 쉬었다. 그녀를 지근에서 모시는 산산이라면 제대로 된 답을 줄 수 있으리라 기대했건만, 그녀는 여전히 안개 속에 스스로를 숨긴 채 아무것도 보여 주려 하지 않는 것 같았다.

"죄송해요. 천비가 너무 어리석어서……."

산산이 쥐구멍에라도 들어가려는 것처럼 고개를 잔뜩 움츠리며 말했다.

"아니다. 밤낮없이 열성으로 아씨를 모신 네게 무슨 잘못이 있겠느냐. 별일도 아닌데 늦은 시간에 불러 미안하구나."

용건은 끝났다. 이제 곧 산산을 돌려보내고 잠자리에 들게 되겠지. 찜찜한 마음이 가신 것은 아니지만 그래도 열흘 만에 되찾은 침구의 푹신함에 힘입어 숙면을 취할 수 있을 것이다. 푹신한 침구와 숙면. 피곤이 군대처럼 몰려오고 있었다. 그때 문득, 아까 죽 그릇을 내려다보며 하던 생각이 떠올랐다.

"아씨께서는 무엇을 좀 잡수셨느냐?"

방년의 속성에는 다변多變도 포함되나 보다. 산산은 움츠리고 있던 고개를 치켜 올리며 밝은 목소리로 대답했다.

"잡수셨어요! 그것도 아주 많이 잡수셨는걸요."

"아주…… 많이?"

"예!"

대답할 거리가 생긴 게 기쁜지 산산은 목소리를 발랄하게 높였지만 이군영으로서는 다만 곤혹스러울 따름이었다. 그는 인지와 중지를 모아 자신의 미간을 꾹꾹 눌렀다. 두통이 시작되려는 것 같았다. 그러는 동안 산산의 이야기가 계속되었다.

"한데 옥방에서 겪은 고초가 힘드셨던지 속이 좀 좋지 않으신 것 같았어요. 구역질이 어찌나 심하시던지."

구역질?

미간을 누르던 이군영의 손길이 뚝 멎었다.

"글쎄, 음식을 잡수시는 짬짬이 몇 번이나 구역질을 하시더라고요. 상을 물릴까요, 하고 여쭤 보았는데 그러지 말라고 하시는 걸 보니 시장하시기는 많이 시장하셨던 모양이에요. 그렇게 구역질을 하면서도 계속 잡수시는데, 그 양이 평소의 두 배나 되는 것을 보면…… 소야?"

산산이 말을 멈추고 의아하다는 표정으로 이군영을 쳐다보았다. 이군영은 그제야 자신이 마귀처럼 무서운 표정을 짓고 있다는 사실을 깨달았다. 그는 숯불에 던져진 살덩이처럼 자꾸 오그라들려는 얼굴 근육에서 억지로 힘을 빼며 자리에서 일어섰다. 그러고는 몸을 돌려 문가로 걸음을 옮기니 등 뒤에서 산산의 물음 소리가 들렸다.

"소야, 이 시간에 어디를……?"

"다녀올 데가 있구나. 너는 이만 돌아가서 아씨 잠자리를 봐 드리도록 해라."

산산의 말을 듣는 동안 반드시 만나 봐야 할 사람이 생겼다. 이군영의 눈동자 속으로 초승달빛처럼 서늘한 기운이 서렸다.

이군영은 결코 무례한 사람이 아니었다. 그러나 지금 이 순간만큼은 예의라고는 한 번도 배워 보지 못한 무뢰배처럼 굴고 있었다. 지금 이 순간, 그는 환갑 진갑 다 지난 힘없는 노인네의 멱살을 틀어잡고 벽에다가 밀어붙이고 있었다.

"정녕 대답을 안 하시겠다 이겁니까?"

환갑 진갑 다 지난 힘없는 노인네는, 그러나 심지만큼은 젊은 이군영만큼이나 굳센 것이 틀림없었다.

"의원이 되어 환자 쪽에서 감추기를 바라는 진맥 내용을 타인에게 알려 줄 수는 없네."

이군영의 충혈된 눈이 불을 뿜을 듯 이글거렸다. 작게 오그라든 동공 속으로 광기 비슷한 살기가 이글거리기 시작했다. 그것을 읽었는지 멱살을 틀어 잡힌 노인네가 굴강한 표정으로 말했다.

"설령 이 자리에서 공자가 이 늙은이의 목숨을 해친다 해도 그것은 마찬가지일세."

이군영에게 멱살을 틀어 잡힌 노인네, 약선생은 진심이었다. 그 흔들림 없는 눈동자며 딴딴한 목소리는 무수한 고문으로도 마음을 돌리게 만들지 못한 역천뢰 심처의 어떤 수인囚人을 떠올리게 만들었다. 이군영은 약선생의 멱살을 틀어쥔 손에서 서서히 힘이 빠져나가는 것을 느꼈다. 이 순간 약자는 고집 센 늙은 의원이 아니었다. 바로 자신이었다.

"소생의 무례를…… 용서해 주십시오."

이군영이 멱살을 놓고 한 걸음 물러서자 약선생은 구겨진 침의의 목깃을 당겨 펴며 조금 누그러진 목소리로 말했다.

"두 사람 사이에 어떤 일이 있었는지는 모르지만, 진 소저는 내 환자일세. 진맥을 통해 알아낸 환자의 비밀을 지키는 것은 의원의 본분이고. 내 입장을 이해해 주시기 바라네."

이군영은 몇 발짝 떨어진 의자 쪽으로 비척비척 걸어가 무너지듯 주저앉았다. 그러고는 밤거리를 미친 듯이 달려오는 동안 엉망으로 헝클어진 머리카락을 두 손으로 감싸 안았다. 그에게서 상처 입은 짐승의 신음 같은 헐떡이는 목소리가 흘러나왔다.

"그녀를 찾아가면 대답을 들을 수 있을까요?"

약선생은 고개를 저었다.

"스스로 말할 작정이라면 굳이 내게 비밀로 해 달라 부탁하지는 않았겠지."
 "……그렇군요."
 "하지만 공자는 이미 대답을 알고 있지 않은가. 이미 아는 대답을 굳이 누군가로부터 확인받을 필요가 있을까?"
 약선생의 말이 옳다. 이군영은 산산의 이야기를 듣는 동안 무서운 의문을 떠올렸고, 그와 동시에 무서운 대답도 알아냈다. 그 대답을 약선생에게, 그리고 그녀에게 확인받고자 하는 것은 덜 아문 딱지를 억지로 뜯어내고 싶어 하는 얄팍한 자학 심리에 불과했다.
 "저는…… 소생은 이제 어떻게 해야 할까요?"
 이군영이 넋이 빠져나간 사람처럼 맥 빠진 얼굴로 물었다. 약선생은 보기 딱하다는 듯 그 얼굴을 슬그머니 외면하며 말했다.
 "그 대답을 내는 일 또한 공자의 몫이겠지. 어쩌면 이미 알고 있을지도 모르겠군."
 이군영은 다시 머리를 감싸 안았다.
 깨지고 있었다.
 두 사람 사이에 위태롭게 걸쳐 있던 '관계의 결'이 유리 막대처럼 산산이 깨져 나가고 있었다.

개귀문 開鬼門 (二)

(1)

삐르르 삐르릉.

양진삼은 종다리의 높은 지저귐 소리를 들으며 눈을 떴다.

칠월 초닷새.

동편 사창을 통해 비스듬히 흘러드는 뿌연 햇살은 아직 이른 시각임을 보여 주고 있었다. 코끝을 스치는 꽃향기는 사창 너머 화원에서 들어온 것인지 들보에 걸린 화망花網에서 내려온 것인지 분간 가지 않을 만큼 은은했다. 오랜만에 자신의 침실에서 맞이하는 아침은 익숙하면서도 반가웠다. 기분이 좋아진 양진삼은 누운 채로 허리를 슬쩍 틀어 옆자리에 잠들어 있는 부드러운 살덩어리를 쓰다듬었다.

"흐으응."

살덩어리가 움찔거리더니 약간 잠긴 콧소리로 응답해 왔다.

잠투정하는 아내의 모습은 원래 이랬다. 포만감에 잠든 커다란 고양이를 보는 기분이었다. 손바닥을 살살 움직여 몇 년 전부터 조금씩 부풀기 시작한 아내의 옆구리를 쓰다듬노라니 지난밤 치른 방사가 머릿속에 그려졌다. 양진삼의 입가에 음충스러운 미소가 걸렸다.

"프흐흐."

돌이켜 보면 상대가 아내라고는 믿기 어려울 만큼 격렬한 방사였다. 작전으로 인해 요 며칠 집을 비운 여파가 아닐까 싶은데, 언제나 다소곳이 누워 수동적으로 받아들이던 아내가 지난 밤에는 양진삼 쪽에서 기에 눌려 양물을 수그릴 만큼 열정적으로 달라붙어 온 것이다. 뭐, 겪어 보니 나름 신선한 맛이 있기도 하거니와, 정성으로 지어 온 부적 덕분에 목숨을 부지했으니 그 값을 치러야 한다는 의무감이 들었다. 이에 양진삼도 곧바로 전열을 가다듬고 여체의 움직임에 호응, 앉거나 서거나 눕거나 타거나 자세 불문하고 반 시진에 가까운 용맹을 한껏 뽐내어, 마침내 아내의 입에서 '나 죽어요!' 하는 흐느낌이 세 번이나 터져 나오도록 만들기에 이른 것이다.

'함께 잠들고 싶은 여자와 사랑하고 함께 잠 깨고 싶은 여자와 결혼하라'는 것이 천하 오입쟁이들이 금옥으로 받드는 가르침이긴 하지만, 두 여자가 하나라면 그보다 좋은 것도 없지 않을까라는 오입쟁이답지 않은 생각마저 들었다. 그러니 살가운 마음 어찌 새록새록 일지 않으리오.

"……요놈 봐라."

양진삼은 잠깐 사이에 사타구니 안쪽이 묵직하게 변해 있는 것을 알아차렸다. 지난밤 방사에 소진한 정精이 가볍지는 않을 텐데도 이른 시각부터 이 모양으로 발양發陽하는 걸 보면 살가

운 마음, 요번에는 꽤나 오래갈 모양이었다.

"부이이인."

양진삼은 말꼬리를 길게 잡아 올리며 등 돌리고 잠들어 있는 아내의 겨드랑이 사이로 오른손을 찔러 넣었다. 젖가슴을 잡힌 채 몇 번 움찔거리던 아내가 얄궂은 체향을 풍기며 그를 향해 몸을 돌렸다.

아침 발양에 대한 보답은 댓바람부터 영문도 모른 채 잡혀 죽은 씨암탉에다가 수천 리 육해로를 건너온 고려인삼과 건복乾鰒(말린 전복)으로도 모자라 보양에 좋다는 음양곽淫羊藿까지 넣고 푹 고아 낸 계삼복곽탕鷄蔘鰒藿湯으로 돌아왔다.

"내 생각 해 주는 건 역시 부인밖에 없구려."

밥상 옆에 앉아 김이 모락모락 피어나는 살코기를 두 손으로 정성들여 찢어 주는 아내의 얼굴에는 아직 홍조가 가시지 않고 있었다. 다만 아쉬운 점은, 그 봉사를 받는 양진삼이 아침부터 씨암탉 한 마리를 먹어 치울 만큼 대식가가 아니라는 것.

"크흠. 끄윽."

억지 트림을 짜내며 젓가락을 내려놓은 양진삼은 실망하는 눈빛을 보내오는 아내에게 멋쩍은 목소리로 말했다.

"오늘 조식은 이 정도에서 마치겠네."

"하지만 아직 반도 넘게 남은걸요."

그 반이 웬만한 장정 저녁거리니 문제지, 생각하며 양진삼은 짐짓 근엄한 표정을 지었다.

"오늘은 황상 폐하를 시위하는 공무가 있다 하지 않았는가. 사거駟車(황제가 타는 사두마차)를 배행하는 데 과식은 좋지 않으니 그만 물리고 차나 내주게나."

여자의 기억력에는 자의적인 면이 많은 걸까. 어젯저녁에도 몇 번이나 일러 둔 말이건만 아내의 눈초리가 금시초문이라는 양 샐쭉해졌다.

"장기 출장을 마친 지가 하루도 되지 않는데 또 불러내다니, 금위위에서는 부릴 사람이 그렇게도 없답니까?"

한판 시작되려는 기미가 보이자 양진삼은 얼른 아내의 손을 붙잡았다.

"공무라잖나, 공무. 나랏일 하는 남편을 둔 자네가 이해해야지 어쩌겠는가."

그러면서 닭기름 번들거리는 손을 조몰락거리기까지 했지만 아내의 바가지는 이미 발동된 뒤였다.

"하 아저씨도 그러시는 게 아니죠. 당신이 공손 부영반보다 능력이 빠진답니까, 배경이 빠진답니까, 그렇다고 얼굴이 빠진답니다. 그런데도 그 집 마나님 얘기를 들어 보면 다달이 당신 받는 녹봉보다 두 배는 더 받아 온다고 하더라고요. 다회茶會에서 마주칠 때마다 자랑이 어찌나 대단하던지."

양진삼은 찔끔하지 않을 수 없었다. 아내가 언급한 하 아저씨, 금의위 대영반 하도지로 말할 것 같으면 설령 아랫사람에 대한 호불호가 극명히 나뉜다고 하더라도 녹봉을 가지고 표현할 만큼 졸렬한 상관이 아니었다. 하물며 친분 관계를 따져 봐도 벽창호 같은 공손대복보다는 눈치 좋은 양진삼 쪽과 더 친하다고 할 터였다. 그럼에도 매달 양쪽 집으로 들어가는 녹봉에 차이가 나는 것은, 두 집 가장의 풍류 사이에 하늘과 땅만 한 차이가 난다는 것 하나밖에는 다른 이유를 찾지 못하리라.

이제껏 먹여 살린 기녀들의 명단을 작성하면 책 한 권이 훌쩍 넘어가는 양진삼과 비교할 때, 공손대복은 보리수 아래에서 해

탈하신 부처님이라고 불러도 될 만큼 금욕적인 군자였다. 하지만 지금 저 여자를 붙잡고 '반 토막 녹봉이나마 보전하여 당신에게 가져다주느라 내가 얼마나 고생하는지 아는가.' 따위의 소리를 꺼냈다가는 후식 대신으로 식탁 위에 발려 놓은 닭 뼈다귀들을 몽땅 처먹이려 들 것이다.

"음, 녹봉은…… 음, 부영반 경력이 짧아 녹봉이 쉬 오를 것 같지는 않지만…… 음, 그래도 금명간 다른 쪽으로 좋은 소식이 있을 것 같기도 하니까…… 음, 하여튼 그렇게 알고 있게나."

다행히도 아내는 '음.' 하는 신음에 담긴 창작의 고통을 눈치채지 못했다.

"그게 참말인가요?"

네 앞에서 뱉은 이상 무조건 참말로 만들어야겠지. 좋은 소식에 대한 기대감으로 보름달처럼 확 피어나는 아내의 얼굴을 바라보며 양진삼은 어금니를 꾹 사려 물었다.

"그러고 보니 나랏일이란 게 꼭 나쁜 것만은 아니네요. 가욋돈 들어오는 구멍도 있고. 기다리세요, 금방 차를 내올 테니."

밝게 종알거린 아내가 자리를 뜨자 양진삼은 닭기름 묻은 손을 식탁보에 문지르며 쓴 입맛을 다셨다.

"세금이라고 생각하지, 뭐."

모든 생활은 세금을 요구한다. 나라 생활을 하기 위해서는 나라에 세금을 내야 하고, 결혼 생활을 하기 위해서는 결혼에 세금을 내야 한다. 하지만 이번에 내야 하는 세금은 바가지와 닭기름에서 끝나지 않았다. 입가심으로 나온 운남차를 비우고 의관을 갖추러 일어나는 양진삼에게 아내가 살며시 눈을 감으며 몸을 기대어 왔다. 양진삼은 쓴웃음을 지은 뒤, 비싼 운남차로도 씻어 내지 못한 닭 노린내 나는 입술로 아내에게 입맞춤을

해 주었다.

　오래가리라 여긴 살가운 마음이 아침 해가 동산 위로 턱걸이하는 사이 닭 껍질처럼 얄팍해져 있었다.

　명나라 신료들의 복제服制에 따르면 사품 이하의 관리는 조정에서 금으로 장식한 허리띠를 착용할 수 없다고 되어 있다. 패수佩綬(허리띠 뒷부분에 늘어뜨리는 인끈)에 수놓는 문양도 품계에 따라 구분되는데, 봉황이나 학의 문양은 사품 이상에게만 허용된다. 그러므로 정식 품계도 받지 못한 별정직에 있는 양진삼이 그런 복식을 착용하는 것은 제도에 심하게 어긋나는 파격이요, 다른 사람 같으면 국풍을 문란케 한다 하여 곤란깨나 겪을 법한 일이리라. 하지만……

　"세상에는 예외란 것도 있는 법이지."

　양진삼은 금의위 부영반의 조복朝服인 붉은 첩리帖裡(상의와 하의를 따로 구성하여 허리에 연결시킨 포. 군사 복식으로 사용되었으며 철릭, 혹은 철익이라고도 불림) 위에 운학雲鶴 문양의 패수가 치렁한 금장 요대를 둘렀다. 명색이 천자의 외척이 아니던가. 이 정도 파격은 별문제가 될 수 없었고, 하물며 그 일을 문제 삼아 곤란을 겪게 만드는 기관이 바로 그가 근무하는 금의위였기 때문이다. 이른바 공안의 특권이랄까.

　금장 요대에 튀어나온 고리 위로 실전용이라기보다는 장식용에 가까운 화려한 패검을 걸어 매단 양진삼은 광동 특산 모시로 성글게 짠 여름용 투수套袖(토시)로 푼한 소매를 단단히 고정했다. 이어 차양이 둥글게 달린 검은 공단 모자를 말총 망건 위에다 쓰고 오른쪽 귀 위로 붉은 칠을 입힌 공작새 깃털까지 세우니, 동경에 비친 그 근사한 웅자에 스스로도 반할 지경이

었다.

"조복은 이 맛에 입는다니까."

양진삼의 입가에 자만하는 미소가 떠올랐다. 그러나 조복을 구성하는 마지막 요소를 내려다본 순간, 그는 더 이상 미소를 짓지 못하게 되었다. 두꺼운 물소 가죽으로 만든 붉은 직통화直筒靴(장화). 더운 계절에는 신고 벗을 때마다 올라오는 냄새가 고약해 천자를 시위하는 날이라도 여간해서는 피하는 물건인데, 오늘만큼은 도리가 없었다. 위신을 십분, 가능하면 그 이상이라도, 드러내야 하는 날이니만큼 선택의 여지가 없는 것이다.

양진삼은 찡그린 얼굴을 억지로 펴며 물소 가죽 직통화에 두 발을 쑤셔 넣었다. 발가락 사이에도 허파가 달렸는지 벌써부터 숨쉬기가 갑갑해진 기분이었다.

"여보, 표 사령이 아까부터 기다리고 있어요."

문밖에서 울린 아내의 목소리에는 짜증기가 엷게 배여 있었다. 다른 날보다 복식에 더 신경을 쓰다 보니 시간이 꽤 지체된 모양이었다.

"지금 나가네."

양진삼은 모자에 달린 호영瑚纓(산호로 장식한 끈)을 묶으며 내실 밖으로 걸어 나갔다.

"어머! 당신, 오늘따라 참으로 헌앙……."

"간만에 신경 좀 썼지."

아내의 찬탄을 가볍게 자르며 양진삼은 시선을 마당 쪽으로 돌렸다. 금의위 사령들이 입는 푸른색 첩리 차림의 덩치 좋은 청년이 회랑 아래 서서 그를 기다리고 있었다. 친하게 지내던 고참 장과두가 복귀하지 않아 어제 하루를 죽을상으로 보냈다는 갸륵한 신참, 표운이었다. 이번 시위에 굳이 지목하여 데려가려는 까닭도 바로 그것에 있었다.

"모시러 왔습니다."

직각으로 허리를 접어 오는 표운의 인사를 콧바람 한 번으로 받아 넘긴 양진삼은 대문을 향해 보무당당 걸음을 떼어 놓았다.

사실 오늘 하루 양진삼이 해야 할 일은 결코 쉽지 않았다. 비유하자면 적진에 필마단기로 돌입, 주군의 아들을 구해 온 조자룡이 한 일과 비슷하다고나 할까. 다른 점이 있다면 그 도구가 창 대신 혓바닥이라는 것. 그래서 더 난감했다.

하지만 어제 금의위로 복귀하기 무섭게 띄워 놓은 공문이 있으니 지금 난감해하기로는 저들도 마찬가지일 터.

"바보가 아니면 알아서들 처신하겠지."

표운을 꼬리에 매단 양진삼이 대문을 나서며 입속말로 중얼거렸다.

연벽제는 가볍게 진저리를 쳤다.

십영회의가 열리는 비천대전秘天大殿은 뙤약볕이 내리쬐는 한여름에도 깊은 지하 동굴처럼 냉기가 감도는 것 같았다. 물리적인 것과는 차원이 다른 그 불쾌한 냉기 앞에서는 한서불침寒暑不侵을 이룬 철골의 소유자라도 언뜻언뜻 오싹함을 느낄 수밖에 없었다. 그런 냉기 속으로 높고 맑은 목소리가 낭랑히 울려 퍼지고 있었다.

"……하여 팔비영의 직위가 오늘부로 박탈되었음을 공표하는 바입니다. 이 시각 이후로 그녀는 본 장원을 떠나지 못하며, 그러한 유폐형幽閉刑은 각주님의 사면령이 별도로 내려오기 전

까지 유효합니다. 이 점 유의하여 사사로운 친분에 흔들려 각의 규율을 어지럽히는 일이 없도록 각별히 당부하는 바입니다."

말을 하는 내내 이비영 문강의 시선은 사비영 이군영에게 고정되어 있었다. 하지만 이군영은 그 시선에 아무런 반응도 보이지 않고 우두커니 앉아 있기만 할 따름이었다. 그 생기 없는 얼굴이 마치 표정 자체를 잃어버린 사람처럼 보여 연벽제는 조금 의아함을 느꼈다. 어제 초저녁 무렵에 역천뢰에서 나왔다는 얘기를 듣고 뭔가 심경에 변화가 있었나 보다 짐작은 하였지만, 지금 저러고 앉은 모습을 보니 차라리 옥방에 갇혀 있을 때가 더 사람다워 보이는 것 같았다.

이군영과 진금영, 그리고 일 년 전부터 신기할 만큼 진금영과 인연이 얽히고 있는 조카 석대원.

연벽제는 그들 세 남녀 사이의 관계가 앞으로 어떻게 전개될지 생각해 보았다. 그러나 오리무중. 도무지 답이 나오지 않았다.

"다음은 본 회의에 참가하는 십영十影의 직위 변동 및 새로운 비영의 임명에 대한 안건입니다."

문강의 낭랑한 목소리를 들으며 연벽제는 오늘 십영회의에 처음 보는 얼굴이 셋씩이나 추가되어 있다는 사실을 떠올렸다. 연벽제의 시선이 그들의 면면을 다시 한 번 훑고 지나갔다.

첫 번째 인물은 소매 끝에 검은 선을 두른 잿빛 난삼襴衫 차림에 머리에는 옻칠을 한 유건儒巾을 쓴 말라깽이 노인. 얼굴색이 회칠한 듯 파리하고 눈구멍이 움푹 들어간 점을 제외하면 영락없는 시골 훈장처럼 보였다. 다만 그 훈장에게서는 인간다운 냄새가 전혀 풍기지 않았다. 그저 인간 모양을 한 사물처럼 느껴질 따름이었다. 만일 저 노인이 자객이라면? 아마 누구도 방비하기 힘들 것 같았다.

두 번째 인물은 회모回帽(회족이 쓰는 차양 없는 원통형 모자)를 쓰고 양쪽 귀에 커다란 금귀고리를 늘어뜨린 뚱보 중년인. 두꺼비눈에 메기 입술, 곤륜노崑崙奴처럼 피부색이 시커매 회갈색 곱슬곱슬한 수염이 오히려 허예 보였다. 두툼한 뱃살 값을 하려는지, 자리를 잡고 앉은 이후로 회의에는 아랑곳없이 밀떡이며 육포 따위의 주전부리를 열심히 우물거리고 있었다. 둔하고 무겁고 무지한 포악함이 느껴졌다.

마지막 세 번째 인물은 물빛 남삼에 허리에 폭 넓은 옥대를 두른 잘생긴 장년인. 세 사람 중 유일한 한족이었다. 사교적인, 그러나 연벽제의 눈에는 가식적으로만 보이는 미소를 마치 살갗처럼 뒤집어쓰고 있는 남자였다. 강호에서 제법 알려진 인물이라 따로 소개할 필요는 없을 터. 왜 이 자리에 앉아 있는지 알 수 없기로는 앞선 두 인물과 매한가지지만.

그러나 이제까지 경험으로 미루어 분명히 알 수 있는 점 하나는 있었다. 이 비천대전에 들어온 인물치고 비각의 사업에 어떤 방식으로든 중요한 역할을 차지하지 않은 자는 없었다. 내부에서 활동하든 외부에서 지원하든 간에 말이다. 연벽제는 그런 생각을 떠올리며 세 인물의 인상착의를 머릿속에 새겨 두었다.

"그 안건에 관한 토의는 저보다 십영의 수좌이신 일비영께서 진행하시는 편이 좋으리라 사료됩니다."

문강이 시선을 슬쩍 옆으로 돌렸다. 대전에 모인 사람들의 시선이 그의 옆자리에 앉은 풍채 좋은 흑삼 중년인, 일비영 이명에게로 집중되었다. 예외가 있다면 이명 본인과 여전히 넋 빠진 얼굴로 앉아 있는 이군영뿐.

하룻밤 사이에 반송장처럼 변해 버린 아들의 얼굴을 실로 복

잡한 감정이 어린 눈으로 쳐다보던 이명은 문강의 재촉하는 헛기침을 듣고서야 비로소 좌중을 둘러보았다. 부정父情으로 흔들리던 눈빛이 천천히 제자리를 잡아 갔다. 이윽고 보기 좋게 갈래진 검은 콧수염 아래로 위엄 있는 중저음의 목소리가 울려 나왔다.

"지난해와 올해에 걸쳐 우리 마흔아홉 비영들의 신상에 많은 변화가 있었소. 그 변화의 대부분이 바람직하지 못한 방향인 것 같아 상좌인 일비영으로서 책임을 통감하는 바이오."

그러고는 묵직하게 고개를 꺾어 보이는 모습을 보며 과연 이명답다는 생각이 들었다. 묵여뢰默如雷라는 별호에 걸맞게 짧은 언사만으로도 심중의 침통함과 그것을 뛰어넘는 통솔력을 훌륭히 드러내고 있었다.

"각에서 추진하는 대계가 본격적인 궤도에 오른 대가라고 생각합니다. 일비영께서 자책하실 일은 아니라고 봅니다만."

이명은 체면을 세워 준 문강에게 슬쩍 눈인사를 보낸 뒤 말을 이어 나갔다.

"시간 관계상 이 자리에서 논의하는 것은 십영회의에 참가하는 십 인에 관한 안건으로 한정하겠소. 기타 아래 서열의 직위 변동 사항은 추후 이비영이 회람을 돌릴 테니 참고하도록 하시오."

이어진 이명의 말을 요약하자면, 일비영에서 칠비영까지의 직위는 그대로 유지된다는 것. 다만 사비영 이군영과 칠비영 패륵의 경우에는 약간의 확인 절차가 필요했다.

"새로 역천뢰를 관장하게 된 패륵법왕께서 사비영 자리를 원하신다면 마땅히 드려야 한다는 것이 이비영의 주장이오. 사비영 또한 역천뢰의 책임자 자리에서 자진하여 물러난 이상 사비영 자리를 내놓는 것에 대해 아무런 이의를 제기하지 않소."

말을 멈춘 이명이 패륵을 정시하며 물었다.

"사비영 자리를 사양하고 원래의 직위를 고수하겠다는 것이 법왕의 진의가 맞소이까?"

연벽제는 이군영의 후임으로 역천뢰의 책임자 자리에 앉게 된 칠비영 패륵과 그 옆자리에 상상을 초월하는 거구를 떡하니 얹고 있는 육비영 제초온을 흥미 어린 눈길로 번갈아 쳐다보았다. 번쩍거리는 가사에 높다란 법모를 쓴 패륵은 안 그래도 고약한 인상을 있는 대로 우그러뜨리고 있었고, 우람한 알통을 그대로 드러낸 삼베 조끼 차림의 제초온은 이런 탁상공론 따위에는 관심 없다는 듯 조그만 칼로 손톱 밑에 낀 때를 후비고 있었다.

이비영 문강의 주장대로 역천뢰의 책임자에게는 각의 형규刑規를 관장하는 사비영 자리가 돌아가야 하는 것이 마땅했다. 그 점을 모르지 않기에 오늘 비천대전에 들어서던 패륵의 얼굴에는 승급에 관한 자만심이 숨김없이 떠올라 있었다.

하지만 십영회의가 시작되기 전 그 자만심의 발로로, '이제 옆자리에 나란히 앉게 되었구려. 그간 소원한 면도 없지 않으니 앞으로는 친하게 지내봅시다.'라며 연벽제에게 말을 건넨 것이 화근이 되었다. 정작 당사자인 연벽제는 대꾸할 가치도 없어 입다물고 있는데, 그 꼴사나운 거드름을 봐 넘기지 못하고 나선 사람—아, 사람이 아니라 고래라고 해야 옳을까. 그것도 커다란 고래[巨鯨]—이 바로 옆자리에 있었던 것이다.

―내 윗자리에 앉으려면 최소한 검왕 정도는 돼야 한다. 예외가 있다면 노각주의 친족과 군사인 이비영, 거기에 코빼기도 본 적이 없어 실력을 확인할 길이 없는 오비영이란 작자만으로 충분하다.

비천대전을 울리는 우렁우렁한 목소리로 이렇게 선언한 제초온은 한 방 맞은 얼굴로 자신을 쳐다보는 패특에게 덧붙였다.

―불만이 있다면 밖으로 나갑시다.

그러면서 뿜어 낸 맹수 같은 기세는 이십 년 가까이 적수다운 적수를 만나 보지 못한 연벽제의 입가에 작은 미소를 떠올리게 만들 만큼 폭발적이면서도 패도무쌍한 것이었다.

밀교의 본산이라 할 수 있는 아두랍찰에서 파견 나온 패특으로 말할 것 같으면, 비록 서장에서는 천룡팔부중에 버금간다는 능력 있는 인사로 알려져 있지만, 그 능력의 대부분이 일신의 무공보다는 아두랍찰의 교세를 등에 업은 정치적 수완에 있음을 알 만한 사람들은 모두 알고 있었다. 그런 수완가에게 있어 제초온 같은 산전수전 다 겪은 개세마두가 휘두르는 백육십 근 청강참마도靑鋼斬馬刀는 꿈속에서라도 상대하고 싶지 않은 끔찍한 물건임에 분명했다.

한동안 붉으락푸르락 심화를 가라앉히지 못하던 패특은, 그러나 결국에 가서는 그림을 그려도 좋을 만큼 탈색된 얼굴로 연벽제의 예상과 별반 다르지 않은 답변을 꺼내고 말았다.

―불자의 몸으로 어찌 자리를 탐내어 타인과 겨루리오. 본 법왕은 육비영의 뜻에 따르기로 하겠소.

이 비루한 답변에 제초온이 비천대전 밖에서도 들릴 만큼 커다랗게 코웃음을 쳤던 것으로 연벽제는 기억한다.

이명의 엄숙한 시선을 받은 패특은 입술을 잘근잘근 깨물다가 마지못한 투로 아까 한 것과 비슷한 답변을 내놓았다.
"본 법왕은 세속의 자리에 연연하지 않소이다. 사비영의 직위는 이 공자에게 그대로 남겨 두어도 개의치 않겠소."
연벽제는 입술을 비집고 나오는 비소를 굳이 참으려 하지 않았다. 그러므로 이군영이 역천뢰의 책임자 자리에서 물러났음에도 사비영 자리를 유지하게 된 일등공신은 지금 무슨 일 있었냐는 얼굴로 손톱 끝에다 훅 바람을 불어 대는 저 제초온이라고 봐도 무방할 것이다.
"법왕의 뜻이 정히 그러시다면 사비영과 칠비영의 직위는 변동하지 않는 것으로 하겠소. 인수인계 기간으로 보름을 드릴 테니 두 분이 잘 상의하여 형옥에 빈틈이 없도록 하기 바라오."
서류를 넘기느라 잠시 사이를 둔 이명이 좌중을 둘러보며 진행을 이어 갔다.
"다음은 오늘자로 공석이 된 팔비영의 임명에 관한 안건이오. 이비영은 그 자리에 응소의 주인으로서 보이지 않는 곳에서 각의 대업을 위해 혁혁한 공을 세우신 학산鑿山, 학 노인을 추천하였소."
이 말이 끝날 무렵, 이명의 시선은 침향목으로 만든 거대한 십각형 탁자의 한 귀퉁이를 차지하고 앉아 있던 시골 훈장풍의 말라깽이 노인을 향해 있었다.

(2)

"학산?"
점고장點考帳을 들춰 보던 양진삼이 확인하듯 표운을 올려다보았다. 표운은 신참다운 부동자세로 몸을 꼿꼿이 세운 채로 간

이의자의 등받이에 거만하게 등을 기대고 있는 상관에게 설명을 올렸다.

"예! 국자감에 근무하는 스물네 명 박사들 중에서 금일 점고에 불참한 사람은 서문학西文學 과목을 맡은 학산 박사 한 사람뿐입니다."

"그래?"

양진삼의 고개가 표운의 뒷전에 서 있는 사람에게로 천천히 돌아갔다. 국자감 스물네 명 박사들의 대표로서 종학宗學(황실 종친 자제들의 교육을 담당하는 교육기관)의 교수까지 맡고 있는 정봉소丁峰昭라는 위인인데, 간에 문제라도 있는지 흰자가 누렇고 혈색이 안 좋은 환갑 전후의 늙은이였다.

"본 관이 이곳에서 수학하던 시절에는 없던 과목 같은데, 서문학이 대체 뭘 배우는 학문이오?"

양진삼의 질문에 정봉소가 대답했다.

"오륙 년 전부터 이곳 국자감에는 서방의 잡다한 풍습과 문물을 연구하기 위한 과목이 개설되었소이다. 학산, 학 박사는 바로 그 과목을 가르치기 위해 특별히 초빙된 교수외다."

오륙 년 전이면 빈정거리기 좋아하는 몇몇 호사가들에게서 '자금성의 까만 요물[禁黑妖]'이라 불리는 탄비가 토번으로부터— 사실은 오이라트로부터— 진상된 시기와 맞물렸다. 비각의 활동이 본격화된 시기 또한 대충 그 무렵이라고 봐도 좋았다. 코끝을 만지작거리던 양진삼이 혼잣말처럼 중얼거렸다.

"서방에 달통하였다면 한족이 아닐 수도 있겠군."

"부자상계왈세역왈대父子相繼日世易日代(아버지와 아들로 이어지는 것을 世라고도 하고 代라고도 함)라고, 위로부터 이어진 혈통이란 쉽게 바뀌는 것이 아니외다. 여러 대 조상부터 중토에 들어와 살기는 하였으나, 굳이 따진다면 그리 볼 수도 있을 게요."

말끝마다 고릿한 먹물 티를 풀풀 풍기는 저 정봉소로 말할 것 같으면, 국자감과 종학 양쪽에 출강하기는 하지만 엄밀히 보면 종학 담당이라고 할 수 있었다. 자연히 국자감의 곰팡내 밴 서고 뒤에서 무슨 일이 벌어지고 있는지 속속들이 파악하고 있기는 힘들 것 같았다.

그러나 정말로 그럴까? 국자감 깊은 곳에 응소라는 이름의 자객 양성소가 둥지를 튼 건 지난 황조 때부터라는데도?

박사건 교수건 일단은 모두 한통속이라고 보는 쪽이 편했다. 아니면? 잡아다 조지는 것도 아닌데 아니면 아닌 거지, 뭐.

"혈통이 어떻든 간에……."

말꼬리를 길게 늘이며 간이의자에서 몸을 일으킨 양진삼이 묵직한 걸음걸이로 정봉소에게 다가갔다. 이 북경성에서 금의위의 악명은 동창에 버금갔다. 아니, 소문 안 날 짓들만 골라서 하고 다니는 데가 동창인 만큼, 드러난 악명만으로 따지면 으뜸이라고 봐도 무방했다. 그러니 일단 눈을 마주하게 되면 죄가 있든 없든 저 정봉소처럼 고개를 외로 꼬며 어깨를 움츠리게 되는 것이다.

정봉소의 허연 귀밑머리 바로 옆에서 악명 놓은 금의위 둘째 두목의 음산한 목소리가 낮게 울렸다.

"국자감 박사가 된 몸으로 황상께서 납시는 어강일御講日에 출근하지 않은 것은 심각한 태만죄를 면하기 힘들 거요."

현재 국자감에는 오경박사五經博士를 필두로 스물네 명의 박사들이 교수로 활동하고 있었다. 그들 박사들에게는 비교적 자유로운 업무 일과가 주어지지만, 황제가 강연을 듣는 매달 오 일과 십오 일과 이십오 일만큼은 전원 출근하여 언제 나올지 모르는 황제의 질문에 대비하는 것이 상례였고, 그런 상례를 파했으니 태만죄로 몰려도 할 말이 없는 것이다.
 한 걸음 물러난 양진삼이 콧대를 세우며 정봉소에게 물었다.
 "학산 박사가 결근한 사유가 무엇인지 아시오?"
 "그, 그게……."
 "얼마 후면 황상께서 당도하시오. 그 전에 점고를 마무리하고 옹관 안팎을 점검해야 하는 만큼, 본 관에게는 시간이 그리 많지 않음을 잊지 마시오."
 양진삼의 눈초리에 칼끝 같은 기운이 어렸다. 머리 위에 되약볕을 막아 주는 차양이 쳐 있음에도 정봉소의 이마에 작은 땀방울들이 맺히기 시작했다.
 정봉소를 향해 구원의 손길이 날아온 것은 그때였다.
 "그 질문에는 내가 답해 주겠네."
 지금쯤 나타나셔야겠지.
 양진삼은 눈을 빛내며 목소리가 들려온 쪽으로 천천히 시선을 돌렸다.
 오늘 오전 국자감 일꾼들이 태학문 앞뜰에 임시로 설치해 놓은 폭 넓은 광목 차양 바깥쪽, 높은 절각건에 흑자색 유삼을 입은 키가 후리후리한 노학자 한 사람이 황갈색 유복 차림의 고만고만한 늙은이들 몇 명을 거느린 채 정오의 햇살을 받으며 차양 안쪽을 쳐다보고 있었다. 양진삼도 잘 아는 얼굴. 이 국자감에서 이루어지는 모든 교육 과정을 총관장하는 국자제주 곽홍력郭弘歷이 바로 저 사람이었다. 홍력은 자, 본명은 감鑑, 호는 여러 개라 오히려 기억나지 않았다.
 "제주께서 나오셨군요. 오랜만에 인사 올립니다."
 양진삼은 두 손을 모으며 깊숙이 읍례를 올렸다. 국자제주면 삼품의 높은 관작. 게다가 곽홍력은 양진삼이 강보에 싸여 있던 시절부터 명문을 드날리던 당대의 문장가였다. 양진삼이 선배를 패고 퇴학당하던 시절에도 국자제주 자리에 앉아 있었으니 재직 기간도 이십 년을 훌쩍 넘긴 셈이었다.

"오랜만일세. 호중好重은 잘 지내는가?"

부친의 자를 부르며 알은체하는 곽홍력은 공안의 위세 따위는 안중에도 없다는 양 태연해 보였다. 양진삼을 내려다보는 그 윽한 눈빛은 마치 문하생을 대하고 있는 듯했다.

"덕분에 잘 지내십니다. 요사이 그림에 취미를 붙이셔서 밤낮으로 필묵과 씨름하신답니다."

"그 친구가 잡기에 눈을 뜬 게로군. 만년지락晩年之樂이란 무섭지. 자네가 부지런히 벌지 않으면 선지宣紙 값 대느라 가세가 위태로울지도 모를 걸세."

"하하, 소관의 가문이 그 정도로 빈한하지는 않습니다."

이 정도면 인사치레로 충분하다 여긴 양진삼이 굴신한 허리를 천천히 펴 올리며 물었다.

"한데 방금 학산이라는 박사에 대해 하실 말씀이 있다고 하셨습니까?"

"학 박사는 감기에 걸려 며칠째 출근을 못 하고 있다네."

"예? 개도 안 걸린다는 여름 감기에?"

양진삼이 눈을 크게 치뜨며 반문하자 곽홍력이 주름진 이맛살을 눈썹 위로 접어 내렸다.

"병중에 있는 노인을 두고 할 말은 아닌 것 같군."

"아, 소관의 언사가 원래 조금 경망스럽습니다. 불쾌하셨다면 사과드리지요."

"반성할 줄 아는 것은 다행이지만, 교정 없는 반성은 물 위에

쓴 글처럼 무의미하다는 사실을 알아 두게."

바위에 새겨도 좋을 만큼 훌륭한 가르침이긴 하지만 양진삼이 오늘 국자감에 찾아온 것은 배우고 때때로 익히기 위함이 아니었다. 불역열호不亦說乎는 다음 기회에 맛보기로 하고, 양진삼은 어깨를 으쓱거리며 말했다.

"어강일에 결근한 사유가 병환이라면 어쩔 수 없는 일이지요. 무리해서 출근했다가 자칫 황상께 감기라도 옮기는 날에는 그야말로 대죄를 짓는 일이 아니겠습니까. 그 문제는 소관이 알아서 처리하겠습니다."

"그래 주면 나로서는 고마운 일이지."

손에 든 점고장을 훌훌 넘겨 표운에게 건네받은 세필로 몇 글자를 끼적이던 양진삼이 갑자기 생각난 것처럼 붓질을 멈추고 고개를 들었다.

"다음 어강일의 배행 당번은 소관이 아닙니다. 혹시 학 박사가 그날도 출근을 못 할 것 같으면 이참에 아예 기록해 두는 쪽이 제주님을 번거로우시게 만들지 않을 것 같군요."

"아닐세. 다행히 차도가 있어 내일쯤에는 출근할 수 있을 것 같다는 전갈을 받았네."

내일이면 초엿새였다. 자신을 바르라고 불러 달라던 파면 승려는 어제 새벽 양진삼에게 산로가 응소로 복귀하는 날이 초엿새쯤일 거라고 귀띔해 준 바 있었다.

산로와 응소. 학산과 국자감.

'착착 맞아떨어지는군.'

양진삼은 의미심장한 미소를 지으며 고개를 끄덕였다.

"차도가 있다니 다행입니다. 그럼 오늘자 점고에만 기록해 두겠습니다."

그동안 뒷짐을 지고 주위를 둘러보던 곽홍력이 작성한 점고장과 세필을 표운에게 넘기고 몸을 돌린 양진삼에게 은근한 목소리로 권했다.
　"옹관 점검이야 어차피 아랫사람들이나 할 일일 테고, 황상께서 친림하시기까지는 조금 시간이 비는데 그때까지 이 늙은이와 차나 한잔 나누는 건 어떤가?"
　마치 박사 한 명의 결근 건을 잘 처리해 준 데 대한 답례라도 하겠다는 소리처럼 들리지만, 그 속에는 본격적인 이야기를 나누기에 듣는 귀가 너무 많다는 뜻이 담겨 있음을 양진삼은 능히 알아들을 수 있었다.
　"서역에서 들여온 차만 아니면 고소원固所願이지요."
　양진삼은 환하게 웃으며 대답했다. 몸뚱이를 수고해 가며 옹관을 뒤질 생각 따위는, 옹관 지하에 비밀 뇌옥이 감춰져 있다는 바르의 이야기를 전해 들은 시점부터 그의 머릿속에는 아예 들어 있지 않았다.

───

　"아드님께서 각의 사업을 추진하던 중에 불의의 화를 입어 순사하신 일은 진심으로 안타깝게 생각하고 있소."
　학산, 그네들의 발음으로는 하산 자바냐라고 이름을 밝힌 시골 훈장풍의 노인에게 이명은 우선 조의부터 표했다.
　학산의 아들이 독중선 군조의 해묵은 복수를 지원하기 위해 강동으로 파견되었다가 살해당한 사실은 지난번 십영회의를 통해 이미 알려진 뒤였다. 흉수는 이 대 혈랑곡주 석대원.
　연벽제는, 무양문에 머문다는 석대원이 때맞춰 강동에 모습

을 드러낸 점에 대해서는 이상하다고 생각했지만, 그 승부에 대해서만큼은 전혀 이상하다고 생각하지 않았다. 작년 초여름 섬서의 황량한 관제묘 앞에서 만난 조카는 이미 그 나이 대에서는 당적할 이를 찾지 못할 절정의 반열에 올라 있었다. 학산의 아들인 월사—그네들의 발음으로는 이븐 힐랄이라고 했던가—가 작년에 실종된 매령귀사 사생과 우근에게 패사한 철수객 남궁월의 후임으로 십비영 자리에 임명되었을 만큼 다방면에서 능력을 인정받은 준재임에는 분명했지만, 곤륜지회 이후 천하제일검법으로 공인된 혈랑검법을 감당할 수준까지는 못 되었던 것이다.

"독수리는 높은 절벽 위에 둥지를 짓고 알을 낳습니다."

학산이 나이에 걸맞은 늙수그레한 목소리에 말문을 열었다. 어색한 곳이라고는 찾아볼 수 없는 완벽한 관화. 이족이라는 게 믿기지 않았다.

"알에서 나온 새끼 독수리는 스스로의 날개로 둥지를 벗어나야 합니다. 어떤 놈은 날아올라 어른 독수리로 살아가지만 어떤 놈은 추락하여 새끼 독수리인 채로 죽고 맙니다. 새끼 독수리가 추락한 것은 오로지 그 날개가 억세지 못한 탓, 다른 누구를 원망할 일은 전혀 아닙니다."

숙연한 표정으로 학산의 말을 경청하던 이명이 말했다.

"아드님의 시신은 이비영이 따로 사람을 보내 수습했소. 하지만 강동의 무더운 날씨로 시신이 심하게 훼손된 탓에 부득불 현지에서 화장하지 않을 수 없었다고 하오. 귀교의 장례 풍습을 고려치 않고 임의로 처리한 점, 미안할 따름이오."

그러면서 유골이 담겨 있을 것이라 짐작되는 향목 상자를 탁자 위로 밀어 보냈다.

유일신 안랍安拉(알라)을 숭배하는 회교의 일반적인 장례 양식은 매장이다. 그들에게 있어서 죽음이란 이승과 저승을 이어 주는 가교. 때문에 화장을 영혼의 안식처를 파괴하는 행위로 간주하여 금기시한다. 하지만 향단 상자를 수습하는 학산의 표정에는 한 점의 변화도 없었다. 아들의 유골함을 대하는 태도가 마치 모래가 든 상자를 대하는 듯했다.

"모든 것은 안랍의 뜻일 뿐. 저는 기쁨과 슬픔을 그분께 의탁한 지 오래입니다."

말을 멈춘 학산은 움푹한 눈두덩에 묻힌 청갈색 눈동자를 이명의 옆자리에 앉은 문강에게로 돌렸다. 두 사람의 시선이 마주치자 학산의 학처럼 길쭉한 목이 천천히 구부러졌다.

"아들의 일에 여러모로 배려해 주신 점 감사드립니다."

문강이 고개를 약간 세우고 학산을 눈 아래로 내려다보며 말했다.

"육사의 사주들을 비영에 임명하지 않는 전례를 파하고 둥지의 주인인 학 노인을 팔비영 자리에 추천한 것은 아드님의 사망 건 때문이 아니오."

다소 냉정하게 들릴 수도 있는 문강의 말에도 학산은 평정을 잃지 않았다.

"이비영님께서 둥지를 필요로 하는 시기가 다가왔다는 점은 저도 잘 알고 있습니다."

문강이 고개를 짧게 끄덕이는 것을 지켜보며 연벽제는 저들이 말하는 둥지에 대해 생각해 보았다.

독수리 둥지, 응소라는 이름을 연벽제가 처음 들은 것은 월사가 십비영에 임명된 지난봄의 일이었다. 문강이 정보 조직인 비이목과는 별도로 비밀스러운 무력 조직 한 군데를 휘하에 부

리고 있다는 것은 어렴풋이나마 짐작하고 있었지만, 그 이름이 십영회의에서 공개적으로 언급된 것은 그때가 처음이었던 것이다. 그런데 이제 문강은 어린 독수리로도 모자라 그 아비인 늙은 독수리까지 둥지에서 불러내기에 이르렀다. 늙은 독수리가 한 말처럼 둥지를 필요로 하는 시기가 다가왔기 때문이리라.

여기까지 생각하자 문득 궁금해졌다.

문강은 대체 둥지의 독수리들을 어디에 사용하려는 것일까?

(3)

국자제주의 집무실이 있는 이륜당에 표운을 대동하고 들어간 것은 이번 일에 관해 금의위 내에서 아는 자가 적지 않음을 드러내기 위한 방편이었다. 하지만 이번 일에 관해 아는 자는 여전히 극소수에 불과하니, 한마디로 허장성세랄까. 대동한 표운 조차도 그저 이 국자감 인근에서 고참 하나가 실종되었다는 정도만 알고 있을 따름이었다. 성왕 암살 첩보에서 시작된 이번 일은 그만큼이나 은밀하고 민감한 사안이었다.

당대의 대학자이자 문장가를 주인으로 둔 집무실은 명가의 서화들과 품격 있는 집기들로 꾸며져 있었다. 안에 머물기만 해도 저절로 고상해지는 기분이 들었다. 그곳에서 이질적인 존재라고는 오직 두 가지뿐인 것 같았다.

"오호라, 반가운 얼굴들이 기다리고 계셨습니다그려."

양진삼은 싱긋 웃으며 국자제주의 집무실 안에서 자신을 기다리고 있는 두 명의 낙타 대가리들에게 손을 흔들어 주었다. 생긴 대로 논다고, 온순한 얼굴을 한 건달바는 점잖게 앉아 있는데 흉악한 얼굴을 한 긴나라는 탁자에 버텨 둔 금강저부터 잡아 갔다.

 뒤따라 들어오던 표운이 '헙!' 하고 긴장한 숨을 들이마셨지만, 양진삼은 모자 위로 뻗은 깃털 장식을 태연히 쓸어 만질 뿐 별다른 행동을 취하지 않았다. 대신 행동을 취해 줄 사람이 따로 있음을 믿었기 때문이다. 아니나 다를까.

 "공무로 오신 분이오. 무례를 범하면 아니 되오."

 곽홍력이 손을 내밀어 당장이라도 자리를 박차고 일어서려는 긴나라를 제지했다. 긴나라가 씨근덕거리던 숨을 길게 토하며 쥐고 있던 금강저를 본래 있던 자리에 기대어 놓았다. 건달바는 시종일관 무슨 일이 있었냐는 듯 의뭉스러운 점잔을 빼고 있을 따름이었다. 그 얼굴로부터 닷새 전 밤하늘을 펄펄 날아다니던 서역 용사의 자취를 찾아내기란 어려울 것 같았다.

 "공무란 참 좋군요. 흉신악살을 순식간에 고승으로 만드는 걸 보니 말입니다."

 팅!

 어루만지던 깃털 장식을 손끝으로 경쾌하게 튕긴 양진삼은 누가 권하지도 않았는데 의자를 드륵 당겨 앉았다. 그런 다음 물소 가죽 직통화를 신은 두 발을 탁자 위에 턱하니 얹고 발목에서 포개니, 바로 이러려고 갑갑함과 고린내를 견디면서 신고 나온 것이 아니겠는가. 맞은편에 앉은 긴나라의 굵은 눈썹이 오줌 맞은 지렁이처럼 요동치는 것을 보는 재미가 꽤나 쏠쏠했다.

 "부, 부영반님, 이게 대체 어떻게 된……?"

 "쉿."

 표운의 질문을 입술 앞에 세운 손가락 하나로 틀어막은 양진삼은 느긋한 표정으로 곽홍력을 쳐다보았다.

 "아쉽게도 차를 즐길 분위기는 아닌 것 같군요."

곽홍력이 양진삼 쪽으로 시선을 돌렸다.

"공문의 발송인을 보고 설마 했네만, 지난 초하룻날 밤에 이곳에 침입한 자가 자네였나?"

양진삼은 대답 대신 두 명의 낙타 대가리들을 턱짓으로 가리켰다. 확인은 이미 끝난 것 아니냐는 의미였다. 곽홍력이 무겁게 고개를 끄덕인 뒤 말했다.

"그날 밤 자네와 두 분 법왕 사이에 벌어진 불상사에 대해서는 유감으로 생각하네. 하지만 아무리 금의위 부영반이라고 해도 야밤에 나랏일을 하는 기관에 무단으로 침입한 것은 경우에 어긋나는 일이라고……."

"아아."

양진삼은 이야기가 구구해지는 것을 원치 않았다. 고개를 흔들어 곽홍력의 말을 자른 그가 탁자 위에 얹은 두 발을 바닥에 내려놓은 뒤 이제까지와는 달리 각을 세운 목소리로 말했다.

"단도직입적으로 말씀드리지요. 제 수하를 내놓으십시오."

곽홍력이 영문을 모르겠다는 듯 두 눈을 끔뻑이다가 대답했다.

"안 그래도 공문에 그리 적혀 있더군. 작전 중에 부상을 입어 이 국자감으로 피신한 금의위 사령이 한 사람 있다고. 하지만 누구를 말하는 건지 나로서는 도무지 알지 못하겠군."

어제 금의위 부영반의 이름으로 발송한 공문에는 분명히 그렇게 기재해 놓았다. 문서로 남기는 일이니만큼 피차 곤란해지는 것을 피하기 위함이었다. 그 사실을 모르지 않을 텐데도 계속 시치미 떼는 모습을 지켜보노라니 짜증이 슬그머니 치미는 것을 느꼈다. 고장난명孤掌難鳴인 상황, 양진삼은 박수 소리가 듣고 싶었다.

"저는 지금 협상을 하기 위해 이 자리에 온 겁니다. 만일 협상이 결렬되면 별수 없이 옹관으로 돌아가서 점검이나 해야겠지요. 오늘은 특별히 바닥 쪽에 신경을 쓸 계획입니다. 자칫 바닥에 빈 공간이라도 있어 황상께서 발이 빠지시기라도 하면 애먼 모가지들이 여럿 달아나지 않겠습니까."

 이것은 일종의 엄포라고 할 수 있는데, 사실 협상이 결렬될 경우 옹관의 지하를 수색하여 비밀 뇌옥을 찾아내기에 앞서 저 앞에 앉아 있는 두 명의 낙타 대가리들부터 상대해야 할 공산이 컸다. 양진삼이 내세운 공무란 모자 위에 꽂은 깃털 장식과도 같아서 보기에는 그럴듯해도 유사시에는 아무런 방패막이도 되어 주지 못하는 것이다.

 타결과 결렬의 확률은 각각 얼마쯤일까?

 어쩌면 생사를 결정할지도 모르는 확률의 주판알을 머릿속으로 열심히 튕기며 양진삼은 암암리에 공력을 끌어 올렸다. 저번에야 그쪽에서 일방적으로 기분을 냈지만, 이번에는 쉽지 않을 게다. 무양문 팔군장 자리는 마작으로 딴 게 아니니까.

 실내 안에 갑자기 장미향을 닮은 향기가 감돌기 시작했다. 건달바가 심향인 공력을 본격적으로 끌어 올린 모양이었다. 긴나라도 어느새 아까 세워 둔 금강저의 중동을 움켜쥐고 있었다. 그것들에 더하여, 양진삼의 좋은 기감은 뒷전에 시립한 표운이 허리춤의 패검을 슬그머니 쥐어 가는 것까지도 잡아냈다. 표운으로서는 모진 놈 곁에 있다가 날벼락 맞았다고 여길지 모르지만 양진삼의 생각은 달랐다. 너, 장과두와 그렇게 친하다며? 친분이란 때때로 증명을 요구하기도 한다. 바로 지금처럼 말이다.

 "후우!"

곽홍력은 긴장감이 팽배해진 실내를 복잡한 눈빛으로 둘러보다가 긴 한숨을 내쉬고는 자리에 앉았다. 그 한숨이 묘한 균형추 노릇을 하며 들끓던 긴장감을 지그시 억눌렀다. 양진삼은 곽홍력의 청수한 노안에서 가식적인 근엄함이 점차 가시고 그 빈자리를 담백한 진솔함이 메워 나가는 모습을 침착한 눈길로 지켜보았다. 그러고 보니 저 얼굴을 존경하던 시절도 있었던 것 같았다.

곽홍력은, 마치 자신은 전혀 위험하지 않다는 것을 보여 주기라도 하듯 양손을 탁자 위로 얌전히 올려놓고는 말했다.

"내 예상보다 많은 것을 알고 있는 모양이군."

"아마도 그럴 겁니다."

"한 가지 이상한 점이 있군. 금의위란 데가 본시 사람을 이리 귀히 여기는 곳이었던가?"

의미인즉슨, 적에게 사로잡힌 밀정을 이런 위험을 감수하면서까지 구출해야 할 이유가 있느냐는 질문이었다. 양진삼은 솔직히 답변해 주었다.

"금의위가 어떤 곳이냐와는 전혀 상관없는, 전적으로 소생의 마음이 편하려고 하는 일입니다."

"호, 금의위 부영반께서는 정말로 군자시로군."

곽홍력이 콧수염 한쪽을 틀어 올리며 비아냥거렸지만 양진삼은 모르는 체 고개를 숙였다.

"감사합니다."

곽홍력이 탁자 위에 얹은 두 손을 가볍게 맞잡으며 말했다.

"좋아, 이게 정말로 협상이라고 치세. 하면 그에 합당한 대가는 가져왔겠지?"

물론이었다.

"영문도 모른 채 죽임을 당할 불쌍한 참의 한 사람을 살려 주겠습니다."

양진삼의 대답에 곽홍력이 눈썹을 찡그렸다.

"뜻밖이군. 금의위에서는 그를 죽일 작정이었나?"

"하하, 우리 금의위를 무슨 자객 집단처럼 여기시는 모양이군요. 금의위의 본업은 살인이 아닙니다. 살인은 자객들이나 저지르는 짓이지요. 예를 들면, 외부에 노출된 끄나풀을 정리할 필요성을 느낀 자객들 말입니다."

손칼로 자신의 목을 베는 시늉을 해 보임으로써 곽홍력의 신경을 슬쩍 긁은 양진삼이 양손 바닥을 활짝 펼쳐 보이며 말을 이어 나갔다.

"약속드리지요. 그 참의로부터 깨끗이 손을 떼겠습니다. 차후에 금의위에서 그를 조사하거나 그를 상대로 공작을 벌이는 일은 없을 겁니다."

말 뒤에 "개인적으로 마무리 지을 공작은 아직 남아 있긴 하지만."이라는 말은 굳이 덧붙이지 않았다. 문자 그대로 지극히 개인적인 공작이기도 하거니와, 이번 협상을 타결하는 데 도움이 되는 말도 아니기 때문이다. 지금은 협상이 우선. 개인적인 공작은 나중 문제였다.

"그의 부친이 육부六部의 고관이라는 사실은 제주께서도 아시리라 믿습니다. 누구라도 손을 쓰기에는 부담이 제법 있을 겁니다. 그 부담을 덜어 드리는 게 제가 제시하는 대가입니다."

"이부상서 고정천의 아들이라면 확실히 손을 쓰기에 부담스러운 면이 있기는 하지. 그렇지만 금의위에서 죽일 것도 아닌 자를 두고서 우리가 손을 쓰지 않아도 되도록 해 주겠다니……."

곽홍력은 혀를 끌끌 찬 뒤 말을 마무리 지었다.

"결국 자네는 아무 손해도 보지 않겠다는 뜻이군."

양진삼은 펄쩍 뛰듯이 반박했다.

"그럴 리가요! 제가 몇 달 동안 그에게 들인 공을 아신다면 결코 그런 말씀을 하시지는 못할 겁니다. 손을 떼는 것만으로도 커다란 타격이지요. 저로서는 무척이나 포기하기 힘든 작전임을 알아주십시오."

"정말로 그럴까?"

그러면서 쳐다보는 눈길이 무척이나 의미심장해서 양진삼은 멋쩍게 웃고 말았다.

비각과 연이 닿은 통정원 참의를 역으로 이용하여 비각에서 성왕을 암살하려 한다는 물증을 확보한다는 이번 작전은, 자신이 두 낙타 대가리들에게 발각되어 얻어터진 시점에서 사실상 실패로 돌아간 셈이었다. 풀숲에 숨은 독사를 유인하는 데는 성공했지만, 고개만 내민 독사가 땅꾼을 발견하고 다시 숨어 버린 격이랄까. 한번 문 미끼를 다시 물 만큼 어리석은 독사는 아닐 테니, 이 시점에서 작전을 깨끗이 접어 버리는 편이 여러모로 이로웠다.

물론 이번 작전에 적잖은 기대를 걸고 있는 병부시랑 우겸과 금의위 영반 하도지는 몹시 아쉬워하겠지만, 접을 때는 접을 줄 알아야 한다는 것이 양진삼의 지론이었다. 그리고 작전을 접었다 하여 성과가 아주 없는 것만은 아니었다. 금의위에서 주시하고 있다는 사실을 안 이상 저들 또한 성왕을 상대로 섣부른 수작을 부리지는 못할 터. 그렇게 보면 양측이 비슷한 손해를 입은 셈이었다. 이만하면 협상하기에 좋은 환경이 아닐까?

자! 할 거요, 말 거요?

양진삼은 반짝이는 눈으로 곽홍력의 얼굴을 쳐다보았다. 수염을 쓸어내리며 뜸을 들이던 곽홍력이 한참 만에야 입을 열었다.

"앞서 말한 대로 자네 수하 얘기는 도무지 모르겠네만, 이틀 전엔가 집현문 안쪽을 기웃거리는 좀도둑 한 명을 붙잡은 일은 있다네. 패악질이 대단하여 모처에 감금해 두었는데, 국자감으로서는 익숙지 않은 일이라 어떻게 처리해야 하나 고민하던 참이었네. 이참에 금의위에 넘기는 것도 괜찮은 해결책이 될 것 같군."

이로써 협상은 타결되었다. 비록 약간의 각색이 더해지기는 했지만. 양진삼은 유비의 아들을 구출하는 데 성공한 조자룡처럼 안도하며 곽홍력의 연기에 장단을 맞춰 주었다.

"원래 그런 자를 처리하는 데가 금의위지요. 제 수하는 다른 곳에서 찾아보도록 하겠습니다."

"나랏일을 하느라 수고하는 사람이니 꼭 찾았으면 좋겠군."

곽홍력은 즉시 사람을 불러 몇 마디 지시를 내린 다음, 온화한 할아버지처럼 웃으며 양진삼에게 말했다.

"강연이 끝나고 황상께서 환궁하시는 길에 신병을 인수해 갈 수 있도록 조치해 놓았네."

양진삼은 곽홍력을 향해 고개를 깊이 숙였다.

"감사합니다."

"붙잡은 도둑을 공안에 넘기는 것은 천자의 신민 된 몸으로 당연히 해야 할 일. 감사야 고민하던 문제를 자네에게 떠넘긴 내 쪽에서 해야 옳겠지."

이 말에 숙이고 있던 고개를 슬그머니 쳐든 양진삼이 은근한 목소리로 물었다.

"듣고 보니 그런 면이 있는 것 같아 드리는 말씀입니다만,

제가 수고비 조로 뭔가를 좀 얻어 가려고 하는데 괜찮으시겠습니까?"

곽홍력이 눈살을 찌푸렸다.

"이제는 보따리 내놔라 이건가. 호중이 자식 교육을 대체 어떻게 시켰는지 궁금하군."

양진삼은 대꾸 대신에 자신이 지을 수 있는 한 가장 뻔뻔한 웃음을 지어 주었다. 곽홍력이 고개를 절레절레 흔들더니 물었다.

"좋아, 자네 같은 분방한 사람이 이 고리타분한 학당에서 얻어 가려는 게 대체 뭔가?"

양진삼은 맞은편에 앉아 있는 낙타 대가리들을 힐끔거렸다.

"덕 높으신 고승님들 면전에서는 차마 못 할 얘기입니다만, 아는 사람 중에 요즘 이 물건이 제대로 서지 않아 고민하는 친구가 한 명 있습니다."

양진삼이 손바닥으로 제 사타구니를 툭툭 두드리자 곽홍력이 짧게 코웃음을 쳤다.

"그런 참에 이 국자감에서 용한 약을 만들었다는 소문을 듣게 되었지요. 불쌍한 가장 하나 살리시는 셈치고 어떻게 변통을 좀 해 주시면 감사하겠습니다."

날강도를 쳐다보는 듯한 눈으로 양진삼을 한동안 노려보던 곽홍력이 이내 체념한 목소리로 말했다.

"국자감이 의방도 아닌데 무슨 재주로 그런 명약을 만들겠는가마는, 박사들 사이에 비슷한 효과를 볼 수 있는 서역 약이 돌고 있다는 얘기를 얼핏 들은 적이 있네. 혈기 방장한 생도들이 알면 학업에 지장이 있을지도 모르니 이 기회에 수거해서 자네에게 내주도록 하겠네."

"감사! 감사합니다!"

양진삼은 탁자를 두 손으로 짚고 방아깨비처럼 열심히 고개를 숙여 보였다. 이건 정말로 감사해야 하는 일이었다. 저도 모르는 새 죽다 살아난 운 좋은 참의에게 개인적인 공작을 마무리짓기 위해서는 반드시 그 약이 필요할 테니까.

"이제야 진심이 담긴 감사를 받는 기분이군. 그렇다면 이 늙은이가 하는 말을 유념하여 들어주게나."

"말씀만 하십시오. 세이경청하겠습니다."

기쁜 마음에 경박하게 대꾸하는 양진삼을 차분한 눈길로 바라보던 곽홍력이 목소리를 낮춰 말했다.

"향후 잠룡야를 적대하는 일은 가급적 피하도록 하게. 이건 국자제주로서가 아니라 호중의 오랜 친구로서 하는 당부일세."

표정에서 경박함을 빠르게 지워 나가는 양진삼을 향해 곽홍력이 한숨을 쉬듯 덧붙였다.

"나는 호중이 슬퍼하는 모습을 보고 싶지 않네."

─────

의도적이라고밖에 생각할 수 없는 침침한 조명 탓에 지하처럼 음랭한 느낌을 풍기는 비천대전 내부와는 달리, 바깥세상에서는 작살처럼 강렬한 늦여름 햇살이 대지를 마음껏 후벼 파고 있을 시각이었다. 창에 드리운 두터운 휘장 틈으로 언뜻언뜻 비치는 황백색 편린에 곁눈을 주며, 연벽제는 저 햇살 속으로 뛰어 들어가 한바탕 검무라도 추고 싶은 충동을 한 모금의 미지근한 물로 갈음했다. 이곳은 아무리 넓어도 답답하게만 느껴졌다. 그것도 언제나.

"……반대가 없는 만큼 안건이 통과되었음을 선포하오."

 팔비영 자리에 학산을 임명하는 안건에 대한 처리가 모두 끝나자 다음은 구비영 차례였다. 비천대전에 모인 사람들의 시선은 학산의 옆자리에 앉아 있는 회모를 쓴 검은 피부의 풍보에게로 집중되었다. 하지만 정작 시선을 받은 당사자는 통통한 왼손에 쥔 커다란 양고기 육포를 뜯느라 그런 사실을 알아차리지 못하는 눈치였다. 그 모습이 눈에 거슬렸는지 이명이 허리를 의자 등받이로 깊이 물리며 조금 언짢은 목소리로 말했다.

 "구비영에 대한 추천은 패륵 법왕께서 해 주셨소."

 그러고는 뒷말을 잇지 않으니, 추천자인 패륵으로서는 쭈뼛거리면서도 나설 수밖에 없었을 것이다. 작위적인 잔기침으로 입술을 뗀 패륵이 특유의 성마르고 카랑카랑한 목소리를 대전 안에 퍼뜨리기 시작했다.

 "육사의 한 곳인 천산철마방에서 철마단장鐵馬團長을 맡고 있는 고륭古隆 시주요. 일단 말 등에 오르기만 하면 마귀처럼 무서워진다 하여 붙은 안상귀장鞍上鬼將이라는 별호는 아마 다들 들어 보셨으리라 믿소. 오사장烏斯藏 출신이고 어린 시절 본사에 수년간 머문 인연으로, 아, 그렇다고 해서 그가 불자라는 얘기는 아니오, 그 인연 덕분에 본 법왕과는 안면이 있는 사이요."

 관외 사정에는 그리 밝지 못한 연벽제지만 안상귀장 고륭이라면 들어 본 적이 있는 이름이었다. 천산 일대를 지배하는 천산철마방에서도 방주인 삼불도를 제외하면 당해 낼 자가 없다는 강자라던가. 그가 이끄는 철마단이 휩쓸고 지나간 자리에는 오직 폐허만 남는다는 말은, 천산남북로를 지나는 이들에게는 잊어서 안 되는 경구가 된 지 오래였다. 다만 악명이 가진 단점이랄까, 꼬리처럼 따라붙는 수식들이 마상학살자馬上虐殺者니 혈

염마장血染馬掌(피로 물든 말편자)이니 대부분 살벌하기 그지없는지라 별로 좋은 인상은 받지 못한 기억이 있었다. 실제로 대하고 보니 인상은 둘째 치고라도, 철마방의 철마가 정말로 무쇠로 만들어지지 않은 바에야 과연 저 체중을 싣고 달릴 수 있을지부터가 의문이었다.

"고 시주가 관내로 들어온 것은 이번이 처음이오. 한어에 서툴 뿐만 아니라 이곳 물정에도 어두울 터이니 비영 제위들의 지도를 당부드리오."

"가장 먼저 식당 위치부터 지도해 줘야겠군."

불쑥 끼어든 제초온의 말인즉 저 쩝쩝거리는 소리가 듣기 싫다는 뜻인데, 소개하는 패륵 또한 때와 장소를 가리지 못하는 고륭의 식탐을 마뜩찮게 여긴 듯 별다른 변론을 해 주지 않았다. 변론을 한 사람은 방금 팔비영에 임명된 응소의 주인 학산이었다.

"우리 회교도는 이틀 뒤에 시작되는 재월(齋月, 라마단 : 이슬람력으로는 9월, 이슬람력에는 윤달이 없어 중국의 음력과 일치하지 않음) 동안 교리에 따라 주중금식晝中禁食의 고행을 치러야 합니다. 회초리처럼 마른 저야 하루 한두 끼 굶는다 하여 무슨 문제가 되겠습니까마는, 고 단장 같은 체구에 한 달 내내 낮 동안 금식을 하려면 얼마나 고통스럽겠습니까. 지금 저렇게 먹는 것도 그때를 대비하여 양분을 비축하려는 뜻이니, 눈에 거슬리는 점이 있더라도 넓은 아량으로 이해해 주시기 바랍니다."

"한 달씩이나 금식이라니, 회교도가 되느니 차라리 머리 깎고 중이 되는 게 낫겠군. 흐흐."

제초온의 비웃음에도 학산은 담담히 이렇게 말했을 따름이다.

"위대한 선지자 목한묵덕穆罕默德(마호메트)께서는 인내는 만족의 문을 여는 열쇠라고 가르치셨습니다."

비영들 사이에 오가는 곁말이 길어지는 기미를 보이자 주재자인 이명이 분위기를 수습하고 나섰다.

"자, 철마방의 고 단장을 구비영으로 임명하는 안건에 반대하시는 분은 손을 들어 주시오."

사실 식탐과 능력이 무슨 연관이 있으랴. 고륭의 등 뒤에는 천산철마방이 도사리고 있고, 그 휘하에는 '새외의 검은 질풍'이라고 불리는 철마단의 오십 갑마병甲馬兵이 있었다. 어느 모로 보나 구비영 자리를 맡기기에 부족함이 없는 것이다. 학산을 임명하던 때와 마찬가지로 반대하는 사람은 아무도 없었다. 잠시 시간을 두고 좌중을 둘러보던 이명이 손뼉을 가볍게 쳤다.

"그럼 이 시간부로 고 단장이 구비영에 임명되었음을 선포하는 바이오. 이비영은 그에게 구비영으로서 첫 번째로 수행할 임무를 지시해 주시오."

이명의 말을 받은 문강이 물빛처럼 맑은 눈을 고륭의 검은 얼굴에 고정시켰다.

"구비영께서는 철마단을 이끌고 감숙의 오행독문으로 출동, 독중선이 남긴 독물들을 수거해 오시오. 특히 독중선이 얼마 전에 만든 '화연化然'은 반드시 전량 수거해 와야 하오. 그 일에 저항하는 자가 있다면 구비영의 뜻대로 처리하셔도 좋소."

문강이 내린 지시 중에 알아듣기 힘든 부분이 있는지 고륭이 고개를 갸웃거리며 두꺼비처럼 눈을 끔뻑거리자, 곁자리에 있던 학산이 그네들의 언어로 몇 마디를 낮게 속삭여 주었다. 고륭이 고개를 번쩍 들고 문강에게 말했다.

"독중선, 요술로 사람 죽인다. 무섭다."

"죽은 독중선은 요술을 부리지 못하오."

"그러면, 간다."

뒤집어진 입술을 실룩거리며 떠듬떠듬 대답한 고륭이 쥐고 있던 육포를 한입에 털어 넣고 자리에서 일어섰다. 패륵이 눈을 치뜨며 그를 올려다보았다.

"이 사람아, 회의는 끝나고 가야⋯⋯."

"보내 주십시오. 어차피 불편한 자리였을 테니까."

문강의 말이 채 끝나기도 전에 고륭은 이미 비천대전의 입구에 이르러 문고리를 움켜잡고 있었다. 비대한 뱃살을 출렁거리며 달려가기까지 한 것을 보면 회의석에 앉아 있던 시간이 어지간히 지루했던 모양이다. 십영회의가 열린 이래 최초로 십영 중 한 명이 회의 중간에 자리를 이탈한 파격은 자리에 남은 모든 이들의 암묵적 동의하에 간단히 넘어가 버렸다.

"시간이 너무 지체된 것 같습니다. 속히 진행하시지요."

문강의 말에 이명이 서류를 넘겼다.

"마지막으로 십비영 임명에 관한 안건이오. 후보를 추천한 분은⋯⋯ 각주님이시오."

각주, 잠룡야 이악이 거론되자 어수선하던 분위기가 순식간에 가라앉았다. 제초온처럼 분방한 위인마저도 삐딱하게 틀어 놓았던 허리를 곧추세우는 모습을 보며, 연벽제는 수십 년간 비각을 완벽하게 통제해 온 그 통통한 칠순 노인의 존재감을 새삼스레 실감할 수 있었다.

이윽고 물빛 남삼에 옥대를 두른 잘생긴 장년인이 자리에서 일어서서 주위를 향해 주먹을 모아 보였다.

"상산에서 온 남립입니다. 부족한 몸으로 노각주님께 낙점을 입게 되어 황송할 따름입니다."

"상산팔극문의 남립, 남 문주께서는 비이목의 총탐으로서 오랫동안 각의 대업을 위해 강남 지역에서 활동해 오신 분입니다. 이번에 특별히 큰 공을 세워 노각주님의 추천을 받게 되었으니, 이 점을 고려해 주시기 바랍니다."

문강의 부연이 끝나기 무섭게 패륵이 물었다.

"남 문주가 이번에 세운 공이라는 게 뭐요?"

"그동안 무양문의 서문숭을 강호로 끌어내기 위해 백방으로 노력했지만, 별다른 결과를 얻지 못한 것이 사실입니다. 그런데 이번에 남 문주가 무양문의 심장부인 복건에 직접 잠입하여 서문숭의 손녀, 서문관아의 신병을 확보하는 데 성공했습니다."

"서문숭의 손녀? 몇 살이나 먹었는데?"

이번에 나선 것은 제초온이었다. 문강은 지체 없이 대답했다.

"여덟 살입니다."

"이런, 이런……. 서문숭을 끌어내기 위해 여덟 살짜리 계집 아이를 납치했단 말이오?"

"대호를 잡기 위한 미끼로 새끼 호랑이를 이용하는 것은 사냥의 기술 중 하나입니다."

이제껏 침묵으로 일관하던 연벽제가 비로소 말문을 열었다.

"아이는 지금 어디 있소?"

문강의 차분한 시선이 연벽제에게로 옮아 왔다. 시선이 마주친 순간, 연벽제는 문강의 눈동자 깊숙한 곳에서 어떤 종류의 감정을 읽어 낼 수 있었다. 그 감정을 굳이 분류한다면 '즐거움'에 가까울 것 같았다. 연벽제처럼 지고한 수준에 오른 검객과 눈싸움을 할 수 있다는 것만 해도 대단한데, 그 가운데 자신의 감정을 발현할 수 있다는 것은 실로 놀라운 일이 아닐 수 없었다.
 잠시 후 문강이 짤막하게 대답했다.
 "역천뢰에 입감시켰습니다."
 연벽제는 눈썹을 찡그렸다. 하지만 그 대답에 목청을 높인 것은 그가 아닌 제초온이었다.
 "여덟 살 먹은 계집애를 역천뢰에 가뒀다고?"
 문강은 붉은 입술 위로 얇은 미소를 머금었다.
 "사마四魔의 수좌이신 육비영께서 이토록 측은지심이 많은 분인 줄은 미처 몰랐습니다."
 제초온이 파락호처럼 건들거리던 신색을 차갑게 굳히더니 무섭게 으르렁거렸다.
 "주둥이만 산 빌어먹을 새끼들처럼 이비영도 이 몸을 군조나 남궁월, 유붕 같은 떨거지들과 한 줄로 엮으려는 게요? 분명히 경고하거니와, 누구든 날 비웃으려거든 먼저 내 칼부터 비웃어야 할 게요."
 "아아, 강호에 떠도는 호칭을 그대로 옮겼을 뿐 육비영을 비웃으려는 의도는 전혀 없었습니다. 그리고 아이를 역천뢰에 입감시킨 일에 관해 말씀드리자면, 대업을 위해 사사로운 온정을 외면할 수밖에 없는 점, 소생도 무척 안타깝게 여기고 있습니다."
 문강은 골난 아이를 달래듯 부드러운 얼굴과 목소리로 해명할 따름이었다. 이를 지켜보던 연벽제의 눈가에 곤혹이 어렸다. 자신의 무형검기도, 거경의 패도도 가벼이 받아넘기는 책사를 어찌 문약하다 할 수 있을까. 그러나 아무리 살펴봐도 저 문강에게선 무공을 수련한 흔적을 찾아볼 수 없었던 것이다. 연벽제는 자신의 안목을 속일 수 있는 숨은 고수란 천하에 존재하

지 않는다고 믿어 왔고, 안목에 대한 그의 믿음은 검에 대한 그 것만큼이나 확고했다.

그렇기에 문강은, 여러모로 연벽제를 곤혹스럽게 만드는 존재일 수밖에 없었다.

"측은지심 따위는 없소. 어린 계집아이가 버틸 수 있는 곳이 아니라서 한 말이오. 어렵게 확보한 아이가 자칫 옥방에서 죽어 나가기라도 한다면 낭패 아니오."

제초온이 한풀 꺾인 목소리로 투덜거리자 문강의 눈초리가 둥글게 말려 내려갔다.

"그 점은 염려 마시기 바랍니다. 그 아이는 절대로 죽지 않을 테니까요."

"절대로?"

기묘한 대답에 제초온이 고개를 갸웃거렸지만 문강의 친절은 거기서 끝난 모양이었다. 문강은 옆자리에 앉은 이명에게 슬쩍 눈짓을 보냈다. 이명이 짧은 헛기침으로써 끊어졌던 회의를 다시 진행했다.

"남 문주를 십비영에 임명하는 안건에 반대하는 분은 손을 들어 주시오."

만장일치를 기본으로 운영되는 십영회의에서는 한 사람의 반대만 나와도 안건이 통과되지 않았다. 그러나 연벽제는 이제껏 하나의 안건도 부결되는 것을 보지 못했다. 설령 이견이 나온다 해도 적당한 중재와 수정을 거쳐 결국에는 통과된다. 이는 회의를 주재하는 이명—하지만 실제로는 그 뒤에 웅크리고 있는 문강—의 장악력이 그만큼 뛰어나다는 사실을 의미했다.

"좋소, 반대하는 분이 없는 만큼 오늘부로 남 문주를 십비영에 임명하는 것으로 하겠소."

이명의 선포가 떨어지자 남립이 다시 한 번 자리에서 일어서서 사람들을 향해 포권을 두루 올렸다.

"남 모는 노각주님의 기대와 선배 제위분들의 은정을 저버리지 않기 위해 견마지로를 다할 것을 약속드리겠습니다."

그런 남립에게 문강이 말했다.

"십비영께 첫 번째 임무를 내리겠소."

"하명하십시오."

"십비영께서는 용봉단주 강이환과 합류하여 무당 장문인을 만나시오. 회의가 끝난 뒤 나를 찾아오면 무당산에서 해야 할 일을 자세히 알려 드리겠소."

"명을 받들겠습니다."

남립이 공손히 허리를 숙인 뒤 자리에 앉았다. 모든 안건에 대한 진행을 마친 이명이 몸을 의자 등받이에 기대며 문강에게 눈짓을 보냈다.

"마무리하겠습니다."

문강이 허리를 똑바로 세우며 특유의 맑은 목소리로 운을 떼었다. 십각형 탁자에 둘러앉은 일곱 비영들의 시선이 일제히 그에게로 향했다.

"예상대로 서문숭은 광명령을 발동했습니다. 휘하의 모든 문도들을 출동 대기시키고 방방곡곡의 백련교도들에게 지원에 만전을 기할 것을 명했습니다. 이번 일에 관여한 문파들의 명단을 이미 작성해 두었다는 보고가 있었으니, 이제 곧 그들을 응징하기 위해 수십 년간 축적해 온 무양문의 힘을 강호에 풀어놓겠지요. 실제로 무양문의 동태가 심상치 않다는 보고가 강남으로부터 며칠 주기로 올라오는 중입니다. 어쩌면 이미 움직임을 시작했을지도 모릅니다."

연벽제는 탁자에 둘러앉은 누군가가 흘린 무거운 신음을 들을 수 있었다. 어쩌면 연벽제 본인이 흘린 것인지도 모른다.

"무양문이 보유한 힘이란 누구도 정확히 파악하지 못할 만큼 엄청날 것으로 봅니다. 서문숭에게는 손녀를 납치한 자들을 응징한다는 명분이 있습니다. 그러나 우리가 구축한 반 무양문 전선의 힘 또한 만만치 않습니다. 신무전을 이끌어 낼 수만 있다면 그 힘은 배가되겠지요. '낙일평의 치恥'로부터 이어져 온 그들의 명분 또한 반석처럼 굳건합니다. 이제 곧 힘과 힘이 부딪칠 겁니다. 명분과 명분이 부딪칠 겁니다. 파괴와 살육이 자행되고 피와 살점이 난무하는 혼란의 시기가 마침내 시작된 것입니다."

스스로 머릿속에 그린 광경에 흥분한 듯 차분히 이어지던 문강의 목소리가 조금 높아졌다.

"그러나 서문숭은 북악남패로 고착되었던 낡은 시대가 서서히 저물고 있음을 깨닫지 못하고 있습니다. 그의 위세 등등한 진군은 결국에는 낡은 시대의 종말을 알리는 조종弔鐘으로 전락하고 말 겁니다. 혼란은 극심하겠지만 길게 이어지지는 않으리라 믿습니다. 왜냐하면……."

문강은 활짝 편 오른손을 어깨 위로 들어 올렸다. 굳은살 한 점 찾아볼 수 없는, 여자에게 달렸어야 오히려 어울릴 것 같은 매끄럽고 깨끗한 손이었다. 그 손이 마술처럼 사람들의 시선을 끌어당겼다. 절세의 검객도, 맹수 같은 마두도, 서역의 이승도 그 손의 마력에서 벗어나지 못하는 것 같았다.

문강은 그렇게 들어 올린 오른손으로 허공의 한 부분을 천천히 움켜쥐며 말했다.

"그 혼란의 고삐를 움켜쥐고 있는 것은 바로 우리들 비각이기 때문입니다."

(4)

양진삼은 동그랗게 말아 쥐고 있던 오른손을 천천히 펼쳤다. 그 위에는 분홍색 환약 한 알이 놓여 있었다. 그가 호객을 하는 유녀처럼 눈웃음을 치며 물었다.

"이게 무슨 약인지 아시오?"

통정원에서 퇴청하고 저녁상을 받기도 전에 조복 차림을 한 금의위 부영반의 난데없는 방문을 받고 부뚜막 위에 올라간 고양이처럼 안절부절못하던 뚱뚱한 사십 대 남자, 고사추의 황달기 노란 눈이 쟁반처럼 휘둥그레졌다.

"이, 이 약은……?"

"이름이 뭐라더라, 아! 위가偉哥. 이름 한번 끝내주지 않소?"

'위偉'는 훌륭하고 크다는 뜻이고 '가哥'는 남자를 뜻한다. 합치면 '큰 남자', '대물', 대충 그런 뜻이었다. 누가 지었는지는 모르겠지만, 약보따리를 건네받으며 그 이름을 귀띔 받고 한참을 웃은 기억이 났다.

고사추는 물론 이 분홍색 환약의 정체를 알고 있을 터였다. 그가 닷새 전인 유월 그믐날 밤 야행인으로부터 건네받은 비단주머니에는 바로 이 환약이 적당량 들어 있었던 것이다. 이 환약은, 비유하자면 저들이 고사추라는 개를 부리기 위해 사용한 뼈다귀요, 목줄인 셈이었다.

양진삼은 자신의 손바닥을 핥기라도 할 것처럼 얼굴을 바짝 들이밀고 있는 고사추의 간절함을 느긋한 마음으로 즐기다가 다섯 손가락을 다시 오므렸다. 고사추가 울 것 같은 눈으로 양

진삼을 올려다보았다. 이쯤에서 한껏 달궈진 쇠를 찬물에 집어넣을 필요가 있었다.
"금의위에서 요 며칠 참의 영감을 관찰한 사실은 아시는지?"
"그, 금의위에서 소관을 감찰했다고요?"
"어허, 관찰을 감찰로 듣는 걸 보니 무슨 잘못이라도 지으신 모양이오."
고사추가 예상대로 펄쩍 뛰었다.
"잘못은 무슨! 본 관은 거위 털처럼 청렴결백한 사람이외다!"
"거위처럼 투실투실해 보이긴 하오. 하여튼! 금의위에서 참의 영감을 관찰한 것은 공무 기강 확립을 위해 조정 신료들 중 몇 사람을 무작위로 선정, 일정 기간 동안 실시하는 일종의 불시 점검이라고 보시면 되오. 영감께서는 금번에 그 명단에 들었고, 그래서 며칠 요 주위에 수상한 이들이 배회하는 것을 보셨을지도 모르오."
마치 외워 오기라도 한 것처럼 말을 빠르게 잇는 동안, 양진삼은 자신이 사기에 이토록 소질이 있었던가 새삼 놀랐다. 금의위에서 고사추를 표적으로 벌인 세심한 공작들은 물론 불시 점검 따위가 아니었다.
이달 중순 피서지에서 돌아올 성왕의 귀환로를 통정원에 넌지시 흘리고 그 정보에 눈독을 들이는 자가 누구인지 확인한 것이 첫 번째 공작. 거기에 걸려든 것이 지금 마주하고 있는 고사추였다.
두 번째 공작은 고사추에 대한 뒷조사와 병행하여 그가 사는 저택 주위에 누군가 감시하는 듯한 기미를 일부러 드러내 보이는 것. 지은 죄가 있는 만큼 불안해할 게 뻔한 고사추는 무리를 해서라도 자신이 끈을 댄 암중 세력과 접선하려 들 것이다.

세 번째 공작은 기약 없는 잠복근무로써 접선 현장을 포착하는 것. 여기서부터는 빌어먹을 보안 문제 때문에 양진삼이 직접 나설 수밖에 없었다. 때문에 몇 날 밤을 냄새나는 골목에서 잠복해야만 했고, 그러던 중 마침내 고사추와 암중 세력의 접선 현장을 포착, 암중 세력에 대한 본격적인 추적을 시작하기에 이른 것이다.
　……뭐, 결과는 그리 신통치 않았다. 국자감 내원에서 두 마리 낙타 대가리들에게 가로막히는 바람에 알몸뚱이로 추녀의 손에 농락당하는 신세가 되고 말았으니 말이다. 그 생각만 하면 지금도…….
　고사추가 갑자기 부르르 진저리를 치는 양진삼을 의심 어린 눈으로 힐끔거리며 물었다.
　"공무 기강 확립 차원의 불시 점검이었다고요?"
　양진삼은 얼른 표정을 굳히고 헛기침을 터뜨렸다.
　"어허! 자꾸 되묻는 걸 보니 진정 숨기는 게 있는가 보오. 이거 본 관이 수고로움을 무릅쓰고라도 참의 영감에 대한 조사를 다시 실시해야……."
　"아이고! 무슨 그런 말씀을 하십니까! 단지 소관도 모르는 새 금의위에서 지켜보았다는 생각에 놀랍고 두려운 마음이 들어 그러는 겁니다."
　금의위의 끗발은 대체로 좋은 편이라고 할 수 있었다. 눈 한번 부릅뜨자 뚱뚱한 몸이 금세 배춧잎처럼 납작해졌다. 양진삼은 흐뭇하게 웃으며 아랫사람을 위로하듯 고사추의 어깨를 두드려 주었다.
　"됐소, 됐어. 평소 우리 금의위의 행사에 강압적인 면이 다소 있다는 것은 인정하는 바이니까. 하여튼! 본 관이 오늘 이렇게

영감을 방문한 것은 영감께서 그 불시 점검에 무사히 통과하셨다는 소식을 알려 드리기 위함이오."

"그 말씀이 정말이십니까?"

"못 믿으시겠소?"

"아! 믿습니다. 믿고말고요. 감사합니다! 금의위 만세!"

만세 소리를 함부로 했다가 무슨 꼴을 당하는지 모르지 않을 텐데도 저러는 걸 보니 어지간히도 좋은 모양이다.

'하기야 죽었다 살아났으니 만세 소리도 나올 만하겠지. 그 만세 소리, 이제 내 입에서도 좀 나와 보자.'

양진삼은 고사추를 표적으로 한 마지막이자 지극히 개인적인 공작에 돌입했다.

"그리고…… 이런 말을 해야 옳을지 모르지만, 어디까지나 호의에서 하는 말이니 이상히 듣지는 마시오."

갑자기 은근해진 목소리에 고사추의 살진 얼굴에 다시금 긴장의 빛이 떠올랐다.

"금번 조사를 하던 중에 알게 된 사실인데, 참의 영감, 근래 들어 고민하는 문제가 있더구려."

"예?"

"거 뭐냐…… 음위증 말이오."

그러면서 오른손에 쥐고 있던 신비의 약을 슬그머니 펼쳐 보이니 고사추의 얼굴색이 백지처럼 창백해졌다.

"그걸 부영반께서 어, 어찌…… 혹시 다른 사람도……?"

"아! 본 관 혼자만 아는 사실이니 걱정 마시오. 거듭 말하거니와 본 관은 거위 털처럼 청렴결백한 참의 영감에게 호의를 가지고 있으니까."

"후우우!"

턱살을 잠시간 부들거리던 고사추는 숨기고 싶은 비밀이 양진삼에게 알려진 데 대한 부끄러움의 한숨인지 양진삼에게만 알려진 데 대한 안도의 한숨인지, 도무지 분간하기 힘든 한숨을 길게 내쉬었다. 그런 고사추를 상대로 준비해 온 말을 술술 주워섬기는데, 양진삼 스스로가 생각해도 청산유수가 따로 없는 것 같았다.

 "아시겠지만 물건에 문제가 생기면 우리 같은 남정네들 위신이 영 말이 아니게 됩니다그려. 아내가 욕조에 물만 받아도 겁부터 덜컥 나고. 이 핑계 저 핑계 대며 잠자리를 피하고. 그렇게 하루하루 지내다 보면 독수공방 쓸쓸해진 마나님 거웃엔 서캐가 슬고. 그러다 어느 놈팡이와 눈이라도 맞는 날엔 밀회나 야반도주면 그나마 다행, 남편 밥에 독을 푸는 짓까지도 서슴지 않게 되지요. 실제로 이런 일을 하다 보면 그런 종류의 사건을 자주 접하기도 하고요."

 꿀꺽.

 고사추의 목젖이 묵직하게 솟구쳐 올랐다. 그런 고사추의 어깨에 한쪽 팔을 척 걸친 양진삼이 더욱 은근한 목소리로 속삭였다.

 "그래서 참의 영감을 도울 방법이 없나 궁리하던 참에 마침 올 초 오이라트에서 들어온 조공단을 통해 이 환약을 대량으로 입수하게 되었소."

 "대, 대량?"

 양진삼은 고개를 끄덕인 뒤 국자감에서 받아 온 약보따리를 탁자 위에 올려놓았다. 턱, 하는 묵직한 소리에 고사추의 귓바퀴가 진짜 개에게 달린 것처럼 쫑긋거렸다.

 "이만한 양이면 삼사 년은 무탈히 밤일을 치르실 수 있을 게

요. 아껴 쓰면 십 년도 가능하지만, 뭐, 성시에 소문 자자한 절색을 후실로 들이셨으니 그건 좀 무리겠지요."

짧게는 삼사 년, 길게는 십 년 치 뼈다귀를 바라보는 누런 눈알이 맹렬한 기세로 이글거리기 시작했다. 안 주면 물어뜯어서라도 약보따리를 기필코 차지하고야 말겠다는 강렬한 탐욕이 그 눈빛에 담겨 있었다. 이만하면 담금질은 끝. 쌀이 익어 밥이 된 셈이었다.

"한데 이게 워낙에 귀한 약이라서······."

양진삼은 말꼬리를 흐리며 노회한 미소를 지었다.

고사추의 저택을 나와 닷새 전만 해도 자신이 근무지로 삼던 냄새 나는 골목길을 걸어가는 양진삼은 만세를 부르고 싶은 마음을 억누르느라 무진 애를 써야만 했다.

남자의 위신에 매겨지는 가격이란 밤일 치르는 데 한 번도 곤란을 겪어 보지 못한 정력가의 예상을 훌쩍 뛰어넘는 선에서 이루어지는 모양이었다. 고사추 쪽에서 대뜸 제시한 액수는 최소한 두 번까지는 튕기겠노라는 당초의 계획을 깨끗이 접게 만들 정도로 두둑했고, 그 결과 가져간 약보따리 무게에 빠지지 않을 만큼 묵직한 금원보가 양진삼이 걸친 철릭의 양쪽 안주머니를 출렁거리게 만든 것이다.

"이러다 내일 아침엔 산삼 들어간 계삼탕이 나오는 거 아닌지 몰라."

기대 이상의 큰돈을 받고 기뻐할 아내의 얼굴을 생각하니 콧노래에 어깨춤까지 절로 나올 수밖에 없었다. 하지만 그렇게 낙락히 걸어 자신이 사는 왕부정가王府井街 입구에 다다른 순간, 양진삼은 입가에 걸고 있던 흐뭇한 미소를 거둘 수밖에 없었다.

"부영반님을 뵙습니다."

왼쪽 어깨에 붕대를 친친 감은 몸으로도 깍듯이 허리를 접어 보이는 사람은 오늘 오후 국자감에서 꺼내 온 문제의 좀도둑, 장과두였다. 다행히 고문당한 흔적은 보이지 않았지만 한쪽 어깨뼈가 견봉肩峰 옆에서 부러져 나가 일견하기에도 예사 중상이 아니었다. 하여 표운더러 의방으로 데려가 치료를 받게 한 뒤 며칠 요양시키라 일렀는데, 말 안 듣는 당나귀처럼 조복까지 차려입고 이렇듯 자신의 거처 앞에 모습을 드러낸 것이다.

"몸도 성치 않은 자네가 여긴 웬일인가?"

양진삼이 뜨악한 얼굴로 물었다. 예전부터 장과두란 녀석 자체를 별로 좋아하지 않던 그였다. 성정이 원체 삐딱한 데다 직속상관인 공손대복을 닮아 고지식하기까지 한 젊은 녀석과는 손발을 맞추기가 좀처럼 어려웠다. 시쳇말로 합습이 안 든달까. 녀석 쪽에서도 별로 달가워하는 기색이 아니었고.

장과두가 접은 허리를 곧게 세우더니 목숨을 구해 준 데 대한 감사의 마음이라고는 손톱만큼도 찾아볼 수 없는 사무적인 말투로 대답했다.

"대영반님께서 찾으십니다."

양진삼은 잘생긴 눈썹을 역팔자로 모았다. 작전 중에 입수한 정보를 바탕으로 배임독직에 뇌물수수까지 한 사실이 벌써 발각되었나 싶어 걱정이 들었지만, 다시 생각해 보니 그게 아니었다.

병으로 고통 받는 환자에게 좋은 치료약을 판 일에 무슨 잘못이 있다고?

약보따리를 감싸 안고 눈물이라도 흘릴 것처럼 감격스러워하던 고사추의 얼굴이 양진삼에게 용기를 주었다.

"이보게, 장 사령, 자네도 알다시피 나는 오늘 아주 많은 일들을 했다네. 이제야 그 일들을 마무리하고 고단한 몸을 쉬러 귀가하는 길이건만, 대영반님께서는 대체 무엇 때문에 나를 찾으신단 말인가?"

장과두는 주위를 한 번 둘러본 뒤 빠르고 낮은 목소리로 대답했다.

"무양문이 움직였다는 소식이 강남으로부터 올라왔습니다."

이 한마디에 능글거리던 양진삼의 표정이 돌처럼 굳었다. 거기에 대고 장과두가 더 빠르고 더 낮은 목소리로 덧붙였다.

"닷새 전인 칠월 초하루에 전격적으로 복주福州를 출발, 현재 삼로三路로 나누어 진격 중이라고 합니다."

칠월 초하루.

이날이 되면 신화 속에 있다는 도삭산 귀문이 열리고 그 안에 갇혀 있던 온갖 귀신들이 밖으로 뛰쳐나와 세상을 혼란에 빠트린다고 했다. 그러나 천하를 혼란에 빠뜨릴 진정한 귀문은 신화 속에 있는 것이 아니었다.

그 귀문이 열렸다!

석년 낙일평에서 강호의 뭇 문파들에게 씻을 수 없는 치욕을 안겨 준 남패 무양문이 오랜 침묵을 깨고 마침내 세상 밖으로 모습을 드러낸 것이다!

양진삼은 심장이 싸늘하게 얼어붙는 것 같은 기분을 느꼈다.

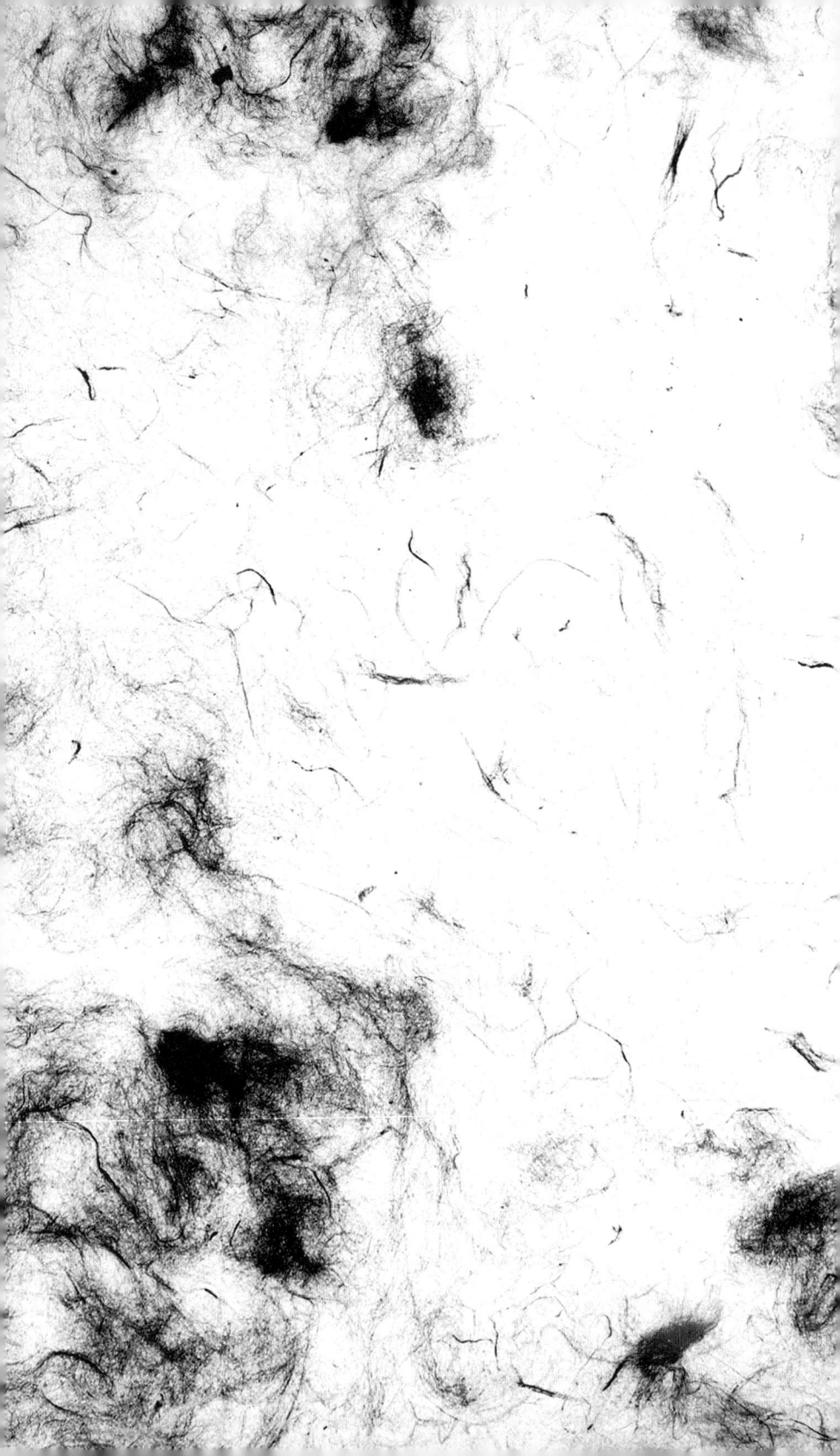

제민낙 濟民落

(1)

강남의 일개 무부인 마척은 자금성에 있다는 천자의 침실을 구경해 본 적이 당연히 없었다. 때문에 지금 들어선 이 침실이 천자의 침실보다 큰지 작은지 알지 못했다. 그러나 천자의 침실이라고 할지라도 이 침실보다 화려하지 못하다는 점만큼은 자신 있게 말할 수 있었다.

안내하던 신 총관이 보낸 눈길에 걸음을 멈춘 마척은 주위를 천천히 둘러보았다. 이 침실은 질박한 무부의 눈에도 인간이 누릴 수 있는 사치스러움의 극치를 뽐내는 듯 보였다.

가장 먼저 눈에 들어오는 것은 남북 벽면의 상단을 장식하고 있는 두 폭의 그림. 남쪽은 북송 시대 장택단張擇端이 당시 도읍인 개봉부의 청명절 풍경을 그린 청명상하도清明上河圖요, 북쪽은 원나라 때 황공망黃公望이 반평생을 안거한 산수의 웅장함을 그린 부춘산거도富春山居圖였다. 각 시대를 대표하는 명공들의 예술혼이 담긴 역작들인 만큼 관상하는 흥취가 얼마나 대단할까마는, 지필묵과는 담 쌓고 사는 무부에게는 그림 자체보다는 그것을 품고 있는 황금 병풍이 더욱 눈길을 끌고 있었다. 저 정도 황금이면 웬만한 장원 몇 채쯤 사는 것은 일도 아니었다. 그림까지 포함하면 한 성城을 사들일 수 있을지도.

높이 다섯 자에 폭이 이 장이 넘는 그 황금 병풍 양쪽으로는 강남의 이름난 목장木匠 석제당石才當의 각고와 심혈이 담긴 가구들과 소품들이 늘어서 있었다. 그것들 대부분은 전국에서 오직 해남도에서만 생산되는 탓에 같은 무게의 황금으로 거래될 만큼 귀하다는 홍황화리목紅黃花梨木으로 만들어졌는데, 게의 집게발을 층층이 겹쳐 놓은 듯한 배나무 특유의 유선형 문양들이 천하제일 목장의 남성적이면서도 고격한 솜씨 아래에서 더욱 빛을 발하고 있었다.

하지만 무엇보다 놀라운 것은 침실 중앙을 차지하고 있는, 거대한 곤륜온옥崑崙溫玉을 통째로 다듬어 만든 침대였다. 체온을 유지해 주고 내기를 북돋아 줄 뿐만 아니라 그 위에서 방사를 치르면 오히려 정력이 증진된다고 알려진 곤륜온옥을 이야기 속에서만 들어 보았던 마척은, 작년에 저 침대에 관한 이야기를 처음 들었을 때 호장대주護莊隊主고 뭐고 다 때려치우고 저 침대 하나 훔쳐서 튀어 버릴까 하는 생각까지 떠올린 기억이 있었다. 지금 돌이켜 봐도 어처구니없는 생각이었다. 무게가 오천 근도 넘는 돌덩이를 짊어지고 튀면 어디로 튄다고.

지금 그 곤륜온옥 침대는 늦여름 무더운 날씨에도 불구하고 홍백 두 겹의 기다란 비단 휘장을 바닥까지 내려뜨리고 있었다.

마척을 침실까지 안내해 온 신 총관이 비단 휘장을 향해 공근한 목소리로 고하였다.

"장주님, 마 대주가 왔습니다."

"……."

"장주님, 마 대주가……."

"……들었네."

비단 휘장 안에서 가느다란 목소리가 흘러나오더니 누군가 몸을 일으키는 듯한 기척이 부스럭부스럭 울리기 시작했다. 신 총관이 조심스러운 움직임으로 두 단 계단을 올라가 휘장을 옆으로 걸어 침대 기둥에 걸린 고리에 고정시켰다. 휘장이 걷히는 순간 훅 풍겨 나온 역한 냄새가 마척의 짧은 인중을 더욱 오그라들게 만들었다. 죽음의 냄새. 죽어 가는 동물에게서 풍기는 냄새였다.

"마 대주가 왔군."

혈액순환에 좋다는 자수정 원석으로 머리맡을 빙 두른 침대 위. 금실 은실로 십장생을 수놓은 두터운 비단 보료에 앉아 마척에게 말을 건네는 사람은 해골 위에 살가죽 한 장을 씌워 놓은 것 같은 몰골을 한 노인이었다. 그러나 석 달 전만 해도 노인은 저런 몰골을 하고 있지 않았다. 비록 대단한 풍모를 지녔다고는 말할 수 없지만, 당시 노인에게는 그저 바라보는 것만으로도 사람을 압도하는 뭉게구름 같은 위엄이 깃들어 있었다. 당연한 일이었다. 북경 보운장의 주인이자 중원 상권의 이 할을 좌지우지한다는 천하제일 거상 왕고가 바로 저 노인이었으니까.

마척은 석 달 만에 믿을 수 없는 몰골로 변해 버린 천하제일 거상을 향해 천천히 고개를 숙였다.

"오랜만에 보는군. 한집에 살면서도 너무 격조했어."

뒤통수 위로 실리는 늙고 병든 목소리가 마른 흙처럼 푸석거려 마음이 언짢았다. 그러나 마척은 감정을 말로 드러내는 데 익숙지 않은 야인. 고개를 든 그가 묵묵히 쳐다보기만 하자 왕고가 허옇게 바랜 입술 위로 초췌한 미소를 지어 보였다.
 "자네다우이. 이 집에 처음 온 때와 똑같아. 그때도 자네는 고갯짓 한 번으로 말문을 닫고 있었지."
 마척은 본래 말수가 적은 사람은 아니었다. 다만 어색하거나 민망한 상황을 모면할 매끄러운 화법을 배우지 못했을 뿐이다. 그는 자신을 안내해 온 신 총관, 신걸용을 쳐다보았다. 천하제일 거상의 오른팔로 수십 년간 살아온 사람답게 신걸용은 그가 보내는 눈짓의 의미를 금방 파악했다.
 "장주님, 마 대주가 온 이유는 장주님께 하직 인사를 고하기 위함입니다."
 "하직…… 쿨룩, 쿨룩."
 왕고가 기침을 시작했다. 신걸용이 급히 침대 위로 올라가 피골상접한 등판을 손바닥으로 쓸어내려 주었다. 잠시 후 기침을 멈추고 호흡을 되찾은 왕고가 고개를 들어 마척을 쳐다보았다. 실주름이 자글자글 갈라진 눈가에 아쉬움이 어렸다.
 "문주께서 움직이셨다는 보고는 받았네. 거기 합류하기 위함인가?"
 강호에서 가장 빠른 정보망을 갖춘 곳은 개방이었다. 하지만 천하에서 가장 빠른 정보망을 갖춘 곳은 상계였다. 무양문이 움직인 것은 칠월 초하루. 이 침실을 한 발짝도 떠나지 않은 왕고가 그 사실을 아는 데 걸린 시간은 아마도 열두 시진을 넘기지 않았을 것이다. 마척은 그렇게 믿었다.
 "그렇습니다."

"총동원령이 내려진 뒤로도 자네가 이 집에 계속 남아 있다는 얘기를 듣고 무척 고맙게 여겼지. 하지만 이제는 떠날 때가 온 모양이군."

작년 초 사부인 마경도인魔鏡道人의 명을 받아 이 보운장에 올 때만 해도, 마척은 이십 년을 각고로 수련한 무공과 더불어 황금에 팔려 간다는 불쾌한 기분을 떨치기 힘들었다. 대다수의 무인이 그러하듯 그는 상인이라는 족속들을 그리 달가워하지 않았다. 상인이라면 전당포 주인이건 천하제일 거상이건 거기서 거기라는 게 그의 지론이었고, 그러한 지론은 왕고를 만나 첫인사를 나눌 때까지도 변함이 없었다.

하지만 일 년하고 두 계절이 지난 지금, 마척은 자신의 지론에 커다란 잘못이 있었음을 인정하지 않을 수 없었다. 종목을 불문하고 천하제일이란, 그 아래에 깔린 무수한 범류凡類들과 구분되는 특별한 무엇인가를 갖추지 않고서는 결코 도달할 수 없는 지고한 봉우리라는 사실을, 왕고를 지근에서 호위한 일 년 반이라는 시간을 통해 깨닫게 된 것이다. 왕고에게는 마척이 천하제일인이라 믿어 의심치 않는 무양문주 서문숭에 필적할 만한 존재감이 있었다. 그 존재감이 단지 왕고가 등 뒤에 쌓아 올린 황금에서 연유하였다고 생각한다면, 이는 비슷한 오판을 반복하는 것이리라.

그러나 그것도 다 지난 일. 지금의 왕고가 보여 주는 존재감이란 쪼그라들 대로 쪼그라든 육신과 죽음을 연상케 하는 불쾌한 냄새가 전부였다. 천하제일의 그 어떤 대단한 덕목도 세월의 소리 없는 패도 앞에서는 무상해질 수밖에 없었던 것이다.

"끝까지 지켜 드리지 못한 점, 죄송하게 생각합니다."

마척은 진심이 아니면 아예 입을 다물어 버리는 사람. 입 밖에 나온 말은 진심뿐이었다. 왕고는 그 점을 알아주었다. 퀭한 눈구멍 안으로 따듯한 빛이 감돌았다.

"언제 가려는가?"

"내일 아침 성문이 열리는 시각에 출발할 예정입니다. 수하들 중 절반은 장원에 남겨 놓았습니다. 장주님을 호위하는 데에 큰 문제는 없을 겁니다."

"떠나는 마당까지 마음 써 줘서 고맙구먼."

힘없이 중얼거린 왕고가 신걸용을 돌아보았다.

"가져오게."

가져오라는 것이 무엇인지는 따로 설명할 필요가 없는 모양이었다. 신걸용은 청명상하도가 걸린 황금 병풍 아래 오판석烏板石과 자개로 장식된 오 단 문갑 쪽으로 종종 다가가 맨 위 서랍에서 커다란 봉서 하나를 꺼내 왔다.

"일 년간 수고한 보수는 받아 가야겠지."

왕고가 그러면서 손짓을 하자 신걸용이 마척에게 다가와 봉서를 내밀었다. 마척이 받아 보니 그 안에 네모난 물건 하나가 불룩하게 잡혔다. 질긴 고려견지高麗繭紙 위로 느껴지는 딴딴한 감촉이 꼭 무쇠로 만든 패를 만지는 것 같았다. 마척은 고개를 들고 왕고를 바라보았다.

"이게……?"

"백련교의 재력이 보운장에 못지않다는 것은 아네만, 교단의 특성상 짧은 시간에 끌어모아 융통하기란 쉽지 않으리라 보네. 하여 보운장에서 관장하는 전장들 중 중원 성시에 자리 잡은 열일곱 군데에 약소하나마 내 성의를 보내 놓았네. 그 보운패寶運牌를 보여 주면 곧바로 내줄 터이니 대업에 보태 쓰시라 문주께 전해 드리게."

마척의 휘하에도 부리는 사람들이 있었다. 그래서 사람을 부림에 있어 마음으로 복속시키는 것이 얼마나 어려운 일인지 잘 알았다. 오직 마음으로 얻은 사람만이 진정한 수하, 돈은 그다음 문제였다. 마척은 왕고의 얼굴을 물끄러미 쳐다보다가 천천히 고개를 숙였다.

"일이 마무리되는 대로 돌아오겠습니다. 그때에도 호장대주로 받아 주시겠습니까?"

초겨울 단풍 물처럼 빛바랜 눈길로 마척의 뒤통수를 내려다보던 왕고가 허허롭게 웃었다.

"나도 그럴 수 있으면 좋겠군."

반쯤 열린 사창 너머로 쓸쓸한 석양이 저물고 있었다.

(2)

파라라라.

누른빛이 시작된 늦여름의 광동 평야를 달려온 후끈한 바람이 커다란 붉은 깃발을 쉴 새 없이 때렸다. 깃발이 요란히 휘날릴 때마다 연백鉛白(탄산납)을 갠 물감으로 쓴 새하얀 네 글자가 붉은 치마를 휘감은 무희처럼 전신을 꿈틀거렸다.

그 네 글자를 바라보는 반외암潘畏巖의 눈동자가 뱀 기름을 바른 것처럼 번들거렸다. 오 척을 간신히 넘기는 단구. 그러나 반질거리는 검은 어피魚皮 조끼로 단단히 조인 상체는 구릿빛 근육으로 뒤덮여 있었다. 특이한 점은 동그란 철반鐵盤을 손등 부위에 댄 어피 장갑을 오른손 한쪽에만 끼고 있다는 것. 손등과 손바닥만 가리게 만들어진 장갑이라서 굳은살로 뒤덮인 다섯 개의 짤막한 손가락은 공기 중에 드러나 있었다.

그 손가락들로 볼따구니를 북북 긁던 반외암이 누구에게랄 것 없이 불쑥 물었다.
"뭐라고 씨불여 놓은 거지?"
무양문의 열 명 군장 중 일곱 번째 서열을 지닌 반외암은 일자무식이었다.
복건의 어촌 마을에 살던 반외암의 모친은 바다를 건너온 왜구들에게 겁간당하여 그를 잉태했고, 오랑캐의 자식을 나았다는 마을 사람들의 손가락질을 이기지 못해 스스로 목숨을 끊었다. 코흘리개 시절부터 유랑걸식으로 천하를 떠돌던 그는 살아남기 위해 온갖 비천한 일들을 감내했다. 인분을 지어 나르는 예담자穢擔者, 시체를 수습하는 시렴자屍殮者, 죄인 대신 채찍을 대신 맞는 매타자賣打者……. 열아홉 살이 될 때까지 그의 하루하루는 지옥과 다름없었다. 그런 그가 명존을 신종하는 어떤 고인과 인연을 맺게 된 것은 인생이 그렇듯 일방적이지만은 않다는 점을 보여 주려는 하늘의 뜻이었는지도 모른다.
고인의 의발을 이어 상승의 무공을 완성한 반외암이 스물아홉의 나이로 세상에 다시 나와 가장 먼저 한 일은 모친을 죽음에 이르도록 한 고향 마을 앞바다를 핏물로 물들게 한 일이었다. 복수를 한다는 느낌은 전혀 들지 않았다. 약자의 운명은 강자의 손에 의해 결정된다는 것이 그가 지옥 같은 유년을 거치며 체득한 삶의 대명제. 부모 잃고 울부짖는 아이의 목에 사슬을 감아 바다로 던지는 잔인한 행위 또한 그 명제에 대한 증명 행위에 지나지 않았다.
파리 떼처럼 귀찮게 달라붙는 추포관追捕官들을 피해 바다로 나간 반외암은 당연하다는 듯이 해적질을 시작했다. 동남방의 모든 해안은 물론이거니와 조선과 동영, 멀리 안남과 말라카 연

안까지 넘나들며 약탈과 방화, 강간과 살인을 서슴지 않던 그가 해적질을 그만두게 된 계기는 언제부터인가 기승을 부리기 시작한 후진들의 등쌀 때문이었다. 해복방이니 철교단이니 하는 후발 해적들은 소수 정예로 기동하는 그와는 달리 조직적이고 체계적으로 움직였다. 아무리 용맹한 호랑이라도 무리를 지어 돌아다니는 늑대들을 당하기란 힘든 법. 바다의 조류가 바뀌듯 해적의 시류가 바뀐 것이다.

십여 년간의 해상 생활을 청산하고 마흔다섯의 나이에 뭍으로 올라온 반외암에게는 여년을 의탁할 보금자리가 절실히 필요했고, 그렇게 찾아들어 간 곳이 바로 남패 무양문이었다. 그것이 벌써 칠 년 전의 일.

각설하고, 삶 자체가 약육강식의 전장과 다름없었던 반외암에게 있어서 글자란 배운 자가 못 배운 자를 억압하기 위해 묶어 놓은 먹물로 이루어진 사슬에 불과했다. 그는 그 가증스러운 사슬을 끊기 위해 자신만의 사슬을 휘둘렀다. 그 사슬로써 자신을 가로막는 모든 적들을 목 졸라 죽이고 지금 이 자리에 오른 그를 사람들은 철삭교鐵索絞라 부르며 두려워하였다.

"안세제민安世濟民, 세상을 평안케 하고 백성을 구제한다. 제민장이 지난 백 년간 강호에 내세운 구호이자 신조이기도 하오."

반외암의 물음에 대답한 사람은 호교십군의 이군장 좌응이었다.

좌응이 이끄는 이군과 반외암이 이끄는 칠군은 광동성 정파의 터줏대감과도 같은 제민장을 멸살하라는 무양문주 서문숭의 명을 받아 제민장의 본거지인 조주潮州에 왔다. 비슷한 연배의 두 사람을 군장으로 둔 이군과 칠군이 손발을 맞추는 것은 이번이 처음인데, 직제상으로 볼 때 아무래도 이군 쪽이 우위에

제민낙 239

있다고 볼 수 있었다. 그리고 그 점에 관해 반외암은 아무런 불만도 없었다. 이군장 좌응은 자신보다 강자였다. 그가 바라는 세상에서 강자는 언제나 약자의 위에 서 있어야 했다.

"안, 세, 제, 민? 크흐흐, 먹물이란 역시……."

좌응에게서 들은 말을 한 자 한 자 씹어 뱉던 반외암이 볼따구니를 또 한 번 긁으며 음산하게 웃었다. 가증스럽기 짝이 없는 소리가 아닐 수 없었다. 어린아이나 납치하는 주제에 뭘 평안케 하고 뭘 구제한다고.

세차게 펄럭이는 붉은 깃발을 가늘게 뜬 눈으로 응시하던 좌응이 뒤를 돌아보며 물었다.

"저 깃발 아래 앉아 있는 노인이 검학劍鶴 역유상易由湘인가?"

"예."

좌응의 뒤에 서 있던 이군의 부군장, 십전박 황사년이 짤막하게 대답했다.

아닌 게 아니라 안세제민 넉 자를 펄럭이는 붉은 깃발 아래에는 갈색 유삼 차림의 노인 하나가 맨바닥에 책상다리를 하고서 앉아 있었다. 바람이 할퀴고 지나갈 때마다 유삼 자락에 말려 드러나는 몸뚱이는 오랜 풍상에 쪼그라든 가시나무처럼 앙상해 보였다. 하지만 두 눈에 서린 정광만큼은 십여 장 떨어진 이 자리에서도 확연히 알아볼 수 있을 만큼 맑고 뚜렷했다. 스스로 당당하면 무엇도 두렵지 않다는 호연지기란 바로 저런 것이 아닐까? 꼿꼿이 앉아 있는 자세만으로도 노강호의 높은 기백을 엿볼 수 있었다. 물론 좌응처럼 고상한 사람의 눈에는 말이다.

"제법 유명한 인사가 나왔군. 전대 제민장주와 동기간이라던가. 과거 제민장을 빛낸 다섯 자루 검 중 세 번째지, 아마."

황사년이 별호로 삼는 '십전十슌'에는 강호에 대한 해박한 지

식도 포함되었다.

"그렇습니다. 다섯 자루 검 중 첫째인 전대 제민장주와 넷째, 다섯째 검은 이미 오래전에 부러진 뒤고, 지금은 둘째인 비천관양飛天貫陽과 셋째인 검학, 두 자루 검만 남아 있습니다."

"한데도 검을 지니고 오지 않았다?"

"싸움보다는 대화를 원한다는 뜻이겠지요."

좌응과 황사년의 대화를 엿듣던 반외암이 어이없다는 듯 콧방귀를 뀌었다.

"명색이 검객이라는 자가 깃발 하나 달랑 앞세우고서 대화를 하자? 정말 지랄맞은 일이군."

군자 같은 군장 곁에는 군자 같은 부군장이 있어야 어울리고 짐승 같은 군장 곁에는 짐승 같은 부군장이 있어야 어울린다. 칠군의 부군장 독안수獨眼獸 태황泰晃이 별호부터가 짐승인 그런 부군장이었다.

"동생들 따라가고 싶어 환장한 늙은이 같은데, 보내 주면 그만 아닙니까."

황사년과 나란히 선 태황이 손가락만큼이나 길쭉한 강철 가시들이 빽빽이 박힌 낭아곤을 붕붕 돌리며 말했다. 안 그래도 흉신악살 같은 얼굴인데, 머리통을 까닥일 때마다 홍람화紅藍花, 잇꽃으로 물들인 적발이 갈기처럼 들썩거려 살벌한 인상을 더욱 강조해 주고 있었다. 반외암은 저런 태황이 마음에 들었다. 약육강식의 자연법칙에 본능적으로 충실한 자. 마치 십 년 전의 자신을 보는 기분이었다.

그때 붉은 깃발 아래 짐짝처럼 미동 없이 앉아 있던 늙다리가 천천히 몸을 일으켰다. 책상다리를 하고 앉아 있을 때는 왜소한 줄 알았는데, 저렇게 몸을 세우니 목이 길쭉하고 허리가 꼿꼿해

검학이라는 별호가 왜 붙었는지 짐작게 해 주었다. 그러나 학은 늙어 깃털이 빠지고 검은 없어 사람을 죽이지 못한다. 그러므로 저 늙다리는 더 이상 검학이 될 수 없는 것이다. 반외암은 그렇게 생각을 정리했다.

"나는 제민장에서 나온 역유상이라는 사람이외다! 거기 오신 분들 중에 분광검 좌응, 좌 대협이 계시다면 잠시 이 늙은이가 하는 얘기를 들어 주시오!"

역유상이 카랑카랑한 목소리로 외쳤다. 천 명의 무사들을 홀로 마주한 늙다리치고는 제법 강단이 있다고도 볼 수 있겠지만, 그래서 반외암은 또 한 번 콧방귀를 뀌었다. 저 늙다리가 좌응을 꼭 짚어 청한 까닭을 어렵지 않게 짐작할 수 있었기 때문이다. 초록은 동색이라고 먹물끼리 놀아 보시겠다 이건가?

"좌 군장께서 저 늙다리와 말상대를 하겠다면 반 모는 뒤로 빠져 있으리다."

밥맛없는 먹물 티를 아무리 풍기더라도 실력만 갖추었다면 얼마든지 인정해 줄 용의가 있는 반외암이었다. 그는 두 손바닥을 내밀어 보임으로써 국면의 주도권을 실력 있는 먹물, 좌응에게로 넘겼다. 좌응이 그를 돌아보았다. 갈등을 하는 것일까? 그는 좌응의 동공이 살짝 흔들리는 것을 놓치지 않았다. 하지만 그렇게 흔들리던 동공은 이내 새카만 얼음처럼 단단히 고정되었다.

"문주님께서 내리신 명령 중 제민장의 해명을 들어 보라는 말씀은 없었소."

"하면 이 몸이 나서도 되겠소?"

좌응은 대답 대신 짧게 고개를 끄덕였다. 반외암의 입술이 귀밑까지 길쭉해졌다.

"역시…….."
 실력 있는 먹물은 달라도 뭐가 달랐다.
 어깨를 으쓱거리며 전방을 향해 건들건들 걸어 나간 반외암은 늙다리로부터 네댓 장 떨어진 거리에 멈춰 서서 허리에 감고 있던 철삭鐵索의 고리를 풀었다.
 쫘르르르륵.
 허리로도 모자라 양어깨에까지 엇갈려 걸어 두었던 오 장 길이의 가느다란 철삭이 쇠붙이 쓸리는 소리를 내며 풀렸다. 철삭 끝에 달린 주먹만 한 성자추星子鎚가 메마른 흙바닥 위에 떨어져 먼지를 풀썩 피워 올렸다. 성자추 표면에 들러붙은 검붉은 흔적들은 마치 반외암의 거친 인생 역정처럼 이제는 잿물로 문질러도 지워지지 않았다. 반외암을 철삭교로 불리게 만들어 준 교살추삭絞殺鎚索이 바로 이 물건이었다.
 대화를 청한 좌웅 대신 엉뚱한 사람이 건들거리며 나서자 역유상의 늙은 얼굴이 눈에 띄게 어두워졌다. 그의 눈길이 좌웅에게로 향했다.
 "이 역유상, 스스로에게든 타인에게든 부끄러운 짓을 저지른 적은 없다 자부하며 한 갑자 넘는 세월을 살아왔소! 무양문의 위세가 하늘을 찌를 만큼 높다는 점은 잘 아는 바이나, 어찌 검도 가져오지 않은 선배에게…… 헉!"
 역유상은 창로한 웅변을 다 맺지 못하고 몸을 날렸다.
 쫙!
 역유상 뒤에서 펄럭이던 붉은 깃발이 날카로운 비명을 울리며 세로로 갈라졌다. 반경이 오 장에 달하는 커다란 호를 그리며 허공에서 떨어진 반외암이 교살추삭이 만들어 놓은 작품이었다. 왼손을 감아 돌려 땅속에 박힌 성자추를 뽑아낸 반외암이 눈썹을 쭝긋거렸다.
"늙다리치고는 제법 날래군."
"그대는…… 철삭교?"
역유상이 반외암을 가리키며 부르짖듯이 물었다. 그러나 반외암은 검을 집에다 두고 나온 정신 나간 검객과 통성명을 하고 싶은 마음 따위는 추호도 없었다. 노망 난 늙다리는 제때 죽어 주는 것이 생태의 법칙이요 자연의 순리였다.
퉁!
포물선을 그리며 회수된 성자추가 돌연 포신을 떠난 대포알처럼 역유상의 얼굴을 향해 일직선으로 쏘아 갔다. 그림자가 따라붙을 짬도 주지 않는다는 이 사영발추捨影發鎚의 쾌속한 수법 앞에 방어할 무기라고는 아무것도 지니지 못한 역유상으로서는 체면을 돌볼 겨를 없이 땅바닥 위를 뒹굴 수밖에 없었을 것이다.
"철삭교! 노, 노부는 싸우기 위해 이곳에 온 것이 아니오!"
머리에 쓴 유건이 벗겨져 난발로 변해 버린 역유상이 당황한 목소리로 외쳤다.
"지랄, 누군 싸우러 온 줄 아나."
퉁! 퉁!
돌아오는 성자추를 철반을 덧댄 오른손 손등으로 거듭 튕겨 가며 사영발추의 수법을 쏘아 내던 반외암이 어느 순간 왼손으로 철삭의 중동을 홱 낚아채며 허공으로 붕 솟구쳐 올랐다.
"나는 주제 모르는 늙은 모가지를 부러뜨리기 위해 나온 것이다!"
그러면서 우렁찬 고함과 함께 교살추삭을 몸 주위로 맹렬히 휘돌리니, 마치 거대한 무쇠 공이 허공에서 떨어져 내리는 형국

이라. 반외암이 추삭술鎚索術의 달인인 백련교의 고인으로부터 배워 더욱 발전시킨 천구직격天球直擊의 절초가 바로 이것이었다.

구-웅!

맹렬히 회전하는 교살추삭을 장갑처럼 두른 거대한 무쇠 공이 역유상이 서 있던 자리에 둔중한 소음을 울리며 내리꽂혔다.

네다리로 기다시피 하여 허겁지겁 몸을 피한 역유상은 깃대가 꽂혀 있는 곳으로 달려갔다. 그러나 깃대를 부여잡고 뒤를 돌아본 순간, 반외암이 두 번째로 만들어 낸 천구직격의 무쇠 공은 뿌연 흙먼지를 일으키며 그의 목전까지 당도해 있었다.

"이익!"

다급한 마음에 깃대를 꺾어 쥐고 백학양시白鶴揚翅의 수법으로 무쇠 공을 베어 간 역유상. 그러나 엉겁결에 때려 낸 깃대에 제대로 된 검기가 실릴 리 없었다. 편자처럼 둥글게 휘어진 깃대가 바자작, 소리와 함께 자잘한 목편들로 비산하고, 역유상은 가슴을 후려치는 거센 충격에 핏물을 점점이 뿌리며 뒤로 나가떨어지고 말았다.

"으으……."

흙바닥에 널브러져 버둥거리던 역유상이 가까스로 상체를 일으켰다. 회전하는 철삭에 뜯겨 너덜너덜해진 유삼 앞자락 사이로 엉망으로 뭉그러진 맨살이 드러나 있었다. 일견하기에도 더 이상의 싸움이 무의미한 중상이었다.

고통에 겨워 어깨를 들썩거리던 역유상이 핏물 고인 입술을 힘겹게 떼었다.

"드, 들어주시오! 우리 제민장에서 그 일에 실제로 관여한 자는, 쿨럭! 오직 하나뿐이다. 하물며 그는…… 그는 자신이 결코 무양문주의 손녀를 납치하지 않았다고 주장을…… 쿨럭! 쿨럭!"

"아이! 정말 말 많은 늙다리군."

반외암은 짜증이 났다. 앞서도 밝혔듯이 그는 말상대를 하러 나온 것이 아니었다. 그런데도 저 먹물 냄새 나는 늙다리는 천구직격에 얻어맞아 다 죽어 가는 주제에도 끊임없이 주둥이를 나불거리고 있는 것이다.

반외암의 몸 왼쪽에서 수직의 원을 그리며 회전하던 교살추삭이 어느 순간 원 궤도를 탁 풀어내며 역유상을 향해 날아갔다. 그렇게 역유상의 왼쪽 귓불을 스치고 지나간 성자추는 어느 순간 독사의 머리처럼 방향을 획 바꾸어 틀며 그 목을 휘감아 버렸다.

"크윽! 저, 전쟁 중에도 사신은…… 흡!"

목 주위를 몇 바퀴 휘감은 성자추로 아래턱부터 짓이겨 놓은 것은 늙다리의 잡소리를 더 이상 듣고 싶지 않았기 때문이다.

"흐어어……."

역유상이 고통스러운 신음을 토하며 다진 고기처럼 변해 버린 입을 벌렸다. 선혈에 섞인 부러진 이빨 조각들이 너덜해진 유삼 앞섶으로 후드득 떨어졌다.

"사신?"

반외암은 교살추삭을 말아 쥔 왼손을 거칠게 당겼다. 뚝! 교살추삭에 휘감긴 역유상의 긴 목에서 섬뜩한 기음이 울렸다. 현실을 믿지 못하겠다는 양 크게 부릅뜬 두 개의 늙은 눈알이 주름진 눈두덩 밖으로 툭 불거져 나왔다.

"지랄하고 자빠졌네."

그런 역유상의 최후를 반외암은 마음껏 비웃어 주었다.

(3)

홀쭉한 상현이 야공 끝에 위태롭게 걸린 밤이었다.

초경이 다해 가는 시각. 조주 앞바다를 건너온 눅눅한 해풍은 늦더위를 더욱 부채질하는 듯했다. 그러나 제민장 선조들의 위패를 모신 조사당祖師堂에 모여 있는 사람들을 잠 못 들게 만든 것은 후텁지근한 열대야와는 무관했다.

향냄새가 감도는 조사당 대청에는 길쭉한 탁자 하나가 놓였고, 그 위에는 몽당하게 줄어든 궁촉宮燭 하나가 노란 불꽃을 머리에 인 채 자신의 몸을 태우고 있었다. 궁촉이 만들어 낸 담황빛 부드러운 동그라미 속에 머리를 들이밀고 있는 사람은 모두 다섯. 하나는 여자고 넷은 남자였다. 특이한 사실은, 남자들 중에는 머리가 훌렁 벗겨진 노인도 끼어 있는데 이십 대 초반으로 보이는 젊은 여자가 탁자의 상석을 차지하고 있다는 점이었다.

한복판에 커다란 황옥이 박힌 연녹색 영웅건을 쓴 젊은 남자가 조심스럽게 입을 열었다.

"삼숙의 일은 안되었지만, 혼자 무염평無鹽坪으로 나가신 것은 솔직히 말씀드려 너무 무모한 짓이었습니다."

작달막한 체구에 헐렁한 단삼을 걸친 대머리 노인이 무겁게 잠긴 목소리로 말을 받았다.

"돌아가신 형님께서는 강호에서 제민행濟民行을 펼치시던 중에 좌응을 두어 번 만나 본 적이 있다고 하셨지. 사교 집단에 적을 두긴 했지만 그래도 말이 통하는 훌륭한 후배라고 칭찬하셨던 기억이 있네. 아마도 셋째가 그 말씀을 마음에 두고 있었던 모양이야. 그게 아니면 아무에게도 말하지 않고 혼자서 무염평에 나갈 이유가 없겠지."

이 말에 맞은편에 앉아 있던 삼십 대 탑삭부리가 격앙된 얼굴로 목소리를 높였다.

"지금 좌응이란 작자를 두둔하시는 겁니까? 말이 통하는 훌륭한 인사라고요? 그런 자가 검도 가지고 가지 않으신 연로하신 부친을 무참히 살해했단 말입니까?"

대머리 노인이 탑삭부리를 쳐다보았다. 짓무른 눈까풀 밑에 자리 잡은 그의 노안에는 뿌연 물기가 맺혀 있었다.

"과거 이 제민장에는 다섯 자루 검이 있었지. 세월이 흐르며 한 자루 한 자루 부러져 어느 날부턴가는 두 자루만 남게 되었어. 그런데 오늘 그중 한 자루가 또 부러졌구나. 이제는 녹슬고 쓸모없는 한 자루 검만 남게 된 게야. 방금 내가 좌응을 두둔한다고 했느냐? 그 말에 화를 내기에는…… 지금 내 마음이 너무 슬프구나."

대머리 노인의 눈에 맺혀 있던 물기가 조그만 방울이 되어 탄력 잃은 살갗을 타고 주르륵 흘러내렸다. 대머리 노인이 단삼의 소매로 눈시울을 찍으며 말을 이어 갔다.

"좌응의 됨됨이는 나도 알 만큼 안다. 조카의 말처럼 검도 가지고 있지 않은 셋째를 무참히 죽일 만큼 무도한 사람은 아니지. 그런데도 오늘 같은 일이 벌어졌다는 것은, 그에게 내려진 무양문주 서문숭의 명령이 그만큼 단호하고 과격하다는 뜻이라고 봐야 할 게야. 서문숭은 지금 불처럼 분노하고 있어. 아니, 불처럼 분노하고 있다고 보이기 위해 애쓴다는 표현이 더 정확할지도 모르지. 당하는 우리 입장에서는 어느 쪽이든 마찬가지일 테지만."

그때 상석을 차지하고 있던 이십 대 초반의 여자가 말문을 열었다.

"불필요한 얘기는 이 정도에서 그만두기로 해요. 지금 우리는 다음 일을 걱정해야 합니다."

작고 하얀 이마에 흑청색 비단 두건을 두르고 남방소라의 진액으로 염색한 짙은 자주색 나군을 입은 그 여자는 대머리 노인의 우울한 이야기를 듣는 동안에도 시종일관 차가운 신색을 유지하고 있었다.

"불필요한 얘기? 홍아弘兒야! 부친께서 누구를 위해 무염평에 나가셨는지 너는 정녕 모른단 말이냐?"

탑삭부리가 눈을 부릅뜨고 소리치자 여자가 서늘한 눈길을 그에게 주었다.

"알아요, 오라버니. 삼숙의 고마우신 뜻을 제가 왜 모르겠어요. 그러나 지금 저는 풍전등화의 처지에 놓인 제민장의 주모主母로서 이 자리에 앉아 있는 겁니다. 전략적으로 볼 때 삼숙께서 오늘 하신 행동은 본 장에 결코 도움이 되지 않는 것이었지요. 삼숙은 그렇게 허무하게 가셔서는 안 되는 분이셨어요."

마치 장기를 두다가 차車를 허무하게 잃어 아쉬워하는 듯한 여자의 말에 탑삭부리의 네모난 얼굴이 붉게 달아올랐다.

"너는, 너는 정말로……!"

"이 위기만 무사히 넘길 수 있다면 삼숙을 기리기 위해 소복을 입고서 삼년상이라도 치르겠어요. 하지만 그 전까지는 제가 앉은 자리가 모든 것을 전략적으로 고려해야 하는 자리라는 점을 유념해 주시기 바라요."

감정의 기복을 전혀 느낄 수 없는 여자에게는 빙하처럼 주위를 얼려 버리는 차가운 위엄이 깃들어 있는 듯했다. 그녀의 말이 끝나자 좌중에 침묵이 감돌았다. 그 침묵에 사람들이 답답함을 느낄 즈음, 대머리 노인이 상체를 앞뒤로 천천히 흔들며 입을 열었다.
 "아쉽구나, 아쉬워. 형님께서 생전에 범하신 가장 큰 잘못은 질녀를 여자로 낳아 놓으셨다는 것이지. 만일 질녀가 사내였다면 우리 제민장이 지금과 같은 어처구니없는 곤란에 몰릴 까닭도 없었을 것을."
 여자는 고개를 짧게 흔들었다.
 "그러나 선친께서는 저를 여자로 낳으셨고, 그러므로 이숙께서 방금 하신 말씀도 별 소용없는 것이겠지요. 저들이 선전포고한 대로 내일 정오면 무양문의 호교십군 중 두 곳이 본 장에 들이닥칠 거예요. 게다가 그중 한 곳은 분광검 좌웅이라는 절세의 검객이 이끄는 이군이고요. 시간이 없으니 불필요한 얘기는 접어 두고 제가 제안한 '그 대책'에 관해 논의하기로 해요."
 이제껏 탁자 위를 오가는 대화를 듣기만 하던 해사한 얼굴의 청년이 비로소 말문을 열었다.
 "누님, 매형의 신병을 저들에게 넘기겠다는 말씀이 진심이십니까?"
 여자가 청년을 돌아보았다. 여태껏 차갑기만 하던 여자의 얼굴에 처음으로 인간다운 정감이 얼핏 스쳐 간 것 같았다. 그러나 그를 향해 흘러나온 말은 여전히 차갑기만 했다.
 "진심이야."
 "우리가 그렇게 한다고 해서 과연 저들이 병력을 순순히 거두고 복건으로 돌아갈까요?"
 "무양문주의 의중이 어디에 있는지 알기 전에는 그 무엇도 장담할 수 없지만, 좌웅이 말이 통하는 인사라는 선친의 말씀에 기대 볼 수밖에."
 검학 역유상을 부친이라 불렀던 탑삭부리가 여자에게 말

했다.

"도적 같은 자들의 자비심에 기대느니 차라리 결사의 각오로 싸워 보는 것은 어떻겠느냐? 우리 제민장의 힘은 결코 만만하지 않다. 지금이라도 전령을 급파해 우리 편이 되어 줄 광동의 호협들을 불러 모은다면……."

여자가 탑삭부리의 말을 잘랐다.

"오라버니께서는 저녁나절에 당도하셔서 사정을 잘 모르시는군요. 전령은 어제와 오늘 양일간 벌써 보냈어요."

탑삭부리가 고개를 빼고 여자의 뒷말을 기다렸다. 하지만 여자는 입술을 꾹 닫은 채 아무 말도 하지 않았다. 잠시 더 기다리던 탑삭부리가 갑자기 '아!' 하는 탄성을 터뜨리더니 비분강개한 목소리로 부르짖었다.

"그들이 어찌 그럴 수 있단 말이냐! 제민오검濟民五劍께서 활약하던 시절, 우리 제민장이 그들 모두의 안녕을 위해 이 광동 땅을 얼마나 동분서주했는데!"

"강호의 우정이란 비단옷과 같아서 처음엔 예쁘지만 세월이 흐르면 닳고 해져 보기 흉해지고 말지요. 오라버니께서는 상황을 직시하실 필요가 있어요."

그러나 탑삭부리의 흥분은 좀처럼 가라앉지 않았다.

"좋다! 정히 그렇다면 우리들만이라도 싸우자! 우리에게는 선조들께서 물려주신 사일검법射日劍法이 있다. 놈들이 삼두육비의 괴물이 아닌 바에야……."

여자가 눈살을 찌푸렸다.

"제발 바보 같은 소리 좀 그만하세요. 무양문의 일천 강병을 백 명 남짓한 우리 전력으로 감당할 수 있을 거라고 진짜로 믿으시는 건가요? 게다가 저들이 주장主將으로 내세운 좌응은 무양문이 있는 복건뿐만 아니라 중원 전체를 통틀어도 손꼽히는 검객이에요. 비록 이숙의 사일검법이 아직 무뎌지지는 않았다고 보지만, 그렇다고 좌웅을 상대할 만큼 날카롭지는 않다고 생각해요."

이숙이라 불린 대머리 노인이 선선히 고개를 끄덕였다.

"내 검은 이미 무뎌진 지 오래고 좌웅의 검은 빛을 쪼갤 만큼 빠르지. 내가 지금보다 십 년 더 젊더라도 그의 검을 받아 내지는 못할 게야."

여자가 들었냐는 듯이 탑삭부리를 돌아보았다. 그러자 탑삭부리가 여자를 손가락으로 똑바로 가리키며 어깨를 와들와들 떨었다.

"너는…… 너는 목숨이 아까워서 이 제민장이 지난 백 년간 쌓아올린 명예를 진흙탕 속에 빠트리겠다는 것이냐?"

"하아."

여자는 말이 안 통해 답답하다는 듯 한숨을 내쉬었지만 곧바로 씁쓸한 미소를 지었다.

"목숨이란 물론 아까운 것이지요. 하지만 제가 정말로 아까워하는 것은 바로 이 제민장이에요. 현판이 떨어지고 건물이 불타 버릴지언정 제민장의 명맥이 끊어지는 일만큼은 절대로 막아야 합니다. 제민장의 명맥을 이어 나갈 수만 있다면 저는 제 목숨까지도 남편과 함께 묶어 무양문의 손에 넘길 각오가 되어 있어요."

이 말에 해사한 얼굴의 청년이 펄쩍 뛰듯이 반발하고 나섰다.

"누님! 당치도 않은 말씀입니다!"

"지아비의 잘못은 곧 부인의 잘못이지. 나는 이미 죄인이야.

이 조사당에 들어올 자격도 없는.”
여자의 말에 대머리 노인까지 고개를 완강히 흔들었다.
“그건 아니 된다! 형님께서 왜 타성바지를 데려와 역씨 성을 주면서까지 장주 자리에 앉혔는지를 질녀는 결코 잊어서는 아니 된다. 질녀를 통해 본 장의 가통이 이어 가는 것이 형님께서 품으신 마지막 바람이었다. 만일 그 바람을 저버린다면, 이 늙은이는 죽어 저승에 가더라도 형님을 뵐 낯이 없을 것이다.”
여자가 또다시 씁쓸한 미소를 지었다.
“바람이 아니라 욕심이겠죠. 아들 보기를 평생 갈망하다가 늘그막에 얻은 딸 하나에 그 갈망 전부를 걸어 버린 어리석은 아비의 욕심. 결과적으로 보면 선친의 그런 욕심 때문에 이번 일이 벌어진 거예요. 우리 역씨들 중에 남자가 없었던가요? 당신께서 여기 계신 두 분 사촌 오라버니나 개양蓋陽 동생에게 장주 자리를 넘기셨다면, 무가라고 할 수도 없는 별 볼일 없는 집안 출신의 외지인을 본 장의 식구로 맞아들일 이유도 없었을 겁니다.”
여자는 처연한 눈길로 대머리 노인을 쳐다보았다.
“그리고 보면 숙부님들께서는 정말로 바보들이었어요. 늙고 병들어 판단력이 흐려진 선친께 어떻게 그렇게 충직할 수 있어요? 부자지간이라도 그러지는 못할 거예요.”
“형님은 나나 내 아우들에게 세상의 그 어떤 부친도 베풀어 주지 못하는 크고 깊은 은혜를 베푸셨다. 우리는 받은 은혜를 갚기 위해 노력했을 뿐이고.”
대머리 노인의 말이 끝나기가 무섭게 해사한 얼굴의 청년이 격앙된 목소리로 부르짖었다.
“매형을 저들에게 넘기는 것은 아무래도 좋습니다! 하지만

만일 누님까지 넘겨야만 한다면…… 저는, 저는 목숨을 걸고서라도 누님을 지키기 위해 싸울 겁니다. 누님은 절대로……! 절대로……!"

그가 말을 잇지 못하고 어깨를 와들거리자 여자가 나직하게 한숨을 쉬었다.

"개양 동생의 마음은 내가 알아."

청년의 얼굴에 얹힌 여자의 눈빛이 순간적으로 봄볕처럼 부드러워졌다.

"만일 선친께서 말년에 조금만 더 현명하셨더라도, 아니, 이 제민장에 내려오는 관습이 사촌 간의 근친혼近親婚을 그토록 배척하지만 않았더라도……."

이제껏 조사당 안에서는 들을 수 없었던 전혀 새로운 남자의 탄식 소리가 들려온 것은 바로 그때였다.

"아아! 정말 눈물 없이는 못 봐줄 장면이군."

역의관은 아내를 사랑하지 않았다. 그러나 처음부터 그런 것은 아니었다.

이곳 광동과 이웃한 복건 무이산 자락에 위치한 보잘것없는 무가 출신인 역의관이 아내를 처음 본 것은 제민장주가 개최한 영웅검연英雄劍宴에서 우승한 직후였다. 우승자에게 제민장 내의 요직이 주어진다는 사실은 알고 있었지만 그 요직이 데릴사위 자리라고는 짐작조차 못한 그는, 부친이 물려준 성 대신 새로운 성을 달고 남은 생을 살아가야 한다는 뜻밖의 기로 앞에 고민하지 않을 수 없었다. 그 고민을 종식시켜 준 것이 지금의 아내, 역조홍易調弘이었다.

당시의 역조홍은, 비록 절색이라고 할 만한 미모는 지니지

못했지만 꽃처럼 피어나는 열여덟 살이었고, 다른 여자에게서는 찾아보기 힘든 영특하고 차분한 기질로 우유부단한 성격을 지닌 역의관을 단번에 매료시켰다. 그 자리에서 장주로부터 데릴사위를 제안받은 역의관은 기꺼이 성을 고쳐 제민장의 데릴사위가 되었고, 번갯불에 콩 구워 먹듯 치러진 혼례 이후 신방에 들어 새색시의 옷고름을 풀던 그는 세상의 모든 축복을 한 몸에 받은 듯한 행복감을 맛볼 수 있었다.

하지만 그러한 행복은 역의관의 장인이자 제민장의 전대 장주인 광동제일검 역유윤易由潤이 세상을 뜬 시점부터 흔들리기 시작했다. 정식으로 장주에 취임한 첫날, 집무실에 마련된 자신의 의자 옆에 똑같은 의자 하나가 자리 잡고 있는 것을 발견한 순간 역의관이 느낀 모멸감이란!

제민장의 중대사를 결정하는 모든 권리는 아내인 역조홍이 틀어쥐고 있었고, 날이 갈수록 역의관의 역할이란 가신들 앞에서 그녀의 뜻을 그대로 읊어 대는 앵무새의 그것에 지나지 않게 되었다. 그는 그때에 이르러서야 깨달았다. 역조홍이란 여자는 이제껏 단 한 번도 자신을 사랑한 적이 없다는 사실을. 그녀는 단지 늙고 병든 부친의 유지를 실현시켜 줄 남자가 필요했을 뿐이다. 그녀와 제민장주 자리를 얻기 위해서라면 타고난 성을 기꺼이 던져 버릴 만큼 충성스러우면서도 어리석은 타성바지 남자가.

착각 속에 세워진 역의관의 행복은 그렇게 무너져 내렸다.

"그것이었나, 광동의 모든 처녀들이 은애해 마지않는 은한검銀漢劍 역개양 공자께서 그 어떤 처녀에게도 눈길을 주지 않았던 까닭이?"

역의관이 조사당 안으로 걸어 들어오며 비아냥거리자 해사한 얼굴의 청년, 역개양이 당황한 표정으로 자리에서 일어섰다.
"매, 매형! 그건 오해입니다!"
"쯧쯧, 매형이 뭔가? 지금은 장주라고 불러야지. 본 장의 존망을 논의하는 공식적인 자리가 아닌가. 음, 그런데 공식적인 자리치고는 좀 음습한 감이 있군. 남들이 보고 무슨 역모라도 꾸미는 줄 착각하면 어쩌려고 이런 무덤 속 같은 사당에 웅크리고들 있는 건지, 원."
"장주!"
그러나 역의관은 역개양을 더 이상 상대하지 않고 탁자의 상석에 앉아 자신을 노려보는 아내, 역조홍에게로 시선을 돌렸다.
"여보, 저 영준한 사촌동생을 쳐다보던 당신의 눈길은 진정 매력적이더구려. 바라건대 이 남편에게도 그런 눈길을 보여 주지 않겠소?"
빈정거리는 역의관을 차가운 눈으로 노려보던 역조홍이 착 가라앉은 목소리로 대꾸했다.
"당신이 지금 무슨 생각을 하든, 그 생각은 틀렸어요."
"이런, 또 틀렸나? 난 자꾸 틀린다니까. 당신을 실망시키고 싶진 않은데 말이야."
이 말에 역조홍의 눈빛이 한층 더 차가워졌다.
"어이쿠, 이번에는 뭘 틀렸기에 그렇게 노려보시나? 이거야 무서워서 다가갈 수도 없군그래."
역의관이 과장스럽게 어깨를 움츠리며 벽 쪽에 마련된 제단 쪽으로 걸어갔다.
"다른 때 같으면 당신 옆자리에 앉아야겠지만, 오늘은 당신이 무서워서 여기에나 앉아야겠군."

역의관은 향불이 피어오르는 향로를 손으로 쓸어 바닥에 떨어뜨리더니 그 자리에 엉덩이를 척 걸쳤다. 그 모습을 본 대머리 노인, 과거 제민장을 빛낸 다섯 자루 검 중 두 번째 검이자 지금은 유일하게 생존한 검이기도 한 비천관양 역유호易由淏의 눈썹이 노기로 꿈틀거렸지만, 역의관은 역시 아랑곳하지 않았다. 그는 이 조사당에 발을 들여놓은 순간부터 그 무엇도 아랑곳하지 않기로 마음먹었다.

"자, 대제민장의 장주로서 업무를 시작해 볼까."

역의관은 내시의 것처럼 간드러지게 꾸민 목소리로 역조홍에게 말했다.

"여보, 하고 싶은 말이 있으면 어서 내게 말하시오. 내가 우리 자랑스러운 역씨들 앞에서 그대로 읊어 줄 테니까."

"장주!"

자랑스러운 역씨들 중 누군가가 분개한 목소리로 외쳤지만 역의관은 눈길조차 돌리지 않았다.

"응? 오늘은 싫다고? 오호라, 잘생긴 처남이 옆에 앉아 있기 때문인가 보군. 이제는 처남을 내 자리에 앉히시려나 보지? 그런데 이걸 어쩌나, 나는 아직 물러날 준비가 되어 있지 않은데."

역의관의 거듭된 조롱에도 역조홍은 흥분하지 않았다.

"당신이란 사람, 이 정도밖에 안 되는 인간이었군요."

그저 얼음장처럼 차가운 눈으로 역의관의 얼굴을 쳐다볼 뿐이었다. 그 눈에 담긴 감정은 오직 하나, 경멸감이었다. 그것도 혐오스러운 벌레를 보는 것 같은 선명한 경멸감!

역의관은 역조홍의 눈길로부터 지금 자신의 얼굴이 망가져 있다는 사실을 똑똑히 인지할 수 있었다. 얼굴이 이 꼴로 바뀌어 버린 올봄부터는 부부간에 대면하는 일조차 피하려 애쓰던 그녀였다.
 배신감에서 비롯된 분노 위에 열등감과 질투심이 얹혔다. 어느 순간 모든 감정들이 폭발적으로 비등했다. 옆으로 찢어진 뱀눈이 개구리눈처럼 툭 불거지더니, 점처럼 오그라든 동공이 혼탁한 흰자위 속을 무질서하게 진동하기 시작했다.
 "이 정도밖에 안 되는 남편이라서 무양문 마귀들에게 파, 파, 팔아넘기겠다는 거야? 잘난 여, 역씨들의 목숨을 구하기 위해?"
 역조홍의 어깨가 파르르 떨리는 것이 보였다. 못된 년, 아마 그 얘기까지 들은 줄은 몰랐던 모양이지? 이럴 때 더욱 멋진 말을 해 주어야 하는데, 이상하게 혓바닥이 뻣뻣해져서 제대로 움직여 주지를 않았다. 올봄 복주 시전에서 석대원이란 놈에 의해 뭉개진 아래턱 때문만은 아닌 것 같았다.
 찌푸린 눈으로 그런 역의관을 지켜보던 역유호가 나무 바닥에 의자 다리 끌리는 소리를 드르륵 내며 일어서서 마루 가운데로 천천히 걸어 나왔다. 그의 허리에는 그와 평생을 함께한 장검이 매달려 있었다. 의자에 구부정 앉아 있을 때는 촌로처럼 수더분해 보이더니, 저렇듯 두 다리로 버티고 선 채 장검을 드러내 보이자 금방이라도 바닥을 박차고 비상할 것 같은 맹금의 기세가 풍겨 나왔다. 지난 수십 년간 제민장을 지탱해 온 다섯 자루 검 중 두 번째 검은 하늘을 날아 태양을 꿰뚫는다고 했다. 그래서 비천관양이라는 건가?
 잠깐 사이에 촌로에서 비천관양으로 바뀐 늙은 숙부와 눈을 한 번 마주친 역조홍이 동요된 표정을 고치고 역의관을 향해 몸을 똑바로 세웠다.
 "가문을 구하기 위해서는 어쩔 수 없어요."
 그리고 잠시 짬을 두었다가 이어진 선언은…….

"당신이 저지른 일, 당신이 책임지세요."

역조홍으로부터 이 선언을 듣는 순간, 역의관은 자신의 마음속에서 뭔가 크고 중요한 것이 썽둥 깎여 나가는 소리를 들은 것 같았다.

……당신이 책임지세요.

마음을 깎아 내는 검[削心劍]은 쇠붙이가 아니었다. 욕망의 밧줄로 억지로 붙들어 매 놓은 인간과 인간의 비틀린 관계였다.

비틀린 관계가 휘두른 보이지 않는 칼날에 마음이 무참히 깎여 나가고, 그 자리에 마장魔障이 들어찼다. 개, 돼지 같은 짐승으로도 모자라 무덤에서 꺼내 온 송장 위에 칼질을 해 가며, 그 역겨움을 무릅써 가며 부풀린 온갖 추악하고 잔인한 감정들이 상처 입은 마음속에서 무서운 속도로 응축되었다. 그렇게 완성된 추악함의 핵, 잔인함의 정화는 숙주로 삼은 육신을 본격적으로 지배하기 시작했다.

"이히히히!"

역의관은 갑자기 웃었다. 웃으면서도 '이게 아닌데?'라는 생각이 들었지만, 웃음이 방죽 구멍으로 뿜어지는 물처럼 목구멍을 비집고 하릴없이 터져 나오고 있었다. 도저히 제어할 수가 없었다. 위태롭게 버텨 오던 이성이 그 웃음에 실려 모래알처럼 흩어지고 있었다.

"아하하하! 이히히히! 으히히히헤헤헤!"

제단에 놓여 있던 위패들이 몸부림을 치며 웃는 역의관의 두 팔에 걸려 바닥으로 어지러이 떨어져 내렸다. 그중에는 역조홍의 부친이자 그의 장인인 전대 장주의 것도 끼어 있었다.

"장주! 이 무슨 망령된 짓인가!"

역유호가 노성을 터뜨리며 허리춤의 검자루를 움켜쥔 순간,

앞뒤로 미친 듯이 흔들리던 역의관의 머리통이 딱 고정되었다. 오른쪽 어깨 위로 기괴하게 꺾인 그의 고개가 몸통과 함께 천천히 역유호에게 돌아갔다. 수평이 무너진 입술 꼬리에는 검붉은 핏물 한 줄기가 길게 매달려 귀신의 머리카락처럼 건들거리고 있었다.

"죽여 버려."

역의관은 바로 옆에 또 하나의 자신이 서 있기라도 하듯 낮게 속삭였다. 그 바람에 입꼬리에 매달려 건들거리던 핏물이 방울로 끊어져 바닥에 떨어졌다.

똑.

그 순간, 궁촉의 잔광이 일렁거리던 역의관의 훌쭉한 신형이 제단 근처에서 사라졌다.

"음."

역유호가 낮은 신음을 흘렸다. 오른손으로 허리춤의 검자루를 단단히 움켜쥔 자세 그대로 돌처럼 굳어 버린 그의 몸통 위에서, 잠시 후 둥근 머리통이 스르르 미끄러져 조사당 마룻바닥 위에 떨어졌다.

취이이잇!

잘린 목에서 분수 같은 핏물이 뿜어 오르기 시작했다.

"아버지!"

"개양아! 피햇!"

역개양과 역조홍의 부르짖음은 숨 한 번 쉬기도 힘든 짧은 시차를 두고 터져 나왔다. 그러나 역조홍의 부르짖음이 조사당 안을 울릴 때, 역개양의 가슴 한복판 명치에는 역의관이 찌른 검이 이미 깊숙이 박혀 있었다. 역개양의 잘생긴 얼굴이 경악과 고통으로 일그러졌다.

"잘생긴 우리 처나아아암! 히히히힛!"

역의관은 소름 끼치는 괴소를 터뜨리며 역개양을 뒤로 밀어붙이더니 양손으로 움켜쥔 검을 수직으로 쳐 올렸다. 전대 장주 역유윤으로부터 물려받은 단금절옥斷金切玉의 보검이 역개양의 명치 위쪽에 달려 있는 모든 기관들, 갈비뼈, 식도와 기도가 지나가는 인후, 턱과 입술, 인중, 코, 미간을 단번에 훑더니 정수리를 뚫고 튀어나왔다. 희멀겋고 불그죽죽한 액체들에 범벅이 된 뼈와 살점이 그 궤적을 중심으로 폭죽처럼 터져 올랐다.

"꺄악!"

여자의 날카로운 비명을 들으면서도 역의관은 그 주인이 아내라는 사실을 인지하지 못했다. 광기로 인해 더욱 오그라든 그의 눈동자는 주체 못 할 희열로 떨리고 있었다.

삭심검법削心劍法의 정화가 바로 이것이로구나! 마침내 벽을 넘어섰어. 이제 아내도 나를 달리 보지 않을 수 없을걸. 시건방진 가신 나부랭이들도 찍소리 못 하고 머리를 조아리겠지. 어라, 저것들은 뻣뻣하게 서 있네. 응? 검까지 빼 들어? 감히 장주 앞에서!

"으, 으아악!"

"흐억!"

불경은 곧바로 응징되었다. 두 다리가 구름을 디딘 듯 가볍게 춤을 추고, 보검 끝에서 튀어나온 칙칙한 검기가 조사당 안을 한바탕 휩쓸고 지나갔다. 처절한 비명이 솟구치고 잘린 팔다리들이 놀란 메뚜기 떼처럼 사방으로 흩어졌다. 역의관 스스로도 믿을 수 없었다. 손짓 몇 번으로 이런 위세를 드러내다니, 천하제일 고수가 따로 있는 게 아니잖은가!

"이히히! 아하하하!"

역의관은 삐딱하게 꺾인 고개를 마구 흔들며 즐거움을 만끽했다. 태어나서 이렇게 홀가분한 적이 있었던가? 가로막는 모든 것을 자르고 뚫고 조각 낼 수 있을 것 같았다. 신이 된다면 아마 이런 기분일 것…… 어?

그러고 보니 주위에 움직이는 것이 남아 있었다. 계집이었다. 묘하게 낯이 익었다. 어디서 봤더라? 공포로 몸을 떨며 뒷걸음질 치는 계집의 얼굴은 역의관으로 하여금 과거에 대한 어떤 기억도 떠올리지 못하게 할 만큼 예뻐—미워— 보였다.

역의관은 핏물이 번들거리는 입술로 히죽 웃었다.

(4)

"익숙한 냄새군."

좌웅은 옆을 돌아보았다. 칠군장 반외암이 찌부러진 콧구멍을 개처럼 벌름거리고 있었다. 좌웅은 자신도 모르게 코끝을 어루만졌다. 아닌 게 아니라, 제민장 정문 앞에는 가을을 부르는 청명한 하늘과는 어울리지 않는, 그러나 무인에게는 무척이나 익숙하다고 할 수 있는 냄새가 맴돌고 있었다. 죽음을 떠올리게 만드는 냄새. 인간의 피 냄새.

그래서 좌웅은 조금 곤혹스러워졌다. 그가 제민장에 정식으로 선전포고한 날짜는 바로 오늘이었고, 그가 이끄는 이군과 칠군은 방금 이곳에 도착했다. 그는 자신에게 지워진 살육의 의무를 아직 시작하지 않았고, 그러므로 벌써부터 저런 냄새가 풍겨서는 안 되는 것이다.

좌웅이 반외암에게 물었다.

"혹시 칠군에서 선발대를 보냈소?"

반외암이 '그럴 리가 있느냐.'라는 듯 눈을 동그랗게 뜨고 고개를 흔들었다. 좌응이 생각해도 그럴 리는 없을 것 같았다. 철삭교 반외암은, 저 정도 피 냄새쯤은 아무렇지도 않게 만들어 낼 만큼 잔인한 위인임에 분명하지만, 스스로 내뱉은 지휘권을 넘기겠다는 말을 어기고 뒷구멍으로 다른 수작을 부릴 만큼 표리부동한 위인은 아니었다.

"정문이 잠기지 않았습니다."

황사년이 좌응의 뒷전으로 다가와 속삭였다. 그 말에 제민장의 정문 쪽을 새삼 쳐다보니 잠기지 않을 수밖에 없는 이유가 있었다. 두 짝의 흑청색 나무문 아래로 조그만 물건 하나가 끼여 있었던 것이다.

"점입가경이라더니……."

좌응은 그 물건의 정체가 사람의 팔이라는 사실을 어렵지 않게 알아볼 수 있었다. 크기로 보면 어른의 것은 아닌 듯한데, 시커멓게 변색된 손등과 팔목은 보는 이의 눈살을 절로 찡그리게 만들었다. 그 주인이 어른이든 아니든, 살아 있는 사람에게 달린 팔이 아닌 것만은 분명했다.

그 팔을 우악스럽게 물고 있던 흑청색 문짝 중 하나가 삐이익 소리를 내며 조금 더 열렸다. 누가 쫓아오기라도 하듯 뒤를 연방 두리번거리며 문 밖으로 몸을 내민 자는 아래위로 검은 무복을 입은 보통 체구의 청년이었다. 그런데 그을음과 검댕으로 온통 더러워진 얼굴을 보니 입고 있는 무복의 색깔도 원래 검지는 않았음을 짐작할 수 있었다. 마치 굴뚝 속에서 방금 빠져나온 것처럼 보였다.

스물대여섯 살쯤 먹어 보이는 그 청년은 문지방을 막 넘어서 정문 앞쪽으로 고개를 돌리다가 너른 공터를 가득 메우고 있는 무양문 무사들을 발견하고는 헛바람을 집어삼켰다.

"흐억!"

문짝에 몸을 기댄 채 오줌이라도 지릴 것처럼 겁먹어 하던 청년이 어느 순간 눈을 크게 뜨며 앞으로 달려왔다.

"소, 소인은 오래전부터 명존을 섬겨 온 신실한 교도이옵니다!"

갈라진 목소리로 절절하게 부르짖는 청년에게 좌응이 미심쩍은 표정으로 물었다.

"명존을 섬기는 교도가 왜 제민장에서 나온 것이냐?"

청년은 바닥에 털썩 무릎을 꿇고 좌응을 올려다보았다.

"박복한 놈이 살길을 찾아 세상을 떠돌다가 어찌어찌 이곳 광동 땅까지 흘러들어 와 둥지를 틀게 되었습니다. 소인이 제민장에서 허드렛일로 호구를 이어 온 것은 사실이오나, 마음만큼은 언제나 명존의 가르침을 지키려 노력해 왔습니다. 미륵하생 명왕출세! 미륵하생 명왕출세!"

그러면서 양손을 가슴 앞으로 모아 올려 백련교의 성화를 상징하는 불꽃 모양의 수결까지 지어 보이니 좌응의 표정이 조금 풀어졌다. 지금은 어떤지 모르지만, 과거에 명존을 섬긴 적이 있다는 말만큼은 사실인 것 같았다.

좌응이 청년에게 물었다.

"제민장에 지금 무슨 일이 벌어진 것이냐?"

그 순간 청년의 얼굴 위로 작위적인 것이라고는 보이지 않는 생생한 공포심이 떠올랐다.

"장주가 미쳤습니다!"

"뭐라?"

"정말로 완전히 미쳐 버렸습니다! 어젯밤에는 자신을 잡아

무양…… 아니, 본 교에 넘기려고 하던 역씨들과 가신들을 깡그리 도륙하더니만, 오늘 새벽부터는 자신을 따르는 저희들에게까지 검을 휘두르기 시작했습니다!"

이야기를 들어 보니 제민장주가 역씨들과 가신들을 죽인 것은 이해할 수 있었다. 그의 입장에서 본다면 배신자들을 처단한 셈일 테니까. 하지만 결전을 앞두고서 자신을 따르는 무리에게까지 검을 휘둘렀다는 것은 좀처럼 납득이 가지 않았다.

"장주가 너희들에게 왜 검을 휘둘렀단 말이냐?"

좌응의 질문을 받은 청년이 선뜻 대답을 못 하고 어물거리다가 뒷전에 서 있던 반외암의 무서운 눈총을 받고는 울상을 지으며 입을 열었다.

"저희들 중 일부가 지난밤 장원을 빠져나갔다는 보고를 받더니 마귀들…… 아니, 본 교와 싸울 준비가 안 되었다고 불같이 화를 내면서……."

좌응은 고개를 끄덕였다. 제민장주가 미쳤다는 말이 그제야 이해되었다. 무양문의 호교십군 중 두 곳을 상대해야 하는 절체절명의 상황에서 휘하의 무사들이 달아나는 일이 벌어졌다면, 제민장주가 폭발한 것도 무리는 아니리라.

"천행으로 장주의 칼날에서 벗어난 소인은 주방의 불 꺼진 부뚜막 속에 숨어 있다가 이제야 가까스로 장원을 빠져나올 수 있었습니다. 지금 저 문 안으로 들어가시면 소인의 말이 사실임을 금방 아시게 될 겁니다! 흐으! 흐으윽!"

비명처럼 흘러나오던 청년의 이야기가 흐느낌으로 끝났다. 좌응은 그런 청년을 내려다보며 생각을 정리해 보았다.

제민장의 장주, 소룡검 역의관은 이번 출정에서 반드시 참해야 할 자였다. 관아의 납치에 직접적으로 간여한 자이니만큼 아이의 행방을 찾기 위해 사로잡을 필요가 있지 않을까 생각했는데, 문주로부터 내려온 명은 단호하기만 했다.

　―명단에 기재된 자들을 모조리 참하고 그자들이 속한 가문과 문파 들을 멸살하라!

　지나치게 과격한 처사가 아닌가 하는 생각도 들었지만, 어쨌거나 문주의 명이란 지엄한 것. 더구나 교단을 사갈시하는 세상을 상대로 이참에 무양문이 가진 힘을 똑똑히 보여 줘야 한다는 간부들도 적지 않았다. 그리하여 정해진 첫 번째 표적이 광동의 백년 명문인 이곳 제민장인데, 본격적인 전투가 벌어지기도 전에 이런 일이 벌어지다니…….

　그때 정렬해 있던 무양문 무사들 중 누군가가 흐느끼는 청년을 가리키며 외쳤다.

　"너는 몇 년 전에 호공당에서 달아난 양척梁陟이 아니냐!"

　"힉!"

　외침 말미에 이름 하나가 섞여 나오자 청년은 물건을 훔치다 들킨 어린아이처럼 소스라치게 놀랐다. 좌응은 고개를 돌려 청년의 이름을 외친 무사를 찾았다. 서 있는 곳으로 미루어 칠군에 소속된 평무사였다. 좌응은 손짓으로 그 무사를 불러냈다.

　"저자에 대해 아는 대로 고하라."

　무사가 허리를 숙이며 말했다.

　"칠군에 소속된 이몽李蒙이라고 합니다. 몇 년 전 호공당에서 근무하던 시절에 알고 지내던 양척이라는 평교도입니다. 창고에서 일하던 자인데, 어느 날 창고에 있던 기물을 훔쳐 달아났다는 얘기를 들었습니다."

좌응의 매 같은 시선이 청년을 향했다.
"호공당에서 근무했다는 말이 사실이냐?"
청년은 대답을 못 하고 사시나무처럼 몸을 떨기만 했다.
"본 문에 적을 올린 이상 상부의 승인 없이는 문파를 사사로이 떠날 수 없다는 문규를 모르지는 않겠지. 하물며 교단의 재산에 손까지 댔다면 가벼운 죄는 아닐 것이다. 이자를 문파로 압송할 테니 포박하라."
이군에 속한 무사 둘이 밧줄을 들고 청년에게 다가갔다. 청년은 전신을 와들와들 떨면서도 별다른 저항 없이 순순히 포박을 받았다. 그러면서도 얼굴에 떠올린 것이 오히려 안도하는 기색인 것을 보면, 제민장 안에서 고약한 사단이 벌어지고 있다는 진술에는 거짓이 없는 것 같았다.
좌응은 무사들에게 끌려가는 청년을 쳐다보다가 천천히 몸을 돌렸다. 흑청색 우람한 정문과 그 위에 높이 걸린 '안세제민'이라는 금장 편액이 그의 눈에 담겼다. 모든 무양문도들에게 있어서 문주의 명이란 절대적인 것. 역의관이란 자가 미쳤든 제정신이든, 그리고 저 제민장에 문제가 있든 없든, 그는 문주의 명을 받들어야만 했다.
"들어간다."
좌응은 등 뒤에 대기해 있던 이군과 칠군의 일천 무사들을 향해 짤막한 명령을 내렸다.

지배 민족이 교체되던 백 년 전의 격변기, 두터운 협심과 뛰어난 검법으로 대강남북에 명성을 떨친 제민검협濟民劍俠 역정심易定心이 긴 유랑 생활을 마치고 고향인 광동에 정착해 세운 문파가 바로 제민장이다.

제민장을 개파한 역정심은 예순이 넘도록 아들을 보지 못했다. 결국 만년에 데릴사위를 들이게 되었는데, 그 데릴사위의 씨를 받아 줄줄이 태어난 다섯 명의 손자가 하나같이 용 같고 범 같은 동량지재들이라. 제민장의 진정한 성세는 그 손자들이 장성한 삼 대째에 이르러서야 비로소 꽃을 피웠다고 할 수 있다.
　사일검법을 완성한 광동제일검 역유윤을 필두로 한 제민장의 다섯 자루 검, 제민오검은 조부의 유지를 이어받아 광동은 물론 강남 구석구석에 협명을 드날렸고, 좌응은 같은 강남 지방을 무대로 활약한 검객으로서 그들 오 형제가 이룬 업적에 높은 평가를 내리고 있었다. 그러므로 좌응이 무양문의 삼로군三路軍 중 광동으로 향하는 진군로를 자청하여 떠맡은 까닭은, 비록 문파를 멸살하라는 문주의 명이 있기는 하였으나 야전 책임자의 재량으로써 어떻게든 명맥만큼은 보전시켜 주려는 마음이 있었기 때문이다. 물론 관아를 납치한 장본인인 장주 역의관을 포함한 수뇌부들 중 다수는 횡액을 모면할 수 없더라도 말이다.
　그런데…….
　"지랄맞은 일이군."
　두어 발짝 뒤따라오던 반외암이 투덜거렸다.
　좌응은 그런 반외암의 심정을 이해할 수 있었다. 제민장 앞뜰을 무인지경으로 행진하는 동안, 반외암이 느낀 심정이 할 일이 없어진 데 대한 아쉬움이라면 그가 느낀 심정은 배려해 줄 방도가 사라진 데 대한 허탈함이었다.
　발견한 시체의 수가 삼십이 채 되지 않으니 시산혈해라고 한다면 다소 과장된 표현일지도 모른다. 그러나 그 삼십도 안 되는 시체들이 만들어 낸 끔찍함이란 어떤 시산혈해와 비교해도 뒤지지 않을 것 같았다.

푸줏간에 걸린 돼지처럼 배 속을 텅 비운 시신들.

건물 추녀마다 포렴布簾처럼 내걸린 길쭉한 덩어리들은 그 시신들로부터 끄집어 낸 내장이 분명했다. 그리고 그 모든 불길한 물건들은 난데없는 만찬에 쾌재를 부르며 날아온 수많은 파리 떼에 의해 본색을 알아볼 수 없을 정도로 빽빽이 뒤덮여 있었다. 윙윙윙윙윙윙-.

지난밤 이 장원에서는 도살자들의 축제라도 열렸던 것일까? 반외암이나 태황처럼 잔인한 위인들마저 고개를 외면할 정도니 그 끔찍함이란 말하지 않아도 짐작할 수 있을 것이다. 그 아래를 걸어가는 이군과 칠군 무사들 사이에서 구역질을 하는 소리가 끊임없이 이어지고 있었다.

─지금 저 문 안으로 들어가시면 소인의 말이 사실임을 금방 아시게 될 겁니다!

양척이라는 자의 절규가 귓전을 맴돌았다. 장주가 미쳤다는 말이 그저 가솔들의 배신에 분노한 장주가 벌인 과격한 행동에 대한 과장이라 여겼건만, 지금 좌응이 지나쳐 온 목불인견의 참상들은 분노로써 만들 수 있는 경계를 훌쩍 넘어서 있었다. 저것은 광기의 흔적이었다.

그때 내원 담장 구석에 달린 자그마한 쪽문이 삐걱 열리더니 목덜미를 왼손으로 감싸 쥔 남자 하나가 비틀거리며 밖으로 나왔다. 마수걸이라도 해야겠다는 생각인지 반외암이 눈을 빛내며 허리춤에 있는 교살추삭의 고리를 끌러 가는데, 좌응이 그 앞을 슬며시 막아섰다.

"반 군장께서 굳이 수고하실 필요는 없을 것 같소."

저 남자의 목덜미가 이미 누군가에 의해 절반 가까이 잘린 뒤라는 사실을 알아보았던 것이다. 저런 상태로도 여기까지 달아날 수 있었던 것은 남자의 체력이 좋아서라기보다는…….
'저 안의 상황이 그만큼 끔찍하기 때문이겠지.'
좌응의 예상대로 쪽문에서 나온 남자는 몇 발짝 못 떼어 놓고 무릎을 꿇었다. 목덜미를 누르고 있던 왼손이 아래로 툭 떨어지자 기다렸다는 듯 선홍빛 동맥혈이 뭉클거리며 흘러나오기 시작했다. 무릎을 꿇은 채 몇 차례 잔경련을 보이던 남자는 이내 바닥에 얼굴을 박으며 고꾸라졌다. 움찔거리던 목덜미가 어느 순간 돌처럼 굳었다. 한 덩어리의 조그만 아귀들이 새로운 먹이 쪽으로 자리를 옮기기 시작했다. 웡웡웡웡-.
이름 모를 남자가 죽어 가는 과정을 묵묵히 지켜보던 좌응은 오늘따라 유난히 무겁게 느껴지는 고개를 천천히 들었다.
흑청색 기와를 올린 내원 담장 너머는 심산유곡에 자리 잡은 사찰이나 도관처럼 고요하기만 했다. 그 위로는 깃털구름이 점점이 펼쳐진 호수처럼 파란 하늘. 평화롭고도 정적인 풍경이었다. 자신에게 뒷덜미를 붙들린 사람마저 억지로 달아나게 만들 만큼 끔찍한 상황이 저 안쪽에 펼쳐져 있다고는 생각하기 힘들었다.
발길이 쉽사리 떨어지지 않았다. 저 담장 안으로 들어가고 싶지 않았다. 그것은 두려움과는 다른 차원의, 확인되지 않은 불길함을 애써 외면하고 싶은 인간의 나약한 본능이었다. 그러나 그런 본능을 극복하기 위해 수련을 쌓은 자가 바로 무사요, 검객이 아니겠는가. 잠시 흔들리던 마음을 바로 세운 좌응이 반외암에게 말했다.
"제민장은 이미 끝난 것 같소. 저 안은 이군이 정리할 테니,

칠군장께서는 건물들을 수색해 숨어 있는 자들을 색출하고 가져갈 물건들을 챙긴 뒤, 이 저주받은 장원을 태워 버리도록 하시오."

살인과 강간, 약탈과 방화야 본디 반외암이 장기로 삼는 종목. 좌응의 예상대로 벙긋 웃은 반외암이 휘하의 무사들을 둘러보며 기세 좋게 외쳤다.

"다들 들었지? 지금부터 반 시진 주겠다! 사내는 죽이고 계집은 사로잡는다! 돈이 될 만한 물건들은 남김없이 챙긴다! 가라!"

탐욕에 이글거리는 눈을 하고서 사방으로 흩어지는 칠군의 오백 무사들을 지켜보던 좌응이 천천히 몸을 돌렸다. 이군의 부군장 황사년이 알쏭달쏭한 표정으로 그를 쳐다보고 있었다. 그가 넌지시 물어보았다.

"부군장도 저기 끼고 싶은가?"

황사년이 씩 웃으며 고개를 흔들었다.

"설마요."

호교십군으로 통칭되기는 하지만 각 군이 가진 성향은 여러 갈래로 나뉘었다. 대체로 군장의 성향을 따라가게 되는데, 이를테면 무쇠소 마석산이 군장으로 부임한 뒤부터 십군 전체가 단순해지고 과격해지는 식이었다. 그래서인지 이군 휘하의 무사들은 군장인 좌응의 성향을 좇아 웬만한 백도 문파 이상으로 점잖은 편이었다.

"상황을 보아하니 다 들어갈 필요는 없을 것 같네. 생각 같아서는 나 혼자 들어가서 마무리 짓고 싶은데, 자네가 허락해 주지 않을 것 같군."

좌응은 수하를 아끼는 자애로운 상관이었다. 그의 예상대로 저 담장 안에서 기다리고 있는 장면이 이제까지 본 것 이상의 참경이라면, 그 참경을 목격하는 사람의 수를 가급적 줄이고 싶은 것이 그의 심정이었다.

황사년은 좌응만큼이나 수하를 아끼는 자상한 상관이었고, 동시에 상관을 염려하는 충직한 수하이기도 했다. 그는 대답 대신 미소를 지었다. '저를 데려가신다면 기꺼이 허락해 드리겠습니다.'라는 의미였을 것이다. 그래서 좌응 또한 미소를 지었다. 염화미소拈華微笑였다.

이군의 군장과 부군장은 휘하의 무사들에게 대기하라는 지시를 내린 뒤 쪽문으로 발길을 옮겼다.

쪽문을 지나 흙길을 백여 보 걷자 제민장주의 거처인 수검각修劍閣으로 이어지는 폭 다섯 자의 흑석로가 나왔다. 흑석로 위에는 광동 해안에서 가져온 동글납작하고 까만 갯돌들이 운치 있게 깔려 있었다. 그러나 그 양쪽으로 조경된 장미 화원 안에는 목 없는 시신들이 군데군데 쓰러져 있어서 흑석로를 걷는 두 사람의 눈을 찌푸리게 만들었다.

정문 안쪽에서 발견한 내장 잃은 시신들의 대부분은 무사가 아닌 일반인이었다. 그러나 지금 지나치는 머리 없는 시신들은 하나같이 잿빛 무복을 입고 있었다. 사라진 내장은 건물 추녀에 내걸려 있었다. 그렇다면 사라진 머리는 어디에 있는 것일까?

해답은 수검각으로 올라가는 오 층 돌계단 꼭대기에 앉아 있던 금포 차림의 남자가 알려 주었다.

"히히히! 마귀들과 싸울 준비를 갖추지 않은 자들이 아직도 남아 있었구나."

만일 저 금포 남자가 말한 '마귀들과 싸울 준비'라는 게 오 층

돌계단의 층층마다 한 자 간격으로 벌려 놓은 머리통들처럼 되는 것을 가리킨다면, 금포 남자는 양척이라는 자의 말대로 미친 것이 분명했다.

"제민장주 역의관인가?"

머리통들로 장식한 제단 위에 올라앉은 것처럼 보이는 금포 남자를 향해, 좌응이 물었다. 키와 나이, 거기에 엉망으로 망가진 하관이 육건으로부터 하달 받은 역의관의 신상 정보와 일치했다. 그런데…….

"난 역의관이 아니야."

금포 남자가 오른쪽 어깨 위로 비뚤어뜨린 고개를 심술 난 어린아이처럼 세차게 내젖는 것이었다. 좌응이 눈을 찌푸렸다.

"역의관이 아니라고?"

"응, 그년이 날 역의관으로 만들었어. 난 역의관이 싫어. 그래서 그년을 죽였지. 이제 난 도로 조의관이 될 수 있을 거야. 아빠 엄마는 내가 조의관이라고 그랬어."

그러면서 금포 남자는 엉덩이 뒤에 숨겨 놓았던 둥근 물건을 꺼내어 올려 보였다. 산발한 여자의 부릅뜬 눈이 좌응을 똑바로 향하고 있었다. 좌응이 탄식처럼 중얼거렸다.

"아내를 죽였구나."

"아내? 이년이 내 아내라고?"

조의관으로 돌아가기를 바라는 미친 남자, 제민장주 역의관이 머리채를 틀어잡고 있던 여자의 머리통을 자신 쪽으로 돌리더니 갑자기 뱀눈을 치뜨며 반갑게 소리쳤다.

"진짜로 여보였잖아! 여보! 당신 덕분에 내가 이 커다란 집의 주인이 됐어요. 고마워요, 여보."

역의관이 백랍처럼 탈색된 여자의 입술에 자신의 우그러진 하관을 마구 문지르기 시작했다.

"우읍."

뒷전에 서 있던 황사년으로부터 구역질을 참는 소리가 새어 나왔다. 내장 없는 시신들도, 목 없는 시신들도 모두 참아 낸 강골이지만 지금 저 역의관이 보이고 있는 짓거리만큼은 차마 봐 넘기기 힘든 모양이었다. 그 점은 좌응도 마찬가지인 탓에 순간적으로 참기 힘든 욕지기를 느꼈다. 그러나 좌응은 구역질 대신 검을 뽑았다.

스앙!

좌응의 애검 망음(望陰)이 청명한 검음과 함께 상오의 햇살 아래 모습을 드러냈다. 굳건한 믿음을 망치 삼고 강인한 의지를 모루 삼아 삼십 년을 부단히 정련한 추상같은 검기가 광인의 얼굴을 똑바로 겨눴다.

"에에?"

망음의 검기를 접한 역의관의 눈까풀이 곤충의 날개처럼 빠르게 깜빡거리기 시작했다.

"……마귀구나. 맞지?"

좌응은 대답하지 않았다. 광인과의 대화는 더 이상 필요치 않았다.

그러자 역의관이 마침내 움직이기 시작했다. 그 움직임 또한 정상적인 범주를 크게 벗어나 있었다. 엉거주춤 엉덩이를 들며 여자의 머리통을 계단 위에 내려놓는가 싶더니, 다음 순간 그 자리에서 퍽 사라졌다. 아니, 보통 사람이라면 분명 사라졌다고 착각했을 것이다.

좌응의 뛰어난 안력은 두 팔과 두 다리로 돌계단의 양끝 난간을 번갈아 찍어 가며 자신을 향해 쇄도해 오는 금포 자락의 동

선을 단속적으로 잡아낼 수 있었다. 그러나 그것들조차도 잔상殘像. 역의관은 그의 눈이 잡아내는 것보다 반 호흡 빠르게 움직이고 있었다.

개처럼 네발로 껑중거리던 역의관의 몸뚱이가 어느 순간 바람 맞은 연처럼 활짝 펴졌다.

"이히히힛!"

소름 끼치는 괴소와 함께 솟구친 한 줄기 날카로운 검기가 좌응의 목덜미를 베어 왔다. 이 또한 눈에 보이는 것보다 반 호흡 빠른 공격일 터. 보이는 대로 막았다가는 그 반 호흡만큼 늦고 말 것이다. 이에 대한 대응책은 간단했다. 좌응은 한 발짝 뒤로 물러남으로써 잔상과 실상 사이에 존재하는 반 호흡의 차이를 메웠다.

쩍!

날아든 검기와 망음 사이에서 어금니를 시리게 만드는 높은 소음이 터져 나왔다. 그 소음은 일회로 그치지 않았다.

쩍! 쩌저적!

총 여섯 합의 접검接劍이 지나간 뒤, 좌응은 두 발짝 더 뒤로 물러난 곳에서 눈썹을 꿈틀거렸다. 역의관의 검은 막아 낼 수 있었다. 하지만 검기에 실린 오싹한 한기가 검자루를 쥔 오른손을 시큰거리게 만들었다. 힐끔 내려다본 손목 관절의 여린 아랫부분에는 깨알 같은 소름들이 오톨도톨 돋아 나 있었다.

"마귀들이 왔구나! 마귀들이 왔어!"

유령처럼 허공에 몸을 띄운 채 여섯 차례나 공격을 가한 역의관이 좌응으로부터 이 장쯤 떨어진 곳에서 핏물이 뚝뚝 떨어져 내리는 입술로 고함을 질렀다. 그 모습을 본 좌응은 의아함을 느끼지 않을 수 없었다. 저것은 분명 내상의 징후였다. 하지만 공격한 쪽은 오히려 역의관인데?

그 순간 좌응은 지금 역의관을 사로잡고 있는 지독한 광기의 근원이 무엇인지를 알게 되었다. 천하의 검법들 가운데에는 저렇듯 시전자의 심신을 제물 삼아 위력을 폭증시키는 요검법妖劍法도 존재하는 것이다.

정상적인 수련을 쌓은 검객이라면 누구나 경멸하면서도 두려워 마지않는 금단의 검법! 상대하는 자는 물론이거니와 종국에는 시전하는 자까지도 무자비하게 해치고 마는 반역의 검법!

"손대지 말아야 할 것에 손댔군."

좌응이 오른손에 쥔 망음을 하단으로 늘어뜨리며 무겁게 뇌까렸다. 검객으로서의 본능적인 적개심이 그의 눈빛을 더욱 차갑게 만들었다.

"군장님."

황사년이 그런 좌응을 작게 불렀다. 그는 칠 년 넘게 동고동락해 오는 동안 상관이 치르는 일대일 대결에는 한 번도 개입한 전례가 없는 경우 바른 수하였다. 하지만 역의관이 드러낸 불길하기 짝이 없는 요검법 앞에서는 전례란 것도 별 의미를 갖지 못하는 모양이었다.

좌응은 시선을 역의관에게 고정한 채 차분히 대답했다.

"사법邪法이 아무리 무서워도 정법正法을 이기지는 못하네. 걱정 말게."

만일 지금 이 자리에 선 사람이 칠군장 반외암이라면? 아마도 양측 모두 승패를 장담하기 힘들었을 것이다. 역의관의 요검에는 무양문이 자랑하는 호교십군 군장이라도 감히 경시하지 못할 사악한 위력이 실려 있었기 때문이다.

그러나 좌응은 반외암이 아니었다. 그는 자신을 믿었고, 자

신의 검을 믿었다.

"여보야! 마귀들이 왔어! 어서 달아나!"

상황과 전혀 어울리지 않는 고함을 지르며 역의관이 다시금 달려들었다. 그런 역의관이 휘두르는 요검을 상대하기란 역시 쉽지 않았다. 상궤를 벗어나는 괴이한 움직임도 까다롭거니와, 무엇보다도 아차 하는 순간에 잔상조차 놓쳐 버릴 만큼 빨랐기 때문이다. 그러나 검의 속도에 관해서라면 천하의 검왕, 고검이 온다 하더라도 윗자리를 양보할 마음이 전혀 없는 쾌검의 달인이 바로 좌응. 그의 검은 빛조차 쪼개는 검, 분광검이었다.

파파파-!

역의관의 요검에 맞서 가는 좌응의 검이 갈수록 빨라졌다. 꼬리를 물고 이어지던 세찬 파공성이 검신 위로 납작하게 달라붙는가 싶더니 어느 순간 수면 아래로 잠기듯 먹먹하게 사그라졌다. 검의 속도에 소리조차 파묻힌다는 이른바 식음食音의 경지. 처음 접검 시에 뒤져 있던 반 호흡은 이미 사라진 뒤였다. 오히려 망음의 호흡이 요검을 앞지르고 있었다.

세간에는 좌응이 분광검법을 익혔다고 알려져 있었다. 좌응 또한 그 말에 대해 딱히 부인한 적은 없었다. 그러나 분광검법은 정해진 호흡법과 정해진 초식으로 이루어진 일반적인 검법이 아니었다. 매순간마다 전체와 부분을 동시에 파악하는 뛰어난 눈과 판단력, 상대의 실낱같은 허점조차 용납하지 않는 빠른 손과 보법, 그리고 그것들을 하나로 아우를 수 있는 반석 같은 정력定力이 뒷받침될 때, 그가 휘두르는 망음은 분광검이라는 절세의 명품을 자아내는 것이다.

"히이잉, 아파……."

열일곱 합의 검격이 광풍처럼 지나가고 난 뒤, 어린아이처럼 울먹거리며 뒷걸음질을 치는 역의관은 이미 혈인으로 바뀌어 있었다. 동곳 빠진 머리는 봉두난발이 되어 흐트러졌고, 질 좋은 비단으로 만든 장포는 곳곳이 베이고 갈라졌으며, 심지어 팔꿈치 반 뼘 아래에서 잘려 나간 왼쪽 팔뚝은 바닥에 깔린 조약돌 위를 뒹굴고 있었다. 하지만 처음과 비교해 바뀌지 않은 것이 하나 있었다.

생명이 다하기 전에는 절대로 꺼질 것 같지 않은 저 지독한 광기!

요검이 자양분으로 삼는 저 광기가 꺼지기 전까지는 승패는 결정 난 것이 아니었다. 그러므로 광기를 벤다! 좌응은 눈을 한층 더 차갑게 빛내며 역의관을 향해 다가갔다. 그의 단호한 결의에 호응한 망음이 브으응, 하는 얕은 울음을 울었다.

"흐으응, 마귀가 또 오네. 여보야, 난 저 마귀가 정말로 무서워어어어에에엑!"

들을 수도 없는 아내를 향해 칭얼거리던 역의관이 갑자기 찢어지는 귀곡성을 내지르며 수중의 검을 세차게 찔러 냈다. 최후의 악을 짜낸 듯 흑적색 으스스한 검기를 꼬리처럼 매단 그 일검이 둘 사이의 공간을 찰나에 뛰어넘어 좌응의 오른쪽 상의 자락에 그대로 틀어박혔다. 잔뜩 긴장한 얼굴로 싸움을 지켜보던 황사년의 입에서 '앗!' 하는 짤막한 경호성이 튀어나왔.

그러나 좌응의 영활한 두 발은 역의관의 검봉이 옷자락에 닿기 전에 이미 보법을 밟아 나가고 있었다. 천지인 삼재보三才步의 바탕 위에, 바위에 가로막히면 부드럽게 돌아가는 물의 요결을 접목시킨 유수회암보流水廻岩步. 축이 되는 오른 발끝이 수면 위에 떨어진 파문처럼 작은 동그라미로 맴돌았다.

찌익!

역의관이 찔러 낸 검은 옷자락을 길게 찢어 놓는 것 외에는 아무런 성과도 거두지 못한 채 좌응의 오른쪽 겨드랑이 아래로 빠져나갔다. 여력을 풀지 못하고 두 자쯤 더 앞으로 뻗어 나간 상대의 검신을 앞가슴으로 끌어안듯 휘감으며, 좌응은 몸을 반전시켰다.

그 반전이 끝났을 때, 역의관의 기괴하게 일그러진 얼굴은 좌응이 팔만 휘두르면 닿을 위치까지 다가와 있었다. 얼굴 밖으로 꼴사납게 불거져 나온 눈알이 이 상황을 파악하기 위해 빠르게 진동하고 있었다. 좌응은 그것을 허락하지 않았다.

지면을 비빈 오른 발끝을 통해 들어와 골반과 허리를 타고 올라온 나선 모양의 힘이 망음을 쥔 오른팔에 실렸다. 주인의 의지를 싣고 허공을 가른 망음은 실금처럼 얇은 수평의 반원으로써 그 힘을 세상에 돌려보냈다.

휘리릭- 툭.

반원의 궤적이 일으킨 작은 소용돌이에 휘말려 허공으로 솟구친 역의관의 머리통이 삼 장 허공을 날아 돌계단 위에 놓인 여자의 머리통 옆에 떨어졌다.

좌응은 망음을 검집에 거두며 돌계단 위를 올려다보았다. 그곳에서는 악연으로 얽혀 종내에는 서로의 운명을 깎아 내고 만 비극적인 부부가 얼굴을 마주 보고 있었다. 공허하게 굳어 버린 저 눈동자 속에 상대의 정감 어린 얼굴을 담던 날도 분명 있었으련만.

"다음 생에서는 부디 아름다운 인연으로 맺어질 수 있기를."

수양 깊은 검객은 승리의 환호성 대신 입속말로 조용히 읊조리며, 돌계단 위에 나란히 놓인 부부의 머리통을 향해 불꽃 모양의 수결을 만들었다.

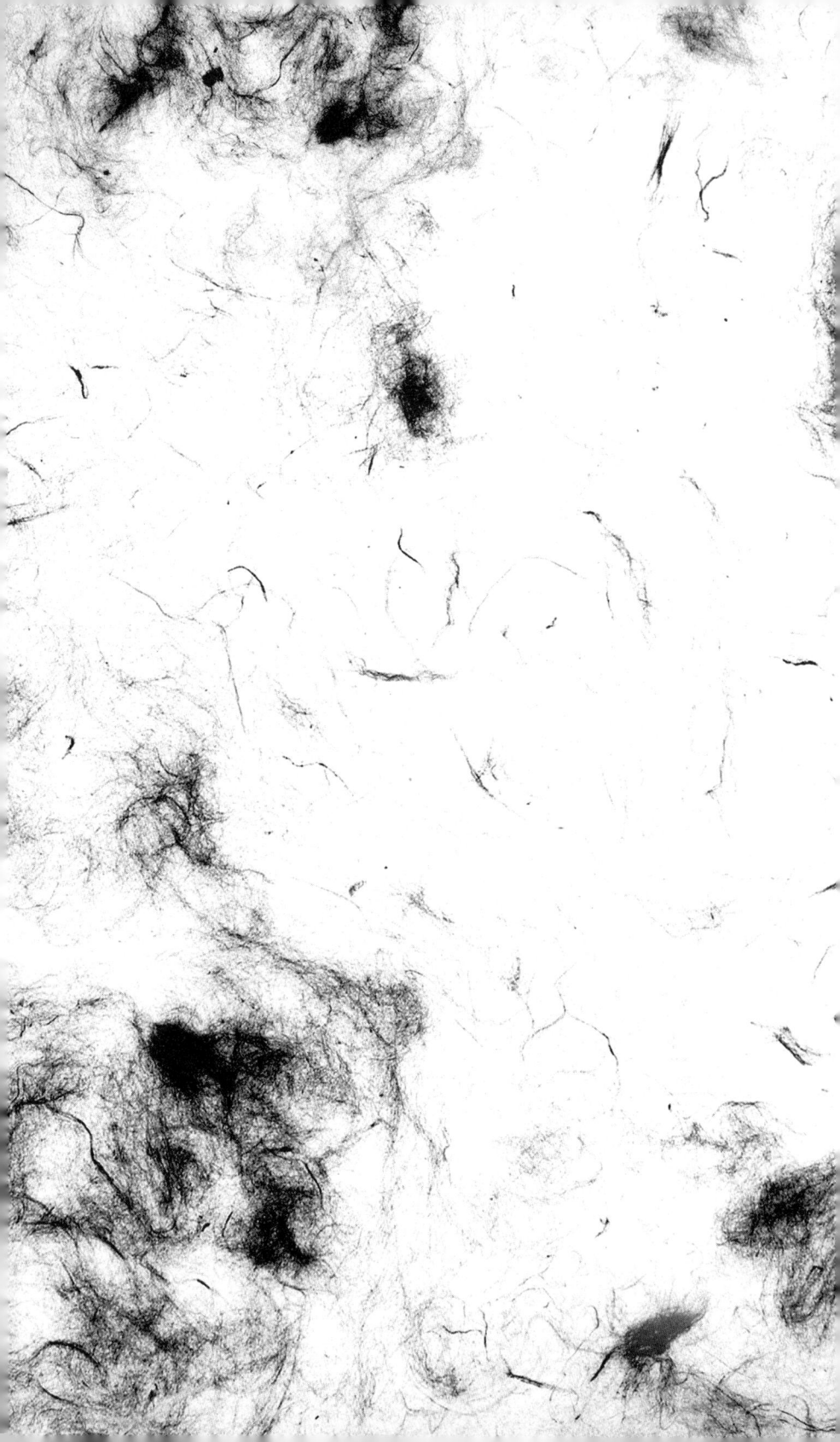

사쇠도민 師衰徒悶

(1)

 소소는 반년 전부터 남자아이들이 미웠다.
 소녀에서 처녀로 넘어가는 나이 대의 여자들 대개가 짧게는 동년배에서 길게는 열 살 정도 아래 터울의 남자아이들을 귀찮아하는 성향을 보이긴 하지만, 소소의 미움은 나이에 따른 성향 때문이라기보다는 구체적인 대상 때문이라고 보는 쪽이 옳았다.
 그 구체적인 대상에게서 나온 공손하지만 엄숙한 목소리가 지금 소소의 엉덩이 뒤에서 울렸다.
 "사저, 사부님께서 오늘 수업에는 절대로 빠지면 안 된다고 말씀하셨습니다."
 북악대종 소철의 손녀이자 신무전 내에서는 남녀노소 지위고

하를 불문하고 보옥처럼 떠받들어 모시는 지귀한 존재가 바로 자신이건만, 어찌 된 영문인지 저 애늙은이에게는 그 좋은 끗발이 도무지 통하지를 않았다. 게다가 눈치는 또 얼마나 귀신같은지! 짐승처럼 네다리로 엎드린 몸을 담벼락 개구멍에 끼운 채 엉덩이는 조심당操尋堂 안쪽으로, 머리통은 조심당 바깥쪽으로 향하고 있던 소소는 그런 민망한 자세로 고민에 빠지지 않을 수 없었다.

그냥 내뺄까? 그러면 저 애늙은이가 삼절三絕 사부에게 뭐라고 일러바칠까? 그 짓을 못 하도록 엄포라도 놓고 가야 하나? 아니면 매수? 하지만 그런 것들이 저 애늙은이에게 먹힐 리가 없잖아. 아, 머리 아프다. 에라, 그냥 내빼자!

나중 일은 나중에 걱정하자는 게 평소 소소의 생활신조였다. 소소는 그 생활신조를 좇아 땅바닥에 댄 네다리를 잽싸게 놀려 개구멍을 빠져나갔다. 그런 다음 돌개바람을 만난 가랑잎처럼 허공으로 번쩍 들어 올려졌다.

너무 놀라 비명도 지르지 못하고 눈만 뒤룩거리는 소소의 얼굴로 퀴퀴한 사내 냄새가 훅 밀려왔다.

"막내 하나로는 어림없을 거라더니 운 사부 말씀이 맞군."

농군처럼 거무튀튀하게 그을린 얼굴로도 뭐가 그리 좋은지 싱글벙글 웃고 있는 흑의 남자는 소소의 대사형이자 신무전의 다음 대 주인으로 내정된 소철의 첫째 제자, 철인협鐵人俠 도정이었다.

"대사형이셨네요. 그간 잘 지내셨죠?"

"오냐."

"헤헤, 근데 제가 강아지도 아니고, 이렇게 붙잡고 계실 필요까지는 없지 않나요?"

소소가 억지로 선웃음을 지으며 알랑거려 보았지만, 불행히도 지금 쇠기둥 같은 오른팔로 그녀의 뒷덜미를 붙잡아 허공에다 매달아 놓은 저 도정은 이 신무전 내에서 그녀의 끝내주는 끗발이 통하지 않는 몇 안 되는 밉상들 중 하나였다.

"지난번처럼 되지도 않는 말로 사람 헛갈리게 만들어 놓고 도망가려고? 안 되지, 안 돼."

고개를 저은 도정은 그 자리에서 두 발을 가볍게 굴렀다. 하늘을 나는 용이 몸을 뒤집는다는 비룡번신飛龍翻身의 재주가 사람 둘을 둥실 띄워 올렸다. 다 큰 처자를 붙든 채로 아홉 자 높이의 담장을 가볍게 뛰어넘을 수 있는 것은 비단 소소가 날씬하기 때문만은 아닐 터였다.

"히잉!"

졸지에 허공에서 공중제비를 넘게 된 소소는 울상을 지으면서도 허리께에서 뒤집히는 치맛자락을 있는 힘껏 눌러야만 했다. 한 장에 은자 두 냥이나 하는 값비싼 꽃 자수 속옷을 담장 너머에서 기다리고 있을 애늙은이에게 보여 주려고 사 입은 것은 아니었기 때문이다.

"막내야, 네 사저를 잡아 왔다."

단번에 담장을 넘어온 도정이 나잇값도 못 하고 으스대는 목소리로 말했다.

"수고하셨습니다."

담장에서 다섯 걸음쯤 떨어진 곳에 얌전히 서서 기다리고 있던, 색을 들이지 않은 수수한 마의 차림에 종이처럼 허여멀쑥한 얼굴을 가진 소년이 환영하듯 미소를 지었다. 소소가 요사이 미워해 마지않는 문제의 애늙은이였다.

요 애늙은이에 대해 말하자면…….

작년까지만 해도 저 도정에게 막내라고 불릴 수 있었던 사람은 소철의 셋째 제자인 구양현이거나 소철의 손녀인 소소였다. 공식 항렬로는 구양현이 막내, 비공식 항렬로는 소소가 막내, 대충 그런 식이었던 것이다.

그러던 것이 지난 원소절 신무전의 군사 운소유가 하늘에서 뚝 떨어진 것처럼 나타난 애늙은이 하나를 바둑 제자로 들이는 바람에 바뀌었다. 그 애늙은이가 비록 소철의 문하로 들어온 것은 아니지만, 소철의 제자들 모두가 운소유를 사부처럼 받들어 모신 지 오래인지라 자연스레 한 항렬로 끼어들게 되었다. 그래서 막내 자리는 애늙은이의 차지가 되었고, 소소는 사저가 될 수밖에 없었다. 물론 소소는 애늙은이의 사저가 되고 싶지 않았지만, 빌어먹을 항렬은 그녀가 정하는 것이 아니었다.

"대사형! 날 당장 내려 줘요!"

담장을 넘어와서도 여전히 대롱대롱 매달려 있던 소소가 짜증이 듬뿍 밴 고함을 터뜨렸다.

"오냐, 한데 너 요즘 뱃살이 좀 붙은 것 같구나. 예전하고는 근수가 다른걸."

평생 원수질지도 모르는 소리를 겁 없이 내뱉으며 뒷덜미를 놓고 물러서는 도정을 매섭게 째려보는 소소에게, 이번에는 애늙은이가 차분한 목소리로 말했다.

"치마가 더러워졌군요. 사부님을 뵙기 전에 의복부터 갈아입으셔야 할 것 같습니다."

말투부터가 열두 살짜리라고는 도저히 생각하기 힘든 밉살맞은 애늙은이, 과홍견의 지적에 소소는 도끼눈을 뜨고 따졌다.

"너지?"

"예?"

"대사형보고 저 밖에서 기다리라고 말한 게 너 아니냐고?"

과홍견이 잠시간 지워진 미소를 복구하며 대답했다.

"이른 아침 삼절각三絶閣을 찾아오신 대사형께 도움을 청하신 분은 사부님이시지만, 대사형께서 기다리고 계실 장소를 정해 드린 것은 제가 맞습니다."

"여기 개구멍이 있다는 것을 네가 어떻게 알고 있는 거야?"

"사저께서 조심당을 몰래 빠져나가실 때 애용하는 통로가 이곳 말고도 두 군데 더 있다는 것을 전부터 알고 있었습니다. 오늘은 치마 차림이라는 이야기를 듣고 담장을 넘으실 것 같지는 않았습니다. 그래서 대사형께 이 구멍 바깥에서 기다리시라 당부드린 것입니다."

아귀가 딱딱 들어맞는 과홍견의 조리 있는 대답은 소소의 화를 더욱 부채질했다. 그녀의 동그란 얼굴이 홍시처럼 새빨갛게 달아올랐다. 언제나 그랬듯 조 빤질빤질한 주둥이를 두 번 다시 놀리지 못하도록 흠씬 패 주고 싶은 마음이 불같이 치밀었지만, 언제나 그랬듯, 바람은 그저 바람으로 그칠 수밖에 없었다.

과홍견은 무공을 한 초식도 배운 적이 없었다. 사부인 운소유가 무공을 가르치려 하지 않은 탓도 있겠지만, 진실한 이유는 과홍견 스스로 무공을 절대로 배우려 하지 않은 데에 있었다. 그리고 그 이유를 운소유로부터 전해 들은 소소는 밉살맞은 애늙은이를 폭력으로 제압할 방법이 원천적으로 사라졌음을 통탄할 수밖에 없었다. 조부의 유언 때문에 무공을 익히지 못하고, 그래서 복수마저 스스로 포기하고 만 비운의 꼬맹이를 상대로 폭력을 사용한다는 것은 너무 야비한 일이기 때문이다.

그래서 결국, 언제나 그랬듯, 왼손 약지에 끼워진 '제비 반지'를 꾹 감싸 쥐는 것으로 만사 체념한 소소는 표정과 목소리를 함께 부드럽게 꾸며 가며 과홍견에게 사정했다.

"알았어, 사제. 오늘 중에 숙제를 꼭 마치고 내일 아침 일찍 삼절 사부를 뵈러 갈 테니까, 오늘은 내가 몸이 아파 꼼짝할 수 없다고 전해 드려 줘. 알았지?"

이 조심당은 소소가 머무는 처소였고, 과홍견이 아침 일찍 조심당에 찾아온 것은 운소유가 닷새 전 내준 숙제를 검사받는 날이 바로 오늘이기 때문이었다.

재미라고는 손톱만큼도 없는 숙제는 물론 들여다보지도 않았다. 지난 닷새 동안 소소가 한 일이라고는 단봉당丹鳳堂의 지란 언니를 찾아가 다과를 곁들인 수다로 온종일을 보내거나, 지란 언니가 친정에서 가져온 자오란주子午蘭酒를 매실 물에다 희석시킨 소선매란주蘇仙梅蘭酒―이름만 봐도 알겠지만 소소가 개발한 술이다―를 밤새도록 홀짝거린 것이 전부였다.

숙제를 검사받는 날이 바로 오늘이라는 사실을 떠올린 것은, 차돌처럼 딴딴한 자세로 빈실賓室에 앉아 있는 과홍견을 술 냄새가 가시지 않은 얼굴로 마주한 순간이었다. 운소유는 온화한 인상과는 딴판으로 제자의 호연지기 어린 일탈을 결코 봐주지 않을 엄사였다. 겁이 덜컥 난 소소는 측간에 다녀온다는 핑계로 빈실을 빠져나왔고, 아무에게도 들키지 않게 발소리를 죽여 가며 이 담장 밑까지 접근, 위장용으로 덮어 둔 판자대기를 치운 뒤 득의양양 미소를 지으며 개구멍 속으로 머리통을 들이밀었던 것이다.

피신처는 물론 단봉당. 고지식한 삼사형은 얼굴을 찌푸릴 게 뻔하지만 외유내강으로 호방한 지란 언니라면 흔쾌히 숨겨 줄 게 분명했다. 머리도 무척이나 좋은 언니니까 어쩌면 빌어먹을 계문戒文을 암송하는 데 도움을 줄지도 모르고.

아아! 지금 생각해도 꽤나 괜찮은 작전이었다. 눈치 빠른 애늙은이로 말미암아 초장부터 꼬여 버리긴 했지만.

눈치 빠른 애늙은이는 심지어 고지식하기까지 했다.

"사부님께 거짓을 고할 수는 없습니다."

사람이 사람을 미워하는 데에는 다 이유가 있다는 얘기가 이래서 나온 모양이다. 소소는 가자미눈이 될 정도로 과홍견을 째려보다가 팩 소리 나게 고개를 돌렸다. 그러고는 그쪽에 대기하고 있던 다른 밉상에게 신경질을 부렸다.

"대사형! 어깨 위가 그게 다 뭐예요! 제발 머리 좀 감고 다녀요!"

도정으로 말할 것 같으면, 소소의 터무니없는 강짜에 십 년 넘게 단련되어 온 사람. 웬만한 소리에는 꿈쩍도 하지 않는 쇠심줄 같은 신경의 소유자였다.

"이러면 되는 것을 귀찮게 물은 뭐하러 묻나?"

도정은 털털히 대답하며 흑의의 어깨 부분 위에 허옇게 쌓여 있던 비듬들을 손바닥으로 툭툭 털어 냈다.

"으에에."

소소는 양손을 내저으며 급히 물러났다. 싸라기눈처럼 허공에 흩날리는 끔찍한 비듬들을 보노라니 저 지저분한 대사형과는 씨알부터 다른 것이 분명한 이사형 백운평이 갑자기 보고 싶어졌다.

별호에 들어가는 구슬 '옥玉' 자가 오히려 부족해 보일 만큼 잘생기고 옷 잘 입는 멋쟁이 이사형. 자신을 유난히 귀여워해서 머리 장식이며 목걸이 같은 깜찍한 노리개들을 심심찮게 선물해 주던 자상한 이사형.

그 이사형은 요즘 뭘 하기에 코빼기도 안 비치는 걸까?

소철의 세 제자 중 둘째인 금검옥공자金劍玉公子 백운평은 지금 내춘루來春樓라는 이름의 싸구려 술집과 그 술집의 단골이 살면 딱 알맞을 허름한 민가 사이에 난 비좁은 골목 구석에 쓰레기처럼 틀어박혀 있었다. 나무로 엉성히 짠 오물통과 건물의 바깥벽이 맞닿은 모퉁이에 상체를 기댄 채 두 다리를 쭉 뻗고 널브러진 그에게선 음식물이 썩는 듯한 고약한 냄새가 풍겨 나왔다.

그런 백운평을 찌푸린 눈으로 한동안 쳐다보던 구양현은 어느 순간 한숨을 길게 내쉰 뒤, 햇살이 들지 않아 이 시간까지도 어두컴컴한 골목 안으로 걸음을 내디뎠다. 어떤 취객의 배 속에서 나왔는지 알 수 없는 황갈색 토사물을 겅중겅중 피해 가며 백운평의 앞까지 당도한 그가 조심스러운 목소리로 불렀다.

"사형, 사형?"

거듭 불러도 깨어나는 기미를 안 보이자 어쩔 수 없이 몸을 숙여 백운평의 후줄근한 옷자락을 쥐고 흔들었다. 백운평이 '끄으응.' 하는 신음을 길게 끌며 상체를 뒤척거렸다. 그러나 여전히 정신은 돌아오지 않았다.

"사형, 일어나세요."

구양현이 목소리에 조금 힘을 싣자 그제야 백운평의 눈까풀이 깜빡깜빡 움직이기 시작했다. 그때마다 핏발이 촘촘히 돋은 안구가 나타났다 사라지기를 반복하고 있었다. 구양현은 목소리를 조금 더 키워 불렀다.

"사형! 소제가 왔습니다."

"어…… 으으윽."

힘겹게 뜬 눈으로 구양현의 얼굴에 초점을 맞추며 기대고 있는 오물통에서 등을 떼어 내려 버둥거리던 백운평이 갑자기 오

른손을 관자놀이께로 올리며 오만상을 찌푸렸다. 무딘 칼에 아랫배를 찔리면 저런 얼굴을 하게 될까? 숙취의 고통을 별로 겪어 보지 못한 구양현으로서는 안쓰럽기보다는 호기심부터 느꼈다.

이윽고 관자놀이를 누르던 오른손을 슬그머니 내린 백운평이 구양현을 올려다보며 힘없는 미소를 지었다.

"사제로군."

"예, 접니다."

"자네도 한잔하려고 왔나?"

백운평의 물정 모르는 소리에 구양현은 기가 턱 막혔다.

"한잔이라뇨, 날이 밝은 지 오랩니다."

"날이 밝아? 어? 여기가 어디지?"

백운평이 고개를 들어 주위를 두리번거렸다. 자신이 지저분한 골목 안에 넝마처럼 버려져 있었다는 사실을 이제야 깨달은 눈치였다. 구양현은 어깨가 축 늘어지도록 한숨을 쉬고는 말했다.

"아침 일찍 형수님께서 단봉당으로 찾아오셨습니다. 사형께서 밤새 안 돌아오셨다고 하시더군요. 찾아봐 달라는 말씀까지는 하지 않으셨지만 걱정이 되어 가만히 앉아 있을 수 없었습니다."

단봉당은 올봄에 정식으로 부부의 연을 맺은 구양현과 석지란이 새살림을 시작한 신혼집의 이름이었다. 원래는 다른 이름이었으나 타향살이 길에 오른 새색시에게 작은 위안이라도 안겨 주고 싶은 새신랑의 배려로 당호堂號를 바꾸게 되었다. 강동에서 살던 처녀 시절, 석지란의 처소에는 단봉각이라는 이름이 붙어 있었다. 단봉당은 물론 거기서 연유한 당호였다.

"그 사람이 자네 집을 찾아갔다고? 흐흐. 그래, 내 흉은 보지 않던가? 요즘 그 사람 불만이 이만저만이 아닐 텐데, 순진한 제수씨를 붙잡고 무슨 소리를 늘어놓았을지 궁금하군."

"사형!"

빈정거림이라기보다는 무기력한 넋두리처럼 들리는 백운평의 말에, 구양현은 신무전을 나서기 전에 먹은 아침밥이 얹히기라도 한 것처럼 명치 어름이 먹먹해지는 것을 느꼈다. 백운평은 픽 웃더니 고개를 절레절레 내저었다.

"농담 한마디에 뭘 그리 정색을 하는가. 그건 그렇고, 아아, 여긴 냄새가 고약해서 정말 견디기 힘들군. 날 좀 일으켜 주겠나?"

그러면서 손을 부스스 내미니, 구양현은 오물이 말라붙은 그 손바닥을 마주 잡아 끌어당겨 주었다. 별 힘을 준 것도 아닌데 훌쩍 일으켜지는 백운평을 보며 그는 사형의 몸이 원래 이렇게 가벼웠나 싶어 울컥해지고 말았다. 키는 백운평 쪽이 반 치쯤 컸고, 몸무게 또한 조금 더 나가는 것으로 알고 있건만.

백운평은 일어선 뒤에도 제대로 몸을 가누지 못했다. 때문에 구양현은 냄새 나는 골목을 빠져나오기 위해 사형의 한쪽 겨드랑이 밑을 받쳐 주어야만 했다.

골목의 짙은 그늘을 벗어나자, 쏟아지는 아침 햇살에 눈이 부신 듯 백운평이 눈썹 위로 손차양을 만들며 투덜거렸다.

"벌써 이렇게 밝았나. 새벽녘에 소피보러 나온 것까지는 기억나는데 말이야."

휘청거리는 무르팍을 잠시 추스르던 백운평이 문득 생각난 듯 자신이 하룻밤을 보낸 골목 바로 옆에 있는 술집 쪽으로 고개를 돌렸다.

"아차, 그렇게 나왔으니 술값도 치르지 않았겠군."

"술값은 소제가 치렀습니다."

"자네가?"

구양현은 고개를 끄덕였다.

조금 전에 만나 본 내춘루의 주인은 강호에 이름 높은 신무전의 둘째 공자가 설마하니 몇 푼 안 되는 술값을 떼어먹고 줄행랑을 쳤을 거라고는 생각하지 않는 눈치였다. 술을 마시다가 새벽녘에 사라졌는데 지금까지 돌아오지 않았다며 진심 어린 걱정기를 내비치니, 취한 사형이 근처 어딘가에서 잠들어 있을 것 같은 기분이 들어 주변을 둘러보다 골목길 오물통 옆에서 발견한 것이었다.

"변변한 안주도 없이 많이도 드셨더군요. 주인장의 말로는 사형께서 저녁마다 출근하듯 술집을 찾아오신 게 열흘도 더 되었다던데, 날마다 그렇게 폭음하시다가 건강을 해치지나 않을지 걱정됩니다."

지난밤만 해도 그랬다. 싸구려 노주老酒를 두 말씩이나 마셨는데 안주라고는 절인 향채 한 접시가 전부였다고 하니, 이만하면 술로 안주를 삼은 셈이었다.

손아래 사형제의 걱정에 자존심이 상한 것일까? 백운평의 초췌한 얼굴 위로 호기가 떠올랐다.

"자네가 주도를 모르는군. 취하려고 마시는 게 술인데 안주는 무슨……. 흠, 여기서 떠들 게 아니라 일단 저리로 들어가세. 빌린 술값도 갚을 겸, 주도란 게 무엇인지 내가 똑똑히 가르쳐 주겠네."

그러면서 내춘루의 주렴을 향해 등을 떠미는 백운평의 손을 구양현이 덥석 붙잡았다. 안쓰러움으로 일그러진 구양현의 두 눈이 백운평의 얼굴에 똑바로 꽂혔다.

"사형, 대체 왜 이러시는 겁니까?"

억지로 끌어 올린 게 분명한 호기는 금방 꺼져 버렸다. 불안하게 떨리는 백운평의 시선이 구양현의 눈에 맞춰졌다. 총기 없는 퀭한 눈과 훌쭉하게 가라앉은 볼. 강북 처녀들의 선망을 한 몸에 받던 금검옥공자는 대체 어디로 가 버린 걸까? 지금 구양현의 앞에는 제 잠자리도 찾지 못하고 오물통에 기대어 밤을 보낸 초라하고 더러운 주정뱅이 한 명이 서 있을 뿐이었다.

"자네는…… 자네는 몰라."

구양현의 손 안에서 자신의 손목을 빼낸 백운평이 힘없이 중얼거렸다.

"사형, 사형께서 지금 고민하시는 것이 무엇인지 말씀해 주십시오. 도울 수 있는 것이라면 소제가 무엇이든……."

"그만!"

한 발짝 다가서려는 구양현의 발길을 짧은 외침으로 가로막은 백운평이 마치 구양현을 밀어 내기라도 하듯 왼손을 내뻗으며 비칠비칠 뒷걸음질을 쳤다.

"이건 내 문제야. 오직 나 혼자서 해결해야 하는 문제라네."

"그 문제가 대체 뭡니까?"

"더 이상 알려고 하지 말게. 자네가 알면 내가 더 힘들어지게 되니까."

구양현은 다가가지도 못하고 물러나지도 못하는 어정쩡한 자세로 물었다.

"형수님께서 기다리고 계십니다. 전으로 돌아가지 않으실 겁니까?"

구양현의 말에 백운평은 의미를 짐작하기 힘든 복잡한 눈길을 허공에 주었다.

"사형?"

"……돌아가야지. 갈 데가 없으니 돌아갈 수밖에."

구양현은 낮게 침음했다. 백운평이 말한 문제가 어떤 것인지는 지금으로서는 알 길이 없었다. 다만 그 문제가 타인에게 알려지는 것을 백운평이 몹시도 두려워하고 있다는 점만큼은 분명히 알 수 있었다.

"깨워 줘서 고맙네. 자네가 아니었으면 하루 종일 저 쓰레기 굴에 처박혀 있었겠지. 자네는 그만 돌아가도 돼. 나도 오늘 내로는 돌아갈 테니 너무 염려하지 말고."

말을 마친 백운평이 몸을 돌려 휘적휘적 걸어가기 시작했다.

인파 속으로 사라지는 사형의 뒷모습을 지켜보던 구양현은 이 일에 관해 상의할 누군가가 필요하다는 생각이 들었다. 누구와 상의할지는 길게 고민할 필요 없었다. 만일 신무전에 사는 어떤 사람이 스스로의 능력으로는 해결하기 힘든 일과 마주쳤다면, 믿고 찾아가 그 일을 털어놓을 상대로서 그보다 더 좋은 사람은 찾기 어려울 것이다. 그 사람이라면 지금 자신이 느끼는 이 답답함을 어느 정도 덜어 줄 수 있겠지.

구양현은 모래주머니를 매단 것처럼 무거운 발걸음을 신무전 쪽으로 돌렸다.

"금록당주에게 고민이 있다는 것은 대공자에게 들어서 알고 있었네. 하지만 자네의 얘기를 들으니 내 생각보다 심각한 모양이군."

소철은 자신이 거둔 세 제자에게 각각 백상당白象堂, 금록당金鹿堂, 비응당飛鷹堂을 이끌도록 하였다. 이들 세 당은 신무전의 직제상 내삼당으로 분류되기는 하지만, 운영 전반에 걸쳐 신무전과는 분리되는 개개의 소문파와 같은 성격을 띠고 있었다. 여기에는 제자들로 하여금 소규모나마 명령권자의 자리에서 조직을 통솔하는 경험을 쌓게 해 주려는 소철의 배려가 담겨 있었다.

금록당주는 둘째 백운평, 비응당주는 셋째 구양현, 백상당을 맡은 첫째 도정은 후계자로서의 위치를 고려, 대공자라는 호칭으로 더 자주 불린다.

"대사형이 이미 다녀간 모양이군요."

구양현은 낮게 중얼거리며 고개를 끄덕였다. 어느 모로 보나 정파의 손꼽히는 후기지수라기보다는 시골 농군이나 시정 잡부처럼 보이는 대사형이지만, 그 털털한 언행 뒤에는 보통 사람으로서는 헤아리기 힘든 날카롭고 섬세한 안목이 감춰져 있었다. 자신이 발견한 점을 대사형이 놓칠 리 없을 터.

"대사형도 우려하는 만큼 이사형에게 심상치 않은 문제가 있는 것은 분명한데, 도무지 말하려고 하지를 않으니 답답할 따름입니다. 이참에 운 사부께서 한번 불러다 물어봐 주시는 것이 어떨지요?"

구양현의 간곡한 청에도 운 사부, 신무전의 군사 운소유는 고개를 저었다.

"두 사람의 말을 들어 보니 내가 불러서 묻는다 하여 대답할 것 같지는 않군. 오히려 금록당주를 더 괴롭히는 일이 될 걸세."

"하면 이대로 지켜보고만 있어야 한단 말씀입니까?"

답답함 탓에 목소리가 격앙되었음을 알아차린 구양현이 곧바로 자세를 바로 했다. 자신이 마주한 저 학자풍의 초로인은 이곳 신무전에서 사부인 소철에 버금가는 존장. 지위도 그렇거니와 인품 면으로도 공경하고 존중해야 마땅한 일세의 장자長者

였다.

　잿빛이 섞인 짧은 턱수염을 한두 차례 매만지던 운소유가 엉뚱한 질문을 던졌다.
　"이 일을 전주께 말씀드리지는 않았겠지?"
　예상치 못한 질문이라 잠시 머뭇거리던 구양현이 대답했다.
　"예, 안 그래도 근자 들어 부쩍 쇠약해지신 눈치라서……."
　"잘했네. 대공자에게도 일러 놓았거니와, 내일 저녁에 내가 전주를 뵙기로 되어 있으니 그 기회에 심려하지 않으시도록 잘 말씀드려 보겠네."
　"그래 주시면 불민한 제자들로서는 감사할 따름입니다."
　소철은 절세의 경지에 오른 고수라고는 믿기지 않을 만큼 짧은 시간 사이에 노쇠했다. 기간은 일 년 남짓이나 되었을까. 고희를 일찌감치 넘긴 연세니 그 전이라고 해서 노화가 진행되지 않았다고는 말하기 어려우나, 지난 일 년 사이에 그가 드러낸 쇠잔함은 제자인 구양현이 보기에도 지나치게 빠른 감이 있었다.
　그런 사부에게 아끼는 제자 중 하나가 폐인 몰골이 되어 방황하고 있다는 사실을 전하기란 쉽지 않은 일이었다. 하여 구양현은 껄끄러운 짐을 대신 짊어져 주겠다는 운소유에게 작지 않은 고마움을 느꼈다.
　"그건 그렇고, 일전에 자네에게 부탁한 건은 어찌 되었는가?"
　다시 이어진 운소유의 질문에 구양현이 잠시 생각하다가 반문했다.
　"소생의 부친께 얼마간 본 전에서 지내시며 사부님의 상태를 살피시도록 청을 드려 보라는 분부 말씀입니까?"
　"그래, 그 건 말일세."

"그 건이라면, 두 번 다시 활인장을 비우지 않으시겠다는 부친의 결심이 워낙 굳으셔서……. 하지만 제 혼인식 때 부친께서 이미 사부님을 진맥하셨잖습니까?"

 약혼식은 사문인 신무전에서 치렀지만 결혼식은 본가인 활인장에서 치른 구양현이었다. 당시 소철은 제자의 결혼을 축하해 주기 위해 노쇠한 몸을 이끌고 활인장을 방문했고, 극비리에 그의 부친인 천하제일 신의 구양정인으로부터 철저한 진맥을 받았다.

 진맥을 마친 구양정인의 소견은 단순한 노환. 노환이 진행되는 속도가 이전에 비해 예사롭지 않은 면은 있지만 그밖에 특이한 병증은 발견하지 못했다고 했다.

 "신의의 뜻이 정 그러시다면 어쩔 수 없는 일이지. 음."

 말끝에 운소유가 낮은 신음을 흘렸다. 그 기색을 살피던 구양현이 조심스러운 목소리로 물었다.

 "운 사부께서는 혹시 사부님께서 요즘 보이시는 증상에 뭔가 석연치 않은 점이 있다고 판단하시는 건가요?"

 잠시 생각하던 운소유가 천천히 고개를 흔들었다.

 "신의께서 병증이 없다고 확인해 주신 이상 그렇게 판단할 근거는 없다고 봐야겠지. 다만 시기가 매우 공교롭다는 생각이 들어서……."

 "시기라고요?"

 구양현의 얼굴이 굳었다.

 "최근 강남에서 발호한 무양문을 두고 말씀하시는 겁니까?"

 그러나 운소유는 또 한 번 고개를 흔들었다.

 "아니, 금번 무양문의 발호는 오히려 때늦은 감이 있다고 할 수 있네. 용봉단龍鳳團에, 건정회建正會에, 청년 때와 마찬가지로

혈기 방장한 무양문주 서문숭으로서는 참을 만큼 참은 셈이지. 납치된 손녀에 관한 얘기는 그저 명분에 불과할 걸세. 그간 억눌러 놓았던 패도를 마음대로 펼칠 만한 명분. 내가 염려하는 것은 무양문이 아닌 다른 쪽이라네."

"다른 쪽이라고 하심은……?"

운소유가 약간 숙이고 있던 고개를 들고 구양현을 쳐다보았다.

"이야기가 너무 곁가지로 샌 것 같군. 자네가 의논하고 싶은 것은 금록당주에 관한 얘기가 아니었던가?"

맞는 말이었다. 오늘 구양현이 이 삼절각을 찾은 것은 강호 정세에 관한 거창한 논담을 나누기 위함이 아니었다. 친하게 지내는 사형의 방황을 걱정하는 마음이 그의 발길을 이리로 향하도록 만든 것이다.

"세상에는 남에게 알리지 못하는 고민도 있다네. 안 그래도 속 깊은 사람 아닌가. 붙들고 추궁해 봤자 역효과만 나올지도 모르니, 금록당주 스스로 어떤 해답을 얻기까지 기다려 주는 쪽이 나을 거라고 생각하네."

구양현은 고개를 끄덕였다.

"운 사부께서 그리 생각하신다면……."

운소유가 굳은 얼굴을 풀며 온화한 목소리로 말했다.

"그 또한 인재라면 인재. 비록 지금은 번민하고 있지만 마냥 폐인처럼 굴지는 않을 걸세. 요 며칠 강호 정세가 너무 급박하게 돌아가는 탓에 곧바로 시간을 내기는 어렵겠지만, 나도 나름대로 신경을 쓸 터이니 자네까지 덩달아 마음 끓이지는 말게. 신혼 시절에 다른 데 너무 한눈을 팔면 나중에 새색시에게 무슨 책을 잡힐지 모르니까."

새색시라는 말에 운소유와 대면한 이후 줄곧 굳어만 있던 구양현의 입가에 작은 미소가 떠올랐다. 지금쯤 단봉당에서 점심을 준비해 놓고 자신을 기다리고 있을 아름답고도 현숙한 아내, 석지란이 생각난 것이다.
 그 조그만 변화를 지켜보던 운소유가 빙긋 웃으며 말했다.
 "신혼이란 좋구먼. 어서 가 보게."
 속마음을 들킨 구양현이 민망한 웃음을 지었다.

 "……아기를 잉태하면 모로 눕지 않고 모서리나 자리 끝에 앉지 않으며, 외다리로 서지 않고 거친 음식을 먹지 않는다."
 대청 한가운데 무릎 꿇고 앉아 한나라 때 학자 유향劉向이 쓴 열녀전烈女典을 낭독하던 소소가 빈실에서 나오는 구양현을 보더니 반색을 하며 앞으로 뛰쳐나오다가 그대로 고꾸라지고 말았다.
 "아이고, 아파라."
 마루에 호되게 찧어 얼얼해진 턱을 문지르며 몸을 일으킨 소소가 눈썹 꼬리를 한껏 치켜 뒤를 돌아보았다. 그녀의 뒤편 다섯 자쯤 떨어진 마루 위에는 그녀와 발목끼리 새끼줄로 연결되었다는 이유 하나만으로 영문도 모른 채 앉은 자세 그대로 발랑 넘어져 버린 과홍견이 뒤통수를 문지르며 몸을 일으키고 있었다.
 "넌 조금 이따가 두고 보자."
 써먹지도 못할 주먹을 흔들며 과홍견을 을근거린 소소가 족쇄라도 찬 것처럼 묵직한 오른발을 끌며 구양현에게로 다가갔다. 몸집도 작고 힘도 달리는 과홍견으로서는 앉은 채로 질질 끌려올 도리밖에 없었다.

"삼사혀엉, 삼절 사부와 얘기는 잘 나누셨어요오?"

소소는 말꼬리를 애교스럽게 잡아 올리며 구양현의 품에 안기듯 얼굴을 들이밀었다. 갑자기 살살거리는 그녀의 태도가 적잖이 부담스러운 듯 구양현은 상체를 젖히며 어물거렸다.

"어, 어어…… 대충은."

"그래서 저는 언제쯤이나 용서해 주신대요?"

"응?"

"저 때문에 삼절 사부를 만나신 것 아니었어요? 날도 더운데 생고생하고 있는 착한 사매 좀 봐주라고요."

당황해하던 구양현이 고개를 끄덕이는데, 어째 자신감 있는 몸짓과는 거리가 멀어 보였다.

"분부하신 대로 사매가 열녀전 백독百讀을 다 마치면 용서해…… 주시겠지."

듣자니 이상한 대답이 아닐 수 없었다. 소소의 눈초리가 살짝 꿈틀거렸다.

"그게 무슨 봐주는 거예요? 처음에 시킨 그대로잖아요."

"음? 그렇게 들린다면 그런가 보지, 뭐."

"그런 대답이 어디 있어요? 용서해 주신대요, 안 용서해 주신대요?"

"그러니까 백독을 다 마치면……."

자꾸만 어물어물 넘어가려는 구양현으로 말미암아 소소는 마침내 귓불이 빨개지도록 화가 나고 말았다.

"삼사형! 사형도 저 되바라진 애늙은이나 지저분한 대사형처럼 절 골탕 먹이려는 거예요?"

노기를 주체 못 한 소소가 주먹까지 바들거리며 추궁하자 구양현이 목을 움츠렸다.

"내, 내가 뭘 어쨌다고?"

"아니면 이럴 수는 없는 일이잖아요! 저처럼 애도 안 밴 어린 여자애가 벌써 한 시진도 넘게 무릎 꿇고 앉아서, 어디에 앉지 마라, 뭘 먹지 마라, 뭘 듣지 마라, 이따위 말도 안 되는 태교 책이나 붙잡고 씨름하고 있는데, 불쌍하다는 마음도 들지 않던 가요? 삼사형, 그런 사람이었어요?"

"하지만 그건 사매가 숙제를 안 했기 때문이잖아. 닷새나 시간을 주셨는데 장횡거張橫渠(북송 시대의 사상가, 張載)의 여계女戒도 못 외웠다며? 여계는 세 폭 병풍 안에 다 들어갈 만큼 짧은 계문인데도."

소소는 아랫입술을 잘근잘근 깨물었다.

그래, 나 숙제 안 했다! 하지만 지란 언니와 노는 데 정신이 팔려 안 한 것만은 아니었다. 뭐, 외울 게 짧다고? 외울 게 길고 짧은 건 전혀 문제가 되지 않는단 말이다!

유향? 장횡거? 안 그래도 못 하는 거 많은 불쌍한 여자들에게 계문까지 남겨서 하지 말아야 할 항목을 추가시킨 빌어먹을 늙은이들을 저승에서라도 만난다면, 잘난 사내놈들 가운데 달린 수염과 양물을 몽땅 뽑아 버리고 싶었다. 여자라는 종족을 대표하는 이 분노는 너무도 대의적이고 정당한 것이어서, 마음 속 정랑으로부터 선물 받은 제비 반지를 감싸 쥐는 정도로는 해소되지 않았다.

이런 소소의 마음을 알 턱이 없는 잘난 사내놈들 중 하나가 훈계조로 뒷말을 이어 나갔다.

"그러면 못쓰지. 사매도 이제는 슬슬 부덕婦德을 익힐 나이가 됐잖아. 단봉당에 계신 언니를 보고 좀 배우라고."

그러면서 바보처럼 히죽 웃는 꼴이 어찌나 밉살맞던지 소소

는 자신도 모르게 그 사내놈의 정강이를 향해 왼발을 힘껏 차올리고는, 오른 발목을 묶어 놓은 밧줄에 제풀에 당겨져 이번에는 뒤통수를 마룻바닥에 찧고 말았다.

(2)

무엇을 하며 지냈는지 알지 못하는 사이 하루해가 저물었다.
비척걸음을 멈추고 문득 정신을 차려 보니 신무전에서 그리 멀지 않은 마을임을 알 수 있었다. 큼직한 황구 한 마리가 무릎 옆을 지나쳐 마을 안으로 들어가는 모습이 보였다. 낯선 사람의 곁을 지나치면서도 목을 꼿꼿이 세우고 네 다리를 당당히 놀리는 품이 정처 없이 배회하는 자신보다 훨씬 나은 것 같아 백운평은 쓰게 웃었다.
마을 어귀에 있는 공동 우물에서 길어 올린 냉수 한 바가지로 조갈 난 속을 달랜 백운평은 내친김에 턱없이 늦어 버린 세수까지 해치우기로 마음먹었다. 오늘 내로 돌아가겠노라 사제와 약속했는데, 안 그래도 슬금슬금 피해 다니는 문파 사람들에게 흙먼지에 찌든 추레한 얼굴을 보이고 싶지는 않았다.
한바탕 세수를 마치고 물방울이 뚝뚝 떨어지는 얼굴로 고개를 드는데 신발 한 쌍이 보였다. 이런 평범한 마을에서는 쉽사리 찾아볼 수 없는, 금실 자수가 들어간 비싼 가죽신이었다. 얼굴에 붙은 물방울을 손바닥으로 대충 털어낸 백운평은 천천히 시선을 올렸다. 그의 앞에는 푸른색 화복을 입은 땅딸한 노인이 뒷짐을 진 채 서 있었다.
"오랜만에 뵙습니다."
안색이 불그레하고 이마 한복판에 검은 사마귀가 난 그 노인은 백운평의 인사를 받고도 아무 말 없이 고개를 끄덕였다.

　인사를 건네고 나자 딱히 할 말이 떠오르지 않았다. 저 노인이 이곳에 왜 왔는지는 굳이 묻지 않아도 알 수 있었다. 자신을 만나러 온 게 아니라면, 신무전의 사방대주四方臺主 중 수좌를 차지하는 청룡대주가 이런 작은 마을에, 그것도 흔한 호위 하나 없는 단신으로 모습을 드러낼 까닭이 없지 않겠는가.

　목적지도 없이 행시주육行尸走肉처럼 배회한 자신을 정확히 찾아온 것을 보면 사람을 풀어 탐문한 모양이었다. 하기야 바로 뒤꽁무니에 누가 따라붙었다 한들 요즘 같은 정신 상태로는 알아차리지 못했을 것이다. 문득 부끄럽다는 생각이 들…….

　내가 왜 부끄러워해야 하는 거지?

　백운평은 어금니를 사려 물었다. 틈만 나면 위축되는 스스로가 비루하게 느껴졌다. 부끄러워해야 할 사람은 그가 아니었다. 그는 마음을 다잡고 단도직입적으로 물었다.

　"저를 보러 오신 겁니까?"

　푸른색 화복을 입은 노인, 신무전의 청룡대주이자 백운평에게는 장인이 되는 증천보曾川甫가 또 한 번 고개를 끄덕였다.

　"이상하군요. 하실 말씀이 있다면 부르시기만 해도 찾아뵈었을 것을, 이렇게 바깥걸음까지 하며 찾아오시다니요."

　증천보는 사방대의 다른 대주들과는 달리 엉덩이가 무거운 사람으로 유명했다. 상계의 거목으로도 유명한 증천보를 움직일 수 있는 것은 오로지 이익, 그래서 얻은 별호가 견리사동見利思動(이익을 봐야 움직일 생각을 함)이었다. 하지만 백운평은 이익 말고도 증천보를 움직일 수 있는 요소가 또 하나 있음을 알고 있었다.

　"그 사람이 청을 드린 모양이군요."

증천보를 움직일 수 있는 또 하나의 요소, 그것은 그의 외동딸 증평曾泙이었다. 증천보의 입이 비로소 열렸다.
"맞네. 평아가 오늘 아침에 찾아와 말하더군. 자네가 하고 다니는 짓이 영 불안하니 한번 만나 봐 달라고."
백운평은 픽 웃었다.
"이거야 원, 제가 결혼한 사람이 아내인지 엄마인지 모르겠군요. 그 사람이 저를 대하는 양이 늘 물가에 내놓은 아들 대하듯 하니 말입니다."
사위의 계속된 빈정거림에 증천보가 눈살을 찌푸렸다.
"자네와 평아 사이에 무슨 일이 있었는지는 모르네만, 지금 자네가 보이는 태도는 나를 몹시 불쾌하게 만드는군."
백운평은 웃음기를 거두고 증천보를 똑바로 쳐다보았다.
"정말로 모르셔서 하는 말씀입니까?"
그러자 증천보의 얼굴에 당황해하는 기색이 떠올랐다.
"그게 무슨 뜻인가?"
백운평은 또박또박한 목소리로 다시 말했다.
"그 사람이 무슨 짓을 저질렀는지 모르신다는 말씀입니까?"
"자, 자네……!"
유난히 불그레한 증천보의 안색이 잠깐 사이에 수차례나 변했다. 표정마저도 돈처럼 계산하여 내민다고 알려진 그로서는 무척이나 드문 일이 아닐 수 없었다. 그러므로 그것이 곧 증거였다. 증천보는 증평의 비밀을 알고 있었다.
솔직히 백운평은 장인을 그다지 좋아하지 않았다. 유서 깊은 무가에서 태어나 어린 시절부터 무공 수련의 외길을 걸어온 그는 스스로를 뼛속까지 무인이라고 믿고 있었다. 그런 그에게 있어서 무인이라기보다는 상인 쪽에 가까운 증천보는 진심으로 존경할 만한 어른이 되기 힘들었다. 그리고 그러한 마음은 아내, 증평의 비밀을 알아챈 순간 걷잡을 수 없이 불어나 버렸다. 그가 아는 증평은 부친에 대해서만큼은 한없이 순종적인 딸이었다. 그러므로 증평이 한 짓의 배후에는…….

"그 일에 대한 책임은 전적으로 장인어른께 있습니다."

칼로 내리친 듯한 백운평의 선언이 증천보의 살집 좋은 눈두덩에 잔경련을 일으키게 만들었다. 그러나 백운평은 미안해하지 않았다. 미안해야 할 사람은 그가 아니었다. 그리고 미안해한다고 해서 해결될 일 또한 아니었다.

"저는 그 사람을, 그리고 장인어른을 용서할 수 없습니다."

말을 마친 백운평이 인사도 없이 몸을 돌렸다. 뒷전에서 증천보가 더듬거리며 부르는 소리가 들렸지만, 그는 돌아보지 않았다. 가슴이 또 먹먹해졌다. 사제와의 약속을 지키려 도둑 세수까지 했건만, 오늘도 집으로 돌아가기는 틀린 것 같았다. 아니, 자신에게 과연 집이란 게 있기나 한 것일까? 부부 관계가 무너진 집은 나무와 돌로 쌓은 무정한 잠자리에 불과했다. 이 밤은 또 어느 골목에다 황폐해진 심신을 풀어 놓을 것인가. 망연히 올려다본 하늘에는 어둠에 먹힌 석양이 스러지고 있었다.

   눈이 뻑뻑했다.

   운소유는 눈을 감고 고개를 젖혔다. 눈꺼풀 안쪽으로 하얀 광점들이 벌레처럼 맴돌며 명멸하고 있었다. 잠시 그렇게 있다가 고개를 내리고 천천히 눈을 뜨자 사창 너머로 여명이 비치는 게 보였다. 벌써 동틀 무렵이 된 모양이었다.

"후우."

짧은 휴식 뒤에 이어진 첫 번째 생각은 피곤하다는 것이었다. 이달 들어 제대로 눈을 붙인 날이 며칠이나 되는지 기억나지 않았다. 미지근한 찻물로 깔깔한 입안을 헹군 운소유는 탁자 위로 시선을 돌렸다. 그곳에는 가로세로의 길이가 각각 일 장에 달하는 거대한 중원 전도가 입체감 있게 설치되어 있었다. 나무와 찰흙으로 만든 그 전도 곳곳에는 대나무살에 빳빳한 종이를 붙여 만든 조그만 삼각 깃발들이 어지러이 올라가 있었다.

"음."

지금 운소유가 신음을 흘리며 바라보는 깃발들은 다른 것들보다 두 배 이상 컸다. 검은색 종이 위에 그려진 동전만 한 크기의 하얀 동그라미 안에는 같은 하얀색으로 '양陽'이라는 글자가 쓰여 있었다. 중원 전도의 남부에 흩어져 있는 그 깃발들의 수는 모두 셋. 그를 피곤하게 만드는 원인이기도 한 그 깃발들은 삼로로 나뉘어 진격 중인 무양문의 병력을 상징했다.

무거운 눈길로 검은 깃발들을 한동안 바라보던 운소유가 몸을 돌려 실내 한쪽에 있는 서탁으로 다가갔다. 서탁 위에는 차곡차곡 포개진 두루마리들이 작은 산을 이루고 있었다. 이달 초부터 날짐승과 인편을 통해 폭우처럼 쏟아져 들어온 수많은 정보와 첩보 들을 그가 거느리고 있는 스무 명의 책사 집단에서 분석, 정리한 문서들이었다.

운소유는 그중 가장 윗줄에 얹힌 두루마리들 중 하나를 집어 중원 전도가 설치된 탁자로 돌아왔다.

"광동의 해성방海城幫, 위씨魏氏 가문. 절강의 비도방飛刀幫, 쌍홍문雙虹門, 거기에 문적門籍을 두지 않은 낭인 무사 십 수 명……."

두루마리에 적힌 항목이 언급될 때마다 운소유는 끄트머리에

밀대가 달린 긴 장대를 움직여 해당되는 깃발을 전도 밖으로 밀어냈다. 그렇게 밀려난 깃발들은 다 모아 봐야 한 줌에 움켜쥐어질 정도였지만, 그 한 줌에 담긴 의미는 결코 경소하지 않았다. 오랜 문풍과 가풍, 또 그것을 지키려 애쓰던 수많은 목숨들이 그 깃발들에 실린 채 세상 밖으로 밀려난 것이다. 모두 무양문의 삼로군이 남긴 흔적이었다.

"……광동에 진격해 있던 이군과 칠군은 광서로 빠르게 서진西進 중."

무양문을 상징하는 세 개의 검은 깃발 중 하나를 서쪽으로 이동시킨 운소유가 장대를 탁자 가장자리에 내려놓고는 곤혹스러운 얼굴로 중얼거렸다.

"역시 너무 빨라."

손자병법에도 '병귀승兵貴勝 불귀구不貴久'라 하여 속전속결의 중요성을 강조하고는 있지만, 현재 무양문의 삼로군이 보여 주는 속도전에는 분명 지나친 감이 있었다. 저들이 내세우는 명분인즉, 무양문주 서문숭의 손녀를 납치한 간인들을 응징하고 납치된 손녀를 무사히 구출하는 것. 응징과 구출, 두 가지 일 중에서 어느 쪽이 우선이냐고 묻는다면 누구라도 구출 쪽이라고 답할 터였다. 그것이 상식이었다.

한데도 지금 무양문이 보이는 행보는 그러한 상식을 깨트리고 있었다. 말살의 전격전. 손녀의 생사 따위는 아랑곳하지 않는다는 듯, 생존자 하나 남기지 않는 절대적인 파괴 행위를 전파해 나가고 있는 것이다. 마치 강남이라는 커다란 뽕잎을 잠식해 나가는 세 마리 먹성 좋은 누에벌레처럼. 그리고 그 누에벌레들은 탐욕스러운 주둥이를 새로운 뽕잎 쪽으로 돌리려 하고 있다. 강북. 바로 신문전이 있는 지역이다.

"……뭔가가 있어."

운소유는 탁자 가장자리를 두 손으로 짚은 채 생각에 잠겼다.

강남을 평정한 무양문이 강북으로 기수를 돌리리라는 것을 예상하지 못한 바는 아니었다. 그러나 이렇듯 단호하고 쾌속한 행보를 보일 줄은 몰랐다.

혹시 납치된 손녀가 이미 죽은 걸까? 그 사실을 알기에 저런 전격적인 행보를 보이는 걸까?

하지만 아이는 살아 있다. 이틀 전 무당파에서 보내온 서신에 따르면, 목숨을 아끼지 않은 몇몇 열혈 의협들이 무양문의 본거지인 복건으로 내려가 서문숭의 손녀를 데려왔다고 했다. 거기에 더하여 그 손녀의 신병은 현재 관부와 연관된 비처에서 보호하고 있다고 했다.

서신을 읽고 난 운소유는 그 이면에 감춰진 사악하고도 치졸한 의도를 어렵지 않게 간파할 수 있었다. 납치한 손녀는 물론 서문숭을 끌어내기 위한 미끼였다. 자신의 앞마당에서 사랑하는 손녀를 납치당한 서문숭을 분노케 하여 강호의 공분을 살 만한 혈겁을 저지르게끔 유도한 뒤, 이를 명분 삼아 무양문과 백련교에 대한 대대적인 토멸과 핍박을 획책한다는 것이 그 의도였다.

그러자 다른 의문이 딸려 올라왔다. 이 정도로 빤한 의도를 꿰뚫어 볼 인재가 무양문에는 한 사람도 없단 말인가? 그럴 리가 없었다. 서문숭의 곁에는 운소유만큼이나 명석한 책사가 있었다. 신산神算이라 불리는 육건. 그라면 납치 사건이 발생한 즉시 저들의 의도를 알아차렸을 터였다. 그렇다면…….

"의도를 알면서도 그렇게 움직인다는 얘기인데……."

그렇다고 봐야 했다. 서문숭과 육건이라면 무양문의 패도로써 천하를 덮는 것이 가능하다고 충분히 자신할 만한 자들이 었다. 나아가 그 자신감이 자만이 아님을 입증할 자신감까지도 가지고 있을 터였다. 상대가 원하는 대로 다 움직여 주고서도 이길 수 있다면 그 승리야말로 이견이 끼어들 여지가 없는 완전한 승리로 인정받을 것이다. 그 점을 노린 건가?

하지만 여기에는 한 가지 조건이 결여되어 있었다.

납치된 손녀의 안전은 어떻게 하고?

무력에 대한 자신감만으로는 납치된 손녀의 안전을 보장받을 수 없다. 그런데도 저렇게 거침없는 행보를 보이고 있는 것이다. 오죽하면 서문숭이 손녀를 그다지 아끼지 않는 것은 아닐까 하는 의심마저 들 정도였으니…….

그러나 불구인 손녀를 서문숭이 얼마나 끔찍이 아끼는지는 이번 일이 벌어지기 전부터 널리 알려진 사실이었다. 소철이 소소를 아끼듯 서문숭은 서문관아를 아낀다. 이것은 가변적인 요소가 아닌 확정된 전제로 봐야 했다.

그래서, 다시 처음으로 돌아가, '손녀가 이미 죽었고 그 사실을 서문숭이 안 것은 아닐까'라는 가설을 떠올릴 수밖에 없었다. 그리고 그 가설은 무당산에서 보내온 서신으로 인해 또 한 번 폐기되었고.

사고의 흐름이 꼬리를 물고 돌아가고 있었다. 해답이 없이 의문만으로 맴도는 악순환. 그러므로 진정한 해답은 그 궤도 바깥에 있는 것이 분명했다. 그리고 그 해답을 찾아내는 일이 군사 된 사람의 임무였다.

운소유는 차를 한 모금 더 마신 뒤 머릿속에서 뒤죽박죽으로 뒤엉킨 전제와 단서 들을 생각나는 대로 정리해 보았다.

一 서문관아가 납치되었다
二 서문관아는 서문숭을 끌어내기 위한 미끼로 사용되었다.
三 서문숭은 서문관아를 사랑한다.
四 서문숭은 본래부터 천하를 상대로 힘을 과시하기를 원했다.
五 서문숭은 서문관아의 안위를 돌보지 않고 움직이고 있다.
六 서문관아는 살아 있다.
七 서문관아는 현재 관부와 연관된 비처에 숨겨져…….

"아!"
 여기까지 정리하던 운소유의 입에서 짤막한 탄성이 새어 나왔다. 단 한 번도 생각해 보지 못한, 상식적으로 볼 때 말도 안 되는 가설 하나가 뇌리를 스치고 지나간 것이다.
 사건을 만드는 것은 인물이다. 그러므로 사건을 분석하기 위해서는 반드시 그에 관련된 인물의 성향부터 살펴봐야 한다.
 하지만 운소유는 이번 납치 사건에서 서문숭이라는 인물의 성향을 배제하고 있었다. 알려진 사실이 워낙 뚜렷한 데다, 납치 사건의 속성상 피랍인의 친족인 서문숭은 피해자의 입장이 될 수밖에 없었다. 대개의 경우 가해자의 성향이 중요하지, 피해자의 성향은 중요하지 않았다. 그런데, 그런데 말이다.
 만일 알려진 전제들 중 거짓이 섞여 있다면?
 서문숭이 이번 사건의 피해자가 아니라면?
 다시 말해, 납치 사건 자체가 구성되지 않았다면?
 운소유가 방금 떠올린 생각은, 정보가 부족한 현재로서는 억측에 가까운 가설이라고 해도 크게 틀리지 않을 터였다. 그러나 과연 그럴까?
 "성향…… 성향이 맞아떨어진다."

맞아떨어지는 것은 성향만이 아니었다. '필요' 또한 맞아떨어지고 있었다.

여기 굴 밖으로 나가지 못해 안달인 호랑이가 있다고 하자. 그리고 그 호랑이를 어떻게든 잡으려는 사냥꾼이 있다고 하자.

어느 날 사냥꾼이 호랑이 새끼를 납치하는 데 성공했다는 소문이 돈다. 그리고 분노한 호랑이가 굴을 뛰쳐나와 호환虎患을 일으키고 다닌다는 소문이 돈다. 실제로 호랑이가 굴 밖으로 나온 것을 확인한 사람들은 두려움에 떤다…….

이 시점에 이르면 호랑이 새끼는 더 이상 중요하지 않다. 납치되었든 납치되지 않았든 상관없다. 중요한 점은, 호랑이를 끌어내려는 사냥꾼과 사냥꾼에게 끌어내지려는 호랑이 모두가 만족할 만한 상황이 되었다는 것!

순간 운소유는 등골이 오싹해지는 것을 느꼈다.

이 가설대로라면 지금 천하를 상대로 궤계를 꾸미고 있는 것은 사냥꾼만이 아니었다.

호랑이도 공범이었다.

(3)

철늦게 핀 연꽃 위로 금빛 잉어가 몸을 솟구쳤다.

첨병–.

밤빛이 시작된 호수 위로 작은 물소리가 일고, 호수 위에 흐드러진 수련 잎들은 동그랗게 번져 나가는 파문을 너그러이 감싸 안았다. 내일은 늦더위를 씻어 줄 비라도 내리려는지 수면 위에서 작게 흔들리다 멈춘 십삼야十三夜의 불룩한 상현달 주위로 엷은 달무리가 끼어 있었다.

저녁참을 훌쩍 넘긴 이경二更의 야경은 놀랍도록 운치 있었다. 시간은 이리도 쉼 없이 흐르는지, 계절은 이리도 소리 없이 넘어가는지, 검은 호수 위를 날아온 밤공기 속에는 어제와는 또 다른 청량감이 깃들어 있었다.

"작아雀兒, 주변이 조금 어둡구나. 찻물을 데워 오는 김에 등을 한두 개 더 가져다주렴."

"예."

명을 받은 시비가 청심각淸心閣과 뭍을 이어 주는 홍예교를 종종걸음으로 건너갔다. 팔랑거리는 노란 치마가 땅거미 저편으로 잔물결처럼 멀어졌다. 그 모습을 무심히 바라보던 노인의 눈길이 천천히 반상으로 돌아왔다. 통풍 좋은 회갈색 마의 차림, 새하얀 백발은 닭의 볏처럼 생긴 옥관모玉冠帽로 정수리 위에 고정해 놓았다.

"부끄럽구려. 진작 던졌어야 하는 판인데."

느릿하게 말을 이은 노인, 소철은 오른손 인지와 중지 사이에 끼워 둔 검은 돌을 통 안에 툭 던져 놓음으로써 이번 판의 패배를 인정했다.

"그래도 초반은 잘 짜신 듯합니다."

맞은편에 앉아 반상을 살피던 학자풍의 초로인이 소철을 올려다보며 말했다. 소철의 바둑 선생 격인 신무전의 군사 운소유였다. 학의 깃털처럼 새하얀 유복儒服이 난간 너머 펼쳐진 밤빛에 뚜렷이 대비되고 있었다.

"그래 봐야 소용없지. 돌끼리 맞붙기만 하면 당최 다음 수가 떠오르지 않는걸. 이걸로 네 판 연속인가요? 하도 속절없이 패하다 보니 이제는 잘 세어지지도 않는구려."

노구를 앞뒤로 작게 흔들며 대꾸하는 저 소철의 본래 기력은 국수급인 운소유에게 석 점으로 버티는 수준이었다. 소철이야 늘 운소유가 봐주는 것처럼 말하곤 하지만, 석 점이면 나름 팽팽한 승부라는 것이 운소유의 분석이었다. 전력을 기울여도 제대로 못 접은 바둑이 여러 판이었다.

 그러던 것이 올봄 무렵부터 달라졌다. 패기 있고 끈질기던 소철의 바둑이 그 이마 위에 깊어진 주름 골처럼 들락날락 기복을 보이기 시작했고, 신중한 수읽기가 필요한 대목에 이르면 집중력을 금세 잃고 헛수를 두기 일쑤였다.

 바둑에 있어서 승패를 결정하는 요소는 여러 가지가 있겠지만, 운소유는 그중에서도 가장 중요한 것이 마지막 착수를 마치는 순간까지 수읽기의 끈을 놓치지 않는 집중력이라고 믿고 있었다. 그런 의미에서 볼 때 소철은 올봄 이후 제대로 된 바둑을 보여 주지 못했다고 해도 과언이 아니었다. 그게 다 급격히 진행되는 노화 탓이라고 생각하니 바둑 선생 된 입장으로서 더욱 안타깝지 않을 수 없었다.

 몇 마디 이번 판에 대한 소감을 나눈 소철과 운소유는 익숙한 손놀림으로 반상 위에 놓인 돌들을 통 속에 쓸어 담았다. 다음 판을 이어 가지 않는 것에 암묵적으로 합의한 듯, 두 사람은 바둑판 앞에서 일어나 댓 발자국 떨어진 곳에 마련된 탁자로 자리를 옮겼다. 그러자 아래위로 먹물 같은 검은 무복을 차려입은 중년 남자 하나가 마치 본래부터 있었던 것처럼 청심각 안에 모습을 드러냈다.

 "정리하겠습니다."

 중년 남자는 바둑판 옆 간이 다탁에 놓여 있던 다구들을 탁자 위로 옮겨 주고는 바둑판과 돌 통을 수습하여 사라졌다. 일파의 문주가 되어도 부족함이 없는 무공 실력을 지녔음에도 한 사람

의 그림자로서 평생 보내기를 맹세한 저 과묵하고도 충직한 남자는 소철의 호위대, 무영군無影軍의 대장인 천궁千穹이었다.

천궁이 떠난 뒤, 의자 등받이에 허리를 기댄 소철이 부드러운 웃음을 머금고 말했다.

"봄밤의 일각은 천금의 가치가 있다 하던가요. 한데 여름밤의 운치도 그에 못지않은 것 같소."

흑단 난간 너머로 펼쳐진, 달빛 아래 흔들리는 물결이 마치 비단 폭 같다 하여 금랑호錦浪湖라 이름 지어진 호수를 쳐다보던 운소유가 소철 쪽으로 고개를 돌렸다.

"가치는 천금이지만 마음 놓고 즐길 수 있어 더욱 좋은 것이겠지요. 물유각주物有各主라, 모든 물건에는 주인이 있지만 맑은 바람과 밝은 달은 가져도 금할 이 없고 써도 다할 리 없으니, 지금 소생과 전주가 함께 누리고 있군요."

동파선생蘇東先生의 운치를 마찬가지로 동파선생의 운치로써 화답한 운소유에게 소철이 지나가는 투로 말했다.

"엊저녁에 소아蘇兒가 단단히 심통이 나서 찾아왔더이다. 한데 한다는 소리가 워낙 엄청난 것이어서…… 허허."

흥미를 느낀 운소유가 얼굴 앞에서 가볍게 부치던 쥘부채를 접고 소철에게 물었다.

"공녀가 대체 무슨 소리를 하였기에 그리 웃으시는 겁니까?"

"운 선생께서 자기에게 엉큼한 마음을 품은 것 같다. 그래서 하루 종일 붙잡아다 놓고 태교 책을 외우도록 시켰다고 고자질하더이다."

"하하하!"

과연 엄청난 소리가 아닐 수 없어서 운소유는 온중한 성정답지 않게 소리 내어 웃고 말았다. 소철이 눈썹을 찌푸리며 말했다.

"아무리 그래도 태교 책은 좀 심하신 감이 있소."

"그런가요? 공녀의 나이면 열녀전을 읽어도 빠른 게 아니라고 생각했습니다."

"뿔난 송아지처럼 천지 분간 못 하는 아이 아니오. 저러고도 시집이나 제대로 갈 수 있을지, 쯧."

그러나 저렇게 혀를 차는 소철이 실제로는 하나뿐인 손녀딸의 혼처를 구하기 위해 백방으로 손을 쓰고 있다는 것을 잘 아는 운소유이기에, 밖으로 나돌기만 좋아하는 망아지 같은 처녀아이를 붙잡아다 놓고 여계나 열녀전 같은 내훈內訓에 공을 들이려 하는 것이었다. 말이 무슨 필요일까. 오랜 세월 쌓아 온 두 사람의 우의는 주종지간을 뛰어넘어 이제는 지음知音이라 불러도 좋을 만큼 암암 상통하고 있었다.

두 사람은 찻잔을 들어 한 모금씩 마셨다. 비강으로 되돌아오는 천지天池의 익숙한 다향을 한 번 더 음미한 운소유가 소철에게 물었다.

"이제는 화암花岩에 익숙해지신 것 같습니다."

우의는 지음이지만 마시는 차는 같지 않았다. 본래에는 두 사람 모두 천지를 즐겼으나 작년부터 소철이 무이산의 특산품인 화암차로 갈아탄 것이다. 운소유도 몇 번인가 함께 마셔 주기는 했지만, 그때마다 화암을 가장 즐기던 부친의 얼굴이 떠오르는 바람에 어느 순간부턴가 그만두고 말았다. 화암의 향을 맡을 때마다 여전히 자신을 덮고 있는 부친의 그늘이 연상되었던 것이다.

화암이 든 찻잔을 슬쩍 내려다본 소철이 막 뭔가를 떠올린 표정으로 말했다.

"작아가 하는 말이, 화암 중에서도 유독 이 품종에는 '화연化然'이라는 별칭이 붙어 있다고 하더구려."

화암과 화연, 발음도 비슷했다. 속으로 한번 뇌까린 운소유가 물었다.

"화연이라면 '그렇게 된다'는 의미인가요?"

"맞소, 그렇게 된다. 나이를 먹고 보니 그렇게 되는 것이 얼마나 당연하면서도 무서운 일인지를 알게 되었소. 그렇게 되는 것에서 벗어날 수 있는 누구도 없더구려. 늙어서 먹는 나이란 그 법칙을 배우기 위한 수업료라는 생각도 듭디다."

쓸쓸히 말하는 소철의 얼굴에서는 세월을 비켜 가지 못하는 노인의 체념 비슷한 것이 풍겨 나오고 있었다. 슬그머니 고개를 쳐드는 안쓰러움을 애써 뱃속으로 밀어 넣으며, 운소유가 짐짓 무감한 투로 말했다.

"요즘에도 작아가 화암을 대드리고 있는 모양이군요."

"상행을 오가는 길에 종종 본 전에 들르는 작아의 아비가 떨어지지 않을 만큼은 대주고 있는 모양이오. 천하의 소철이 늘그막에 조그만 시비 아이 덕을 보게 될 줄 누가 알았겠소."

부쩍 오그라든 어깨를 흔들며 허허롭게 웃는 백발의 소철은 정말로 늘그막에 완전히 접어든 노인처럼 보였다. 더 듣다가는 정말로 안쓰러워질 것 같아서 운소유가 화제를 바꾸었다.

"무양문의 동태에 관해 올린 보고서는 읽어 보셨습니까?"

소철이 찻잔을 내려놓고 운소유를 쳐다보았다. 그의 주름지고 앙상해진 얼굴 위로 푸르스름한 위의가 떠오르기 시작했다. 비록 젊은 시절의 패기와 야망은 세월에 뭉텅 베어 먹혀 찾아보기 힘들더라도, 저 소철은 평범한 노인이 아니었다. 수십 년간 천하를 양분해 온 북악신무北嶽神武의 지존은 결코 평범한 노인

일 수 없었다.

"지금은 강남 지방에만 국한되어 있지만, 오래지 않아 서문숭의 눈길은 강북으로 향할 것입니다."

운소유의 말에 소철이 고개를 끄덕였다.

"상산常山(하북성 상산현) 팔극문의 문주와 태행산 칠성노조의 문하가 서문숭의 살명부殺名簿에 올랐다니 당연히 그렇게 되겠지."

"용봉단도 빼놓으시면 안 됩니다. 형산 일대를 활동 무대로 삼던 그들이 얼마 전 주력을 정비하여 호북 방면으로 이동했다는 보고가 들어와 있습니다."

"호북……."

"호북에는 무당산이 있지요. 아시다시피 올봄 무당산에서는 무당파를 중심으로 한 회맹이 결성되었습니다. 과거 서문숭에게 당한 십년봉문의 치욕을 씻겠다는 것이 그들이 내건 회맹의 목표입니다. 바름을 세운다는 뜻에서 내건 회맹의 명칭은 건정회, 앞서 언급된 팔극문, 녹림, 용봉단 그리고 사흘 전 광동에서 멸문의 화를 당한 제민장 등도 모두 거기에 이름을 올린 상태입니다."

운소유는 소철의 눈치를 살피며 잠시 뜸을 들이다가 말을 이어 나갔다.

"그리고, 보고를 받으셨겠지만, 건정회의 회주인 무당파 장문인 현학玄鶴이 보낸 특사가 내일 오전 중에 우리 신무전을 방문할 예정입니다."

건정회 특사의 방문 건은 운소유가 오늘 밤 소철과 독대의 자리를 마련한 주된 이유이기도 했다. 소철이 냉소했다.

"현학이 올봄에 노망났다는 얘기는 들었소."

"예?"

"그러지 않고서야 죽을 날짜 받아 둔 늙은이가 난데없이 골목대장 놀이에 빠질 리 없지 않겠소."

"하하, 재미있는 풍자입니다만, 건정회에서 보낸 특사 앞에서는 모쪼록 자제해 주시기 바랍니다. 아마도 소생처럼 웃으며 맞장구쳐 드리지는 않을 테니 말입니다."

소리 내어 웃는 운소유를 소철이 웃음기 한 점 없는 얼굴로 응시했다.

"……운 선생, 나는 지금 고민 중이오."

운을 떼는 분위기가 범상치 않은지라 운소유는 자세를 바로 하고 소철의 다음 말을 기다렸다.

"강호에 북악남패라는 용어가 등장한 지도 어언 사십 년에 이르렀소. 그중 어느 쪽이 진정한 강자인지를 알고 싶어 하는 것은 만천하 사람들의 공통된 호기심일 터. 솔직히 말해 나도 마찬가지요. 서문숭과 자웅을 가리는 일은 내게 있어서 사십 년간 끝마치지 못한 숙제 같다고나 할까. 하긴 서문숭은 그렇게 여기지 않을 수도 있소. 나를 이빨 빠진 호랑이쯤으로 여기고 있을지도 모르니. 하지만 그의 생각이 어떻든 나는 여전히 못 견디게 궁금하오. 본 전과 무양문, 서문숭과 내가 부딪치면 과연 누가 이길까? 선생의 생각은 어떠시오?"

운소유는 잠시 주저하다가 대답했다.

"우선 양자 간에 공정한 비교가 이루어지는 상황이 아니라고 봅니다. 아시다시피 무양문은 국초의 여산혈사 이후로 줄곧 고립무원의 처지였습니다. 그러나 우리 신무전의 뒤에는 무양문을 적대하는 수많은 문파들이 일단의 진영을 이루고 있지요. 그럼에도 불구하고 북악남패로 오랫동안 공칭되어 왔다는 것은……."

"제삼자의 개입을 배제한 상태에서는 무양문 쪽이 더 강하다는 뜻이구려."

운소유는 입에 담기 곤란한 결론을 대신 꺼내 준 소철에게 가벼운 목례를 보냈다. 소철이 자조하듯 중얼거렸다.

"좋소. 신무전의 전주로서는 선생의 말씀이 논리적이라는 것을 인정하는 바요. 그러나……."

슬쩍 비틀려 있던 소철의 입술이 제자리로 돌아왔다. 구부정한 허리가 꼿꼿해지고 쪼그라든 어깨가 펴졌다. 호수 위에 머물던 밤이 내려앉은 것일까? 운소유는 순간적으로 소철의 백발이 새카맣게 물든 것 같은 착각에 빠졌다. 그것은 지배자의 위엄이었다. 신주소가와 신무전이라는 거대 기업을 오랫동안 이끌어 온 그 넓고도 강대한 위엄은 마음 수양 깊은 운소유로서도 감당하기 어려웠다.

그런 운소유에게 소철이 낮고 무거운 목소리로 말했다.

"그러나 한 사람의 무인으로서 나는 서문숭보다 약하다는 것을 인정하지 않소. 만일 그것을 인정한다면, 흰머리가 성성해지고 주름 골이 깊어지는 가운데에도 무인으로서의 수련을 멈추지 않은 내 지나온 날들이 결코 용납하려 들지 않을 거요."

일신에 쌓은 무공이 있든 없든 간에, 운소유는 스스로를 무인이라고 생각해 본 적이 한 번도 없었다. 그는 스스로를 책략가요 모사라고 생각했고, 그 생각은 종교적이라고 할 정도로 확고했다. 그러므로 그는 소철이 방금 한 말을 이해는 하되 동의해 주기는 힘들었다. 평생의 적수로 여겨 온 자에게만큼은 뒤지고 싶어 하지 않는 무인으로서의 호승심은 충분히 이해할 수 있지만, 그 호승심으로 인해 일어날지도 모르는 무서운 후폭풍을 생각하면 선뜻 동의해 줄 수 없었던 것이다.

그러는 동안에도 소철의 말은 이어지고 있었다.
"내일 본 전을 방문하는 현학의 특사가 무슨 얘기를 꺼낼지는 선생이나 나 충분히 예상하고 있을 거요. 마침내 무양문의 마귀들이 본색을 드러냈다. 본 전을 필두로 한 모든 도동들이 힘을 합쳐 마귀들을 처단, 강호의 도의를 바로 세우자, 대충 이런 얘기겠지. 속이 빤히 보이는 얘기인 줄은 아오. 무양문만큼은 아니겠지만, 저들에게 있어서 본 전의 존재 또한 자신들의 야망을 오랫동안 가로막아 온 거추장스러운 걸림돌. 이참에 선봉으로 내세워 무양문과 함께 피투성이로 망가져 준다면 일석이조에 금상첨화로 여길 것이오. 한데, 한데 그걸 알면서도 눈 딱 감고 저들의 장단에 맞춰 춤춰 주고픈 이 어리석은 노욕老慾이라니······. 후후, 그래서 고민 중이라는 거요."
 운소유는 신무전의 군사였다. 결정은 전주가 내리되, 그 결정에 도움이 되는 조언을 다방면에 걸쳐 제공해야 할 의무가 그에게는 있었다. 그가 판단하기에 지금의 소철은, 또는 신무전은, 서문숭의, 또는 무양문의 적수가 되지 못했다. 지금 소철이 싸워야 할 적은 세월이 휘두르는 무적의 검, 노화였다. 그리고 신무전이 직면한 과제는 전주의 노쇠로 인해 필시 약화되고 말 지배권의 재정비였다. 이 시점에서는 결국 소철에게도, 그리고 신무전에게도 사십 년 적수를 굴복시킬 만한 능력이 존재하지 않는 것이다.
 그래도 희망적인 점은, 소철은 서문숭을 꺾을 기회를 두 번 다시 만나지 못하겠지만 신무전은 그렇지 않다는 것. 수명이 한정된 인간과 달리 문파란 정비하고 보완하면 얼마든지 부흥시킬 수 있었다.
 운소유로서는 다행스러운 일이지만, 두 사람은 구구한 말이 필요 없는 관계였다. 긴 얘기를 마치고 화연이라는 별칭을 가진 화암차 한 모금으로 입술을 축인 소철은 아무 말 없이 자신을 물끄러미 바라보기만 하는 운소유를 힐끔 살피더니 작게 한숨을 쉬었다.

"역시 내 생각이 틀렸나 보구려."

"그렇습니다."

운소유가 짧게 대답했다.

소철은 침묵했다. 그의 침묵은 등불 두 개를 들고 홍예교를 건너온 시비, 작아가 탁자 위에 놓인 두 개의 찻주전자에 새로운 찻물을 채우고 돌아갈 때까지 이어졌다.

홍예교 저편의 어둠 속으로 작아의 노란 뒷모습이 사라질 무렵, 소철이 마침내 입을 열었다.

"선생은 참 냉정한 사람이오."

"송구합니다."

운소유가 고개를 숙였다. 소철은 슬쩍 웃더니 향기로운 김을 피워 내는 새로운 천지를 운소유의 찻잔에 따라 주었다.

"송구할 것 없소. 선생 덕분에 복잡하던 머릿속이 정리되었으니까."

마찬가지로 소철의 빈 찻잔에 새로운 화암을 채워 주며 운소유가 말했다.

"전주께서도 머리로는 이미 소생과 비슷한 결론을 내리고 계셨을 겁니다. 다만 일평생 무인으로서 품어 오신 호승심이 그 결론을 인정하려고 하지 않았을 것으로 생각합니다."

소철이 "그런가?" 하며 갸웃거리던 고개를 먼지라도 털어내듯 짧게 흔들고는 후련해진 얼굴로 말했다.

"아무려면 어떻소. 이미 결론 난 일인 것을."

운소유는 소철에게 다시 한 번 미안함을 느꼈다. 스스로 노욕이라고 밝히면서까지 드러낸 소철의 패기가 단순한 호승심의 발로만은 아닐지도 모른다는 생각이 들어서였다. 어쩌면 그것은 젊은 날을 되돌리고 싶어 하는 노쇠한 강호인의 불가능한 바람. 소철은 이미 오래전부터 세월을 상대로 힘겨운 싸움을 벌여오고 있었던 것이다. 그리고 그 전철을 밟은 수많은 인간들이 그러했듯…… 세월에게 패했다. 인간은 다 '그렇게 되는' 것이다. 화연이 담고 있는 의미처럼.

가악. 가악.

청심각 위로 밤 까마귀 몇 마리가 날아갔다. 호수 건너 높다란 가산假山에 부딪쳐 돌아온 그 우울한 울음소리가 어둠에 먹혀 사라질 즈음, 소철이 무거운 목소리로 입을 열었다.

"선생께 부탁드리고 싶은 것이 한 가지 있소."

"하교하십시오."

"나는 늙었소."

끽다를 이만 마치려는지 소철은 은쟁반 위에 놓여 있던 베수건을 집어 자신이 비운 찻잔을 문지르기 시작했다.

"아까 선생께서 내 생각이 틀렸다고 하셨을 때, 나는 화를 내고 싶었소. 이 소철을 어찌 보고 그따위 소리를 하는 거냐고 소리치며 탁자를 후려치고 싶었소. 그러나 시간이 조금 흐르자 내가 선생의 그 대답을 기다리고 있었다는 사실을 깨닫게 되었소. 말로는 호기를 세우려 애써도 마음 한구석에서는 누군가 말려주기를 바라고 있었던 거요. 나는…… 어쩌면 나는 서문숭과의 승부를 오래전에 포기했을지도 모르오. 왜냐하면, 나는 이미 늙은이가 되어 버렸으니까. 이 나이가 되어 보니 세월이란 놈은 정말로 무섭더구려. 곤륜산 무망애에서 만난 그 혈랑곡주보다 더."

소철은 말끔하게 닦인 찻잔을 요리조리 살펴보다가 은쟁반 위에 올려놓았다.
"하여 이번 일이 잠잠해지면 강호의 일에서 손을 떼고자 하오. 지금 앉아 있는 전주 자리도 첫째에게 물려줘야겠지."
"전주……."
소철은 손바닥을 내밀어 운소유의 뒷말을 잘랐다.
"아쉽지 않다면 거짓말일 게요. 하지만 때를 놓쳐 많은 사람들을 곤란하게 만드는 일은 피하고 싶소. 이양의 시기와 절차에 관해 선생께서 준비해 주시구려."
이제 와서 그런 황송한 말씀 거두시라는 입 발린 소리를 늘어놓는다면 피차 우스워질 것 같았다.
"알겠습니다."
운소유는 소철의 청을 선선히 받아 주었다.
"고맙소."
소철의 매서운 눈초리가 부드럽게 구부러졌다. 그 눈웃음에는 무한한 신뢰가 담겨 있는 듯했다. 어두워진 분위기를 환기해 보려는 듯, 소철이 밝은 목소리로 화제를 바꾸었다.
"자, 이제 그럼 내일 본 전을 찾아온다는 노망난 도사의 특사를 어떤 식으로 상대할지 궁리해 봅시다. 물론 복안은 준비해 두셨겠지요?"
운소유도 얼굴에 있던 그늘을 기꺼이 걷어 냈다.
"우선 덮어놓고 거절하는 것은 상책이 아니라고 봅니다."
"흠, 하긴 덮어놓고 거절한다면 이 소철이 서문숭이 두려워서 꽁지를 말았다는 소문이 천하에 쫙 퍼지겠지. 뭐, 사실이 그렇더라도 남들 입에 오르내리면 기분이 유쾌하지는 않을 것 같소. 하면 선생의 고견은?"

운소유가 손가락 네 개를 펴 올렸다.

"아마도 건정회에서는 우리 신무전에서 사방대를 파견해 주기를 바라고 있을 것입니다."

그런 다음 하나를 접어 내렸다. 남은 손가락은 세 개.

"정확히 말하면 청룡대를 제외한 백호, 주작, 현무의 삼 대겠지요."

청룡대의 뿌리라고 할 수 있는 증가曾家는 과거 상계에서 큰 영향력을 행사하던 상가였다. 그런 만큼 청룡대는 다른 삼 대들과 달리 무력보다는 문파의 살림과 관련된 실무에 특화되어 있었다. 신무전이 보유한 강대한 무력을 절실히 필요로 하는 건정회로서는 청룡대를 안중에서 제외하는 것이 당연했다.

"물론 이들 삼 대가 신무전을 떠나는 일은 없어야 합니다. 그중에서도 특히 대외 분쟁을 전담하는 백호대를 파견할 경우, 서문승은 우리가 자신을 본격적으로 적대하려는 것으로 간주, 장강을 건너는 즉시 전력을 다해 우리부터 도모하려 들 겁니다. 이는 곧 북악남패 간의 전면전을 의미합니다."

그렇게 된다면 십중팔구는 북악남패의 공멸로 귀결된다. 아마도 북악이 먼저, 남패가 그다음. 왜냐하면 앞서 쓰러진 북악의 뒤에는 만신창이가 된 남패의 목덜미에 이빨을 박고 싶어 안달이 난 수많은 승냥이들이 기다리고 있을 테니까. 그러나 천하의 남패가 그 승냥이들에게 쉽게 목줄을 내줄까? 필시 승냥이들도 무사하진 못할 터였다. 그렇게 모든 것들이, 작금의 강호를 채우고 있던 모든 배우들이 쓰러지고 난 뒤에는…….

'새로운 대본과 새로운 배우가 등장하겠지.'

운소유의 표정이 밤빛처럼 어두워졌다. 그런 그에게 소철이 물었다.

"그러면 삼 대가 아닌 다른 곳을 파견하시겠다?"

운소유는 혼자만의 상념을 지우고 주군과의 대화를 이어 갔다.

"그렇습니다. 세 분 공자들이 지휘하는 내삼당 중 두 군데 정도를 파견한다면 건정회 측에서도 대놓고 불만을 제기하지는 못할 겁니다."

백상, 금록, 비응의 내삼당은 엄밀히 말해 신무전의 정예라고 볼 수는 없었다. 그러나 신무전의 미래를 짊어지고 나갈 정영精英들이 모인 것만은 분명했다. 만일 그들 중 둘을 잃게 되는 날에는 신무전으로서도 미래의 삼분지 이가 사라지는 셈. 소철의 다음 질문은 그래서 나온 것이리라.

"그들만 보낸다면 불안하지 않겠소?"

"대공자가 주장으로 간다면 큰 걱정은 하지 않으셔도 되리라 봅니다."

소철의 대제자 도정은 곰의 몸뚱이 속에 여우의 지혜를 숨긴 기재. 나설 자리와 안 나설 자리 정도는 충분히 가릴 만한 판단력을 가지고 있었다. 거기에 신무전의 다음 대 전주로 공인된 신분인 만큼 선배입네 행세하려 드는 늙은 너구리들에게 쉬 휘둘림을 당하지도 않을 테니, 이번 일에 있어서 그보다 적임자는 찾을 수 없을 것이라 판단했다.

이런 운소유의 판단에 동의한 듯, 소철이 천천히 고개를 끄덕이더니 다시 물었다.

"좋소, 둘 중 하나는 정이고, 다른 하나는 누구를 생각하고 계시오?"

"본래는 금록당주를 생각했습니다만……."

어제 도정과 구양현으로부터 들은 백운평에 관한 이야기를

떠올리며 운소유가 말꼬리를 흐리자, 소철이 덤덤한 투로 말을 받았다.

"요사이 둘째의 상태가 이상하다는 것은 알고 있으니 그렇게 눈치 보실 것 없소."

운소유가 뜻밖이라는 눈으로 소철을 쳐다보았다. 소철이 주름진 이맛살을 찌푸렸다.

"선생도 나를 뒷방늙은이 취급하는 게요? 나 아직 은퇴 안 했소. 본 전의 담장 안쪽에서 벌어지는 일에 관해서는 알 만큼 알고 있으니, 그런 찜찜한 눈길은 거두시구려."

"소생이 어찌 감히…… 어쨌든 죄송합니다."

운소유가 정중히 사과하자 소철이 표정을 풀며 너털웃음을 흘렸다.

"후후, 뒷방늙은이가 맞구면, 사과는 무슨……. 솔직히 말하리다. 오늘 아침 둘째 아가가 찾아오지 않았다면 둘째가 그 꼴로 방황하고 있다는 것을 알지 못했을 게요."

이 말에 운소유는 조금 놀랐다.

"금록당주의 내자가 전주를 찾아뵈었다고요?"

"그렇소. 마음고생이 심한지 얼굴이 무척 안돼 보이더이다. 이야기 말미에, 둘째가 마음을 잡을 수 있도록 폐관閉關이라도 권해 보겠다고 하기에 그러라고 했소."

폐관이란 수련 중에 발견한 장애를 극복하기 위해 스스로 들어가는 것. 남이 등 떠밀어 들어가는 폐관은 진정한 폐관이라고 볼 수 없었다. 그러나…….

"잘하셨습니다. 어쩌면 지금 그에게는 외부와 격리되어 마음을 다스릴 시간이 절실할지도 모르니까요."

어제 도정과 구양현으로부터 백운평에 관한 이야기를 전해 듣고 마음 한구석이 줄곧 찜찜했는데, 폐관이라면 나름 괜찮은 해결책이 될지도 모른다는 생각이 들었다.

운소유의 말에 공감한다는 듯 고개를 작게 끄덕이던 소철이 말했다.

"둘째가 그 모양이니 결국 셋째를 낙점하셨겠구려."

"그렇습니다."

"열 손가락 깨물어 안 아픈 손가락 없다고 했던가요. 이번에는 셋째 아가에게 미안해지는구려. 일각이 아쉬운 신혼을 독수공방으로 보내도록 만들게 생겼으니."

하지만 운소유가 생각하기에 소철이 미안해할 일은 벌어지지 않을 것 같았다. 비응당주 구양현의 아내 석지란은 강동제일가의 여식이었고, 운소유 또한 부친의 슬하를 강동제일가에서 보낸 사람이었다. 그곳의 자손들이 전대 가주 석안의 솔직하고 호방한 성품을 물려받았다면, 비록 여자의 몸이라도 집 떠난 지아비를 망부석처럼 처연히 기다리지만은 않을 터였다.

"정이와 현이는 그래도 내 진전을 얻은 제자들인데, 그들을 파견한 것을 놓고 서문숭이 우리 쪽에서 본격적으로 개입한 것으로 오판하지는 않겠소?"

소철의 질문에 운소유가 빙긋 웃었다.

"무양문에는 소생보다 뛰어난 책략가가 한 사람 있지요. 그 사람에게는 현상의 이면을 꿰뚫어 볼 줄 아는 안목이 있습니다. 그 사람이 서문숭의 곁에 있는 한 서문숭이 오판할 가능성은 없다고 봅니다."

"흐음, 서문숭의 꾀주머니라는 육건을 두고 이르는 말씀인가 보오."

"그렇습니다."

"한 번도 만난 적이 없는 사이일 텐데도 그 정도로 확신할 수 있다니, 진정한 지음은 따로 있나 보구려."

"현상을 관찰하여 결론을 이끌어 내는 방식이 비슷할 뿐입니다. 지음이란 머리가 아닌 마음으로 통하는 사이여야겠지요."

자신과 소철처럼 말이다. 운소유는 그렇게 생각했다.

"좋소. 하면 금번 무양문의 발호에 대해 본 전에서 취하는 조치로 백상과 비응, 양당을 파견하는 선에서 끝낸다는 것이 선생의 의중이오?"

소철의 질문에 운소유는 고개를 저었다.

"아닙니다. 우리에겐 정말로 중요한 일이 남아 있습니다."

"중요한 일?"

"그 일이 성사되면 이번 일에 있어 진정한 승자는 우리 신무전이 될지도 모릅니다."

소철은 솔깃해진 얼굴이 되어 상체를 탁자 위로 당겼다.

"그게 뭐요?"

"중재입니다."

비록 짤막한 답이지만 이 답을 얻기 위해 오늘 동틀 녘 섬광처럼 스쳐 간 그 놀라운 가설의 끝자락을 붙잡고 얼마나 고심했던가. 그 속내를 알 리 없는 소철은 역팔자로 눈썹을 모았다.

"누구와 누구를 중재하시겠다는 게요? 건정회와 무양문이라면, 싸우려고 작심한 자들에게 중재 같은 것이 가능하겠소?"

"제가 중재하려는 대상은 그들이 아닙니다."

"아니라고? 그들 말고 중재할 대상이 누가 있단 말이오?"

소철이 영문을 모르겠다는 표정으로 묻자 운소유가 침착한 목소리로 대답했다.

"무양문주와 백련교주입니다."

무양문의 문주와 백련교의 교주는 동일인이었다. 서문숭, 수십 년간 강호의 제일 공적이자 이번 혼란의 제일 주역. 그런데도 무양문주와 백련교주를 중재하겠다는 운소유의 말은 대체 무슨 의미일까?

소철은 점점 더 영문을 모르겠다는 표정이 되었지만, 운소유는 의미심장하게 웃기만 할 따름이었다.

다음 권으로 이어집니다